LES CHEVALIERS D'ÉMERAUDE

Déjà parus

À paraître

Les Éditions de Mortagne © Ottawa 2003
© Éditions Michel Lafon, 2007.
© Michel Lafon Poche, 2012, pour la présente édition.
7-13, boulevard Paul-Émile-Victor – Île de la Jatte
92521 Neuilly-sur-Seine Cedex

www.lire-en-serie.com

Anne Robillard

Les Chevaliers d'Émeraude

Tome 3 : Piège au Royaume des Ombres

Michel Lafon
POCHE

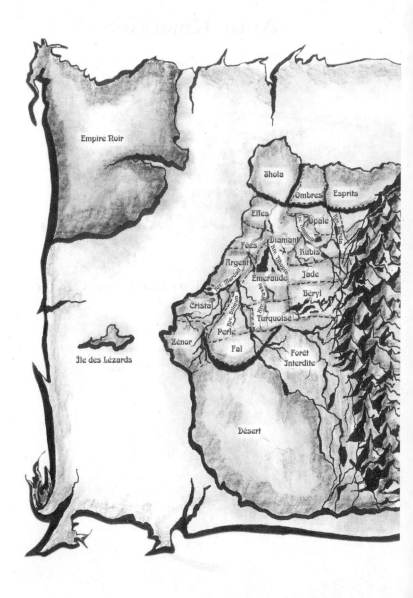

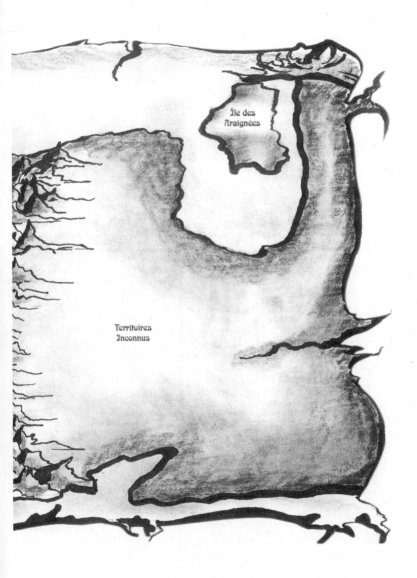

La Croix de l'Ordre

L'Ordre
Première génération

Chevalier Wellan d'Émeraude
Écuyer Bailey
Écuyer Volpel

*

Chevalier Bergeau d'Émeraude
Écuyer Arca
Écuyer Kumitz

*

Chevalier Chloé d'Émeraude
Écuyer Jana
Écuyer Maïwen

*

Chevalier Dempsey d'Émeraude
Écuyer Atall
Écuyer Kowal

*

Chevalier Falcon d'Émeraude
Écuyer Offman
Écuyer Yann

*

Chevalier Jasson d'Émeraude
Écuyer Lornan
Écuyer Zerrouk

*

Chevalier Santo d'Émeraude
Écuyer Chesley
Écuyer Herrior

L'Ordre
Deuxième génération

Chevalier Bridgess d'Émeraude
Écuyer Gabrelle
Écuyer Kira
Écuyer Yamina

*

Chevalier Buchanan d'Émeraude
Écuyer Bianchi
Écuyer Hiall

*

Chevalier Kerns d'Émeraude
Écuyer Madier
Écuyer Sherman

*

Chevalier Kevin d'Émeraude
Écuyer Curri
Écuyer Romald

*

Chevalier Nogait d'Émeraude
Écuyer Botti
Écuyer Fossell

*

Chevalier Wanda d'Émeraude
Écuyer Joslove
Écuyer Ursa

*

Chevalier Wimme d'Émeraude
Écuyer Amax
Écuyer Callaan

L'Ordre

Troisième génération

Chevalier Ariane d'Émeraude
Écuyer Winks
Écuyer Kisilin

*

Chevalier Brennan d'Émeraude
Écuyer Drewry
Écuyer Salmo

*

Chevalier Colville d'Émeraude
Écuyer Silvess
Écuyer Prorok

*

Chevalier Corbin d'Émeraude
Écuyer Brannock
Écuyer Randan

*

Chevalier Curtis d'Émeraude
Écuyer Davis
Écuyer Dienelt

*

Chevalier Derek d'Émeraude
Écuyer Daiklan
Écuyer Kruse

*

Chevalier Hettrick d'Émeraude
Écuyer Candiell
Écuyer Izzly

*

Chevalier Kagan d'Émeraude
Écuyer Fallon
Écuyer Sheehy

*

Chevalier Milos d'Émeraude
Écuyer Carlo
Écuyer Fabrice

*

Chevalier Morgan d'Émeraude
Écuyer Heilder
Écuyer Zane

*

Chevalier Murray d'Émeraude
Écuyer Dyksta
Écuyer Rieser

*

Chevalier Pencer d'Émeraude
Écuyer Akers
Écuyer Alisen

*

Chevalier Sage d'Émeraude

*

Chevalier Swan d'Émeraude
Écuyer Dillawn
Écuyer Robyn

1

Prête à servir l'Ordre

L'aube se levait paresseusement sur le Royaume d'Émeraude. Dans la tour de l'ancienne prison du château, Kira para habilement le coup d'épée porté par le Roi Hadrian et exécuta une pirouette si rapide que son adversaire spectral n'eut pas le temps de voir sa jambe se relever. Touché au menton, le fantôme du Chevalier chancela, impressionné par la célérité de la jeune princesse.

En raison de la petite taille de son élève, Hadrian lui enseignait un style de combat qui se pratiquait jadis au Royaume d'Argent à l'aide d'une arme redoutable, formée de deux épées dont les gardes étaient soudées ensemble. On s'en servait à la manière d'un long bâton, obtenant ainsi des résultats beaucoup plus dévastateurs. En plus de montrer à Kira comment manier cette épée double avec grâce et souplesse, il lui apprenait à assener des coups avec ses pieds, ses poings et ses coudes, visant les parties du corps les plus vulnérables de l'ennemi. Hadrian exigeait qu'elle soit continuellement en mouvement, lui répétant sans cesse que l'effet de surprise était crucial dans ce genre d'affrontement.

Personne au Château d'Émeraude ne soupçonnait que la Sholienne pouvait se défendre avec autant de férocité puisqu'elle affichait une docilité exemplaire pendant les classes d'escrime, de maniement de la lance et du poignard avec le Chevalier Bridgess. Elle veillait à ne jamais laisser transparaître sa supériorité lors des entraînements contre les adversaires qu'on lui désignait. Elle se doutait bien qu'un jour viendrait où elle y serait contrainte, mais elle n'était pas pressée.

Le magicien Élund allait bientôt dévoiler les noms des futurs Écuyers et Kira n'ignorait pas que c'était sa dernière chance de pouvoir servir l'Ordre et devenir soldat. Elle s'entraînait donc toutes les nuits avec le fantôme d'Hadrian afin de s'assurer une place d'apprentie.

Au début de la saison des pluies, les Écuyers ayant fidèlement servi leurs maîtres durant les sept dernières années avaient été adoubés par le Roi d'Émeraude. Kira n'avait pas assisté à cette cérémonie qui lui déchirait le cœur. Ayant atteint l'âge de quinze ans, elle aurait dû, selon elle, se trouver parmi ces heureux élus. Évidemment, elle ignorait qu'elle était la fille de l'Empereur Noir et que, pour cette raison, on l'empêchait de quitter le château. Elle savait seulement qu'elle incarnait le rôle essentiel d'une prophétie annonçant la libération des habitants d'Enkidiev de la menace que les hommes-insectes faisaient toujours planer sur eux. Les étoiles disaient que Kira serait appelée à protéger un Chevalier qui, lui, posséderait le pouvoir de détruire Amecareth. Mais comment parviendrait-elle à s'acquitter de cette importante mission si elle ne devenait pas elle-même Chevalier ?

Kira pressa son attaque et accula Hadrian au mur de pierre d'une des anciennes cellules. Puis, d'un coup sec de son arme double, elle lui fit perdre la maîtrise de son épée qui s'écrasa sur le sol dans un bruit métallique. Avant même que le Chevalier puisse la reprendre, Kira le clouait au mur en pressant son pied sur sa poitrine et appuyait sa lame sur sa gorge.

— *Impressionnant, milady*, la félicita le fantôme.

— Assez pour convaincre le Chevalier Wellan de me laisser devenir Écuyer ? demanda-t-elle avec espoir.

— *Écuyer !* s'indigna Hadrian. *Mais vous possédez de si grandes qualités guerrières ! Vous méritez d'être nommée Chevalier sur-le-champ !*

La jeune fille le libéra en pensant que jamais le roi ne l'adouberait sans qu'elle eût d'abord été apprentie, même si elle lui prouvait qu'elle était capable de terrasser tous ses soldats. L'Ordre obéissait à une hiérarchie rigide et sévère qu'elle ne pouvait espérer contourner, surtout avec Wellan à sa tête.

— *Aimeriez-vous que je plaide votre cause ?* proposa Hadrian.

— Vous causeriez un trop grand choc à Élund qui n'a pas l'habitude des spectres, répliqua Kira dans un sourire amusé. Et puis, vous m'occasionneriez des ennuis avec maître Abnar, parce qu'il ignore que j'ai continué d'étudier sous votre tutelle en dépit de sa mise en garde. Je risque de graves ennuis si on découvre que j'ai désobéi.

— *Mais c'était pour une bonne cause !* protesta son ami.

Kira contempla pensivement le beau visage encadré de longs cheveux d'ébène de celui qui avait compté parmi les plus puissants Chevaliers d'Émeraude de son temps.

— Ce serait vraiment épatant si tout le monde se montrait aussi compréhensif, soupira-t-elle.

Remuant le bout de l'index, elle fit disparaître son épée magique. Elle s'empara d'une serviette moelleuse suspendue entre les barreaux d'acier et s'épongea le visage et le cou. Hadrian s'empressa de la suivre.

— *Il y a certainement quelque chose que je peux faire*, insista-t-il.

— Je crains que non, sire, déplora l'adolescente. C'est à moi de jouer maintenant. Mais merci pour tout et à demain.

Elle s'inclina devant lui et retira l'anneau de son doigt. Hadrian se dématérialisa instantanément. Kira enroula ensuite la serviette autour de son cou et entreprit de descendre à l'étage inférieur grâce à ses griffes, l'escalier s'étant écroulé depuis fort longtemps. Elle parcourut les couloirs du palais en silence et vit par les meurtrières que le soleil s'était levé.

Elle entendit alors le cliquetis métallique d'armes qui s'entrechoquaient dans la cour. Elle se pencha à l'une des fenêtres et put observer les nouveaux Chevaliers Hettrick, Ariane, Curtis, Morgan, Murray, Colville, Swan, Pencer, Kagan, Derek, Corbin, Brennan et Milos occupés à croiser le fer amicalement. Fait surprenant, les quatorze Chevaliers plus âgés ne se trouvaient nulle part dans la cour.

Le cœur en pièces, Kira poursuivit sa route jusqu'à ses appartements. Elle s'y glissa en douce, soucieuse de ne pas attirer l'attention. Habituellement, elle regagnait son lit avant le lever du soleil, mais il arrivait que ses leçons avec le défunt Chevalier soient si excitantes qu'elle perdait la notion du temps. Elle atteignait sa chambre lorsque Armène se dressa devant elle, roulant des yeux affolés.

— Mais où étais-tu passée ? s'écria la servante qui ne l'avait pas trouvée dans son lit à son réveil.

— Je suis allée m'entraîner avant qu'il fasse trop chaud, osa Kira, même si la fidèle servante devinait toujours lorsqu'elle lui mentait.

— Seule ? Jeune étourdie ! Et qu'arriverait-il si tu te blessais ? Je ne m'en remettrais jamais si on te retrouvait baignant dans ton sang...

— C'était seulement une séance d'exercice, Mène, protesta-t-elle, tentant de paraître aussi crédible que possible. Je ne vois pas comment j'aurais pu m'infliger ce genre de blessure en courant.

— Eh bien... en trébuchant et en tombant sur un objet tranchant ! s'énerva la gouvernante.

Kira plia l'échine, ne pouvant lui dire la vérité. Ses longs cheveux, plaqués sur son crâne par la sueur, ne suffirent pas à cacher son visage ravagé par le remords. La servante l'observa un moment et soupira avec découragement. Les vêtements trempés de l'adolescente moulaient ses formes naissantes et Armène eut un haut-le-cœur en songeant aux soucis que la jeune fille n'allait pas manquer de lui causer au cours des prochains mois.

— Allez, ouste, dans le bain.

« Pas question de rouspéter », céda Kira, sinon Armène irait se plaindre de son escapade au roi. Déjà, quelques années auparavant, le monarque d'Émeraude l'avait placée sous surveillance à la suite d'une pareille désobéissance, et avec les nominations d'Écuyers qui approchaient, Kira ne pouvait se permettre d'écoper d'une autre punition. Elle entra dans sa salle de bains sans dire un mot et attendit sagement que les servantes remplissent le baquet d'eau chaude. Puis elle laissa Armène la dévêtir et s'assit complaisamment dans la baignoire. Kira n'aimait pas particulièrement l'eau, mais elle comprenait son pouvoir purificateur. D'ailleurs, pour devenir Chevalier, il fallait se soumettre à ce rituel tous les matins. Elle s'était donc graduellement habituée à la baignade.

Armène lava ses cheveux violets en fredonnant une chanson de son enfance et Kira pensa que toutes ces attentions lui manqueraient une fois qu'elle serait devenue un redoutable soldat voyageant entre les différents royaumes et dormant à la belle étoile. Elle rêvait sans cesse d'aventures et de combats aux côtés de Wellan et Bridgess, ses héros, et elle n'osait envisager ce qui se produirait si Élund décidait de la rayer une fois de plus de la liste des Écuyers. Saurait-elle se retenir de donner une bonne leçon à ce magicien qui ne l'avait jamais aimée ?

— Tu es bien songeuse, commenta Armène en rinçant ses mèches soyeuses.

— Je pensais seulement que si Élund ne me choisit pas comme apprentie cette année, je le transforme en souris et je lance ses chats à ses trousses.

— Kira ! se scandalisa la gouvernante.

— C'est tout ce qu'il mérite s'il ne reconnaît pas mes talents.

— Une princesse ne devrait jamais tenir ce genre de propos, même à titre de plaisanterie.

— Mais je ne plaisante pas, Mène.

— Dans ce cas, il faudra que je rapporte cette épouvantable menace au roi.

— Alors dis-lui que c'est en chauve-souris que je changerai son magicien grincheux, ricana l'adolescente.

Armène lui versa le contenu d'un seau d'eau sur la tête pour la faire taire. Kira éclata de rire. Après ce bain relaxant, elle se laissa sécher par sa gouvernante et se mit au lit pour prendre un peu de repos avant le premier repas du jour.

2

LE RÊVE DE BERGEAU

Gagnant en maturité, les plus âgés des Chevaliers d'Émeraude commençaient à ressentir le besoin de s'unir à une compagne qui leur donnerait des héritiers et garderait leurs affaires en ordre en leur absence. La guerre les retenant sans cesse au loin, ils avaient été dans l'impossibilité de courtiser assidûment certaines jeunes dames du royaume. Dempsey et Chloé étaient mariés depuis plusieurs années, et la relation discrète qu'entretenaient Wellan et Bridgess n'échappait à personne. Quant à Falcon, il partageait la vie de la jeune Wanda depuis peu. Seuls Santo, Jasson et Bergeau n'avaient toujours pas pris épouse.

Ce matin-là, Wellan vit Bergeau venir à sa rencontre devant l'écurie. Le grand chef avait profité d'une accalmie des trombes d'eau qui s'abattaient sur Émeraude pour partir en randonnée dans la campagne environnante. L'homme du Désert lui sembla curieusement embarrassé.

— Élund ne procédera pas à la nomination des Écuyers avant une semaine ou deux, pas vrai ? lâcha Bergeau en guise d'introduction.

Wellan mit pied à terre en silence, détaillant le visage rayonnant de franchise de son frère d'armes. Pas très grand, Bergeau possédait une musculature puissante et une force physique hors du commun dont il n'usait jamais à mauvais escient. Doté d'un tempérament doux et amical, il se préoccupait constamment du bonheur de ses semblables. D'une sincérité désarmante, ses yeux mordorés ne pouvaient tout simplement rien cacher à ses compagnons.

— Il est difficile de prévoir le moment exact où se tiendra cette cérémonie.

— Mais ce n'est pas pour demain, tu es bien d'accord ?

— Serais-tu en train de me demander une permission ? lança le grand chef en réprimant un sourire.

Sans laisser à son ami le temps de lui en dire davantage, Wellan fit entrer sa monture dans l'écurie. Bergeau le suivit donc jusque dans l'allée centrale où le grand Chevalier attacha le cheval afin de le desseller et de l'étriller.

— Wellan, je t'en prie, écoute-moi.

— Je t'écoute, Bergeau.

— Comme tu le sais déjà, j'ai rencontré une femme à Zénor, autrefois.

Wellan fouilla dans sa mémoire, se rappelant ces soirées passées près du feu où Bergeau lui décrivait cette jeune personne aux longs cheveux roux qui hantait ses pensées. Même si l'homme du Désert ne péchait pas par excès de romantisme, comme Santo et Falcon, ses yeux s'illuminaient de bonheur chaque fois qu'il parlait d'elle.

— Je voulais attendre la fin de la guerre avant de l'épouser, pour pouvoir vivre en paix dans ma ferme, mais je crains que l'empereur ne nous laisse jamais tranquilles.

— Tu as donc changé d'idée ? le pressa gentiment le grand chef pour qu'il ne s'éternise pas en explications inutiles.

— Oui ! Les dernières lettres de Catania m'ont fait monter les larmes aux yeux.

Wellan arqua un sourcil, étonné. Bergeau n'était pourtant pas réputé pour avoir la larme facile.

— Avait-elle de mauvaises nouvelles à t'apprendre ?

— En fait, il s'agissait plutôt d'un ultimatum, avoua Bergeau. Elle soutient qu'elle aura bientôt passé l'âge de me donner des enfants et qu'elle en a assez de dormir seule sous le toit de ses parents. Tu comprendras que je me suis empressé de lui répondre que je me mettais en route sur-le-champ pour aller la chercher.

— Qu'attends-tu pour partir ? se moqua le grand chef.

— Il fallait d'abord que je t'en parle. Ton accord est important pour moi. Et puis, j'en profiterai pour ouvrir l'œil pendant que je serai à Zénor.

— Je crois que tu seras bien trop occupé à faire la cour à ta belle pour te soucier des plans de l'Empereur Noir.

Pour la première fois depuis qu'ils se connaissaient, Wellan vit rougir Bergeau. Ce dernier marmonna quelques mots inintelligibles et se dirigea vers la stalle de son cheval. Wellan l'observa tandis qu'il harnachait sa monture, se disant que l'amour opérait souvent ce genre de transformation chez un homme. Lui-même se comportait de façon différente selon qu'il se languissait de la douceur de la Reine Fan ou de la tendresse de Bridgess. Son compagnon ne connaissait pas la chance qu'il avait de n'aimer qu'une seule femme...

Le grand Chevalier accompagna Bergeau dans la grande cour et, à l'aide de ses facultés télépathiques, invita leurs compagnons à les rejoindre afin de lui souhaiter bonne route. Bientôt, les Chevaliers entourèrent l'homme du Désert et lui serrèrent les bras en lui adressant des commentaires espiègles sur le but de sa quête. Chloé se contenta quant à elle de l'embrasser sur les joues et de lui remettre des sacoches remplies de victuailles, lui disant qu'elle avait hâte de rencontrer l'heureuse élue.

Bergeau franchit le pont-levis dans l'allégresse, les plus jeunes de ses compagnons continuant de le taquiner par voie télépathique. Lorsqu'il eut disparu au détour du chemin, entre les grands champs cultivés et les rangées de peupliers, Wellan ramena sa petite armée à l'intérieur du château. Il ne savait pas quand Élund leur assignerait de nouveaux apprentis, alors il recommanda à ses soldats de profiter de ces derniers jours de liberté.

3

CATANIA

Bergeau chevaucha à un rythme d'enfer en direction de Zénor, ne s'arrêtant qu'au coucher du soleil dans des endroits protégés par des arbres ou des saillies rocheuses. Plus il descendait vers le sud, plus le temps se réchauffait, l'obligeant à abreuver régulièrement son cheval. Après avoir traversé les plaines du Royaume de Perle qui s'étendaient à perte de vue et les vallons boisés du Royaume de Cristal, l'homme du Désert pénétra enfin dans le pays de sa bien-aimée.

Il avait rencontré Catania sur la plage, au pied du château abandonné, en compagnie d'autres demoiselles de sa famille, les bras chargés de paniers d'osier remplis d'étranges mollusques. Ayant eu la témérité de s'adresser à lui, malgré les avertissements de ses aînées, elle avait tout de suite attiré l'attention du Chevalier. Il se souvenait d'elle comme d'une jeune femme costaude, aux épaules carrées, aux longs cheveux brun-roux et à la peau tannée par le soleil de Zénor. Au cours du repas donné en son honneur ce soir-là, Bergeau avait remarqué les yeux bleus de la paysanne, aussi sombres que l'océan, et ses dents blanches qui étincelaient lorsqu'elle riait aux éclats. Belle comme une fleur, Catania semblait aussi jouir d'une santé robuste qui lui permettrait de lui donner des héritiers.

Émergeant des denses forêts de la partie orientale de Zénor, Bergeau fonça vers la mer. Depuis la première invasion par les soldats d'Amecareth, ce peuple éprouvé résidait sur les hauts plateaux surplombant l'océan, protégé par une falaise que les dragons de l'Empereur Noir ne pouvaient escalader. C'est en se précipitant dans le vide, à cet endroit même, que presque tous ces monstres avaient péri lorsque leurs maîtres s'étaient repliés devant les premiers Chevaliers d'Émeraude. Cinq cents ans plus tard, des enfants jouant au pied de cet escarpement avaient déterré leurs ossements par hasard.

Bergeau traversa la rivière Mardall et galopa à travers les champs désertés, son cœur palpitant de plus en plus fort dans sa poitrine à mesure qu'il se rapprochait de sa bien-aimée. Le mariage ne l'avait guère intéressé au début de sa carrière de soldat, mais il ne pouvait plus demeurer indifférent devant les petites attentions que recevaient ses frères d'armes de la part de leurs épouses. De plus, il fallait bien que les humains repeuplent Enkidiev.

Il atteignit le village du Roi Vail à la tombée du jour. Des feux s'allumaient çà et là tandis que l'air devenait enfin plus frais. Le Chevalier contourna le légendaire squelette du dragon qui s'élevait à l'est du village, en bordure des glèbes, se demandant quel âge avait ce spécimen au moment de sa mort.

Il n'eut pas le temps de se questionner davantage que déjà des hommes armés de glaives s'avançaient à sa rencontre. Les visages d'abord hostiles des Zénorois s'illuminèrent lorsqu'ils avisèrent les pierres précieuses sur sa cuirasse. Le soldat mit pied à terre.

— Chevalier Bergeau ! s'exclama l'un d'eux en le reconnaissant.

Une dizaine d'années plus tôt, ces hommes avaient travaillé d'arrache-pied à creuser des trappes sur la plage en compagnie des Chevaliers d'Émeraude et d'ouvriers venus des royaumes voisins, et des liens d'amitié s'étaient tissés entre eux.

— Balhiss ! s'écria Bergeau en étreignant la brave sentinelle avec amitié.

Les autres les encerclèrent et, tout en échangeant des propos chaleureux avec lui, entraînèrent l'illustre visiteur devant la chaumière de leur souverain.

En l'apercevant, le Roi Vail bondit sur ses pieds et l'accueillit en lui serrant les bras comme un véritable soldat. Il laissa ensuite le Chevalier saluer la Reine Jana, le Prince Zach et la petite Princesse Mona. Bergeau accepta volontiers la chope de bière qu'on lui tendit.

— Je crois connaître le but de votre visite, déclara Vail, légèrement moqueur.

— Catania vous l'a dit ? s'étonna Bergeau.

— Mais évidemment ! rit le Prince Zach. Tout Zénor le sait !

— Nous vous attendions avec impatience, sire Bergeau ! renchérit le roi.

Le Chevalier survola d'un regard anxieux les feux allumés devant les maisons, à la recherche de sa promise.

— Nous la ferons quérir tout à l'heure, assura le monarque. Mais mangez d'abord avec nous.

La Princesse Mona, âgée d'une quinzaine d'années, tendit au visiteur un bol rempli d'un ragoût au fumet appétissant. Bergeau la remercia, notant au passage les taches de rousseur qui parsemaient son petit nez et ses joues, et ses grands yeux bleus curieux. Décidément, les filles de ce pays étaient fort jolies.

Il avala son repas en écoutant distraitement Vail lui raconter les plus récents événements survenus dans son royaume, mais il ne put s'empêcher de jeter des coups d'œil à la dérobée autour de lui, le cœur gonflé d'impatience.

Puis, lorsqu'ils eurent tous fini de manger, les femmes ramassèrent les écuelles vides et les hommes allumèrent leur pipe tandis que les enfants se rassemblaient autour des conteurs. Fendant cette foule paisible et heureuse, Catania apparut soudain, telle une vision descendue tout droit du ciel. Ayant appris que son beau prétendant d'Émeraude était enfin arrivé, la jeune femme avait laissé la vaisselle sale aux soins de ses sœurs pour courir à la chaumière royale.

Vêtue d'une simple robe beige et d'un bustier marron lacé sur sa poitrine, elle hâta le pas en apercevant Bergeau aux côtés du roi. Ses longs cheveux bouclés volaient derrière elle comme la queue enflammée d'une comète. Le Chevalier amoureux déposa brusquement sa chope et se leva juste à temps pour recevoir la jeune femme dans ses bras. Ceux qui les entouraient sourirent de bonheur en voyant ces âmes sœurs enfin réunies.

— Je rêve de ce moment depuis si longtemps, murmura Catania à l'oreille de son futur époux.

— C'est la même chose pour moi, répliqua Bergeau, croyant que son cœur allait éclater. Je n'aurais jamais dû attendre toutes ces années.

— Mon père veut vous rencontrer. Mais, rassurez-vous, ce n'est qu'une formalité.

— Je trouve normal qu'il veuille connaître l'homme qui lui ravira sa fille.

Elle se défit gentiment de son étreinte et plongea son regard dans le sien. D'une main infiniment tendre, elle caressa la mâchoire volontaire du Chevalier. Du bout de l'index, elle dessina ses traits comme si elle voulait les sculpter dans l'argile. Bergeau lut alors dans ses yeux l'amour, la passion, le désir qu'elle ne pouvait pas dire devant tous ces témoins.

— Y a-t-il un endroit où nous pourrions bavarder en privé ? chuchota-t-il en résistant à l'envie d'embrasser les doigts qui frôlaient doucement ses lèvres.

— Nous pourrions nous promener autour du village jusqu'à l'heure du couvre-feu, suggéra-t-elle, continuant de le dévorer des yeux. Il ne nous est pas permis d'aller plus loin. C'est une règle en vigueur depuis la destruction de nos villages, jadis.

Il prit sa main et l'attira en direction de l'ombre mouvante entourant les chaumières. Les paysans frappèrent dans leurs mains pour manifester leur plaisir de les voir partir ensemble. Les deux amoureux s'isolèrent à l'extérieur du hameau en se tenant la main comme des enfants.

— La première fois que je vous ai vu près du château, j'ai tout de suite su que vous seriez un jour mon mari, déclara Catania. C'est la raison pour laquelle j'ai eu l'audace de vous écrire.

— Et moi, je n'ai cessé de parler de vous à mes frères après notre rencontre. Votre première lettre m'a vraiment fait plaisir.

Bergeau pressa les doigts de Catania en cherchant les mots qui traduiraient ses véritables sentiments.

— Je ne connais aucune femme plus belle que vous, dit-il, la voix rauque.

Elle se jeta dans ses bras et l'embrassa avec fougue. Tous les doutes du Chevalier quant à sa décision d'unir enfin sa vie à celle de cette femme s'évanouirent au contact des lèvres chaudes de la Zénoroise. Longtemps, ils restèrent blottis l'un contre l'autre, à échanger des baisers et des mots doux. Lorsque les sentinelles sonnèrent le couvre-feu, ils rentrèrent docilement au village et désunirent leurs doigts enlacés, à regret. On dirigea Bergeau vers la chaumière royale tandis que sa future épouse reprenait le chemin du foyer paternel. Le Chevalier la suivit des yeux jusqu'à ce que l'obscurité happe sa silhouette.

Dans la maison du Roi Vail, le Chevalier s'allongea sur le lit qu'on lui assigna et croisa les bras sous sa tête en songeant à son avenir. À titre de cadeau de noces, Émeraude Ier lui avait offert une terre près de la rivière Wawki où il lui serait possible de construire sa maison et d'élever ses enfants. Il se demanda si Catania se plairait dans ce climat plus frais que celui de Zénor.

— L'amour est une émotion enivrante, n'est-ce pas ? lança Vail en prenant place sur un banc.

Bergeau se redressa sur ses coudes et prit le gobelet fumant que lui tendait le monarque.

— Cela vous aidera à dormir, expliqua le roi. Demain est un grand jour. Vous aurez besoin d'être frais et dispos.

— Pour rencontrer le père de Catania ? s'étonna le Chevalier.

— Pour vous marier, bien sûr.

— Me... quoi ?

Le Chevalier écarquilla des yeux stupéfaits. Ce n'était certes pas ainsi qu'il avait prévu le déroulement des choses. Il expliqua au roi qu'il désirait épouser Catania devant son souverain, en compagnie de tous ses frères d'armes, et célébrer l'heureux événement avec eux. Vail rit de bon cœur en lui assurant que Zénor ne laisserait jamais partir une de ses filles avec un homme sans qu'elle soit son épouse.

Déconcerté, Bergeau avala la potion soporifique d'un seul trait et rendit le gobelet au roi, préférant dormir plutôt que de se torturer toute la nuit à tenter de résoudre ce problème. Le matin venu, il exposerait la situation à sa bien-aimée, puisque désormais, il ne prendrait plus aucune décision les concernant sans la consulter, puis il en informerait Wellan. « Il est hors de question que je quitte ce pays sans la femme de mes rêves », décida-t-il. Il n'aurait qu'à reformuler ses vœux devant ses compagnons une fois rentré à Émeraude, si la loi le lui permettait.

4

Un mariage zénorois

Le lendemain, Bergeau fut tiré du lit sans avoir eu le temps d'ouvrir les yeux. Une procession de jeunes hommes l'entraîna alors à travers champs et ils le dévêtirent sur la berge de la rivière Mardall dans laquelle ils le poussèrent en chahutant comme des enfants. L'eau froide acheva de réveiller le Chevalier qui se joignit de bon cœur aux plus jeunes, retenant sa respiration pour nager aussi longtemps que possible sous l'eau et recueillir des cailloux brillants sur le lit sablonneux.

Lorsque leurs lèvres tournèrent au violet, ils sortirent de l'onde et s'enroulèrent dans des couvertures de laine. Les plus âgés allumèrent un feu et y jetèrent les herbes destinées à purifier les intentions du futur marié. Assis par terre, Bergeau fut enveloppé du nuage de fumée émanant du mélange odorant et l'aîné lui énuméra les devoirs d'un époux. Un soleil de plomb commençant à régner sur Zénor, on enleva au Chevalier sa couverture pour le masser avec une pâte transparente parfumée. Puis on voulut lui enfiler une longue tunique blanche.

— Ce ne sont pas mes vêtements ! protesta-t-il.

— Un homme doit toujours demander une femme en mariage avec la plus grande humilité, répliqua l'aîné. Le père de Catania serait offensé de vous voir arriver chez lui paré de pierres précieuses.

Un Chevalier d'Émeraude devait représenter l'Ordre à chaque instant de sa vie, mais comme Bergeau ne voulait pas se voir refuser la main de sa belle, il accepta de passer le vêtement immaculé et laissa au Prince Zach le soin de transporter sa tenue verte. Le groupe en liesse retourna au village en chantant et en riant. Bergeau fut aussitôt conduit devant la chaumière de son futur beau-père et l'aîné, toujours présent à ses côtés, lui souffla les paroles d'usage.

— Je cherche le père de la jolie Catania ! pérora l'homme du Désert. On me dit qu'il s'appelle Aumfa et qu'il habite ici.

Un homme aux cheveux argentés sortit sur le porche et se campa devant le Chevalier. En dépit de son âge avancé, c'était un solide gaillard avec des bras d'acier et des jambes musclées bien plantées dans le sol. Son visage austère n'annonçait rien de bon et Bergeau avala de travers à la pensée qu'il puisse être chassé. Se rappelant soudain que certains peuples refusaient de laisser leurs filles quitter la terre de leurs ancêtres, il craignit d'avoir fait toute cette route pour rien.

— Et qui demande à le voir ? tonna Aumfa.

— Un homme qui meurt d'amour pour sa fille.

Bergeau trouvait plutôt embarrassant d'avoir à ouvrir son cœur devant le village entier, mais, le jour de leur adoubement, les Chevaliers promettaient de respecter les coutumes de tous les peuples, quelles qu'elles soient, et, apparemment, l'homme désirant obtenir la main d'une Zénoroise devait se plier à ces usages.

— Je suis le père de Catania. Qui êtes-vous et qu'avez-vous à lui offrir ?

Cette fois encore, l'aîné chuchota la réponse à l'oreille du Chevalier. Ce dernier se demanda s'il pourrait enfin exprimer ses véritables sentiments au cours de cette étrange cérémonie.

— Je suis le Chevalier Bergeau, un soldat honnête et courageux, et votre fille ne manquera de rien à mes côtés.

L'aîné se pencha de nouveau vers lui, la bouche débordant de formules de politesse, mais, exaspéré, l'homme du Désert décida d'adresser sa requête dans ses propres mots.

— Ce que j'ai à offrir à Catania est bien plus important que mes terres, mon cheval, mes armes ou mon titre, improvisa Bergeau, à la surprise des villageois. Je lui donne mon cœur et ma vie, et je lui jure fidélité et respect jusqu'à mon dernier souffle. Aucun homme ne l'aimera jamais autant que moi.

L'initiative du Chevalier déconcerta Aumfa, parce qu'elle ne respectait pas les rites de son peuple, mais aussi, elle le toucha profondément. Il sut que cet étranger au regard franc rendrait sa fille heureuse. Il l'invita donc dans sa maison, provoquant une réaction de joie au sein de l'assemblée.

Aumfa offrit à boire à son futur gendre et se mit à lui raconter l'histoire de sa famille. Des heures durant, Bergeau l'écouta en avalant tout ce qu'il versait dans sa chope. Occupant les hauts plateaux depuis toujours, les ancêtres de Catania, contrairement à leurs voisins, n'avaient pas fui les dragons de l'Empereur Noir. Faisant preuve d'ingéniosité et de courage, ils avaient détourné les monstres vers la falaise, allumant des centaines de feux qui leur interdisaient toute autre issue. Grâce à la bravoure de ces Zénorois, la plupart des dragons s'étaient écrasés sur la plage.

Quand Bergeau quitta finalement la maison d'Aumfa, plutôt gris, d'autres réjouissances l'attendaient. Les villageois avaient profité de son absence pour accrocher des banderoles de fleurs partout et préparer un festin. Les hommes en âge de boire levèrent leurs verres en son honneur, et remplirent le sien, le félicitant à grand renfort de claques dans le dos. Le Chevalier chanta avec les bardes, dansa avec les Zénorois et raconta des histoires abracadabrantes aux toutpetits, jusqu'à ce qu'il aperçoive la femme avec qui il partagerait désormais sa vie.

Vêtue d'une robe blanche, un voile diaphane recouvrant son abondante chevelure, Catania serrait dans ses mains tremblantes un magnifique bouquet de fleurs sauvages. Le Chevalier interrompit sa narration, arrachant des cris de déception aux enfants, et se redressa fièrement. Du moins le tenta-t-il... Soucieux de lui éviter l'humiliation de s'effondrer devant sa fiancée, ses jambes engourdies par l'alcool cédant sous son poids, le Prince Zach et un autre jeune homme l'empoignèrent solidement et, bras dessus bras dessous, l'aidèrent à marcher jusqu'à l'Ancien qui présiderait la cérémonie. Devant les yeux brillants de Catania et le sourire éblouissant qu'il devinait sous son voile, Bergeau sut qu'il ne regretterait jamais son choix.

5

L'âme sœur

À la suite du départ de Bergeau, Jasson se mit à ressentir de l'ennui. Bien sûr, les sept premiers Chevaliers avaient grandi tous ensemble, mais des liens plus étroits s'étaient tissés entre certains d'entre eux. Tout comme Wellan et Santo qui passaient énormément de temps à discuter des grands courants de l'histoire, Bergeau et Jasson aimaient chasser, s'entraîner au combat et faire la fête ensemble.

Jasson comprenait l'attirance de l'homme du Désert pour la belle paysanne qui avait ravi son cœur, mais, au fond de lui, il craignait que le mariage ne le privât de son meilleur ami. En ce beau matin de la saison chaude, la présence rassurante de Bergeau lui manquait beaucoup. Toutefois, se doutant que les pensées de son frère d'armes étaient entièrement dédiées à l'amour, Jasson n'osa pas communiquer avec lui par voie télépathique.

Élund tardant à attribuer de nouveaux Écuyers aux Chevaliers, ces derniers devaient s'occuper de leur mieux. Pas question de troubler les derniers moments d'intimité de ses compagnons mariés ou d'importuner ceux qui tournaient autour des jeunes filles depuis quelque temps. Jasson aiguisa donc la pointe de sa lance et décida de partir à la chasse au sanglier dans les forêts de la rive nord de la rivière Wawki.

Il quitta le château au moment où le soleil caressait le royaume de ses doux rayons matinaux. La beauté du paysage laissa le Chevalier indifférent, de même que le chant des oiseaux ou la brise légère qui jouait dans ses cheveux blonds. Il se concentra plutôt sur le martèlement des sabots de son cheval et sur le mouvement des puissants muscles de ses épaules, afin de s'assurer que la bête était au meilleur de sa forme.

Jasson traversa le cours d'eau en bordure des collines et s'enfonça dans la forêt de plus en plus touffue. Il lui aurait été facile de se servir de ses sens magiques pour repérer sa proie, mais il préféra utiliser les techniques de chasse que leur avaient autrefois enseignées les soldats du Roi d'Émeraude. Il s'arrêta dans une clairière où de nombreuses empreintes dans la terre meuble lui indiquaient qu'il s'agissait d'un endroit de prédilection pour les animaux sauvages s'abreuvant dans les eaux calmes de la rivière. Mettant pied à terre, il se pencha pour les examiner. Des biches, des renards et même des oies sauvages avaient récemment piétiné le sol, mais pas le moindre sanglier.

Le Chevalier saisit les rênes de sa monture et suivit un sentier creusé au fil des ans par le passage des animaux en pensant qu'il lui aurait été plus profitable d'apporter son attirail de pêche. Il marcha un long moment dans la forêt, tendant l'oreille. Des branches craquèrent à plusieurs reprises autour de lui et il devina qu'il s'agissait d'un gibier plus gros auquel il n'avait nullement envie de se mesurer ce jour-là. La piste se rapprocha à nouveau de l'eau et il constata qu'il se trouvait à la hauteur des premiers villages riverains. Le soleil dardait sur la campagne des rayons de plus en plus ardents. Jasson comprit qu'il était presque midi et que sa chasse serait infructueuse.

Déçu d'avoir ainsi perdu son temps, le jeune homme remonta en selle et chercha un endroit où il pourrait traverser la rivière en toute sécurité. Il vit un moulin au loin et des enfants qui jouaient dans les roseaux. Il talonna son cheval avec l'intention de s'annoncer en émergeant de la sylve afin de ne pas les effrayer, quand il remarqua, derrière les gamins, une paysanne transportant un grand panier rempli de vêtements qu'elle venait de laver. Il avait bien sûr rencontré des villageois dans le passé, mais la vue de cette femme le sidéra. Nimbée d'une aura blanche, elle lui fit penser à une déesse.

« Je dois rêver... », songea-t-il, fasciné par cette vision. Sans avertissement, un faisceau se détacha du cocon de lumière entourant la jeune femme et fonça sur lui. Jasson ne put l'éviter. Le rayon incandescent le frappa en pleine poitrine mais, curieusement, il n'en ressentit aucune douleur. Au contraire, une merveilleuse chaleur envahit le Chevalier et son cœur s'embrasa. « C'est mon âme sœur », comprit-il. Wellan leur avait souvent parlé de ce présent que les dieux, dans leur grande bonté, accordaient aux humains. Pour tout homme et pour toute femme, il existe quelque part dans le monde une compagne ou un compagnon dont le cœur a été conçu à partir de la même source divine. Les paroles du grand chef résonnant dans la tête de Jasson comme un coup de tonnerre, il enfonça les talons dans les flancs de sa monture.

Celle-ci bondit aussitôt dans la rivière, arrachant des cris de surprise aux petits qui grimpèrent sur la berge en catastrophe comme une couvée de canetons. La paysanne laissa tomber son panier pour se porter à leur secours et, reconnaissant la cuirasse de l'étranger, s'empressa d'apaiser leur frayeur.

— Vous n'avez rien à craindre, c'est un Chevalier d'Émeraude. Ces hommes sont les protecteurs d'Enkidiev.

Jasson tira sur les rênes, planta sa lance dans le sol et descendit de cheval, le cœur gonflé d'amour. Il posa un genou en terre devant la jeune femme et les enfants se cachèrent dans ses larges jupes.

— Je suis le Chevalier Jasson d'Émeraude et je veux apprendre à mieux vous connaître, déclama-t-il avec ferveur.

Croyant qu'il s'agissait d'une facétie destinée à rassurer les enfants, l'inconnue éclata de rire, déconcertant son prétendant.

— Vous n'avez rien d'autre à faire que d'effrayer les pauvres gens, Chevalier Jasson ? lança-t-elle d'une voix cristalline en le défiant du regard.

La peau de son visage rond n'était pas aussi lisse que celle des dames qui fréquentaient la cour du roi. Les cernes qui marbraient ses yeux sombres indiquaient une vie de privation et de dur labeur, et ses cheveux bruns en broussaille lui donnaient l'air d'un épouvantail. Elle flottait littéralement dans une robe rapiécée en maints endroits, probablement héritée d'une sœur aînée.

— Je chassais le sanglier lorsque je vous ai aperçue..., expliqua-t-il.

— Eh bien ! retournez-y ! le coupa-t-elle d'un ton autoritaire. Et mangez-le à notre santé !

Elle dispersa les enfants sans lui laisser le temps de répliquer et hissa l'énorme panier sur une de ses épaules si frêles, avant de s'éloigner.

— Attendez ! cria Jasson en se relevant brusquement.

Devant son imposante stature, les enfants déguerpirent en direction des chaumières, mais la jeune femme poursuivit son chemin le long de la rivière sans plus se préoccuper du guerrier. « Mais si elle m'est destinée, pourquoi me fuit-elle ainsi ? » s'attrista le Chevalier. Sous son regard déconfit, la paysanne piqua vers le centre du village, en gardant la tête bien haute. « Je ne peux la laisser me filer ainsi entre les doigts », s'affola Jasson. Parandar, qui régnait sur le panthéon céleste, ne créait qu'une seule âme sœur pour chacun de ses serviteurs humains. Le Chevalier savait qu'il ne trouverait plus jamais une autre femme capable de le combler. Abandonnant cheval et lance sur la berge, il s'élança vers elle et lui bloqua la route.

— Écoutez-moi, je vous en prie.

La jeune femme soupira d'agacement, car ce soldat d'Émeraude l'empêchait de s'acquitter de ses corvées.

— Votre corps tout entier baigne dans une magnifique lumière, comme je n'en ai jamais vu auparavant. C'est le signe que les dieux ont choisi pour m'indiquer celle que je dois épouser, poursuivit-il.

— Vous avez passé trop de temps au soleil, Chevalier Jasson, fulmina-t-elle, les yeux chargés de colère. Je vous suggère de rentrer au château et de laisser vos compagnons prendre soin de vous.

Elle tenta de le contourner, mais il l'en empêcha en se déplaçant rapidement devant elle.

— Je vous en conjure, gente dame, ne me brisez pas le cœur.

— De nous deux, c'est plutôt moi qui risque de connaître ce sort lorsque je me rendrai compte, après avoir cru à vos belles paroles, qu'il s'agissait d'un pari entre soldats.

— Un pari ? répéta Jasson, qui nageait dans l'incompréhension la plus totale.

— Nous ne vivons peut-être pas dans la richesse et l'abondance comme les habitants du Château d'Émeraude, mais nous sommes des gens fiers et nous détestons être humiliés.

— Mes paroles sont sincères et...

La jeune femme parvint à lui échapper et, tournant les talons, elle s'élança entre les chaumières, passant sous des vêtements suspendus à une corde. Jasson aurait pu la poursuivre, mais il ne voulait pas l'effrayer davantage. « Je finirai bien par lui faire entendre raison », se persuada-t-il. La mort dans l'âme, il retourna à son cheval qui l'attendait sagement en broutant l'herbe tendre de la berge, retira sa lance du sol et grimpa en selle. Il mettait le cap sur le château lorsqu'une terrible pensée s'empara de lui. Et si elle était déjà mariée ?

6

Le poème

Jasson rentra au château un peu avant le coucher du soleil et étrilla son cheval avant d'aller faire sa toilette dans le silence de sa chambre de l'aile des Chevaliers. Ses compagnons étant tous des êtres extrêmement sensibles, il serait bien difficile de leur cacher sa détresse. Il enfila une tunique propre, laça ses sandales et prit plusieurs grandes inspirations avant de se rendre au hall où les vingt-cinq Chevaliers étaient déjà attablés et mangeaient en bavardant et en riant. Jasson avisa une place libre près de Santo et il s'en approcha le plus discrètement possible. Mais les yeux bleus de Wellan le suivirent avec intérêt. En sondant rapidement le cœur de son frère d'armes, le grand chef capta son chagrin, qu'il imputa à l'absence de Bergeau.

Jasson se mêla aux autres en faisant bien attention de ne pas les alarmer et piocha aussitôt dans les nombreux plats posés sur la table par les serviteurs, mais eut beaucoup de mal à avaler sa nourriture. Santo, le plus intuitif des Chevaliers, posa la main sur son bras. Il ne pouvait utiliser son esprit pour lui parler, car il aurait ainsi alerté tous ses compagnons, mais il lui était impossible de ne pas réagir devant la tristesse de son ami même si ce dernier faisait de louables efforts pour la leur dissimuler.

— Si tu as besoin de parler de ce qui te tracasse, rejoins-moi sur la passerelle après le repas, murmura le guérisseur.

Le Chevalier troublé acquiesça d'un signe de tête et feignit de s'intéresser à la conversation de ses jeunes compagnons sur la probabilité d'un retour imminent des forces d'Amecareth. Wellan fronça les sourcils, consterné par la détresse qu'il percevait dans l'âme de son bouillant jeune frère. Celui-ci n'avait-il pas toujours fait preuve de la plus grande insouciance, quel que soit le problème ? Qu'avait-il bien pu se produire pendant sa partie de chasse du matin ?

Au moment où les serviteurs s'approchaient pour desservir la table, Santo s'empara de sa harpe et se mit à louer en chanson les exploits des rois d'antan. Ceux qui connaissaient les vers du refrain les entonnèrent avec lui. Jasson prêta une oreille distraite aux prouesses des grands seigneurs de Rubis et de Cristal, le visage de la paysanne d'Émeraude continuant de hanter ses pensées.

Une heure plus tard, les soldats commencèrent à quitter le hall par petits groupes. Jasson s'esquiva en passant le plus loin possible du grand chef. Pas question de l'embêter avec ses problèmes de cœur. Wellan avait bien d'autres choses à penser.

Jasson poussa la porte donnant sur la cour et l'air frais du soir caressa son visage sans toutefois lui apporter l'apaisement. Il traversa la cour, grimpa l'escalier et atteignit la passerelle qui courait le long des remparts du château. Le ciel s'assombrissait de seconde en seconde et, dans la campagne, les habitants allumaient des feux ou des lampes qui évoquaient une myriade d'étoiles. Le Chevalier s'appuya sur un créneau et laissa errer son regard vers la rivière, se demandant si elle pensait à lui. « Si elle était ma femme, je la bercerais au coin du feu en lui racontant mon enfance à l'oreille... », songea-t-il. Une main se referma sur son épaule, le faisant sursauter.

— Ce n'est que moi, le calma Santo, surpris par sa vive réaction.

Jasson se détendit aussitôt et saisit les bras de son frère d'armes avec force.

— Je ne vous ai jamais ennuyés avec mes problèmes personnels, commença-t-il, embarrassé, mais...

— Aujourd'hui, tu as besoin de te confier à nous, compléta le guérisseur. J'ai entendu tes pensées en venant te rejoindre.

Le jeune Chevalier baissa la tête en rougissant.

— À notre âge, il est normal de vouloir prendre femme, mon frère, le rassura-t-il. Nous y pensons tous, tu sais. Mais il semble bien que tu aies trouvé la perle rare. C'est d'elle que tu veux me parler ?

— Oui, répondit-il en levant des yeux malheureux sur lui. Je suis convaincu qu'elle est mon âme sœur.

— Alors pourquoi souffres-tu autant ?

— Je crains qu'elle ne partage pas mes sentiments, lâcha-t-il du bout des lèvres.

— Et toi, tu es tombé amoureux d'elle en la voyant, c'est ça ?

— Oui. Elle était entourée d'un halo comme une déesse ! Je n'ai jamais rien vu de tel, Santo. Mon cœur s'est mis à palpiter comme si j'allais mourir. J'ai tout de suite su qu'elle serait mienne. Mais quand je lui ai manifesté mon intérêt, elle a pris la fuite.

Santo soupira avec découragement en constatant une fois de plus que ses frères n'écoutaient jamais les paroles de ses chansons. Si tel avait été le cas, Jasson aurait su comment dire à cette femme qu'il l'aimait.

— Tu l'as probablement effrayée, mais je ne pense pas qu'il soit trop tard pour réparer les pots cassés.

— De quelle façon ? le pressa Jasson, rempli d'espoir.

— En te montrant un peu plus romantique.

— Santo, je chante comme un crapaud et la harpe se met à trembler dès que je m'en approche !

— Mais tu saurais réciter un poème. Viens, nous allons vaincre les réticences de ta bien-aimée.

Jasson le suivit sans hésitation. Sous les regards discrets des serviteurs qui vaquaient aux dernières corvées de la journée, les deux Chevaliers grimpèrent à la bibliothèque. Santo alluma magiquement des chandelles sur une table et Jasson s'empara de quelques feuilles de papyrus et d'une plume. Il trempa celle-ci dans l'encre et attendit que l'inspiration emporte son ami barde.

Santo visualisa dans son esprit la femme à laquelle il aurait aimé déclarer son amour et composa un poème à son intention, le récitant à voix haute. Jasson transcrivit les mots sans tenter d'en saisir le sens et ne chercha pas à identifier la jeune personne qui faisait languir le guérisseur.

— Maintenant, va l'apprendre par cœur, commanda ce dernier.

Fou de joie, Jasson lui saisit les bras et les serra de toutes ses forces en lui promettant de lui faire connaître sans délai le résultat de ses démarches. Resté seul, le barde ferma tristement les yeux, le cœur gonflé d'un amour impossible.

De retour dans sa chambre, Jasson lut le poème à maintes et maintes reprises, s'en imprégnant jusqu'à la moelle. Puis, lorsqu'il fut certain que ses compagnons dormaient profondément, il se rendit aux bains et le récita à voix haute en tournant autour du bassin. Absorbé dans sa déclamation, il ne sentit pas la présence de Wellan.

Le grand chef s'arrêta à l'entrée de la vaste pièce où un léger brouillard courait au ras du sol et observa l'étrange comportement de son compagnon. Cette ode à l'amour n'était certes pas de son cru. En l'écoutant plusieurs fois, il finit par reconnaître à l'œuvre la touche de Santo. « C'est donc une femme qui le met dans un tel état », comprit Wellan, un sourire flottant sur ses lèvres. Il s'esquiva en silence, laissant Jasson apprendre son poème en toute quiétude.

*
* *

À l'aube, le jeune amoureux ne revêtit que sa tunique, son pantalon et ses bottes de cuir, et attacha machinalement sa ceinture et son épée à sa taille. Il se rendit à l'écurie, sella son cheval et quitta le château à cette heure matinale où les premiers paysans franchissaient le pont-levis que l'on venait d'abaisser. Jasson galopa le long de la rivière Wawki, le cœur gonflé d'espoir, et arrêta son destrier à l'extérieur du village de la paysanne. Il trouva facilement un jeune garçon à qui il confia sa monture en échange d'une pièce d'or et marcha entre les chaumières en cherchant l'étrangère.

Le hameau se réveillait petit à petit. Les enfants se donnaient la chasse entre les maisons de pierre, un morceau de pain sec ou de galette à la main, pendant que les femmes faisaient mijoter le ragoût sur les flammes et que les hommes s'apprêtaient à retourner aux champs. Le Chevalier gardait peu de souvenirs de sa terre natale, avant son arrivée à Émeraude, mais il se rappelait l'odeur du feu dans la fraîcheur du matin.

En avançant vers le puits central, il repéra la silhouette lumineuse de la jeune femme qui y puisait de l'eau. Il attrapa un gamin qui passait par là et lui demanda le nom de la belle.

— Elle s'appelle Sanya, évidemment, répondit l'enfant en se dégageant sèchement.

Le garçon poursuivit sa route et Jasson demeura immobile à observer Sanya. Bien que menue, elle semblait forte et énergique et son bras tournait la manivelle sans aucun effort apparent. Elle avait noué ses longs cheveux bruns dans son dos pour qu'ils ne nuisent pas à son travail. Envoûté par le halo miroitant qui entourait la paysanne, le Chevalier ne remarqua ni ses vêtements usés ni ses traits tirés. Seuls son cœur et son essence le fascinaient.

Rassemblant son courage, il fit un pas vers elle tandis qu'elle versait l'eau dans son seau.

— Sanya, l'appela-t-il d'une voix douce.

Elle fit volte-face et lui opposa un regard farouche qui ne fut pas sans lui rappeler celui d'une bête sauvage.

— Encore vous !

— Laissez-moi vous réciter un poème qui décrira mieux que moi ce que je ressens pour vous. Je vous en conjure, écoutez-le jusqu'au bout.

La paysanne s'assura que les autres villageois ne se trouvaient pas à portée de voix et inclina vivement la tête pour indiquer au Chevalier de faire vite. Alors, Jasson déclama l'ode qu'il connaissait désormais par cœur.

Dans un ciel constellé d'étoiles scintillantes
J'ai vu le gracieux visage d'une déesse fascinante

Et mon cœur s'est attristé de la douleur de l'exil
Que j'ai ressentie au fond de son âme subtile.
Rejetée par les siens, insensible à la harpe agréable
Destinée à errer sans connaître la dévotion véritable
Pourtant, belle enchanteresse, je suis là sous vos yeux
À attendre que vos lèvres prononcent le vœu
De me voir enfin voler à votre secours
Et vous offrir ma vie et mon amour.
Je suis un homme de chair, pas un Immortel translucide
Mais mon courage est celui d'un héros intrépide
Mon bras est d'acier, ma main douce comme l'air
Ma fidélité et ma loyauté sont légendaires.
Si vous poursuivez en ce jour votre route dans le noir
Alors la vie quittera mon corps meurtri sans plus
  d'espoir
Et je ne serai plus qu'un spectre au désir inassouvi
Errant sans but et gémissant dans la nuit.
Ô belle souveraine du ciel, dans toute votre splendeur
Ayez pitié de votre humble serviteur.

Sidérée, la jeune femme le fixait, les yeux écarquillés, bouche bée, aucun son ne parvenant à franchir ses lèvres. Jasson profita de sa soudaine docilité pour s'emparer d'une de ses mains et la porter à sa joue.

— Les dieux ne se trompent jamais lorsqu'ils choisissent une femme pour un homme, ajouta-t-il dans un souffle.

— Pourquoi vous moquez-vous ainsi de moi ? balbutia Sanya en tremblant.

— Les Chevaliers d'Émeraude ne se moquent jamais des gens. Ils sont entraînés à dire la vérité et à demeurer honnêtes en toute circonstance. Je vous en supplie, croyez-moi.

— M'avez-vous bien regardée, Chevalier ? Je ne ressemble en rien aux dames raffinées que vous fréquentez au château et je ne possède certes pas leur bourse. Je suis née paysanne et je mourrai paysanne, tout comme vous êtes né dans des draps de soie où vous serez également enseveli.

Abandonnant son seau sur la margelle, la jeune femme enfouit son visage dans ses mains et s'enfuit en sanglotant. « Mais que dois-je faire pour la convaincre de mon amour ? » se désespéra Jasson en se relevant. Sans doute aurait-il dû s'adresser à Dempsey ou à Falcon pour le savoir, car, contrairement à Santo, ils étaient tous deux mariés.

Fermement décidé à ne pas laisser Sanya lui échapper, n'ayant plus rien à perdre, Jasson se dirigea vers un groupe de femmes qui pétrissaient de la pâte sur une roche plate et leur demanda où se trouvait la maison du père de sa belle. Avisant l'épée sur sa hanche, elles comprirent qu'il s'agissait d'un soldat et elles lui indiquèrent le chemin conduisant à sa chaumière, à l'extérieur du village. Il s'y hâta en se promettant de dire à Santo d'écrire des poèmes moins tragiques s'il voulait lui-même prendre épouse.

Ses pensées totalement absorbées par la jeune femme en larmes, Jasson déboucha devant un enclos de bois où un paysan aux cheveux poivre et sel donnait à manger à un cheval, deux vaches et quatre chèvres.

— Brave homme, je cherche le père de Sanya.

— C'est moi, répondit le villageois sans le regarder. Vous venez du château, n'est-ce pas ?

— En effet, je suis le Chevalier Jasson d'Émeraude.

— Et moi, je suis Turnan, un loyal serviteur de Sa Majesté.

Il frotta ses mains sur sa chemise et s'approcha de Jasson en lui tendant la main. Le soldat la serra fermement et sonda rapidement son cœur. Turnan était un homme bon qui travaillait sans relâche pour assurer la survie des siens.

— Que me voulez-vous ? s'enquit ce dernier, sans détour.

— J'aimerais savoir si Sanya est déjà mariée, répondit Jasson en rougissant légèrement.

— Oh que non ! J'ai eu six filles, sire, et je ne serai jamais assez riche pour les marier toutes.

— Si sa dot ne m'importe pas, m'accorderez-vous sa main ?

Le paysan aux traits burinés l'examina de la tête aux pieds comme s'il était un cheval à vendre. Ses yeux sombres ne trahissant aucune émotion, le Chevalier se vit donc contraint de le sonder de nouveau. En vérité, Turnan était flatté.

— Vous êtes un gentilhomme, sire Jasson, et ma fille n'est qu'une pauvresse sans éducation. Et je n'ai rien à lui offrir, ni trousseau, ni pièces d'or.

— Je ne désire pas l'épouser pour ses biens, mais pour l'amour qu'elle peut me donner.

— Sanya ne parle jamais aux étrangers, alors comment l'avez-vous connue ?

Décidé à demeurer tout à fait honnête avec son futur beau-père, Jasson lui raconta brièvement l'épisode de la veille et lui décrivit l'aura entourant sa fille. Turnan ne parut pas s'émouvoir de son récit fantastique et se contenta de croiser les bras sur sa poitrine.

— Je suis entraîné à reconnaître les signes que nous envoient les dieux, poursuivit Jasson en s'enflammant, et cette lumière, que je suis le seul à voir, m'est destinée. Je vous en prie, croyez-moi.

— Je n'ai aucune raison de mettre votre parole en doute, mais vous me prenez au dépourvu. Laissez-moi y réfléchir.

Jasson ne pouvait certes pas lui refuser ce délai et il s'inclina devant lui avec gratitude. Le paysan reprit son travail et le Chevalier comprit que leur entretien était terminé. Refusant de se décourager, il retourna chercher son cheval et rentra au château à l'instant même où ses frères d'armes passaient à table. Sur la pointe des pieds, il se faufila jusqu'à la première place libre, entre Morgan et Kerns.

— Tu sembles prendre la fâcheuse habitude d'arriver en retard aux repas, lui reprocha Wellan.

Un silence pesant tomba sur l'assemblée jusque-là joyeuse. Jasson pivota vers le grand Chevalier et croisa son regard de glace. En tant que chef de l'Ordre, Wellan tenait à savoir tout ce qui s'y passait, mais comprendrait-il les élans de son cœur ?

— Je suis désolé, marmotta-t-il en détournant les yeux.

— Quelque chose semble te troubler profondément, remarqua alors Wellan.

Santo lui décocha un coup d'œil d'avertissement, mais Wellan l'ignora.

— Nous sommes là pour t'aider, Jasson, poursuivit-il.

— Oui, je sais, mais cette fois, vous ne pouvez rien pour moi. Il s'agit de ma propre quête, mais si je devais échouer, alors je vous donnerai l'occasion de me consoler. Pour le moment, rien n'est encore perdu.

Wellan allait insister, quand Bridgess, assise à ses côtés, posa une main ferme sur son bras. Les autres captèrent son geste et comprirent qu'ils devaient respecter les désirs de Jasson. Le grand chef céda devant l'air féroce de sa maîtresse et laissa son compagnon tranquille, se promettant bien de revenir à la charge...

7

SANYA

Ayant eu beaucoup de mal à dormir et hanté par le regard chargé de reproche de Wellan, Jasson décida de se confier à lui, dès son réveil. Le cherchant, il se rendit dans la salle des bains, mais n'y trouva pas son chef. Faisant appel à ses facultés magiques, il sonda le château et repéra le grand chef à la bibliothèque.

Une fois son corps purifié, Jasson s'enroula dans un drap sec et médita quelques minutes, assis sur la pierre chaude de la vaste pièce. Il revêtit ensuite sa tunique et, au lieu de suivre ses frères dans le hall, il obliqua vers le palais. Il gravit l'imposant escalier en se rappelant ses souvenirs d'enfance. Ils avaient tous grandi à Émeraude et foulé ces marches de si nombreuses fois soit pour jouer, soit pour aller étudier.

Il entra en silence dans ce haut lieu du savoir. Des rayons de soleil s'introduisaient dans la pièce par d'étroites fenêtres et un vent très doux y faisait danser de minuscules grains de poussière. Le Chevalier arpenta les allées et trouva Wellan absorbé dans la lecture d'un vieux grimoire à la couverture de cuir. Jasson toussota et Wellan leva aussitôt les yeux sur lui sans accuser la moindre surprise.

— Est-ce le moment de te consoler ? demanda-t-il avec un brin d'inquiétude.

— Non, enfin, pas encore, répondit Jasson. Je n'ai reçu aucune nouvelle du père de la jeune fille que je désire épouser.

— C'est donc ça.

Le grand Chevalier déposa le livre sur la table et, d'un geste de la main, l'invita à prendre place face à lui. Jasson soutint bravement le regard inquisiteur de son chef.

— Vas-tu enfin m'expliquer ce qui t'accable autant ? s'impatienta Wellan.

— C'est que la jeune personne en question ne comprend pas mon attirance pour elle. Il semble bien que nos pouvoirs magiques nous permettent de voir des choses qui restent invisibles au commun des mortels. Je distingue une belle lumière blanche autour d'elle, comme si cela émanait d'une déesse, et je sais qu'il s'agit d'un signe du ciel...

— Mais elle ne voit pas ton aura parce qu'elle n'est pas magicienne, compléta Wellan.

— Et comme elle refuse de me prendre au sérieux, j'ai demandé sa main à son père. J'ignore comment elle réagira s'il me l'accorde.

Wellan se pencha par-dessus la table et saisit les deux bras de son frère d'armes avec amitié.

— Si tu es persuadé au plus profond de toi-même qu'elle est ton âme sœur, elle ne pourra pas te repousser, fit Wellan, plus ou moins sûr de ce qu'il avançait.

— Elle est plutôt farouche, Wellan.

— Les femmes le sont toutes un peu. Notre rôle à nous, les hommes, consiste à les rassurer et à leur prouver qu'elles peuvent nous faire confiance.

La compréhension de son chef sembla redonner du courage à Jasson. Il allait lui décrire Sanya quand un jeune messager du roi arriva en coup de vent dans la bibliothèque et leur annonça qu'un homme voulait voir le Chevalier Jasson sans tarder dans la cour. Intrigués, les deux soldats bondirent sur leurs pieds et suivirent l'enfant.

Au moment où il posait le pied sous le porche, Jasson comprit que sa tâche serait plus ardue que ne semblait le croire son grand chef. Assise sur le banc de bois d'un vieux tombereau, Sanya serrait un châle sur ses épaules, la tête penchée, le visage dissimulé par ses longs cheveux bruns. Nul besoin de sonder son cœur pour capter son chagrin et sa colère. Mais avant même qu'il puisse tenter le moindre geste pour la rassurer, Turnan sautait sur le sol devant lui.

— J'ai bien réfléchi à votre offre, sire, et je l'accepte, jeta-t-il. Jamais je ne pourrai lui donner une aussi belle vie qu'un Chevalier. Ma fille est à vous. Prenez bien soin d'elle.

Les mains sur les hanches, Wellan observait la scène en silence. Il savait échafauder de brillantes stratégies sur les champs de bataille, mais concernant les affaires de cœur...

— Sanya, descends ! ordonna son père en extirpant un sac de toile de la charrette.

Il le tendit à Jasson, lui disant qu'il s'agissait de ses possessions. La jeune paysanne rejoignit Turnan en gardant la tête basse. Sans esquisser le moindre geste de tendresse, il poussa Sanya dans les bras du Chevalier, grimpa dans la voiture et fit claquer les rênes sur le dos du cheval, abandonnant sa fille à son sort.

— J'espère qu'il vous a fait un bon prix, siffla-t-elle entre ses dents en relevant légèrement la tête et en plantant un regard meurtrier dans celui de Jasson.

— Je lui ai seulement demandé votre main, Sanya, se défendit-il, je n'ai rien...

— Vous croyez que votre titre et votre argent peuvent tout acheter, y compris l'amour d'une femme ? le coupa-t-elle.

— Mais non, il n'a jamais été question...

« Un très mauvais départ », estima Wellan. Il allait s'interposer entre les futurs époux lorsque Chloé, Wanda et Bridgess surgirent derrière lui. Chloé n'eut pas besoin d'en entendre davantage pour comprendre ce qui se passait.

— Voilà justement la jeune personne que je cherchais ! déclara-t-elle, à la grande surprise de ses compagnons. Je m'appelle Chloé. Je suis l'une des sœurs d'armes du Chevalier Jasson. Venez, nous avons fort à faire.

Elle prit la main de Sanya et l'entraîna à l'intérieur du palais, aussitôt suivie de Wanda et Bridgess. Brisée par la décision de son père, la paysanne se laissa guider sans résister. D'une sensibilité aiguë, Chloé percevait sa frayeur et sa déception, et elle entreprit de la rassurer. Elle l'emmena d'abord aux bains, déserts à cette heure-là, et l'aida à laver ses longs cheveux. Elle lui fit ensuite enfiler une seyante tunique blanche et tressa ses boucles brunes avec douceur tout en lui parlant de Jasson.

— Il aime beaucoup s'amuser, mais c'est un homme responsable. Il y a fort longtemps qu'il cherche son âme sœur et, à vrai dire, je suis bien contente que ce soit vous.

— Pourquoi dites-vous cela ? s'étonna Sanya. Vous ne me connaissez même pas.

— Sachez que les Chevaliers possèdent le don de lire le cœur des gens. Je vois que le vôtre est bon. Il est normal que vous soyez angoissée, car votre univers entier vient de basculer, mais vous serez heureuse auprès de Jasson, n'en doutez pas.

Dès que Sanya eut disparu, Jasson s'élança dans l'escalier menant aux remparts afin de s'isoler de ses compagnons. Wellan crut bon de ne pas l'y suivre. Son frère d'armes avait sans doute agi de façon précipitée dans cette histoire, mais il n'avait pas le droit de le juger. « Il doit apprendre à démêler seul l'écheveau de ses émotions », conclut le grand chef.

Jasson s'adossa contre le mur de pierre et adressa de nombreuses prières aux dieux du panthéon d'Enkidiev, les suppliant de l'éclairer, car il commençait à douter de la vision qu'ils lui avaient envoyée. Devait-il renvoyer Sanya chez elle et offrir un dédommagement à son père ? Mais en agissant ainsi, ne risquait-il pas aussi de l'humilier devant tout son village ?

Il ne revint à l'aile des Chevaliers que lorsque le soleil du midi devint insupportable et traîna les pieds jusqu'au hall où ses frères commençaient à se rassembler. Il fit quelques pas dans la grande pièce animée et s'immobilisa quand il vit Sanya assise entre Chloé et Wanda. Toujours auréolée de lumière, ses cheveux étaient tressés dans son dos et elle portait une robe immaculée. Un sourire éblouissant sur les lèvres, elle bavardait avec sa sœur d'armes en beurrant un petit pain.

Voyant que le futur époux s'était immobilisé comme une statue au bout de l'une des longues tables, Bridgess se leva et enroula son bras autour du sien pour le conduire vers sa belle.

— Ce n'est pas une bonne idée..., protesta faiblement Jasson.

Mais avant qu'il puisse terminer sa phrase, il se retrouva assis près de Sanya qui rougit légèrement et détourna les yeux. « Je déteste ce genre de complot », pensa Jasson en décochant un regard incendiaire à ses compagnons. Tous réprimèrent des sourires amusés et plongèrent le nez dans leurs assiettes.

Mal à l'aise, les futurs époux mangèrent en silence sans remarquer que les Chevaliers quittaient la table en douce une fois repus. Au bout d'un certain temps, Jasson et Sanya constatèrent qu'ils étaient seuls dans le hall.

— Je ne vous ai pas achetée, déclara finalement Jasson, espérant ne pas soulever de nouveau sa colère. Je me suis adressé à votre père parce que vous refusiez de m'écouter.

— Vous voyez réellement un halo qui m'entoure ? balbutia la jeune femme, en braquant sur lui des yeux interrogateurs.

Prudent, Jasson referma ses doigts sur les siens, glacés, et, voyant qu'elle ne cherchait pas à se soustraire à son contact, les porta à ses lèvres.

— Oui, et c'est la plus belle lumière qui soit...

— Personne ne s'est jamais intéressé à moi, Chevalier Jasson. Mes sœurs les plus jolies ont trouvé des maris, mais moi...

— L'enveloppe physique que nous prêtent les dieux pendant notre vie mortelle est secondaire, Sanya. C'est la beauté du cœur qui importe vraiment, et le vôtre est magnifique.

Elle baissa la tête un instant, tentant de maîtriser ses émotions. Chloé avait raison, cet homme ne ressemblait pas aux autres. Il ne se contentait pas de la regarder avec ses yeux, mais aussi avec son âme. Au-delà de l'imperfection de ses traits, il discernait ses qualités, ses valeurs et son besoin d'être aimée comme toutes les autres femmes.

— Je ne possède pas l'adresse de mes compagnons quand il s'agit d'exprimer mes sentiments, avoua-t-il, mais sachez que je tremble de tout mon être dès que mes yeux se posent sur vous.

Un sourire mutin étira les lèvres de Sanya qui le sentait sincère. Quelle chance elle avait ! Les grands yeux verts de Jasson trahissaient son désir et il retenait son souffle, de peur qu'elle ne le repousse.

— Récitez-moi donc ce poème encore une fois, réclama-t-elle, apprivoisant rapidement ce pouvoir de séduction qu'elle ignorait même posséder.

8

Désirs naissants

À son réveil, Kira sentit une curieuse énergie vibrer dans le palais. Quelques jours plus tôt, Bergeau était rentré avec sa nouvelle épouse et Jasson venait d'unir sa vie à celle de Sanya lors d'une cérémonie touchante dans la cour du château qui résonnait encore de leurs vœux d'amour éternel. Pourtant, ce n'était pas la joie de leurs compagnons que l'adolescente captait ce matin-là.

Elle sortit de son lit, enfila une tunique violette et, pieds nus, quitta ses appartements. Elle suivit cet intangible fil qui la mena jusqu'à la bibliothèque, et stoppa net en apercevant les Chevaliers Ariane et Curtis, dissimulés entre deux rayons de livres anciens. Face à face, la belle Fée aux longs cheveux noirs et le jeune homme blond originaire de Zénor bavardaient à voix basse en souriant. « Mais d'où vient cette étrange énergie qui circule entre eux ? » s'étonna Kira.

Curtis tendit la main et caressa doucement la joue de la jeune fille. Ils cessèrent de parler, chacun se noyant dans le regard de l'autre, puis Curtis posa ses lèvres sur celles de sa compagne. L'atmosphère se chargea soudain d'électricité et Kira se retira en silence avant que les jeunes Chevaliers ne remarquent sa présence et s'imaginent qu'elle les épiait. Beaucoup plus sensible aux manifestations magiques et invisibles que la plupart des soldats magiciens, il lui arrivait souvent d'être témoin de phénomènes qu'elle ne pouvait pas comprendre. Elle s'enfuit dans le couloir sans faire de bruit avec l'intention de regagner les cuisines royales.

Tandis qu'elle longeait la galerie, Kira capta un nouveau courant électrique similaire. Elle descendit quelques marches et vit les Chevaliers Colville et Swan assis dans le grand escalier. Le jeune homme aux yeux bridés chuchotait quelque chose à l'oreille de sa jeune amie aux longues boucles brunes qui souriait de toutes ses dents. Puis, à l'instar de Curtis, Colville se pencha sur Swan et l'embrassa.

Désirant en apprendre davantage sur les sensations que faisait naître un baiser dans le cœur et le corps d'une femme, Kira ferma les yeux et projeta son esprit dans celui de Swan. Au moment où les lèvres de Colville effleuraient celles de la jeune guerrière, Kira fut aspirée dans un tourbillon d'émotions troublantes. Une main se posa sur son épaule et elle réintégra brutalement son corps, mécontente d'avoir été ainsi surprise.

— Te voilà enfin ! s'exclama Armène.

« Au moins, ce n'est pas Wellan », pensa l'adolescente, soulagée. Elle se retourna lentement, affichant son air le plus innocent.

— Le roi t'attend depuis un bon moment déjà, reprocha la servante.

— Je suis désolée, Mène. J'étudiais un traité de magie à la bibliothèque et j'ai perdu la notion du temps.

Incapable de gronder Kira lorsque celle-ci lui présentait ce visage d'enfant sage, Armène la poussa gentiment en direction du salon privé où Émeraude Ier aimait prendre son premier repas en compagnie de sa pupille. Kira s'avança dans les appartements royaux et laissa les serviteurs la conduire auprès de son protecteur, même si elle connaissait déjà le chemin. Elle prit place dans son fauteuil préféré et se plia de bonne grâce aux échanges de courtoisie habituels.

— Quand tu te montres aussi docile, c'est que tu prépares un coup pendable, s'inquiéta le roi en plissant son vieux front.

— Oh non, Majesté, nia Kira avec véhémence. Je sais que mon avenir dépend de ma bonne conduite. Je veille donc à ne plus me comporter comme une gamine.

— Mais qu'est-ce que j'entends là ? Une bribe de sagesse ?

La jeune princesse baissa humblement les yeux sur son repas et le roi éclata de rire. « Cette enfant est vraiment pleine de surprises », pensa-t-il. Depuis son arrivée à Émeraude, elle avait causé bien des émois au château, mais elle semblait s'être rangée depuis son quinzième anniversaire.

Kira mangea distraitement ce qu'on lui servit en songeant aux sensations provoquées par le baiser échangé par Colville et Swan quelques minutes plus tôt. Il lui arrivait parfois de ressentir les émotions de Wellan et de Bridgess depuis leur contact avec sa lumière mauve qui avait guéri la femme Chevalier, mais l'ivresse de leurs étreintes n'atteignait jamais l'intensité qu'avaient connue les deux jeunes gens.

— Majesté, pourquoi les hommes et les femmes s'embrassent-ils ? demanda-t-elle soudain.

— Mais... euh... parce qu'ils s'aiment, bafouilla Émeraude Ier, quelque peu décontenancé.

— S'ils s'aiment et qu'ils s'embrassent, c'est donc qu'ils vont se marier ?

— Pas forcément. Autrefois, on ne pouvait partager l'intimité d'une autre personne qu'à travers les liens du mariage, mais les temps ont beaucoup changé. De nos jours, les jeunes préfèrent tenter diverses expériences avant de s'engager officiellement.

— Quel genre d'expériences ?

Le roi refusa de s'aventurer sur ce terrain avec une jeune fille de son âge. Il lui proposa plutôt d'en discuter avec sa gouvernante qui, étant du même sexe qu'elle, lui donnerait certainement des réponses plus satisfaisantes. Kira reconnut qu'il avait raison et termina son repas avec appétit.

Dès que son protecteur lui permit de quitter la table, elle courut à ses appartements et y trouva Armène occupée à border ses couvertures.

— Mène, dis-moi pourquoi les hommes et les femmes s'embrassent, ordonna Kira en sautant sur les draps qu'elle venait de tendre sur le lit.

— Parce que la vie est ainsi faite, répondit-elle en haussant les épaules. Aide-moi à faire le lit plutôt que le contraire, petite peste.

Kira tira sur les draps pour en effacer les plis dus à son étourderie.

— Et pourquoi la vie est-elle ainsi faite ? voulut-elle savoir.

— C'est dans la nature des humains. Les hommes épousent les femmes et ils conçoivent des enfants. De cette façon, ils perpétuent la race.

Armène tapota les oreillers et les replaça à la tête du lit, se demandant pourquoi sa jeune protégée lui posait ces questions. Une image inquiétante traversa aussitôt ses pensées.

— Est-ce qu'un garçon t'a embrassée, Kira ? s'alarma-t-elle.

— Non, admit l'adolescente, mais j'aurais bien aimé.

— Tu es beaucoup trop jeune pour te laisser embrasser, mon petit cœur. Ce sont des jeux d'adultes, tu comprends ?

— Mais Swan et Ariane le font !

— Elles sont plus vieilles que toi, lui rappela Armène.

— Alors, il faudra que j'attende d'avoir leur âge ?

— Assurément, trancha sévèrement la servante, espérant le sujet clos.

« Quel mal y a-t-il à se laisser embrasser ? » s'étonna Kira. La sensation éprouvée en se fondant dans le corps de Swan avait été si délicieuse... Pourquoi Armène réagissait-elle aussi fortement ?

Kira lui annonça qu'elle devait terminer certaines lectures avant sa leçon de magie du soir avec Abnar et disparut prestement dans le couloir. Tout en se rendant à la bibliothèque, elle tenta d'imaginer lequel des nombreux garçons peuplant le château elle choisirait pour expérimenter son premier baiser. Wellan, sans doute, s'il avait été moins vieux. À défaut ? Hawke !

Elle trouva l'Elfe assis dans son recoin préféré, un vieux bouquin à la main, étudiant consciencieusement des sorts qu'il ne pourrait jamais jeter, parce que maître Élund lui refusait l'accès à ses ingrédients magiques. Kira l'observa un moment. Plus âgé que les Chevaliers nouvellement adoubés, mais plus jeune que Wellan, ses longs cheveux blonds soyeux, son doux visage et ses grands yeux verts la fascinaient. Elle se souvenait d'avoir passé de bons moments avec lui avant qu'il prenne ses études de magie trop au sérieux. Maintenant qu'il était adulte, elle le trouvait plus beau que jamais.

— Bonjour, Hawke, le salua-t-elle en s'approchant.

Il lui décocha un regard aigu et poursuivit sa lecture. Son manque de courtoisie ne découragea pas pour autant la Sholienne, qui s'assit de l'autre côté de la table pour continuer de l'admirer.

— Tu ne vois pas que je suis occupé, Kira ? soupira-t-il.

— Tu peux bien me consacrer quelques minutes, non ? Tu le faisais autrefois.

Hawke s'adossa à sa chaise sans même tenter de cacher son agacement et lui fit signe de parler. Kira ne put s'empêcher de penser qu'il serait un magicien très austère une fois son apprentissage terminé.

— Je voulais juste savoir si tu avais déjà embrassé une fille, lança-t-elle, ses yeux violets rivés sur lui.

— Moi ? s'écria l'Elfe, horrifié. Mais je suis un apprenti magicien ! Les mages ne s'intéressent pas aux filles !

— Pourtant, mon père était un grand magicien et il s'est marié.

— Ton père vivait en exil. Les hommes ne se comportent pas de la même façon dans ce cas-là. Ils ne sont plus dans leur état normal.

« Il a quand même épousé la plus belle femme de tout Enkidiev », songea Kira. Elle avait entendu les papotages des servantes qui racontaient que les Elfes ne ressentaient aucune émotion. Toutefois, le Roi Hamil et Hawke semblaient capables d'éprouver de la colère... Insistante, elle demanda à l'apprenti magicien si, par curiosité, il embrasserait un jour une femme.

— Mais pourquoi me harcèles-tu avec ces questions ? s'exclama-t-il, excédé.

— Je cherche un garçon qui accepterait de tenter l'expérience avec moi, c'est tout !

— Mais personne ne voudra jamais faire une chose pareille, Kira.

— Pourquoi pas ?

— Parce que tu es mauve et que tu as des griffes et des dents acérées. Tu n'es même pas humaine.

— Toi non plus ! Et malgré cela, il y a des tas de filles qui rêvent de t'embrasser !

— Les Elfes ressemblent physiquement aux humains. Elles ne voient sans doute pas la différence. Tandis qu'avec toi...

— Je n'y peux rien si ma peau est mauve !

Le cœur gonflé de chagrin, Kira s'enfuit et alla se réfugier dans l'ancienne prison. Elle se roula en boule sur un vieux grabat et essaya de chasser de ses pensées cet horrible sentiment de rejet. En dépit de sa peau et de son apparence inhabituelles, elle était une fille comme les autres et elle voulait connaître la même vie qu'elles. Des larmes se mirent à couler abondamment sur ses joues et elle enfouit son visage dans ses mains.

— Est-ce pour cette raison que Wellan ne m'aime pas ? sanglota-t-elle. Pourtant, ma mère était blanche comme neige et il l'a aimée...

Elle baissa les mains et les contempla. Il lui manquait un doigt à chacune, mais Armène disait que c'était une tare congénitale. Certains bébés naissaient avec un seul bras, ou encore, sans jambes. La servante prétendait que les femmes vivant dans des conditions difficiles durant leur grossesse risquaient de mettre au monde des enfants malades. Shola avait été une contrée pauvre. Kira songea aux privations endurées par son peuple d'origine et frissonna.

— Mais ce n'est pas ma faute...

Elle sanglota amèrement jusqu'à ce qu'elle succombe à la fatigue et s'endormit. Ce fut le bruit des portes de la muraille qu'on refermait pour la nuit qui la tira du sommeil. Elle courut à la fenêtre de la tour et vit que le soir était tombé. Il lui restait très peu de temps pour avaler une bouchée avant ses leçons de magie, mais elle n'avait pas faim.

La jeune Sholienne mit plutôt le cap sur l'écurie, désireuse de trouver un peu de réconfort auprès d'Espoir, sa petite jument isabelle. Les palefreniers s'affairaient, donnant les derniers soins aux animaux. Elle caressa le cheval qui ne la craignait pas malgré son apparence différente. Si les bêtes avaient appris à lui faire confiance en dépit de ses griffes de prédateur, pourquoi les garçons de son âge n'en feraient-ils pas autant ? Elle rêvait de se marier un jour et de mettre au monde des petits bébés mauves ou blancs bien à elle, mais si les garçons réagissaient tous comme Hawke, comment parviendrait-elle à réaliser ce grand rêve ?

À ce moment, Bridgess emprunta l'allée centrale, précédant son cheval pommelé. Elle ouvrait la porte de sa stalle quand elle aperçut Kira, appuyée contre la porte de fer forgé du compartiment de sa pouliche. Ayant entraîné l'adolescente au cours des dernières années, la femme Chevalier avait appris à reconnaître ses humeurs grâce au langage corporel. En général, lorsque ses oreilles pointues se rabattaient sur sa tête, cela n'augurait rien de bon.

La jeune femme laissa entrer l'animal dans l'espace cloisonné et abaissa la clenche. S'approchant de la princesse, Bridgess sonda ses pensées. Surprise, elle vit l'image de Hawke, puis celle de Swan embrassant Colville. Ainsi, Kira commençait à s'intéresser au sexe opposé. Cela n'avait rien de répréhensible, mais quelque chose troublait la princesse.

— Tu veux m'en parler ? s'enquit Bridgess.

Kira lut sur le beau visage de son maître une tendresse qui lui réchauffa le cœur.

— Les relations entre les hommes et les femmes me rendent confuse, avoua-t-elle. D'une part, Armène me défend d'embrasser les garçons et, d'autre part, des filles à peine plus âgées que moi le font déjà.

— À mon avis, il est tout à fait normal que tu regardes les garçons d'un œil nouveau. Armène est vieux jeu et elle ne désire pas te voir grandir trop rapidement. Tu ne dois pas lui en vouloir, Kira. Les parents se montrent souvent trop protecteurs envers leurs enfants.

— Elle n'a pas à s'inquiéter, dans ce cas, puisque personne ne veut de moi.

— Je ne ressens pourtant que le refus de Hawke dans ton cœur.

Chagrinée, Kira se mordilla la lèvre inférieure, mais ne chercha pas à fermer son esprit à son aînée.

— Je n'ai pas eu beaucoup de contacts avec Hawke, poursuivit Bridgess, mais je ne crois pas qu'il soit très représentatif des garçons de ton âge. Tu devrais tenter ta chance ailleurs.

— Vous pensez vraiment que quelqu'un s'intéressera à moi un jour ?

— J'en suis persuadée. Tu es belle à croquer et unique au monde. Ton sang d'Elfe et de Fée te rendra irrésistible quand tu auras appris à avoir confiance en toi.

— Vous ne savez pas à quel point vos paroles me réconfortent.

— Détrompe-toi, je le sais fort bien. J'ai déjà eu quinze ans et j'ai aussi douté de mes attraits.

— Vous ! s'exclama Kira, incrédule.

— Le passage de l'adolescence à l'âge adulte est une phase normale de la vie. Fais-moi plaisir, ne te torture plus ainsi.

Bridgess l'embrassa sur le front et prit le chemin du palais. L'adolescente se pencha aussitôt au-dessus d'un baquet et détailla l'image que réfléchissait la surface de l'eau.

— Elle a raison, je ne suis pas si mal, murmura-t-elle, seulement d'une couleur différente. Mais c'est la beauté intérieure qui compte.

Elle s'imprégna de cette grande vérité, puis, renouant soudain avec la réalité, se rappela que le Magicien de Cristal l'attendait.

*
* *

Lorsqu'elle se présenta finalement chez Abnar, son estomac criait famine, mais elle prit place sur un tabouret de bois sans se plaindre et attendit sagement ses instructions. Le Magicien de Cristal l'observa tranquillement, lisant dans son cœur. « Le moment que nous redoutions tant est finalement arrivé », constata-t-il. Kira commençait à ressentir des besoins qu'elle ne serait jamais à même de combler dans un monde où les hommes faisaient souvent preuve d'intolérance envers les êtres qui ne leur ressemblaient pas. Aurait-il mieux valu la confier à Nomar ?

— Qu'est-ce qui te rend si triste ?

— Je voudrais savoir si j'ai moi aussi une âme sœur.

— Pour chaque personne qui peuple l'univers, il en existe une autre qui la complète en tous points. Le problème, c'est qu'il n'est pas toujours facile de la localiser. Parfois, elle habite à l'autre bout du monde.

Comme Kira n'avait jamais quitté le Royaume d'Émeraude, elle sentit l'espoir renaître dans son cœur. Peut-être l'homme de sa vie l'attendait-il dans un ailleurs lointain...

— Vous êtes capable de voir l'avenir, n'est-ce pas, maître Abnar ?

— Oui, mais j'essaie de ne pas me projeter trop loin dans le futur, Kira, car cela risquerait de me distraire des choses importantes dont je suis censé m'acquitter dans le présent.

— Faites une exception et dites-moi si je trouverai un homme qui verra mon cœur plutôt que la couleur de ma peau. C'est très important pour moi de prendre mari un jour et d'avoir des enfants.

— Je croyais que tu voulais surtout devenir Chevalier.

— Mais l'un n'empêche pas l'autre ! protesta-t-elle vivement. Dempsey a épousé Chloé et Falcon, Wanda ! Je vous en prie, dites-moi ce que me réserve l'avenir...

— Es-tu bien certaine de vouloir l'apprendre ?

Elle hocha affirmativement la tête et Abnar posa les mains sur les tempes de sa jeune élève et ferma les yeux. Le geste sembla rassurer l'adolescente, mais il causa beaucoup de détresse au Magicien de Cristal. L'avenir de cette enfant était parsemé d'embûches et de tragédies qu'il ne saurait lui éviter malgré ses immenses pouvoirs. Il ouvrit les yeux et croisa le regard insistant de Kira.

— Et alors ? le bouscula-t-elle.

— Tu te marieras, mais pas avant d'avoir fait tes preuves en tant que Chevalier, lui révéla-t-il, prudent.

— Vous avez vu mon mari, n'est-ce pas ? À quoi ressemble-t-il ?

— En fait, tu en auras probablement deux, à moins que les dieux ne changent le cours des événements. Lequel dois-je te décrire ?

— Mais les deux, évidemment ! Bien que j'aie du mal à croire qu'on puisse aimer plus d'un homme dans une même vie...

— Ils seront tous deux guerriers, mais ils ne combattront pas avec les mêmes armes. Le premier aura les cheveux sombres et des yeux couleur de lune. Il partagera de nombreux traits communs avec toi, tandis que le second sera ton opposé en tous points.

— Et à quoi ressemblera-t-il ?

— Il sera blond et d'une douceur incomparable. Mais il n'est pas encore certain que tu l'épouseras puisque l'avenir du premier n'est pas clairement tracé.

Un sourire satisfait découvrit les dents pointues de Kira. « Il suffit de presque rien pour être rassurée à son âge », pensa le Magicien de Cristal, heureux de voir son visage s'illuminer enfin.

— Maintenant, au travail, exigea-t-il, soucieux de garder secrets les futurs événements marquants de sa vie.

Kira porta aussitôt son attention sur le grand livre rempli de symboles étranges. « Quelle élève incroyable », pensa Abnar en la guidant dans l'exécution de certains exercices complexes. Elle réussissait tout ce qu'elle entreprenait et il ne doutait pas qu'elle jouerait courageusement son rôle dans l'accomplissement de la prophétie et ce, au péril de sa vie. Mais heureusement, ce futur était encore lointain.

9

UNE MARÉE D'ÉCUYERS

Lorsque Élund annonça aux Chevaliers qu'il était enfin prêt à désigner leurs nouveaux Écuyers, le doute envahit Wellan. Il se sentait toujours responsable de la mort de Cameron, qu'il n'avait pu protéger contre le sorcier Asbeth. Au moment où Élund convoqua Wellan dans sa tour pour lui apprendre que, le nombre d'enfants en âge de devenir des Écuyers étant si élevé, il en assignerait deux par Chevalier, le grand chef protesta vivement. Contrarié, il se mit à décrire des cercles de plus en plus serrés autour du vieil homme, ses joues se colorant graduellement en rouge, malgré tous ses efforts pour contenir son humeur.

— C'est toi qui voulais que les rangs de l'Ordre grossissent rapidement. Maintenant que je t'offre la chance de former deux fois plus de futurs Chevaliers, tu changes d'idée ? le blâma Élund en croisant ses bras sur sa poitrine.

— Cela se révèle déjà difficile d'éduquer convenablement un seul enfant, répliqua Wellan en s'arrêtant brusquement devant lui. Imaginez avec deux !

— Le grand Wellan d'Émeraude se juge-t-il incapable de s'acquitter de cette double tâche ?

Le Chevalier étouffa un juron et reprit son manège à grands pas. Ayant appris à lire le cœur de ces hommes depuis leur enfance, Élund comprit ce qui le tracassait.

— Ce qui est arrivé à Cameron est fort malheureux, concéda-t-il, mais je doute que cela se reproduise. Vous êtes tous devenus beaucoup plus prudents. Souviens-toi de ce que je t'ai enseigné quant aux probabilités.

— À cette époque, nous n'étions pas en guerre et nos forêts étaient sûres. Elles n'étaient pas hantées par des sorciers qui tuaient nos enfants ! éclata le grand chef.

— Wellan, si tu refuses d'entendre raison, je devrai demander à un de tes frères de diriger les Chevaliers.

Cet avertissement ébranla le soldat. Il s'arrêta et prit une profonde inspiration, tâchant de se calmer, et se tourna vers le mage. N'ignorant pas que son vieux maître mettait toujours ses menaces à exécution, Wellan considéra qu'il valait mieux l'écouter jusqu'au bout.

— Je suggère que vous preniez deux enfants chacun tandis que nous sommes en période d'accalmie, poursuivit Élund. Lorsque viendra le temps pour vous de retourner sur la côte, nous en rediscuterons. Est-ce que cette proposition te sied ?

— Cela me semble être un compromis acceptable, répondit Wellan.

Mais ses sentiments en la matière étaient loin d'être aussi clairs que ceux du magicien d'Émeraude. « Je ne parviendrai jamais à assurer la sécurité de deux garçons à la fois », s'effraya-t-il. Choisissant de ne plus parler de ses inquiétudes à Élund, il s'inclina respectueusement devant lui et quitta la tour en songeant aux responsabilités rattachées à cette double tâche. Les plus jeunes des Chevaliers sortaient à peine de l'enfance eux-mêmes !

Il se rendit à l'aile de l'Ordre et trouva ses compagnons d'armes rassemblés dans leur hall, buvant du vin et discutant de tout et de rien. Il souhaitait que les recrues fraternisent le plus souvent possible avec leurs aînés afin de ne former qu'une seule équipe au moment d'affronter les troupes d'Amecareth. Le climat de camaraderie qui régnait dans la pièce le réjouit.

Ayant uni sa vie à celle de Chloé, Dempsey résidait toujours dans l'aile des Chevaliers avec elle, tout comme Falcon et Wanda. Leurs futurs Écuyers occuperaient des chambres de chaque côté des leurs. Quant aux Chevaliers Jasson et Bergeau, même s'ils vivaient dans des fermes avec leurs nouvelles épouses, Wellan exigeait qu'ils prennent quelques repas par semaine en compagnie de leurs frères d'armes au Château d'Émeraude afin de maintenir l'harmonie du groupe.

Rien dans le code ne défendait à un Chevalier d'accepter les terres que lui offrait le roi au moment de son mariage. Il s'agissait d'une décision personnelle. Wellan respectait la volonté de ses deux compagnons d'élever leurs enfants dans la quiétude de la campagne même si les deux hommes lui manquaient parfois. De toute façon, leurs fermes se situaient à moins d'une heure, bien avant tous les villages. Le grand chef avait également accès à tous ses soldats avec ses pensées et il pouvait les rappeler au château en tout temps, peu importait où ils se trouvaient.

Le grand Chevalier se mêla à ses frères et Bergeau lui apporta un gobelet de vin froid. L'Ordre comptait désormais vingt-sept soldats magiciens et si Élund s'entêtait dans ses projets concernant les nouveaux Écuyers, Wellan disposerait bientôt de plus de quatre-vingts bonnes épées sous son commandement.

— Raconte-nous ce qu'Élund t'a dit, fit Falcon assis devant lui.

— Décidément, rien ne reste jamais secret très longtemps dans ce château, déplora Wellan.

— Non, rien, renchérit Bergeau en administrant un coup de coude amical dans les côtes de Bridgess, qui ne put s'empêcher de rougir.

— En fait, nous attendons impatiemment une invitation à votre mariage, le provoqua Jasson.

Wellan ne mordit pas à l'hameçon. Sans nier sa liaison avec la jeune femme, il ne la confirma toutefois pas, leur résumant plutôt les plans du magicien d'Émeraude au sujet des Écuyers. Lorsqu'ils apprirent qu'il voulait leur confier deux apprentis chacun plutôt qu'un, un lourd silence s'abattit sur les rangs des Chevaliers.

— Deux enfants ! s'écria finalement Kevin. Lui as-tu dit que nous en avions plein les bras avec un seul ?

— Moi, je pense que nous sommes capables d'y arriver, intervint Dempsey avec son calme habituel. S'ils sont aussi dociles que les précédents, ça ne devrait pas présenter de problème, même pour nos plus jeunes Chevaliers.

— Et ne perdons pas de vue qu'il est d'une importance capitale que nos rangs grossissent rapidement, souligna Santo. L'ennemi s'est tenu tranquille trop longtemps, il est certain qu'il est sur le point d'attaquer.

— Santo a raison, l'appuya Falcon. Plus nous serons nombreux, plus nous serons efficaces.

— Ils ne seront pas en mesure de se battre avant des mois ! persista Kevin.

— Il suffit de leur apprendre tout de suite à manier les armes et à se servir des pouvoirs magiques de leurs mains, ajouta Bergeau.

— N'oublions pas que ce sont des élèves d'Émeraude, leur rappela Nogait, ils progressent rapidement.

— Nogait dit vrai, approuva Swan.

Wellan écouta ces échanges enthousiastes, se disant que c'était sans doute son âge qui le rendait plus prudent. Ils avaient tous tendance, lui le premier, à oublier les dix ans qu'il avait passés au Royaume des Ombres même si Nomar avait compressé le temps pour lui.

— Élund n'a jamais pris de mauvaise décision, intervint Santo.

— Je sais, acquiesça le grand chef.

— Et si nous n'y arrivons pas, il nous suggérera autre chose, l'encouragea Falcon.

Wellan continua de boire du vin, incapable de calmer ses appréhensions. Il écouta les histoires cocasses de Bergeau et de Jasson au sujet de leurs premières expériences agraires, puis les chansons sentimentales de Santo. Les voix de ses compagnons se mêlèrent à celle du barde, puisqu'ils connaissaient toutes ses compositions.

Le grand Chevalier se leva pendant la dernière ode à l'amour et salua Santo d'un signe de tête avant de se hâter vers sa chambre. Il se dévêtit et s'assit sur son lit pour méditer un moment. « Deux garçons en tout temps... », songea-t-il en ouvrant les yeux. Et deux filles avec Bridgess. Comment pourraient-ils se rencontrer en secret, la nuit, en veillant sur quatre enfants ? Il se renversa sur le dos et laissa voguer ses pensées vers ses premiers Écuyers Bridgess et Cameron, se souvenant de leurs forces et de leurs faiblesses. Saurait-il accomplir un aussi bon travail avec ses deux prochains apprentis ? L'alcool faisant graduellement son effet, Wellan sombra dans un sommeil sans rêves.

*
* *

Le lendemain, Émeraude Ier annonça officiellement que la cérémonie d'attribution des Écuyers aurait lieu dans la journée. L'atmosphère du palais baigna aussitôt dans l'effervescence. En se rendant aux bains, Wellan sentit l'enthousiasme des enfants qui se préparaient à rencontrer leurs maîtres. Tandis qu'il se prélassait dans l'eau chaude, il leur transmit une vague d'apaisement, qui calma à peine leur emballement. Il laissa les masseurs dénouer ses muscles, s'habilla puis mangea avec ses compagnons, acceptant finalement les nouvelles responsabilités qui l'attendaient.

Au même instant, dans sa chambre au palais, Kira tournait en rond comme un animal en cage. Le moment dont elle rêvait, mais qu'elle redoutait à la fois, était enfin arrivé. Comme elle avait quinze ans, c'était sa dernière chance de se joindre à l'Ordre.

Elle enfila une tunique neuve et attacha une ceinture de cuir autour de sa taille. Puis elle chaussa ses bottes les plus souples et noua ses longs cheveux soyeux tant bien que mal. Armène fut incapable de lui faire avaler quoi que ce soit ou de la faire tenir en place, et dès que la marée d'enfants envahit la cour, au milieu de l'après-midi, Kira se fondit dans leur groupe.

Le roi arriva peu après, flanqué des deux magiciens, et prit place sous un dais, à l'abri du soleil. Élund déroula alors un long parchemin. « Probablement parce qu'il n'arrive plus à se souvenir du nom de ses élèves », ricana Kira. Le vieux mage attendit que les Chevaliers vêtus de vert émergent de leur aile et qu'ils forment un rang bien droit devant lui. Il se tourna ensuite vers les palefreniers qui se déclarèrent prêts à fournir les chevaux. De son côté, Morrison, l'armurier, plaçait sur une longue table toutes les petites épées, les dagues et les ceintures de cuir dont les futurs Écuyers auraient besoin.

Élund commença par nommer les apprentis confiés aux plus jeunes des Chevaliers d'Émeraude. Fabrice et Carlo reçurent armes et montures de Milos ; Salmo et Drewry de Brennan ; Randan et Brannock de Corbin ; Daikland et Kruse de Derek ; Fallon et Sheehy de Kagan ; Alisen et Akers de Pencer ; Dillawn et Robyn de Swan ; Silvess et Prorok de Colville ; Dyksta et Rieser de Murray ; Zane et Heilder de Morgan ; Davis et Dienelt de Curtis ; Winks et Kisilin d'Ariane ; Izzly et Candiell de Hettrick. Kira ne s'offensa pas car elle ne voulait pas devenir l'Écuyer d'un Chevalier ayant presque son âge. Il lui fallait un mentor plus expérimenté.

Élund semblait résolu à éplucher la liste des Chevaliers dans un ordre croissant puisque Curri et Romald furent les prochains à recevoir armes et montures de Kevin ; Amax et Callaan de Wimme ; Botti et Fossell de Nogait ; Hiall et Bianchi de Buchanan ; Ursa et Joslove de Wanda ; Madier et Sherman de Kerns ; Yamina et Gabrelle de Bridgess. Kira sentit aussitôt son cœur se serrer. Le magicien savait pertinemment qu'elle s'entraînait avec Bridgess depuis des années, mais il lui destinait tout de même deux petites filles de onze ans.

Il reprit sa tâche sans accorder un seul regard à l'adolescente mauve. Kowal et Atall furent assignés à Dempsey ; Offman et Yann à Falcon ; Lornan et Zerrouk à Jasson ; Arca et Kumitz à Bergeau ; Jana et Maïwen à Chloé ; Herrior et Chesley à Santo ; et, finalement, Bailey et Volpel à Wellan.

Ce ne fut pas de la déception que Kira éprouva lorsque le magicien eut terminé la longue liste, mais de la rage. En levant le petit doigt, elle aurait pu le transformer en chauve-souris aveugle incapable de supporter la lumière du jour, mais, se ravisant, elle se contenta, d'un geste de la main, de changer les chaînes dorées autour du cou d'Élund en couleuvres visqueuses. Il poussa d'abord un cri de surprise, puis de dégoût, et lança les reptiles grouillants sur le sol en cherchant le coupable des yeux.

Enchantés, les nouveaux Écuyers grimpèrent sur leurs chevaux pour la parade traditionnelle. Ils écoutèrent le discours du roi, puis Wellan se plaça en tête de file, mais ils n'allèrent pas bien loin. Le grand chef immobilisa brusquement son destrier en levant le bras pour stopper la colonne de soldats derrière lui. Kira se tenait devant les portes ouvertes de la grande cour. L'air de défi sur son visage mit aussitôt Wellan sur ses gardes.

— Kira, laisse-nous passer, exigea-t-il.

— Pas avant qu'on m'ait nommée Écuyer, gronda l'adolescente.

Le grand Chevalier prit le temps de bien réfléchir avant de répliquer. Inutile de sonder la princesse pour comprendre combien il serait difficile, voire impossible, de l'apaiser. Mais il ne pouvait pas non plus se laisser intimider par une adolescente devant tous ses soldats. Exerçant une pression sur les flancs de son cheval, il l'encouragea à avancer lentement.

La réaction de Kira ne se fit pas attendre. D'un geste sec du bras droit, elle releva magiquement le pont-levis qui claqua brutalement contre la pierre en faisant sursauter les nouveaux Écuyers. Simultanément, les chaînes se resserrèrent d'elles-mêmes sur les grosses manivelles, à la grande stupéfaction des soldats du palais, qui n'arrivèrent pas à les dégager.

— Vous n'irez nulle part sans moi ! se hérissa Kira.

— Tu me défies ? rétorqua le Chevalier, ses yeux se réduisant à de minces fentes.

— Ça me semble plutôt clair, non ?

Émeraude Ier, suivi de près par Élund et son cortège de serviteurs, arriva en courant malgré son embonpoint. Il savait que le chef de ses Chevaliers et sa pupille se querellaient constamment pour des riens et il voulait intervenir avant que les choses s'enveniment.

— Wellan, laisse-moi lui expliquer la situation, le pria le roi en s'arrêtant à sa hauteur.

— Mais elle m'a défié, Majesté, éclata le grand Chevalier en gardant les yeux sur l'adolescente. Vous l'avez entendue aussi bien que moi.

— Kira n'est qu'une enfant ! protesta le monarque.

— C'est faux ! hurla Kira, furieuse. Je sais manier les armes et utiliser la magie ! J'ai tout ce qu'il faut pour devenir Écuyer !

— Le code est très clair quant à ce genre de provocation, Votre Altesse, poursuivit Wellan en mettant pied à terre.

Il remit ses rênes à l'un de ses nouveaux Écuyers. Un murmure d'inquiétude courut dans les rangs. Tous ceux qui se trouvaient dans la grande cour s'approchèrent, curieux de voir comment le chef des Chevaliers réglerait ce conflit. Wellan posa un regard glacé sur Kira et fit quelques pas vers elle en tirant son épée de son fourreau.

— Wellan, tu n'y penses pas ! hoqueta le roi, incrédule.

— Majesté, je crois que la petite a besoin d'une bonne leçon, chuchota Élund à l'oreille d'Émeraude Ier. Laissez-le faire.

— Est-ce vraiment nécessaire ? geignit le monarque qui aimait cette enfant impossible plus que tout.

Un peu plus loin, Abnar observait lui aussi la scène, mais il connaissait suffisamment bien le chef des Chevaliers pour ne pas s'inquiéter de l'issue du duel. Jamais Wellan d'Émeraude n'oserait blesser la princesse protégée par le roi qui nourrissait ses hommes.

— Si je remporte ce combat, jure-moi que tu nous laisseras passer.

— Je vous donne ma parole, sire Wellan, lança Kira d'une voix forte. Mais si c'est moi qui le gagne, vous devrez me nommer Écuyer sur-le-champ et m'emmener avec vous en mission.

— Le privilège de nommer les apprentis revient à Élund, pas à moi, répliqua Wellan, tentant de nouveau d'éviter l'affrontement.

— Les nouveaux articles du code, rédigés de votre main, dois-je vous le rappeler, permettent aux Chevaliers de renverser les choix du magicien d'Émeraude s'ils jugent que celui-ci a commis une erreur.

Assis sur son cheval parmi ses frères d'armes et leurs apprentis, Bergeau ne put s'empêcher d'éclater de rire, mais le regard réprobateur de Dempsey à ses côtés l'arrêta net. Évidemment, la petite avait raison. Tout le monde le savait ! Mais il était quand même amusant de l'entendre citer Wellan contre lui-même.

— Tu sembles connaître le code, concéda le grand Chevalier.

— Je peux vous le réciter par cœur.

— Mais ce n'est pas suffisant pour devenir Écuyer, Kira.

— Je maîtrise la magie mieux que quiconque ici, sauf maître Abnar, et je sais déjà me battre. Et n'essayez pas de me reprocher mon indiscipline passée. Cette période de ma vie est loin derrière moi.

À court d'idées, Wellan décida de lui donner la leçon qu'elle méritait pour avoir défié son autorité.

— Ai-je votre parole, sire ? insista la Sholienne.

— Certainement, répondit-il, persuadé qu'il réussirait à la désarmer en l'espace de quelques minutes.

Un sourire satisfait fendit le visage de l'adolescente. Elle tendit le bras devant elle et, d'un vif mouvement de l'index, fit apparaître une épée double dans sa main, provoquant une réaction de surprise parmi l'assemblée.

— Mais c'est quoi, cette arme ? s'étonna Bergeau.

— C'est une épée très ancienne, le renseigna Santo qui en avait vu dans les livres d'histoire.

— Personne ici n'a pu lui apprendre à s'en servir, pensa Dempsey tout haut.

Pourtant, Kira manipulait la longue épée en de gracieux mouvements circulaires devant elle. Wellan cessa d'écouter les commentaires de ses compagnons et se concentra sur ce nouveau style de combat. L'arme inconnue représentait un danger certain, mais les bras de l'adolescente n'étaient pas aussi puissants que les siens, aussi il lui en ferait facilement perdre la maîtrise.

Désireux d'en finir au plus vite avec ce duel ridicule, il passa à l'attaque le premier. Sa lame, qui touchait habituellement sa cible du premier coup, ne fit qu'effleurer celle de Kira qui s'esquiva souplement en lui faisant exécuter une rotation semblable aux cercles des ailes d'un moulin à vent. Le Chevalier s'apprêta à riposter, mais l'adolescente pivotait déjà avec la rapidité de l'éclair, prête à parer les prochains coups de son formidable adversaire. « Elle a du cran », pensa Wellan en révisant sa stratégie.

Il l'attaqua de nouveau en utilisant plusieurs coups frappés dans des directions différentes, mais la princesse les para avec une grâce féline et un calme impressionnant. Le grand Chevalier possédait un bras d'acier, mais elle savait qu'il s'épuisait rapidement pour l'avoir si souvent observé se battre dans la grande cour. Elle n'avait qu'à guetter le moment où il deviendrait vulnérable, évitant ainsi tout risque de blessure.

Wellan recula de quelques pas en surveillant l'adolescente. Kira alliait l'agilité de Jasson à la fluidité de Falcon, deux de ses compagnons qu'il avait toujours eu de la difficulté à vaincre lors de tournois amicaux. Il devrait donc la désarmer d'une autre façon. Kira lut ses pensées mais ne s'en inquiéta pas. Elle savait qu'elle triompherait de lui puisqu'il se battait de la même façon que son mentor, Hadrian d'Argent.

Elle le laissa d'abord dépenser ses forces, puisqu'il était physiquement trop robuste pour elle, puis, quand elle le sentit fatigué, elle changea l'allure du combat en se portant elle-même à l'attaque. Grâce à son arme double, elle pouvait frapper successivement et rapidement à la tête et aux genoux. Elle força le grand Chevalier à dépenser une énorme quantité d'énergie pour se protéger.

Wellan résista à la furie de l'adolescente, mais lorsque sa botte s'enfonça brutalement dans sa cuirasse, il perdit le souffle. Voyant le visage du grand chef tourner au rouge, Kira comprit qu'il était temps de mettre un terme au duel. Elle s'éloigna en abaissant son épée, mais avant qu'elle puisse annoncer son intention de se retirer du combat, Wellan fonça sur elle.

Son instinct de survie l'emporta et Kira multiplia les coups d'épée et de pieds, empêchant Wellan d'utiliser sa lame contre elle. Puis, dans un mouvement exécuté à une vitesse foudroyante, elle pivota en levant une jambe et heurta le bras du Chevalier si violemment qu'il lâcha son épée.

Stupéfait, Wellan vit son arme décrire des arcs de cercle dans les airs et atterrir dans le sable, trop loin pour qu'il puisse la récupérer. Sa main chercha sa dague, mais Kira exécuta une nouvelle pirouette et lui assena un puissant coup de botte sous le menton. Le choc déséquilibra Wellan qui s'écrasa durement sur le dos. Sa tête se mit à tourner, mais, rassemblant ses forces, il se releva sur ses coudes. La lame de l'épée double de son adversaire s'arrêta à un centimètre de sa gorge.

— J'ai tout ce qu'il faut pour être Écuyer ! hurla Kira.

Captant la colère qui venait d'enflammer le cœur de son chef, Santo décida d'intervenir avant qu'il prononce des paroles irréfléchies ou qu'il commette un geste regrettable envers l'enfant. Il mit pied à terre et s'approcha des deux adversaires.

— Tu remportes ce combat, Kira, proclama le Chevalier guérisseur pour que tous l'entendent.

Cette annonce calma aussitôt l'adolescente, qui s'éloigna en faisant disparaître sa terrible épée sous les yeux émerveillés des apprentis. Wellan se redressa avec difficulté, la toisant en silence. De bonne guerre, elle lui tendit la main. Le grand Chevalier commença par la refuser en maugréant, puis, sous le regard insistant de Santo, il l'accepta. Bien qu'il fût plutôt lourd, Kira parvint à le remettre sur pied.

— Vous m'avez donné votre parole, sire.

— Nous avons déjà deux Écuyers, riposta Wellan. Peut-être que dans quelques années...

— Non ! ragea l'adolescente. Ce n'était pas notre accord !

— Je suis capable d'en former trois, intervint alors Bridgess.

Wellan se retourna vivement vers elle. Toujours en selle, la femme Chevalier soutint courageusement le regard meurtrier de son amant. Ce dernier entrevit les visages curieux des nouveaux apprentis qui l'encerclaient et ravala son commentaire. Pourquoi ses compagnons ne comprenaient-ils pas l'importance de protéger cette enfant ? En lui permettant de quitter le château, ils l'exposaient aux tentatives d'enlèvement de l'Empereur Noir.

— Tu lui as donné ta parole, Wellan, lui rappela Santo, à voix basse.

Le grand Chevalier soupira, adressant une supplique silencieuse au Magicien de Cristal. Abnar sortit des rangs, sa longue tunique blanche balayant le sable. Même si son visage était celui d'un homme dans la trentaine, ses yeux pâles trahissaient une sagesse vieille de cinq cents ans. Il s'arrêta près de Wellan et posa une main réconfortante sur son épaule.

— Il vient un temps où un père doit accepter que son enfant vole de ses propres ailes, déclara-t-il, souhaitant que Kira comprenne que Wellan n'essayait pas de la garder au château pour la contrarier, mais qu'il cherchait plutôt à la protéger. Cette jeune demoiselle nous a prouvé qu'elle savait se défendre seule. En fait, je crois même que ce sont les hommes-insectes qui, dorénavant, sont en danger.

Sa remarque fit naître des sourires sur tous les visages, sauf sur celui de Wellan, mais Abnar savait qu'il comprenait son message.

— Le Chevalier Bridgess s'est déjà fort bien acquittée de l'entraînement de Kira, n'est-il pas vrai ? poursuivit l'Immortel.

Wellan demeura de glace, les yeux rivés sur la Sholienne victorieuse, refusant de croire qu'elle pût tenir cette arrogance de sa mère.

— Oui, et elle a fait du très bon travail, répondit Santo.

— Qu'en pensez-vous, maître Élund ? demanda Abnar.

— Je... enfin, ce n'est pas dans nos..., bafouilla le vieux magicien tout aussi sidéré que le roi devant les prouesses de l'adolescente.

Émeraude Ier lui administra un coup de coude dans les côtes pour l'empêcher de terminer sa phrase et prit rapidement la parole.

— Ce que notre illustre magicien essaie de dire, c'est que Kira vient de nous démontrer qu'elle possède les qualités requises pour devenir un Écuyer d'Émeraude, déclara le monarque.

Les apprentis manifestèrent leur joie à grands cris et furent gentiment rappelés à l'ordre par leurs nouveaux maîtres conscients de la fureur de leur chef. Un palefrenier s'approcha avec la jument blonde de Kira et Morrison apporta une épée, une dague et une ceinture de cuir sertie de pierres précieuses. Bouillant sur place, le grand Chevalier demeurait immobile et obstinément muet. Une fois de plus, Santo dut se résoudre à intervenir. Il fit signe à Bridgess de se joindre à eux en surveillant la réaction de Wellan. Rien. La jeune femme mit pied à terre et s'avança bravement à sa rencontre, en évitant le regard noir de Wellan.

— Chevalier Bridgess, acceptez-vous de former et d'entraîner la Princesse Kira, héritière présomptive du trône d'Émeraude ? chevrota le roi, ému.

— J'accepte, répondit Bridgess.

Elle savait qu'elle essuierait les foudres du grand Chevalier une fois seule avec lui, mais elle écouta son cœur. Cette farouche adolescente mauve devait à tout prix devenir un guerrier redoutable afin d'assurer la protection du porteur de lumière.

Bridgess prit la ceinture et la boucla à la taille de Kira, incapable de ne pas lui sourire avec fierté, malgré le courroux de son chef. Puis elle lui tendit ses nouvelles armes et Kira vit qu'il s'agissait de l'épée que l'armurier avait jadis forgée pour elle et d'un poignard dont le manche avait aussi été adapté à ses doigts griffus.

Bridgess lui remit ensuite les rênes du cheval harnaché en vert. Elle l'incita à monter sur son dos et à se placer en rang avec les deux fillettes devenues ses apprenties quelques minutes plus tôt. Kira aurait aimé étreindre et embrasser la femme Chevalier, mais elle opta pour un comportement plus réservé et digne d'un Écuyer d'Émeraude. Elle grimpa sur sa pouliche et attendit les ordres de son maître.

— Nous sommes prêts à partir, dit Santo.

Les yeux glacés de Wellan se braquèrent sur le pont-levis. Captant son exaspération, Kira libéra les lourdes chaînes d'un geste discret et le pont s'écrasa bruyamment sur le sol, faisant sursauter toute l'assemblée. Santo et Bridgess remontèrent en selle et attendirent que Wellan se décide à prendre la tête du groupe. Le visage cramoisi, le Chevalier boita jusqu'à son cheval, mit le pied à l'étrier et, serrant les dents, se hissa sur son dos avec grande difficulté. Il leva le bras afin que tous le voient et talonna sa monture. La colonne s'ébranla lentement et quitta l'enceinte du château.

Bridgess s'assura que ses jeunes protégées la suivaient puis elle tenta de sonder Wellan. Une fois de plus, il avait élevé un mur de glace autour de son cœur. En se concentrant davantage, elle réussit à atteindre l'esprit de son chef et y découvrit un sentiment de profonde humiliation. À leur retour, elle tâcherait de le convaincre qu'elle n'avait pas fait ce geste pour usurper son pouvoir ou le déprécier aux yeux de ses hommes, mais pour mettre fin à une confrontation qui minait inutilement l'énergie de leurs compagnons.

Ils chevauchèrent dans la campagne environnante, offrant un spectacle impressionnant aux paysans qui travaillaient dans les champs. Hommes, femmes et enfants saluèrent avec respect les quatre-vingt-deux soldats vêtus de vert, tous animés du même désir de défendre Enkidiev et ses habitants.

10

Kira avoue son secret

Après la longue promenade à cheval dans la campagne et les exercices d'escrime dans la cour avec ses jeunes compagnes de onze ans et son maître, Kira retourna dans ses appartements et s'accorda un peu de repos. Elle fit une toilette rapide avant d'enfiler sa nouvelle tunique verte d'apprentie et de nouer à sa taille la ceinture sertie de pierres précieuses. Debout devant la glace, elle attacha ses cheveux soyeux sur sa nuque, imitant en cela Bridgess, même si elle savait que la lanière de cuir ne les retiendrait pas longtemps. Enfin prête pour la fête que le roi donnait en leur honneur, elle courut dans les couloirs et surgit dans le grand hall, surprise de n'y trouver que le roi et les deux magiciens.

— Y a-t-il eu un malheur ? s'alarma-t-elle.

— Non, ma chérie, s'empressa de répondre le roi en lui faisant signe d'avancer. Nous avons seulement quelques questions à te poser.

« Tous les trois ? » s'étonna Kira, sur ses gardes. Puisqu'elle ne pouvait sonder les intentions des mages, cela étant défendu aux Écuyers et aux Chevaliers, elle scruta le visage du roi. Il transpirait la bonté tandis que ceux d'Abnar et d'Élund témoignaient de leur mécontentement.

— Je regrette d'avoir humilié le Chevalier Wellan, lança-t-elle avant qu'ils puissent ouvrir la bouche.

— Tu l'as seulement vexé, tempéra le Magicien de Cristal. Mais ce n'est pas de lui que nous voulons te parler.

« De qui alors ? » s'interrogea l'adolescente. Elle n'avait pourtant rien fait de mal depuis des années. Qu'avaient-ils à lui reprocher cette fois-ci ?

— Qui donc t'a appris à te battre avec une aussi vieille épée ? s'enquit le roi en fronçant ses épais sourcils blancs.

Comprenant qu'ils étaient sur le point de la prendre en défaut, Kira paniqua et rentra la tête dans ses épaules. La lanière de cuir retenant ses cheveux violets se détacha et de longues mèches soyeuses glissèrent sur son visage, dissimulant en partie ses traits. Étant désormais un Écuyer, elle ne pouvait plus mentir.

— C'est un vieux Chevalier d'Émeraude, avoua-t-elle dans un souffle.

— Dis-nous lequel de nos sept aînés est le coupable, exigea sèchement Élund.

— C'est un Chevalier encore plus vieux qu'eux.

— Le Roi Hadrian ? suggéra Abnar.

Le silence qu'observa l'adolescente était éloquent. Le Magicien de Cristal avait visé juste.

— Tu nous avais pourtant dit ne l'avoir invoqué qu'une seule fois, se rappela celui-ci, impressionné malgré lui par la puissance de sa magie.

— Étant donné que personne ici ne voulait m'apprendre à me battre, murmura-t-elle en regardant ses bottes, j'ai décidé de faire appel à ses services. C'est toujours un excellent escrimeur, même s'il est un fantôme.

— Tu peux le matérialiser à volonté ? s'étonna l'Immortel.

— Oui... À l'aide d'un sortilège que j'ai déniché dans les livres défendus, répondit-elle, craignant qu'on ne lui inflige une punition sévère pour sa déso-béissance.

Pourquoi fallait-il que le roi et les magiciens découvrent son secret le jour même où elle devenait enfin apprentie ? Dès qu'elle leur parlerait de l'anneau, ils le lui enlèveraient, et elle ne pourrait pas se déro-ber, puisque c'était contraire au code de chevalerie.

— De quelle façon t'y prends-tu ? demanda Élund d'un ton soupçonneux.

Kira releva la tête en soupirant et sortit le bijou doré de sa ceinture. Elle le passa à son doigt et le défunt Chevalier d'Émeraude apparut aussitôt dans son costume d'apparat. Hadrian fut surpris de trou-ver les trois hommes en compagnie de sa jeune élève, surtout le Magicien de Cristal, qu'il avait connu de son vivant.

— Sire Hadrian, Chevalier d'Émeraude et fier des-cendant de la famille royale du Royaume d'Argent, je vous présente le Roi Émeraude Ier et les magiciens Élund et Abnar, marmonna-t-elle sans enthousiasme.

— *Mes respects, Majesté*, salua-t-il, s'adressant d'abord à ce roi qu'il ne connaissait pas.

Puis il inclina poliment la tête devant Élund et offrit un visage inquiet au Magicien de Cristal qui avait jadis puni ses hommes à la suite de la première invasion des hommes-insectes et leurs dragons.

— *Maître Abnar, vous n'allez tout de même pas me poursuivre jusque dans la mort !* s'exclama-t-il en s'efforçant de demeurer courtois.

Kira sentit une énergie subtile circuler entre le fan-tôme et l'Immortel et les observa à tour de rôle. Leurs traits n'offraient aucune ressemblance, mais leurs yeux étaient exactement de la même couleur.

— Telle n'est pas mon intention, sire Hadrian, le rassura Abnar d'un ton étonnamment doux. D'ailleurs, votre conduite, à l'époque, a été exemplaire comparée à celle de vos compagnons. Je désire plutôt vous rendre le repos éternel dont cette enfant vous a privé.

— *Mais cette distraction terrestre me fait le plus grand bien*, mentit l'ancien Chevalier qui était séparé de sa famille dans l'au-delà depuis l'intervention magique de Kira.

— Je suis en mesure de vous libérer du sortilège de la princesse et du châtiment que vous ont imposé les Immortels, annonça Abnar, qui connaissait la vérité. Que votre âme repose désormais en paix, Hadrian d'Argent.

À la grande surprise de Kira, l'Immortel se courba devant le spectre qui reçut cette marque de respect avec un léger sourire. Puis le défunt Chevalier posa ses yeux d'acier sur Kira.

— *Je vous ai enseigné tout ce que je sais, milady.*

— Et je vous en remercie de tout cœur, hoqueta Kira. Vous allez terriblement me manquer, sire. Vous avez été mon seul ami pendant si longtemps.

— *Un Chevalier d'Émeraude sait se faire des alliés partout où il va*, l'encouragea-t-il. *Je vous souhaite longue vie ainsi que d'innombrables exploits sur les champs de bataille. Que les dieux vous assistent et...*

Kira se jeta dans ses bras et éclata en sanglots, affolée à l'idée de ne plus jamais revoir son confident. Hadrian l'étreignit affectueusement et chuchota qu'ils se reverraient un jour dans les grandes plaines célestes où il se ferait un plaisir de lui servir de guide.

L'adolescente mauve intercepta les regards consternés du roi et des magiciens et se rappela qu'elle était un Écuyer d'Émeraude. Elle rassembla son courage et se détacha d'Hadrian.

— Au revoir, sire.

Elle retira l'anneau et le fantôme s'évapora sous les yeux émerveillés du vieux roi et ceux, remplis d'effroi, d'Élund. Abnar tendit la main afin que Kira y dépose le petit bijou en or, ce qu'elle fit à contrecœur.

— Je ne romps pas ce sortilège pour te causer du chagrin, Kira, tenta de la réconforter Abnar. Il faut que tu comprennes que chaque fois que le Chevalier Hadrian revient parmi nous, il éprouve de la difficulté à réintégrer le monde des morts. Il risque de se retrouver coincé entre deux univers pour l'éternité et même de disparaître complètement.

— Je l'ignorais..., se désola l'adolescente en essuyant rapidement ses yeux.

— Mais console-toi, j'ai agi au bon moment.

— Tu es un Écuyer maintenant, intervint Émeraude Ier, alors je compte sur toi pour ne plus utiliser tes pouvoirs magiques sans prévenir les Chevaliers.

— Je vous le promets, Majesté.

« Tout compte fait, cette nomination se révélera probablement une bonne chose », pensa le roi. Son serment d'apprentie lui servirait de muselière pendant les quelques années qui la séparaient encore de l'âge adulte.

11

Un Chevalier vexé

Pendant ce temps, l'effervescence régnait dans l'aile des Chevaliers. Chacun de ses occupants se préparait pour la célébration en l'honneur des Écuyers. Kira ayant été convoquée par Émeraude Ier, Bridgess fit passer les petites Yamina et Gabrelle devant elle dans le hall des Chevaliers où plusieurs de ses compagnons d'armes et leurs nouveaux Écuyers bavardaient de la future vie de ces enfants en attendant le signal du banquet. C'est alors qu'elle vit deux petits garçons abandonnés au bout de l'une des deux tables : les Écuyers de Wellan. Elle chercha le grand Chevalier des yeux, en vain. Suivie de ses apprenties, Bridgess s'approcha des deux gamins et les questionna au sujet de l'absence de leur maître.

— Il nous a dit de l'attendre ici pendant qu'il allait aux bains, répondit Bailey.

— Il ne se sentait pas très bien, ajouta Volpel.

Le code exigeait pourtant que les Chevaliers ne se séparent jamais de leurs apprentis. Wellan le savait mieux que quiconque puisqu'il avait lui-même rédigé les nouveaux règlements de l'Ordre. Pourquoi s'isolait-il ainsi ? Elle revit les scènes du combat brutal l'opposant à Kira et se rappela sa raideur en selle lors de la promenade dans la campagne. Il avait très bien pu être blessé, mais trop orgueilleux, il chercherait à se soigner lui-même plutôt que de faire appel à ses frères.

Elle exposa ses inquiétudes à Bailey et Volpel, et demanda aux fillettes de rester avec eux pendant qu'elle s'assurait de l'état de Wellan. Pas question qu'ils entendent les reproches qu'elle se promettait d'adresser à leur chef. Les apprentis froncèrent les sourcils d'inquiétude mais ne répliquèrent pas, l'ordre d'un Chevalier étant indiscutable. Bridgess les embrassa sur le front tous les quatre et quitta le hall sans se hâter afin de ne pas éveiller la curiosité de ses compagnons d'armes.

Elle trouva Wellan plongé dans l'eau chaude jusqu'au cou, le dos calé contre la paroi de roc, les yeux fermés, mais il ne méditait pas. En le sondant, elle ressentit l'énergie de guérison qui circulait dans tout son corps. Elle s'approcha davantage du grand bassin et Wellan ouvrit des yeux glacés, toujours fâché contre elle pour son intervention dans la cour.

— Es-tu blessé ? s'enquit la jeune femme.

Il grommela quelques mots incompréhensibles et se détourna. « C'est le plus têtu de tous les hommes », soupira-t-elle en s'accroupissant près de lui.

— Wellan, réponds-moi.

— Tu es suffisamment intelligente pour deviner combien mon amour-propre a souffert aujourd'hui. Je n'ai vraiment pas envie d'être bousculé en ce moment, bougonna-t-il en gardant les yeux fermés.

— Cela ne te donne pas le droit d'abandonner ces deux petits garçons quelques heures seulement après qu'ils sont devenus tes Écuyers.

— Je ne voulais pas qu'ils me voient ainsi.

— Ce sont tes apprentis, Wellan. Ils vont partager ta vie pendant les six ou sept prochaines années, alors ils te verront certainement dans un état lamentable à un moment ou à un autre.

Le grand Chevalier garda le silence, mais Bridgess perçut son agacement.

— Sors de l'eau, ordonna-t-elle.

— Quand je serai prêt, pas avant, riposta-t-il, buté.

— Ne m'oblige pas à user de ma magie.

Il n'ouvrit qu'un œil et la fixa avec défi. Depuis la guérison miraculeuse de Bridgess, opérée par la lumière mauve des mains de Kira, les pouvoirs de la femme Chevalier s'étaient accrus, mais de là à le contraindre...

— Wellan, je sais que tu es blessé et que tu as besoin d'aide.

Tenace, elle lui tendit la main, mais il s'éloigna. N'ayant plus le choix, la femme Chevalier se redressa et fit appel à ses pouvoirs magiques. Elle se concentra et matérialisa un filet d'énergie qu'elle lança sur son chef. Les mailles se refermèrent sur Wellan en grésillant au contact de l'eau. Stupéfait, il ne chercha même pas à se débattre. Bridgess manipula habilement ce piège surnaturel et hissa le grand Chevalier sur le bord du bassin, puis hors de l'eau.

— Hmm... quelle belle prise ! se moqua-t-elle.

La colère qui, peu avant, assombrissait les yeux bleus de Wellan avait cédé la place à l'émerveillement.

— Où as-tu appris à faire ça ?

— Depuis que Kira m'a guérie de la morsure du dragon, il se passe de très curieuses choses en moi, révéla-t-elle en le libérant du filet lumineux. Tu serais surpris d'apprendre tout ce dont je suis capable maintenant.

Bridgess s'agenouilla à ses côtés et découvrit une ecchymose sous son menton ainsi que des meurtrissures sur sa poitrine et son avant-bras droit. Elle les effleura du bout des doigts, tirant une plainte sourde à Wellan.

— C'est Kira qui t'a fait ça ? Heureusement que tu portais ta cuirasse !

— Son sang d'insecte lui donne une force incroyable, ragea le grand Chevalier.

Elle l'obligea à s'asseoir sur son drap de bain et appliqua doucement ses paumes sur la blessure qui labourait sa poitrine. Fermant les yeux, elle matérialisa une lumière blanche et la peau du grand chef reprit graduellement sa couleur normale. Bridgess fit de même pour son bras droit puis, comme elle s'apprêtait à traiter l'hématome qui marbrait son menton, Wellan emprisonna brusquement ses poignets entre ses mains.

— Tu as suffisamment abusé de tes forces, protesta-t-il.

— Tu t'inquiètes pour rien. Je possède assez d'énergie pour guérir toute une armée.

— Une armée ? répéta-t-il en réprimant un sourire.

— Je t'en prie, Wellan, laisse-moi t'aider. C'est mon devoir et tu le sais bien.

Elle se dégagea doucement et continua de lui prodiguer des soins avec beaucoup de tendresse. Wellan se laissa faire, mais dès que la lumière eut disparu de ses paumes, il la sonda pour vérifier l'état de ses forces. À son grand étonnement, il constata qu'elle avait à peine entamé son énergie. Décidément, son contact avec la Sholienne avait opéré des transformations incroyables en elle.

Marquant la fin du traitement, elle déposa un baiser léger sur sa bouche boudeuse. Assoiffé de réconfort, il ne sut résister à cette offrande de paix. « Ces moments se feront rares au cours des prochaines années, avec cinq enfants à entraîner », songea Wellan, prêt à prolonger l'étreinte.

— Nos Écuyers nous attendent dans le hall, le déçut la jeune femme en le repoussant.

Bridgess avait raison. Il ne devait pas négliger ses nouveaux apprentis. Il s'enveloppa dans la serviette et retourna à sa chambre où les serviteurs avaient déjà installé deux autres lits. Il enfila ses vêtements d'apparat et se rendit dans le hall où ses hommes l'attendaient. Il s'immobilisa à une extrémité des deux tables et promena un regard fier sur la belle assemblée d'hommes, de femmes et d'enfants vêtus de vert. Son plus grand rêve se réalisait : le nombre des Chevaliers d'Émeraude croissait et ils étaient plus intègres que leurs prédécesseurs.

— On vient de me dire que le roi mourait de faim ! s'exclama-t-il. Suivez-moi, il faut que nous empêchions cela !

Les enfants explosèrent de joie et se ruèrent vers lui. Ils traversèrent le palais en chahutant et jaillirent dans le hall royal où les serviteurs se succédaient à un rythme effréné, garnissant les tables de mets aromatiques. Ils prirent place et se repurent en écoutant les récits glorieux des Chevaliers et les chansons de Santo qui s'accompagnait lui-même à la harpe.

Au grand bonheur d'Émeraude Ier, les apprentis proposèrent des jeux d'adresse auxquels participèrent quelques Chevaliers à l'âme encore jeune. Mais Kira se retira dans l'ombre d'une immense colonne sculptée, préférant observer ces activités plutôt que d'y prendre part. Remarquant sa retenue, Bridgess alla s'asseoir près d'elle.

— Va donc t'amuser avec les autres, l'encouragea la jeune femme.

— Je ne peux pas faire ce qu'ils font, soupira l'adolescente en écartant ses huit doigts griffus. De toute façon, il est préférable que je reste à l'écart. J'ai suffisamment contrarié le Chevalier Wellan pour aujourd'hui.

— En effet, tu lui as administré une belle raclée.

— Je ne voulais pas le blesser, maître, mais il est si grand et si fort que je me suis sentie obligée d'assener des coups plus puissants. Vous m'en voyez désolée.

— Il a compris que tu n'étais plus une petite fille sans défense.

— Mais il est furieux contre moi.

— Il n'aime pas perdre la face, c'est certain, mais il ne reste jamais fâché très longtemps. Wellan est un homme juste et bon, Kira. Tu auras sûrement l'occasion de t'en apercevoir dans les années à venir.

— Je connais déjà ses qualités de cœur, mais je crains qu'il ne reconnaisse jamais les miennes.

— Pourquoi dis-tu ça ?

— Parce que lorsqu'il me regarde, c'est de la haine que je lis dans ses yeux.

Bridgess savait bien que ce n'était pas l'adolescente elle-même qu'il détestait mais le sang des hommes-insectes qui coulait dans ses veines. Malheureusement, elle devait taire ce secret, Kira étant encore trop jeune et trop impressionnable pour entendre la vérité. Par mesure de prudence, elle lui bloqua ses pensées.

— Quand il te connaîtra mieux, il changera d'avis.

L'adolescente mauve baissa misérablement la tête, car depuis qu'elle vivait au château, Wellan ne lui avait jamais manifesté de sentiments autres que le mépris. Maintenant qu'elle l'avait humilié publiquement, ce serait pire encore...

— Un Chevalier d'Émeraude ne perd jamais espoir, lui rappela Bridgess avec affection.

— Vous avez raison, maître, mais ce soir, c'est difficile.

Bridgess l'embrassa sur le front et la laissa observer les festivités depuis son coin isolé en se jurant de rétablir les choses entre Wellan et la Sholienne.

12

Amecareth contre-attaque

Au même moment, dans sa forteresse creusée dans une énorme montagne sur le continent rocailleux conquis par ses ancêtres des milliers d'années auparavant, Amecareth arpentait son alvéole avec colère. Vêtu d'une tunique de cuir rouge sang, ses oreilles pointues ornées de breloques brillantes se dressaient sur sa tête, trahissant son agitation. Ses yeux bridés scindés par des pupilles verticales étincelaient d'une vive lumière violette.

Les incessantes défaites de ses troupes face aux Chevaliers d'Émeraude le rendaient de plus en plus furieux. Il ne voulait pas répéter les erreurs commises autrefois et lancer ses guerriers d'élite à l'assaut d'Enkidiev, où les humains auraient tôt fait de rallier leurs forces. Cette fois, il les empêcherait de tuer sa descendante en conquérant leur territoire une parcelle à la fois et en leur arrachant sournoisement l'enfant hybride. Si au moins Narvath avait été reliée à l'esprit de la collectivité, il aurait pu lui donner l'ordre de rentrer à Irianeth et elle aurait été forcée de lui obéir. Il poussa un cri de rage et renversa son trône, maudissant la magicienne du pays de neige qui l'avait coupée de lui dès sa naissance.

Régnant sur de nombreux continents, l'empereur disposait de soldats de toutes races, quelques-uns loyaux, d'autres moins, mais il savait comment les forcer à combattre les humains. Le cerveau des hommes-insectes ne fonctionnait pas aussi rapidement que celui de cette vermine, mais il voyait loin, beaucoup plus loin.

Il s'arrêta devant l'énorme coffre où s'entassaient ses bijoux et les caressa lentement de ses puissantes griffes en inventoriant ses atouts. Les femmes-insectes sélectionnées pour la reproduction de ses fiers guerriers noirs ne pondaient plus assez d'œufs et, depuis sa dernière défaite sur Enkidiev, elles lui avaient donné moins d'un millier de bons soldats. Il lui en fallait d'autres, beaucoup d'autres, pour miner le moral des hommes jusqu'à ce que sa véritable armée soit prête à les anéantir.

Les peuples sur lesquels régnait Amecareth étaient pour la plupart pacifiques, mais certains d'entre eux, plus belliqueux, pourraient l'assister dans ses sombres desseins. Parmi eux figuraient les hommes-lézards qui se défendaient surtout avec leurs dents et leurs griffes, mais à qui ses lieutenants sauraient enseigner le maniement des armes. L'empereur exerçait aussi son pouvoir sur une autre race d'hommes-insectes qui utilisaient de gros chevaux noirs pour chasser le gibier de leur île avec des harpons. Amecareth avait dépêché des messagers auprès de ses nombreux régents afin de recruter le plus grand nombre possible de soldats, mais leur réponse tardait à venir. Ayant appris par Asbeth que les humains possédaient des facultés télépathiques, il avait exigé que ses émissaires lui fassent leur rapport en personne et non en se servant des voies de communication de la collectivité. Pourquoi le faisaient-ils ainsi attendre ? Ses pensées se tournèrent alors vers son sorcier.

Profondément humilié par sa défaite face au Chevalier Wellan, Asbeth s'était barricadé dans sa cellule pour parfaire ses connaissances en sorcellerie et il n'attendait que le moment de se venger. « La haine est une puissante alliée », se réjouit l'empereur. Il avait eu maintes fois l'occasion de le constater lors de ses conquêtes.

Des serviteurs pénétrèrent dans l'alvéole royale et redressèrent le lourd trône d'hématite. Ils servirent ensuite à Amecareth un copieux repas de chair fraîche, le distrayant momentanément de sa colère. Tandis que des esclaves nettoyaient ses griffes ensanglantées, il vit apparaître à la porte un des messagers dépêchés dans les terres conquises du sud des années auparavant.

L'homme-insecte s'inclina très bas devant lui. Impatient d'entendre son rapport, Amecareth lui ordonna de se relever. Le soldat commença par lui rappeler le but de sa mission et la race auprès de laquelle il avait été envoyé, celle des hommes-lézards, et lui confia que ses sujets écaillés n'accepteraient de se battre qu'en échange d'une récompense de taille.

— Je leur laisse la vie ! hurla l'empereur, insulté. Qu'espèrent-ils d'autre ?

— Leurs castes sont divisées en fonction des possessions de chaque individu, seigneur. C'est ce qui avait d'ailleurs rendu leur conquête si coûteuse.

Amecareth arpenta la pièce en fulminant. De quel droit ces êtres répugnants osaient-ils lui proposer un marché alors qu'il régnait sur leur île et qu'il pouvait exiger qu'ils se battent en son nom ?

— Que demandent-ils en échange de leurs services ? laissa-t-il finalement tomber.

— Des humaines. Une étrange maladie tue leurs femelles et les petits en bas âge. Ils pensent qu'elles sauveront leur race.

Amecareth se raidit, des paroles d'un autre temps résonnant dans son esprit. Tandis qu'il fécondait pour la première fois une humaine sur Enkidiev, un vieux magicien s'était précipité au secours de la paysanne terrorisée. Intercepté par ses sorciers, le mage lui avait lancé au visage une terrible menace.

Un prince naîtra parmi les hommes ! Dans son cœur, les dieux concentreront la lumière du ciel et il vous détruira, monstre sanguinaire ! Le porteur de lumière mettra fin à votre règne une fois pour toutes ! Amecareth avait dû étrangler le vieil homme pour le faire taire, mais il n'avait jamais oublié cette prédiction.

Prisonnières d'une contrée lointaine, les humaines donneraient le jour à des reptiles. Il n'aurait donc plus à craindre que l'un d'eux soit ce prince de lumière. Et si les hommes-lézards parvenaient à exterminer tous les hommes d'Enkidiev, la prophétie ne s'accomplirait jamais. Amecareth s'assit sur son trône et darda son regard cruel sur son interlocuteur immobile.

— Est-ce tout ce qu'ils veulent ?

— Oui, seigneur. Ils n'ont émis aucune autre requête.

— Dans ce cas, dites-leur que je leur accorderai cette faveur s'ils abattent tous les mâles qu'ils rencontreront sur leur route.

Le serviteur s'inclina et recula jusqu'à la sortie de l'alvéole.

13

Désormais Écuyer

Après la grande fête donnée en l'honneur des nouveaux apprentis, Kira dormit dans la chambre de son maître où s'alignaient désormais quatre lits pour Bridgess, Gabrelle, Yamina et elle. Elles y étaient plutôt à l'étroit, mais ne se servant de cette pièce que la nuit, elles s'en accommoderaient. La princesse mauve trouva la présence de ses compagnes très rassurante. Blottie sous ses couvertures, les événements de la journée défilaient dans son esprit. Elle revit le visage contrarié de Wellan pendant le duel puis son air indifférent au cours du banquet, et comprit qu'elle aurait fort à faire pour gagner sa confiance. Chaque chose en son temps... Elle sombra dans le sommeil en pensant plutôt au sourire radieux de Bridgess lorsqu'elle lui avait remis ses armes.

Le lendemain matin, lorsqu'elle retourna dans ses appartements du palais pour y prendre certains de ses effets, l'adolescente ressentit aussitôt la peine que son départ avait causée à sa gouvernante. En voyant entrer Kira dans la grande chambre où le lit n'avait même pas été défait, Armène se précipita vers elle et la serra dans ses bras en remerciant le panthéon des dieux tout entier de la lui avoir rendue saine et sauve. Surprise, la jeune fille se détacha gentiment d'elle et lui demanda pourquoi elle s'agitait ainsi.

— Tu n'as pas dormi dans ton lit ! explosa la servante. Et après toutes les questions que tu m'as posées sur les garçons, j'ai cru que...

— Tu t'inquiètes pour rien, Mène, la coupa Kira, mon âme sœur n'habite même pas Émeraude !

— Dans ce cas, où as-tu passé la nuit ?

— J'ai dormi dans la chambre du Chevalier Bridgess avec Gabrelle et Yamina. Tu as certainement appris que j'avais remporté mon combat contre le grand chef et qu'il a été forcé de m'accepter comme Écuyer, non ?

— J'ai entendu de bien vilaines choses à ce sujet, en effet.

Les yeux noyés de larmes, Armène se rendit à la grosse commode de la chambre afin d'y ranger les tuniques fraîchement lavées de sa protégée. Consternée par sa réaction, Kira tira sur la manche de sa robe et y enfonça malencontreusement les griffes.

— Dis-moi ce que tu as entendu, Mène.

— Ce n'est pas important, mon cœur, éluda la servante.

— Ça l'est pour moi.

— Tu n'as pas besoin de savoir, Kira.

— Les habitants du château n'ont jamais appris à m'aimer, n'est-ce pas ?

« Autant lui révéler la vérité moi-même plutôt que de la laisser l'apprendre par des gens malintentionnés », décida Armène.

— Ils ont cru que tu allais tuer le Chevalier Wellan.

Des larmes roulèrent sur les joues de la fidèle servante et Kira la serra tendrement sur son cœur. De la même taille que sa gouvernante, elle nicha son petit nez mauve dans son cou, juste sous le pli de l'oreille.

— Crois-tu sincèrement que j'aurais pu faire du mal à mon héros ? chuchota Kira. Je voulais juste lui prouver que je sais me battre, rien de plus. Il n'y avait pas d'autre moyen, Mène, je t'assure. Le Chevalier Wellan est trop têtu.

— Les gens du château prétendent que ta force physique n'est pas naturelle...

— Parce qu'ils n'ont jamais vu quelqu'un combattre de cette manière, mais c'était très courant du temps des premiers Chevaliers d'Émeraude. C'est une vieille technique qui a été perdue au fil des âges et que j'ai redécouverte grâce à un très bon maître d'armes. Je te jure que je n'ai jamais été tentée de déchiqueter ou de manger qui que ce soit... sauf Élund, évidemment.

— Kira ! s'indigna la servante.

— Mais je ne l'ai pas encore fait ! s'égaya l'adolescente.

Elles éclatèrent de rire toutes les deux et s'étreignirent avec affection. Armène retrouva sa bonne humeur habituelle. Mais lorsque Kira la pria de l'aider à rassembler les effets qu'elle désirait emporter dans l'aile des Chevaliers, la servante se rembrunit.

— Je suis un Écuyer, Mène, je dois mener la même vie que tous les Écuyers.

— Tu es aussi une princesse !

— Oui, c'est vrai, mais ce serait quand même injuste pour les autres enfants que je sois traitée différemment. Tu comprends ?

— Non, se buta Armène, faisant la moue. Je ne vois pas pourquoi tu ne pourrais pas dormir dans ton propre lit.

— C'est parce qu'il doit s'établir un lien privilégié entre un Chevalier et son apprenti. Un jour, cette proximité nous sauvera peut-être la vie à Bridgess et à moi. Tu devrais te réjouir pour moi au lieu de verser ces larmes. J'ai toujours rêvé de devenir soldat et j'ai enfin gravi le premier échelon de l'Ordre.

— Plus tard, quand tu seras mère, tu comprendras ce que je ressens en te perdant, sanglota la servante en essuyant ses yeux avec son tablier.

— Mais tu ne me perds pas, Mène. Je suivrai les Chevaliers en mission, mais je reviendrai toujours au Château d'Émeraude. Et grâce à Wellan et à Bridgess, j'apprendrai à mieux te protéger. Je serai toujours là pour toi, tu le sais bien.

— Tu seras en danger en dehors de ces murs.

— Si tu m'avais vue vaincre Wellan, tu ne dirais pas cela, plaisanta Kira.

Avec force cajoleries, elle réussit à convaincre Armène qu'elle ne l'abandonnerait jamais. La servante accepta finalement de rassembler ses affaires, puis l'accompagna dans le long couloir, le cœur serré.

Armène s'arrêta devant la porte menant à l'aile des Chevaliers et embrassa Kira sur les joues, lui recommandant d'être obéissante et de ne plus malmener Wellan. Puis, faisant preuve d'abnégation, elle la laissa partir. Kira savait qu'au fond, Armène était fière d'elle. Le cœur plus léger, l'adolescente rangea vêtements et objets dans un coin de la chambre de Bridgess, puis alla prendre son bain avec les membres féminins de l'Ordre, qui comptait désormais six femmes Chevaliers et treize apprenties. Les hommes y étaient toujours en majorité, mais elles n'en représentaient pas moins un élément important de l'armée.

Kira retira ses vêtements, les suspendit au mur et se glissa dans l'eau chaude. Elle commença par méditer quelques minutes, puis, subtilement, elle sonda les pensées des fillettes de quatre ans plus jeunes qu'elle, constatant avec soulagement qu'elles n'accordaient aucune attention particulière à la couleur de sa peau. C'était donc les garçons qui disaient des méchancetés à son sujet au Royaume d'Émeraude.

Après le bain, Chevaliers et Écuyers enfilèrent tuniques et sandales et allèrent attendre leurs compagnons masculins dans leur hall, où les serviteurs commençaient à garnir les tables. Kira regarda autour d'elle et décida qu'il était bien plus amusant de manger avec les Chevaliers qu'avec le roi. Ici, pas besoin de débiter une litanie de propos courtois ou de tenir convenablement des ustensiles en métal précieux. Elle pouvait manger avec ses doigts ou avec son nouveau poignard et, surtout, se permettre d'être elle-même.

Les représentants mâles de l'Ordre arrivèrent quelques minutes plus tard, Wellan à leur tête. Bergeau, Jasson et leurs Écuyers se trouvaient aussi parmi eux. Ils s'installèrent autour de la table et mangèrent avec appétit en bavardant comme des pies. Kira observa discrètement les plus jeunes Chevaliers : Hettrick, Curtis, Morgan, Murray, Colville, Pencer, Derek, Corbin, Brennan et Milos. Ils étaient très mignons, cependant il leur manquait la maturité et la prestance de leurs aînés.

Elle étudia plus attentivement les membres de la génération suivante et jugea que Kevin était le plus beau du lot avec ses cheveux brun foncé, ses yeux bleus sensibles et son cœur aussi pur que du cristal. Elle savait qu'il cherchait une compagne avec laquelle partager sa vie et elle se demanda s'il s'intéresserait à une adolescente à la peau mauve. À ce moment-là, son regard croisa celui de Wellan et elle comprit qu'il suivait tranquillement le cours de ses pensées. Embarrassée, elle baissa vivement les yeux sur son assiette.

— Il est tout naturel qu'il sonde ses soldats pendant les repas, murmura Bridgess, assise à sa droite. Comme tu le sais déjà, ce privilège appartient strictement aux Chevaliers.

— Je ne sondais pas les garçons, se défendit Kira à voix basse, je les regardais.

— Je sais, mais ne te dérobe jamais aux incursions de Wellan dans ton esprit ou il pourrait t'expulser de l'Ordre.

La jeune fille accepta la leçon et continua de manger sans plus regarder personne.

Lorsque ses compagnons furent rassasiés, le grand Chevalier se leva et le silence se fit dans la salle. Il observa ses compagnons un à un, sans cacher sa satisfaction de les voir aussi nombreux.

— Nous sommes désormais à l'étroit dans la cour pour entraîner nos Écuyers, déclara-t-il finalement, et je sais que ces jeunes gens ont soif d'explorer le monde, alors voici ce à quoi j'ai pensé.

Le grand Chevalier se mit à marcher lentement autour des deux tables et des yeux remplis de curiosité le suivirent, surtout ceux des enfants.

— Nous nous diviserons en cinq groupes et nous irons nous assurer que les royaumes côtiers ne relâchent pas leur vigilance. Votre mission consistera à vérifier que les pièges à dragons sont toujours en bon état, à rencontrer les monarques de ces royaumes, à renouveler notre serment de les protéger et à montrer au peuple que nous sommes toujours là et même en plus grand nombre.

— La Reine Fan t'a-t-elle appris qu'une autre invasion se préparait ? s'enquit Falcon qui connaissait son lien privilégié avec le fantôme.

— Non, répondit calmement Wellan, mais si cela devait se produire, nous serions vite sur place.

Il sépara donc les Chevaliers en cinq groupes : Jasson, Kevin, Derek, Morgan et Nogait se rendraient au Royaume des Elfes. Chloé, Falcon, Wanda, Curtis et Kagan partiraient pour le Royaume des Fées. Dempsey, Buchanan, Ariane, Pencer et Corbin visiteraient le Royaume de Cristal. Bergeau, Kerns, Wimme, Hettrick, Swan, Murray et Milos mettraient le cap sur le Royaume de Zénor. Quant à lui, Wellan choisit d'emmener Santo, Bridgess, Colville et Brennan au Royaume d'Argent. Sa décision arracha un sourire aux plus jeunes Chevaliers qui connaissaient ses tendres sentiments envers Bridgess. Mais en réalité, il voulait surtout garder l'œil sur la nouvelle apprentie mauve. Seuls ses plus vieux frères d'armes saisirent le bien-fondé de ses intentions.

— Vous devrez évidemment poursuivre l'entraînement de vos Écuyers durant cette mission afin qu'ils soient le plus rapidement possible en mesure de se défendre contre l'ennemi.

Wellan continua de marcher autour de ses hommes en attendant leurs commentaires qui ne tardèrent pas à fuser.

— Je trouve étrange qu'il n'y ait aucun Elfe dans ton groupe, souleva Jasson qui persistait à vouloir le réconcilier avec le peuple des forêts.

Le grand chef lui décocha un regard noir. Il allait tenter de se justifier lorsqu'il avisa les visages consternés du Chevalier Derek et des Écuyers Arca, Bianchi, Botti, Dienelt et Robyn, tous originaires du Royaume des Elfes.

— C'est un pur hasard, riposta-t-il.

— Je crois plutôt que c'est ton aversion pour le Roi Hamil qui t'a fait prendre cette décision, s'obstina Jasson.

— Je comprends la colère et le chagrin qui déchirent toujours ton cœur, Wellan, s'interposa le Chevalier Derek en se levant. Tout comme toi, je pense que le Roi des Elfes a mal agi en ne se portant pas au secours des Sholiens, mais notre Ordre doit servir tous les monarques d'Enkidiev.

Le jeune Elfe aux longs cheveux dorés attachés sur la nuque portait fièrement la cuirasse des Chevaliers d'Émeraude et Wellan se rappela qu'il n'avait pas grandi dans les forêts de son peuple, mais au Château d'Émeraude comme ses frères.

— Contrairement à ce qu'avance Jasson, je n'ai pas exclu sciemment l'un d'entre vous de mon groupe, s'excusa Wellan, sincère.

— Je n'en doute point, assura Derek, et je tiens à ce que tu saches que les Elfes qui ont accepté de servir le continent sont devenus tes soldats et qu'ils ne s'opposeront jamais à tes ordres, malgré tes différends avec le Roi Hamil. Nous savons que tu finiras par les régler.

— Ta confiance me touche profondément, Derek.

Wellan se doutait bien que cela n'empêcherait pas Jasson de revenir à la charge à la première occasion, mais il préféra ne pas s'attarder à cette pensée.

— Personnellement, je crois que les groupes sont équilibrés, intervint Chloé, soucieuse d'éviter un affrontement entre les deux frères d'armes.

— Je suis d'accord, renchérit Falcon.

— Quand partons-nous ? demanda Kevin, impatient de se mettre en route.

— Demain, répondit Wellan.

Il sonda rapidement le cœur des Chevaliers et des apprentis, y découvrant de l'enthousiasme plutôt que de la frayeur. Il s'arrêta sur celui de Kira et y pénétra plus profondément, surpris d'y trouver un soupçon de crainte. Mais ce n'était pas le moment d'en discuter avec elle devant tous les autres.

Ses Écuyers ayant terminé leur repas, le grand chef les emmena à l'extérieur pour leur montrer comment s'occuper des chevaux. Quant à Bridgess, elle se tourna vers ses trois apprenties.

— Avez-vous des questions au sujet de cette mission ? demanda-t-elle en scrutant leurs jeunes visages.

— Les livres racontent que les autres royaumes d'Enkidiev n'entretiennent plus de relations avec le peuple d'Argent en raison des agissements du Roi Draka, commenta Gabrelle, et c'est pourtant là que nous allons avec sire Wellan.

— C'est de l'histoire ancienne, assura Bridgess en replaçant les boucles blondes de la fillette derrière ses oreilles. Il y a quelques années, les Chevaliers Santo et Falcon ont renoué des liens d'amitié avec le Roi Cull et la Reine Olivi.

Faisant un rapide survol de ses connaissances diplomatiques, Kira se rappela en frissonnant que le Roi d'Argent était son oncle. Ce serait donc la première fois qu'elle rencontrerait un membre de sa famille depuis le massacre de Shola. Son maître ressentit aussitôt son appréhension.

— Tout se passera très bien, la calma Bridgess en caressant tendrement sa joue mauve. Et puis, Wellan sera avec nous. Il saura dire les mots qu'il faut.

— Oui, c'est vrai, répondit Kira, un faible sourire tremblotant sur ses lèvres.

— Allons voir si nos chevaux sont prêts pour ce long voyage, proposa le maître.

Les apprenties bondirent sur leurs pieds et la précédèrent à la porte. Fière d'assumer l'éducation de ces fillettes très différentes les unes des autres, Bridgess les suivit avec un large sourire de satisfaction sur le visage.

*
* *

Ce jour-là, les guerriers et leurs apprentis préparèrent leur départ de diverses façons. Ils se mirent au lit avec le coucher du soleil afin de partir à la première heure le lendemain, mais le sommeil fut long à venir pour ces enfants qui quittaient le Château d'Émeraude pour la première fois.

Recroquevillée dans son lit, Kira se posait mille questions au sujet du Roi d'Argent. Savait-il qu'il avait une nièce ? Lui avait-on dit que sa peau était mauve et qu'elle possédait des griffes ? Aurait-il une réaction d'horreur en l'apercevant ? L'accueillerait-il comme un oncle se devait de le faire ? Toute sa vie, elle avait rêvé d'explorer les terres à l'extérieur du château et, maintenant qu'elle voyait son vœu exaucé, elle était morte de peur.

À quelques pas d'elle, Bridgess lisait les pensées de Kira, mais elle ne pouvait la rassurer puisqu'elle ignorait elle-même les réponses à ses questions. Plutôt que de lui dire n'importe quoi, elle lui transmit une vague d'apaisement. En la ressentant dans son cœur, Kira put enfin fermer les yeux.

Merci, maître.

14

Les Chevaliers en mission

Le lendemain, après le bain et le repas commun, les Chevaliers et leurs Écuyers se dirigèrent vers l'écurie et les enclos pour seller les chevaux. Les serviteurs apportèrent des vivres qu'ils entassèrent dans leurs sacoches. Le soleil commençait à peine à poindre à l'horizon, formant une voûte striée de bandes roses et mauves. Wellan laissa ses sens magiques l'informer des conditions atmosphériques et se déclara satisfait de la journée choisie pour leur départ. L'air frais leur permettrait de voyager plus rapidement sans épuiser les bêtes.

À cette heure matinale, le magicien Élund dormait encore, tandis qu'Abnar, qui n'avait pas besoin de sommeil, circulait parmi les tuniques et les cuirasses vertes en sondant le moral des troupes. Il s'immobilisa devant Wellan qui resserrait la sangle de sa selle et les deux hommes se fixèrent un long moment en silence.

— Jasson a raison, sire. Il est bien curieux de ne trouver aucun Elfe au sein de votre propre groupe.

— Vous êtes décidément au courant de tout ce qui se passe dans ce château, rétorqua le grand Chevalier, contrarié.

— Il m'est difficile de comprendre que vous éprouviez toujours autant de colère envers le Roi des Elfes.

— Comment pourrais-je lui pardonner sa couardise, maître Abnar ? Un peuple a péri à cause de lui.

— Les Chevaliers d'Émeraude ne doivent pas juger les souverains d'Enkidiev.

— Nul ne le sait mieux que moi. Lorsque le Roi Hamil cédera le trône à son fils, sans doute parviendrai-je à servir de nouveau le Royaume des Elfes, mais pour l'instant, il est préférable que Jasson représente l'Ordre auprès du peuple des forêts.

— Vous avez tous des faiblesses à surmonter, lui rappela l'Immortel en posant une main amicale sur son bras.

Wellan sentit une curieuse énergie lui picoter la peau.

— Je reste parfaitement conscient des miennes, répliqua le grand Chevalier en s'éloignant d'Abnar, et je regrette que ma conduite ne soit pas en complet accord avec le code, mais je ne peux accepter ce genre d'injustice.

— Promettez-moi de ne pas laisser votre colère mettre la vie de Kira en danger. Je sais qu'elle a le don de vous exaspérer.

— C'est précisément pour cette raison que j'emmène Santo avec moi. Son âme de négociateur saura apaiser ma fureur lorsque cette enfant recommencera à faire des bêtises. Bridgess sait aussi la raisonner, alors nous devrions survivre à cette expédition.

— Si l'Empereur Noir réussit à s'emparer d'elle, nous sommes perdus.

— Croyez-vous que je l'ignore ? lança Wellan en s'efforçant de ne pas hausser le ton. Mais puisque nous ne pouvons plus enfermer Kira au palais, il est préférable que je la garde auprès de moi. N'oubliez pas que sa mère veille également sur elle.

— Je sais, mais soyez tout de même prudent. Amecareth a largement eu le temps d'échafauder un plan d'attaque et il a certainement requis les services d'un nouveau sorcier depuis la disparition d'Asbeth.

— J'ouvrirai l'œil.

Wellan attacha les sacoches de cuir à la selle ainsi que ses armes tandis que l'Immortel se hâtait vers Kira qui préparait sa jument avec enthousiasme. En voyant le Magicien de Cristal approcher, l'adolescente inclina respectueusement la tête comme l'exigeait le code, puis elle le serra avec affection, même si ce n'était pas un comportement digne d'un Écuyer.

— Je suis si contente de quitter ce royaume, maître Abnar ! s'écria-t-elle, folle de joie. Je vais enfin voir le monde !

— Ton excitation ne doit pas t'empêcher de faire preuve de prudence, la prévint le Magicien de Cristal. Rappelle-toi que l'empereur des hommes-insectes a plus d'un tour dans son sac et qu'il est de son intérêt de t'éliminer avant la naissance du porteur de lumière.

— Mais ce futur héros ne court-il pas lui-même un danger ? s'assombrit-elle.

— Si, mais dès qu'il aura vu le jour et que je l'aurai identifié, je le mettrai à l'abri. Les dieux sont déjà convenus qu'il bénéficierait de leur protection.

— Vous n'allez pas l'enfermer dans le Château d'Émeraude lui aussi ?

— Tu préfères peut-être que je le laisse sans défense dans le royaume de son père ?

Comprenant soudain la raison de sa propre réclusion, Kira baissa honteusement la tête.

— Promets-moi de ne pas contrarier notre grand Chevalier pendant cette mission.

— Je veux bien, mais il n'a qu'à me regarder pour se mettre en colère.

Une énergie puissante circulait dans toutes les fibres du corps de l'adolescente mauve et Abnar commençait à douter que les Chevaliers d'Émeraude parviennent un jour à la soumettre à leur discipline. Mais trop d'ingérence de leur part risquait de compromettre la survie de la race humaine. « Sans doute les dieux m'éclaireront-ils davantage à ce sujet lors de mon prochain séjour auprès d'eux », pensa Abnar.

— Fais de ton mieux, dans ce cas, conclut-il.

Il s'écarta pour observer les derniers préparatifs et Kira finit d'attacher ses affaires à sa selle. Lorsque Wellan grimpa sur son cheval, Chevaliers et Écuyers l'imitèrent. Le grand chef leva la main et talonna sa monture, donnant le signal du départ. La longue colonne défila devant l'Immortel, marchant au pas vers les grandes portes ouvertes dans la muraille. « Les dés sont jetés. Il appartient maintenant à Fan de Shola de veiller sur sa fille tandis qu'elle parcourt Enkidiev », songea-t-il. Le porteur de lumière allait bientôt naître et il devait trouver cet enfant unique le plus rapidement possible.

Les Chevaliers quittèrent l'enceinte du château sous les regards émerveillés des serviteurs et de quelques paysans qui travaillaient déjà aux champs. De loin, Armène assista aussi à leur départ, le visage baigné de larmes. Elle savait que Kira courait un grave danger en accompagnant ces guerriers, mais personne n'aurait pu retenir la petite, pas même le Magicien de Cristal.

Wellan mena ses soldats jusqu'à la rivière Mardall, puis les cinq groupes se séparèrent. Ceux de Chloé et de Jasson obliquèrent vers le nord tandis que ceux de Bergeau et de Dempsey piquaient vers le sud. Le grand Chevalier les regarda s'éloigner le cœur débordant de fierté, en pensant que dans les cinq prochaines années, ils doubleraient leur nombre.

15

De sages paroles

Suivi des Chevaliers Santo, Bridgess, Colville, Brennan et de leurs apprentis, Wellan poursuivit sa route vers le Royaume d'Argent, traversant d'abord la rivière Mardall à gué. Il savait que Santo scrutait soigneusement les environs. Colville et Brennan chevauchaient derrière le guérisseur et Bridgess fermait la marche, ayant pris soin de faire passer les trois filles devant elle.

Excitée de compter parmi ces illustres guerriers et de mettre enfin le pied sur le territoire d'un autre roi sans qu'on lui inflige de punition, Kira jubilait, jusqu'à ce qu'elle se souvienne qu'il s'agissait de la contrée de son oncle. Consciente de son apparence différente, elle se remit à craindre leur première rencontre. Bridgess la vit frissonner sur Espoir et lui transmit une vague d'apaisement, l'assurant par télépathie que tout irait très bien. Ayant perçu ses encouragements, Wellan jeta un coup d'œil derrière lui. Ses longues années d'études à Émeraude l'avaient préparé à affronter toutes sortes de situations épineuses, mais pas à consoler cette créature à la peau mauve qui n'appartenait pas à son monde.

Le petit groupe chevaucha toute la journée et dressa son campement dans une clairière au moment où le soleil descendait sur la cime des arbres. Kira aida les autres enfants à soigner les animaux mais, perdue dans ses pensées, elle demeura silencieuse. Plus elle songeait à sa rencontre avec le Roi Cull, plus elle sombrait dans la détresse.

Lorsqu'elle s'installa finalement près du feu pour partager le repas de ses compagnons, Santo s'assit près d'elle. « Pourquoi ne s'est-il pas joint à ses propres Écuyers ? » se demanda Kira en levant ses yeux violets sur lui.

— J'ai rencontré ton oncle, le Roi d'Argent, il y a quelques années, déclara-t-il sur un ton amical. C'est un homme juste et honnête, mais qui a toujours honte de la conduite belliqueuse de son père.

— Sommes-nous vraiment responsables des agissements de nos parents, Chevalier Santo ?

L'adolescente ignorait toujours qu'elle n'était ni la fille du Roi Magicien Shill, ni la petite-fille du Roi Draka, et Santo ne pouvait pas lui révéler la vérité avant que Wellan l'y autorise.

— Non, Kira.

— Cela me soulage un peu, admit-elle. Mais le Roi Cull sait-il que je ne suis pas de la même couleur que les autres membres de la famille ?

— Non, mais je ne crois pas que cela l'empêche de te manifester l'affection que l'on doit à une nièce.

— Malgré mes griffes et mes dents ?

— Quand on prend le temps de te connaître, on ne les voit plus.

— Et le couple royal sera content de savoir que sa nièce est devenue un Écuyer d'Émeraude, puisqu'un de ses ancêtres a été le chef des premiers Chevaliers, s'empressa d'ajouter Bridgess pour prêter main-forte à Santo.

— Oui, c'est vrai, dit gaiement l'adolescente. Il s'appelait Hadrian, un habile escrimeur et un puissant guerrier aussi.

— Ton oncle sera fier d'apprendre que tu marches dans ses pas, affirma Santo en lui frictionnant amicalement le dos.

En dépit de la gentillesse des Chevaliers, Kira continua de se tourmenter. Elle jeta un coup d'œil du côté de Wellan et vit qu'il racontait une histoire à ses Écuyers sans se préoccuper d'elle. Comme elle enviait ces garçons qui buvaient les paroles du grand Chevalier. Comme il était beau et noble dans son armure parée d'émeraudes. Son visage éclairé par les flammes affichait une sagesse suprême et Kira espéra que cette sagesse lui permettrait de maîtriser son caractère durant le voyage, puisqu'elle avait le don de l'indisposer sans le vouloir.

16

Le Roi Cull d'Argent

Enroulée dans sa couverture à quelques centimètres seulement de Bridgess, Kira dormit à peine cette nuit-là. Lorsque les Chevaliers se réveillèrent au matin, ils la trouvèrent en train de brosser les chevaux à l'autre bout de la clairière. Wellan bondit immédiatement sur ses pieds et examina les alentours. Si les hommes-insectes les avaient attaqués, la jeune fille se serait retrouvée isolée et ils auraient pu facilement l'enlever. Il courut jusqu'à elle et lui reprocha son imprudence, puis il lui ordonna de retourner auprès de Bridgess. L'adolescente mauve glissa la brosse dans une de ses sacoches et obéit sans rouspéter.

— Kira, est-ce que ça va ? l'interrogea son maître en caressant ses cheveux violets.

— Il m'a encore fait des remontrances..., se plaignit-elle.

— Tu aurais dû lui donner une autre raclée, plaisanta Yamina, la fillette à la peau noire.

— Yamina ! l'apostropha durement Bridgess. Kira est désormais une apprentie et les Écuyers d'Émeraude traitent toujours les Chevaliers avec respect.

— Je suis désolée, maître, fit l'enfant en baissant la tête.

— Wellan est notre chef et nous n'avons pas le droit de remettre en question ses ordres ou son jugement, poursuivit Bridgess. Est-ce bien clair ?

Les trois petites hochèrent la tête à l'unisson. N'ayant rien manqué de cet échange, Wellan dut reconnaître que la jeune femme se débrouillait fort bien dans son rôle de mentor. Bridgess leva les yeux vers lui et surprit l'admiration dans son regard. « Un jour, tu seras à moi... », se jura-t-elle tout en lui souriant innocemment.

Sitôt le repas terminé, Chevaliers et Écuyers se lavèrent les mains et le visage dans l'eau glacée d'un ruisseau et méditèrent quelques minutes avant de reprendre la route. Kira chevaucha en silence, sentant que son maître la sondait régulièrement. Cela la rassura, mais elle n'adressa pas pour autant la parole à Bridgess, de peur de déplaire à Wellan. Elle porta plutôt son attention sur les arbres, les buissons et les fleurs de ce royaume inconnu. Elle avait cru que le pays de ses ancêtres serait très différent du sien, mais elle constata bien rapidement que la flore était identique. Elle employa donc ses sens magiques à sonder les alentours et ressentit aussitôt le malaise de ce peuple éprouvé. *Ils apprendront un jour à ne plus se sentir responsables des actes répréhensibles de leurs ancêtres*, résonna la voix de Santo dans sa tête. Elle vit que le Chevalier aux boucles noires s'était retourné sur sa selle pour l'observer. Il cligna gentiment de l'œil et le cœur de Kira se gonfla de courage.

* \
* *

Lorsque les remparts apparurent finalement devant eux, la Sholienne sentit de nouveau son estomac se nouer. Elle tenta de se rassurer en se remémorant le visage franc et viril du Chevalier Hadrian, jadis roi de cette étrange contrée entourée d'une haute muraille. Qu'aurait-il pensé de la voir trembler de peur ?

Ils arrivèrent aux portes du Royaume d'Argent au milieu de la journée et les trouvèrent ouvertes. Seules deux sentinelles y étaient postées au lieu d'une petite armée comme jadis. Wellan arrêta le groupe devant les soldats, s'identifia et demanda à rencontrer le Roi Cull. Les hommes s'inclinèrent respectueusement et l'un d'eux s'empressa de les guider vers le palais.

Entre Buchanan et Gabrelle, Kira parcourut des yeux la forteresse blanche de ses ancêtres paternels en se laissant bercer par le roulement des épaules de son cheval. C'était une belle construction, avec de grands balcons et de hautes fenêtres qui laissaient le vent salin pénétrer dans le palais. En baissant le regard, elle vit les paysans rassemblés au bord de la route pour les regarder passer. Ils reculaient tous craintivement en apercevant sa peau mauve, et les larmes lui montèrent aux yeux.

Ils ont été isolés du reste du continent pendant très longtemps, l'informa Bridgess. *Il ne faut pas leur en vouloir*. Mais cela ne consola guère l'adolescente. *Pourquoi n'existe-t-il personne qui me ressemble, maître ?* la questionna-t-elle, la gorge serrée.

Kira vit Wellan tressaillir en tête du groupe, mais il garda le silence. Kira comprit alors qu'il lui cachait une terrible vérité. Elle tenta de le sonder, malgré l'interdiction du code, et ne trouva dans ses pensées que des bribes d'histoires anciennes au sujet du territoire qu'ils traversaient. Pourquoi songeait-il à ces événements passés ? Parce qu'elle avait facilement accès à son esprit et qu'elle risquait de découvrir son secret ?

Les Chevaliers s'arrêtèrent devant les grandes portes d'argent du palais et des palefreniers s'occupèrent des bêtes pendant que le soldat conduisait les visiteurs à l'intérieur du bâtiment tout blanc. Kira resta dans l'ombre de Bridgess, mais ses yeux enregistraient tout : les murs de pierre crayeuse, les planchers polis, le décor curieusement sobre de la résidence royale. « Je marche sur les dalles qu'a jadis foulées Hadrian », s'émerveilla-t-elle. Talonnant les Chevaliers, elle pénétra dans un grand hall immaculé orné de fanions bleus arborant des créatures étranges, probablement marines.

Des servantes aux joues rouges de timidité offrirent d'abord à boire aux Chevaliers puis à leurs Écuyers, tandis que les dignitaires d'Argent leur souhaitaient la bienvenue. Une jeune femme s'arrêta devant Kira et remarqua ses quatre doigts mauves armés de griffes violettes se refermant sur le gobelet d'argent. La servante releva la tête et croisa les yeux violets à la pupille verticale de l'apprentie qui l'observait avec curiosité. Elle poussa un cri de terreur et le pichet d'argile lui glissa des mains, se fracassant sur le plancher. Le silence tomba sur le hall et tous les regards convergèrent avec stupéfaction vers l'étrange créature. Profondément humiliée par leur réaction, Kira tourna les talons et détala vers la sortie.

Wellan reposa brusquement son gobelet dans les mains d'une servante. Il allait s'élancer à la poursuite de la Sholienne lorsque ses compagnons se courbèrent en même temps. Le Roi Cull et son fils de douze ans, le Prince Rhee, venaient d'entrer dans le hall. Wellan avisa les personnages royaux vêtus de tuniques blanches brodées d'argent qui se hâtaient à sa rencontre.

— C'est un honneur pour nous de recevoir autant de braves soldats d'Émeraude, déclara amicalement Cull. J'ose espérer que c'est dans un but pacifique.

— Nous venons seulement vous rappeler le serment que nous avons prêté de servir loyalement tous les royaumes d'Enkidiev, Majesté, assura le plus grand des guerriers parés de pierres précieuses. Je suis le Chevalier Wellan d'Émeraude et voici mes frères d'armes Santo, Bridgess, Colville et Brennan, ainsi que nos Écuyers.

— Soyez les bienvenus. Je suis heureux de vous revoir, Chevalier Santo, le salua chaleureusement le roi. Voici celui que vous avez sauvé d'une mort certaine il y a de cela plusieurs années : mon fils, le Prince Rhee d'Argent.

Le jeune homme s'inclina devant le Chevalier guérisseur. Presque aussi grand que Santo, le prince promettait de devenir un solide gaillard, aux épaules larges et aux bras d'acier, mais son visage restait celui d'un enfant. Ses cheveux noirs rendaient sa peau très pâle et ses yeux encore plus gris. Santo le sonda et découvrit une profonde tristesse dans son cœur, car son père ne lui permettait pas de quitter la sécurité du palais et le jeune homme rêvait de parcourir le monde.

— Le Chevalier Falcon n'est pas avec vous ? déplora Rhee.

— Il est en mission au Royaume des Fées, Altesse, répondit Wellan.

— C'est bien dommage, soupira le roi. J'aurais aimé le revoir, mais je suis enchanté de rencontrer autant de membres de votre Ordre. Je vous en prie, Chevaliers, acceptez mon hospitalité.

Wellan accepta d'un bref signe de la tête. Le roi assigna des domestiques à ses visiteurs et les fit conduire dans de spacieuses chambres où ils pourraient déposer leurs effets. Il leur donna aussi la permission de circuler à leur guise dans son royaume et les convia à partager le repas du soir avec sa cour.

*

* *

Préoccupée, Bridgess emboîta le pas à ses compagnons dans le dédale de couloirs. Avant de partir à la recherche de Kira, la femme Chevalier incita ses apprenties à se défaire de leurs sacoches et de leurs couvertures dans leur chambre. De plus en plus inquiète pour son troisième Écuyer, Bridgess se précipita dans le couloir et croisa Wellan qui venait également de quitter sa chambre.

— Je vais chercher Kira, déclara-t-elle en levant vers lui des lèvres tentantes.

— Il est préférable que ce soit moi.

D'un seul regard, Bridgess supplia le grand Chevalier de ne pas bousculer Kira, qui subissait déjà une cruelle humiliation. Wellan acquiesça et l'embrassa sur le front. Son geste amusa les enfants et Bridgess elle-même. Peu importe les exploits qu'elle accomplirait durant sa longue carrière de Chevalier, aux yeux de Wellan, elle resterait sa première apprentie. Elle le regarda s'éloigner, Bailey et Volpel sur les talons, espérant qu'il saurait se maîtriser en présence de la Sholienne éplorée.

17

LES RÈGLEMENTS DU CODE

En compagnie de ses Écuyers, Wellan sortit du palais et sonda les alentours avec ses sens invisibles. Il repéra aussitôt Kira dans l'écurie, un immense bâtiment composé de blocs d'alabastrite spécifiques de ce pays. Il y pénétra après s'être assuré qu'aucun palefrenier ne s'y trouvait, car il voulait éviter que l'entourage du Roi d'Argent entende les reproches qu'il adresserait à la jeune parente du monarque.

Une fois à l'intérieur des portes décorées de petits hippocampes argentés, Wellan ordonna à Bailey et à Volpel de monter la garde à l'entrée et de ne laisser pénétrer personne dans l'écurie, puis il marcha entre les allées séparant les stalles, suivant son instinct. Le roi possédait de magnifiques chevaux et ses serviteurs les soignaient de leur mieux malgré la pauvreté du royaume.

Wellan s'arrêta près d'un amas de fourrage et capta la présence de Kira couchée en boule à l'intérieur. En s'approchant davantage, il l'entendit pleurer tout bas. Que pouvait-il lui dire au sujet de sa peau mauve sans lui révéler la vérité sur ses origines ? Avec beaucoup de douceur, il s'accroupit et écarta le foin de la main. L'adolescente leva aussitôt des yeux trempés sur lui.

— Le code exige qu'un Écuyer ne quitte jamais son maître, à moins que ce dernier ne lui ordonne de l'attendre ailleurs, la sermonna le grand Chevalier, s'efforçant de se montrer sévère.

— Un Écuyer ne doit pas non plus mettre l'Ordre dans l'embarras, sire, hoqueta la petite. Si j'étais restée, il y aurait eu une émeute.

— Il ne se serait rien passé du tout si tu m'avais demandé d'intervenir au lieu de t'enfuir. C'est mon rôle de régler ce genre d'incident. Nous sommes dans une région isolée, Kira, aussi nous devons faire preuve de tolérance envers les peuples qui ne connaissent pas l'existence des autres races. Le code prévoit que...

— J'en connais tous les articles par cœur, le coupa impoliment l'adolescente. Il est inutile de me les citer.

— Cette servante a seulement été surprise par ton apparence différente. Même s'ils sont les voisins du Roi Tilly, je suis prêt à parier que les habitants d'Argent n'ont jamais vu de Fées ou d'Elfes, encore moins de princesses issues de ces deux peuples.

— Mais vous, sire, vous en avez déjà vu et vous éprouvez quand même de l'horreur chaque fois que vous me regardez... sauf que vous ne vous mettez pas à hurler.

Wellan se rappela que Kira accédait facilement à ses émotions depuis la nuit où son énergie mauve avait établi un lien étroit entre eux et il protégea tant bien que mal son esprit contre une possible incursion de sa part. Il devait détourner Kira le plus rapidement possible de ses pensées sinon elle découvrirait ses origines, qu'il ne pouvait tout simplement pas effacer de sa mémoire.

— Tu me places dans une situation très difficile, déclara-t-il. En tant que Chevalier dirigeant de l'Ordre, il est de mon devoir de congédier les Écuyers qui refusent de se conformer aux règlements du code de chevalerie et tu...

L'adolescente mauve se redressa dans le foin comme s'il l'avait piquée avec une aiguille et il vit sur son visage l'air de défi auquel il était habitué.

— Oh non ! explosa-t-elle. J'ai travaillé trop dur pour devenir Écuyer ! Il est hors de question que vous me chassiez !

— Mais tu ne pourras pas demeurer parmi nous si tu persistes à transgresser nos lois. Je ne peux pas me permettre de faire d'exception, pas avec l'ennemi qui rôde sans cesse à nos frontières. Je sais bien que tu faisais tes quatre volontés au palais d'Émeraude Ier, mais dans l'Ordre, les choses sont fort différentes.

— Je ferai tout ce que vous voulez, mais ne me renvoyez pas au palais, je vous en supplie. Je veux devenir un Chevalier, c'est mon seul et unique désir.

Cette fois, Wellan la tenait.

— Il n'y a qu'une façon de me prouver que tu ne donnes pas ta parole à la légère. Va rejoindre ton maître et ne lui cause plus de souci.

— Oui, sire. Tout de suite, sire.

Kira bondit dans l'allée, puis s'arrêta net et pivota vers le grand Chevalier qui se redressait. Wellan fronça les sourcils.

— Qu'y a-t-il encore, Écuyer ? s'impatienta-t-il.

— Un jour, lorsque vous vous en sentirez le courage, j'aimerais que vous me confiiez ce grand secret qui vous hante.

Avant que Wellan puisse répondre, l'apprentie poursuivit sa route en direction de la sortie. Elle passa entre Bailey et Volpel, sans leur accorder un seul regard, et regagna l'enclos pour aller chercher ses affaires.

Wellan soupira avec découragement. Il lui avait été facile de dissimuler ses pensées à la jeune princesse durant les six dernières années puisque les Chevaliers avaient passé très peu de temps au palais, mais Kira étant désormais une apprentie, les choses allaient se compliquer.

La petite avait à peine quitté l'écurie qu'un vent froid s'éleva dans le bâtiment. Le grand Chevalier comprit que sa belle dame blanche avait enfin décidé de franchir la frontière séparant le monde des morts de celui des vivants, ce qu'elle faisait de moins en moins souvent.

— *Elle a raison*, souffla Fan de Shola en se matérialisant devant lui. *Vous auriez dû lui dire la vérité.*

— Je ne sais pas comment, admit-il en dévorant sa bien-aimée des yeux.

Vêtue d'une multitude de voiles lumineux qui ondulaient à chacun de ses pas, la magicienne sembla flotter jusqu'à lui. Wellan tendit la main et caressa ses cheveux argentés aussi doux que la soie du Royaume de Jade. Fan prit sa main en souriant et la porta à sa joue immaculée et froide. Le grand chef sentit fondre son cœur.

— *Kira est intelligente*, poursuivit le fantôme. *Si vous ne lui dites pas qui elle est, elle finira par le découvrir toute seule et elle vous tiendra rigueur d'avoir gardé le silence.*

— Je crains que mes relations avec votre fille ne se soient guère améliorées au cours des ans, Majesté. Le choc serait sans doute moins grand si vous vous acquittiez vous-même de cette tâche.

— *C'est vous qui devez lui servir de modèle, Chevalier, pas moi. D'ailleurs, elle n'a que de l'admiration pour vous, elle vous écoutera. Je vous en prie, Wellan, comportez-vous avec Kira comme si elle était votre propre fille. Faites-le pour moi.*

La reine ne lui donna pas le temps d'argumenter et s'empara de ses lèvres. Le grand chef savait qu'elle l'ensorcellerait une fois de plus, mais il ne put résister à son charme. Il lui rendit son baiser en lui promettant tout ce qu'elle voulait.

18

UNE AUDIENCE PRIVÉE

Kira trouva son cheval dans l'enclos, sortit sa cape verte d'une de ses sacoches, la jeta sur ses épaules et dissimula son visage sous son large capuchon avant d'entrer dans le palais avec ses affaires. Elle fit également disparaître ses mains dans ses manches avant de demander à un serviteur de la conduire à l'étage où logeaient les Chevaliers.

Dès que Bridgess la sentit approcher, elle se précipita dans le couloir, au-devant d'elle, flanquée de Gabrelle et Yamina. La vue de la princesse cachée sous l'ample vêtement brisa le cœur de la femme Chevalier, mais elle comprenait pourquoi l'adolescente se soustrayait ainsi aux yeux des habitants du château. Soulagée, Bridgess saisit les bras de Kira et l'attira contre elle en lui transmettant une vague d'apaisement.

— J'ai eu peur que tu retournes au Royaume d'Émeraude, murmura-t-elle en appuyant le menton sur les cheveux de la Sholienne.

— Je regrette de vous avoir inquiétée, maître. J'ai agi sans réfléchir. J'aurais dû rester auprès de vous et implorer votre protection ou celle de notre grand chef.

— C'est Wellan qui t'a obligée à me tenir ce discours ? s'amusa Bridgess.

— En quelque sorte... Mais il a raison. Je n'aurais pas dû réagir comme je l'ai fait. Dorénavant, je respecterai davantage le code de chevalerie. Je serai un Écuyer modèle.

— Je suis bien contente de te l'entendre dire, Kira, et, de mon côté, je te promets de mieux te protéger contre les étrangers qui n'ont pas la même ouverture d'esprit que nous. Maintenant, allons nous reposer avant le banquet.

Elle voulut pousser Kira et les deux fillettes dans la chambre, mais l'Écuyer mauve résista.

— Maître, je sais que je devrai faire face au Roi Cull tout à l'heure, mais dois-je vraiment le faire devant tout le monde ? Ne pourrais-je pas le rencontrer en privé ?

Bridgess contempla le visage tourmenté de son Écuyer en cherchant une façon de lui éviter d'autres souffrances. Le repas avec le roi n'aurait lieu que le soir, alors ils pourraient sans doute organiser une rencontre plus intime entre l'oncle et la nièce d'ici là. La femme Chevalier promit donc à Kira de faire tout ce qui était en son pouvoir pour exaucer son souhait. Elle laissa Gabrelle et Yamina la réconforter et alla rejoindre Wellan qui marchait dans le village avec Bailey et Volpel, répondant à toutes leurs questions sur l'histoire du Royaume d'Argent.

— Où sont tes apprenties ? s'étonna le grand Chevalier en la voyant arriver seule.

— Je leur ai demandé de garder l'œil sur Kira dans notre chambre du palais. La pauvre petite est terrorisée à l'idée de rencontrer le frère de son défunt père.

— Elle sait qu'il est dans son intérêt de bien se conduire ce soir, répliqua sévèrement le grand chef. Je l'expulserai de l'Ordre si elle enfreint une fois de plus nos règlements.

— Mets-toi un peu à sa place, tenta de l'amadouer Bridgess.

— Nous avons tous des leçons à tirer de nos différences.

— Certes, mais j'aimerais lui épargner un autre choc, si je le peux. Ne pourrais-tu pas demander au roi de la rencontrer seul avant le repas, juste au cas où il aurait la même réaction que la servante ?

Wellan observa le visage déterminé de Bridgess pendant un instant. Il comprenait ses intentions, mais il n'aimait pas qu'on lui force la main. Le regard suppliant de la femme Chevalier eut finalement raison de sa résistance et il accepta de soumettre cette requête au roi.

*
* *

Dès que le messager lui eut porté le message de la part du Chevalier Wellan, le Roi d'Argent accepta de le recevoir sur-le-champ dans ses appartements en espérant qu'il ne s'agissait pas d'une mauvaise nouvelle. Les serviteurs firent entrer le grand chef dans un petit salon privé aux murs ornés d'épées et de dagues d'apparat. Il trouva Cull assis tout au fond, dans un fauteuil de velours bleu sombre, vêtu d'une tunique d'un tissu blanc miroitant ceinte à la taille par une large ceinture parsemée de diamants. Le grand Chevalier s'inclina respectueusement devant le monarque.

— Pourquoi tenez-vous tant à me voir seul, Chevalier ? l'interrogea-t-il en plissant le front.

— Rassurez-vous, il ne s'agit nullement d'une affaire de guerre, Majesté, répondit Wellan. C'est plutôt d'un problème de famille. Un de nos Écuyers est la fille du Roi Shill et de la Reine Fan de Shola.

— Elle est ici ? se réjouit Cull en bondissant sur ses pieds. La fille de mon frère est ici ! Mais pourquoi ne pas me l'avoir dit plus tôt ? Laquelle était-ce ?

— Elle ne se trouvait pas parmi nous à votre arrivée dans le hall, mais plutôt avec les chevaux à l'écurie.

— À l'écurie ? s'étrangla le souverain. Mais il s'agit de ma nièce ! Et de la Princesse de Shola, par surcroît ! Pourquoi l'avoir laissée avec les animaux ?

— C'était son choix, Majesté, car elle craint votre réaction en sa présence. C'est pour cette raison que je vous ai demandé cette audience.

— La fille de mon frère n'a aucune raison de me craindre ! tonna le Roi Cull. Ce n'est pas moi qui ai attaqué le Royaume d'Émeraude, mais son grand-père, le Roi Dakar, et il a chèrement payé cette audace.

— Là n'est pas la raison de son appréhension, le détrompa Wellan. Comme vous le savez déjà, la Reine Fan comptait des Elfes et des Fées parmi ses ancêtres, et sa fille a hérité de traits qui n'appartiennent pas à notre race... En fait, ce que j'essaie de vous dire, c'est que sa peau est d'une couleur différente.

— Croit-elle que cela diminuera son importance à mes yeux ?

Wellan soupira profondément, ne sachant plus comment expliquer au Roi Cull que la jeune fille ressemblait davantage à une chauve-souris qu'à une Fée ou à un Elfe.

Se redressant fièrement, le roi insista pour qu'il fasse immédiatement entrer l'adolescente. À l'aide de ses facultés télépathiques, Wellan communiqua sa requête à Bridgess qui attendait dans le couloir avec Kira. Puis il pria Theandras de mettre une muselière à l'apprentie afin qu'elle fasse preuve de respect envers le Roi Cull.

Suivie de son maître et tremblant de tous ses membres, Kira entra dans la pièce, uniquement vêtue de sa tunique verte, Bridgess lui ayant retiré sa cape avant qu'elles quittent leur chambre. Quand il vit Kira, le visage du roi devint livide et il arrêta presque de respirer.

— Pourquoi est-elle mauve ? chuchota-t-il à l'oreille de Wellan. Est-elle malade ?

— Elle est née ainsi, Majesté, assura le grand Chevalier en sondant discrètement Kira.

« Elle est bien plus effrayée que son oncle », constata-t-il. Il espéra seulement que le roi conserve son sang-froid et que Kira ne batte pas en retraite avant qu'ils se soient parlé.

— Elle a peut-être manqué d'air à la naissance, avança Cull. J'ai déjà vu des bébés bleus.

« Mais ils n'ont pas survécu à leur naissance difficile », se rappela-t-il. Puis il remarqua les oreilles pointues et les griffes de sa nièce et recula à tâtons vers son trône en ouvrant des yeux horrifiés.

— Comment est-ce possible ? s'écria-t-il, en état de choc.

— Je me pose la même question tous les jours, Majesté, hoqueta Kira en s'inclinant devant lui, le cœur en pièces.

Cull leva sur le grand Chevalier un regard qui le suppliait de lui fournir une explication à ce phénomène insolite avant qu'il perde la raison. Comment une femme comme Fan, au visage de déesse et à la peau douce comme du satin, avait-elle pu donner naissance à un pareil monstre ?

Un flot de larmes se mit à couler sur les joues de l'adolescente qui entendait toutes les pensées du monarque mais qui avait promis à ses aînés de bien se tenir en sa présence. N'écoutant que son cœur, Bridgess se précipita pour saisir par-derrière les frêles épaules de sa protégée.

— Elle a un cœur et des sentiments comme nous tous, déclara la femme Chevalier sur un ton de reproche.

Wellan décocha un regard désapprobateur à sa sœur d'armes, mais Bridgess n'avait pas l'intention de laisser ce monarque démolir le moral de son apprentie.

— Il n'y a pas que sa peau, ses ongles et ses yeux qui soient différents des nôtres, Majesté, poursuivit-elle en faisant fi de l'avertissement de Wellan. Elle a également un courage que peu d'hommes possèdent sur Enkidiev et elle manie l'épée comme une championne. Elle pourrait facilement vaincre le meilleur de vos soldats.

Le Roi Cull examina l'étrange créature qui regardait tristement ses pieds en pensant qu'elle devait certainement avoir certaines qualités puisque le magicien d'Émeraude en avait fait un Écuyer. Ses cheveux violets, noués sur sa nuque par une simple lanière de cuir, semblaient aussi soyeux que ceux de Fan...

— Laissez-moi seul avec elle, les congédia-t-il soudain.

— Nos apprentis sont sous notre responsabilité, protesta aussitôt Wellan qui craignait que Kira ne fasse un mauvais parti au roi s'il la poussait à bout.

— Ceci n'était pas une requête, Chevalier...

Profondément contrarié par le ton autoritaire du roi, Wellan se retira en serrant les poings. Il jeta un coup d'œil inquiet à la princesse mauve et marcha en direction de la porte, immédiatement suivi de Bridgess. Seule devant ce monarque qu'elle n'osait regarder en face, Kira faillit se précipiter elle aussi vers la sortie. Le roi se mit à marcher autour d'elle et elle le sonda pour s'assurer qu'il n'avait pas d'intentions meurtrières à son égard.

— Peut-être es-tu le résultat d'un abus de magie de la part de mon frère, déclara-t-il en s'arrêtant devant elle. Mais il est aussi vrai que les Fées sont parfois d'étrange couleur.

Pourtant, la peau des Fées que Kira connaissait, parmi les Chevaliers et les Écuyers, était blanche.

— Regarde-moi, exigea le roi.

Kira obéit et posa ses étranges yeux sur lui, constatant qu'il ressemblait au Chevalier Hadrian.

— Pourquoi Fan t'a-t-elle abandonnée au Royaume d'Émeraude ?

— Elle ne m'y a pas abandonnée, Majesté, rectifia Kira, elle m'a confiée au Roi d'Émeraude qui m'a élevée comme sa fille.

— C'est un geste surprenant de la part d'une mère.

— Ne vous en déplaise, elle m'a sauvé la vie en agissant ainsi, car Shola a été ravagée par les troupes de l'Empereur Noir quelques jours plus tard. Je suis persuadée que ma mère connaissait le sort qui attendait son peuple, car elle était un maître magicien.

Cull continua d'observer cet être différent qui parlait pourtant comme un humain malgré ses pupilles de reptile. Seule la forme de son visage lui rappelait celui de Fan. Et, curieusement, elle ne ressemblait en rien à son père, le Roi Shill. Toutefois, le protocole étant clair au sujet de l'accueil réservé aux membres des familles royales d'Enkidiev, Cull se décida à faire preuve de civilité. Il s'empara d'un élégant sabre accroché au mur et fit de nouveau face à sa nièce.

Croyant qu'il allait l'attaquer, Kira matérialisa son épée double et adopta une pose défensive. Effrayé, le souverain recula en vacillant, jusqu'à ce que son dos heurte le mur. Captant ses intentions pacifiques sous son masque de terreur, la princesse fit disparaître son arme et posa un genou en terre, en signe de soumission. Wellan allait certainement la décapiter en apprenant qu'elle avait menacé le Roi d'Argent de son épée.

— Tu maîtrises déjà la magie à ton âge ? s'étonna Cull.

— Je crains que ce ne soit dans mon sang, Votre Altesse, puisque je suis issue de parents magiciens. Je suis désolée d'avoir brandi mon arme contre vous. J'obéissais à un réflexe de soldat, mais je mérite tout de même le châtiment que vous choisirez pour moi.

— Refais-le, ordonna le monarque qui n'avait pas écouté ses excuses.

— C'est impossible. Le code me défend de...

— Je suis le roi de ce pays et je l'exige !

Kira estima qu'il avait préséance sur le code de chevalerie et tendit le bras. L'épée réapparut instantanément dans sa main. Émerveillé, Cull toucha le métal du bout des doigts. La lame était tout à fait réelle.

— C'est une arme magnifique, souffla-t-il.

— Il s'agit d'une épée très ancienne qu'on utilisait à l'époque de votre ancêtre, le Roi Hadrian. Il savait d'ailleurs très bien s'en servir.

— Et tu connais aussi l'histoire..., apprécia le roi, surpris.

— Vous avez tort de penser que je ne suis qu'un animal sans cervelle, déclara l'adolescente en faisant disparaître l'épée. Mon esprit est aussi humain que le vôtre et dans nos veines coule le même sang, celui d'Hadrian d'Argent.

— Et tu es magicienne, comme Shill...

De la fierté illuminant son visage, le roi lui tendit le sabre qu'il avait décroché du mur et Kira l'empoigna en écarquillant les yeux.

— Ce sabre a justement appartenu au Roi Hadrian, mais, comme tu sembles déjà le savoir, il l'a délaissé pour se servir d'une arme barbare qu'un bandit du Désert lui avait offerte.

— Il ne m'a jamais parlé de son passé avant son enrôlement dans les Chevaliers d'Émeraude, avoua timidement Kira.

— Qui ? Le Chevalier Wellan ?

— Non, non, le Chevalier Hadrian. Je l'ai invoqué il y a quelques années. C'est lui qui m'a enseigné à manier l'épée à double lame.

Estomaqué, Cull observa cette étrange adolescente de quinze ans qui possédait déjà la puissance de rappeler les âmes du monde des morts. Même son frère Shill n'y était jamais parvenu du temps où il vivait encore avec sa famille au Château d'Argent.

— Je commence à croire que ta peau inhabituelle n'est que la manifestation extérieure de tes immenses pouvoirs.

Kira n'avait jamais envisagé le problème sous cet angle, mais cette théorie lui plut immédiatement.

— Je te fais cadeau de ce sabre, Kira de Shola, déclara solennellement le roi.

— Mais, Majesté, la tradition veut que vous le léguiez à votre fils, qui est le descendant en ligne directe de son propriétaire, protesta vivement l'apprentie.

— Tu es aussi la descendante d'Hadrian et tu en feras certainement meilleur usage que le Prince Rhee.

Pensant à la réaction de son cousin en apprenant qu'elle usurpait ses droits, la petite Sholienne trembla de crainte. Avant qu'elle puisse avouer son embarras au roi, ce dernier lui annonça avec fierté qu'elle s'assoirait à sa gauche pendant le repas du soir. Kira eut beau tenter de lui expliquer que les Écuyers devaient demeurer en tout temps avec leurs maîtres, Cull ne voulut rien entendre. Elle se courba donc devant lui et recula poliment jusqu'à la porte, emportant la lourde arme argentée.

19

Le hall d'Argent

Dès que Kira franchit la porte du salon privé du roi, Bridgess, Wellan, ainsi que leurs quatre apprentis se précipitèrent sur elle, surpris de voir le sabre ancien dans ses mains.

— Je n'en voulais pas, mais le roi a insisté, se défendit Kira en apercevant le regard réprobateur du grand Chevalier.

Émerveillés, les Écuyers contemplaient l'arme prestigieuse avec respect, persuadés qu'ils n'arriveraient même pas à la soulever.

— Rien de plus normal qu'il t'offre des présents. Après tout, tu es sa nièce, la rassura Bridgess en soupesant le sabre.

En voyant le nom d'Hadrian gravé sur la garde piquée de diamants, elle comprit que Cull d'Argent reconnaissait l'appartenance de Kira à sa famille. Elle tendit l'arme à Wellan, qui l'examina avec la même attention. Elle ne pouvait être plus authentique. Le Chevalier porta aussitôt son regard sur le visage découragé de la princesse mauve.

— Lorsqu'un souverain fait un présent à un soldat, celui-ci doit l'accepter, dit-il d'un ton tranquille.

— Il veut aussi que je mange près de lui, ce soir, ajouta l'adolescente. Je lui ai expliqué que c'était contraire à nos règles, mais il n'a rien voulu entendre.

— Nous sommes les serviteurs des rois d'Enkidiev, Kira, lui rappela Bridgess. Si Son Altesse l'exige, tu ne peux pas refuser.

Kira risqua un coup d'œil vers Wellan, qui la fixait en observant un mutisme inquiétant. Il pensait sans doute qu'elle risquait de commettre des bévues en mangeant aux côtés du Roi Cull et qu'il ne pourrait l'en empêcher.

— Je tâcherai de ne pas vous faire honte, se hérissa l'adolescente qui semblait ne jamais pouvoir mériter la confiance de son chef. Je sais comment me comporter à la table d'un roi, tout de même.

Wellan tourna brusquement les talons et s'enfonça dans le couloir aux murs couverts de coquillages, ses deux Écuyers derrière lui. Kira le suivit des yeux sans dire un mot, mais Bridgess sentit son désarroi. Elle vit sur les visages de Gabrelle et de Yamina qu'elles aussi captaient ses émotions.

— Il n'est pas fâché, assura la femme Chevalier.

— Je sais, soupira l'adolescente mauve, mais il n'est pas content non plus.

— Parle-nous plutôt de ta rencontre avec le Roi d'Argent, proposa Bridgess en emmenant les trois filles dans le couloir.

Tout en bavardant, elles débouchèrent dans de beaux jardins intérieurs aux allées pavées de petits cailloux blancs et s'y promenèrent un long moment. Kira leur relata son audience avec son oncle et sa théorie inusitée au sujet de sa peau mauve. Les serviteurs qu'ils croisaient s'empressaient d'emprunter des sentiers différents, mais la Sholienne feignit de ne pas le remarquer. Devrait-elle revivre cette épreuve chaque fois que les Chevaliers s'arrêteraient quelque part ?

Le soir venu, Kira accompagna son maître dans le hall du roi, admirant les grands fanions bleu sombre suspendus par les monarques qui avaient régné sur ce pays côtier. Un sourire joua discrètement sur ses lèvres violettes lorsqu'elle identifia celui de son maître d'armes, le Roi Hadrian, où apparaissait son épée entourée de sept hippocampes à la queue recourbée. « Il a foulé ces pierres et mangé dans cette salle », songea-t-elle avec révérence.

Lorsqu'il vit la jeune fille, le Roi Cull l'encouragea d'un signe à le rejoindre. Kira se détacha du groupe de Chevaliers et les dignitaires se turent en l'apercevant. Lorsqu'elle prit place près du monarque, une vague de murmures déferla sur les tables.

Wellan s'assit à celle des Chevaliers sans réussir à cacher son inquiétude. *Elle va très bien s'en tirer*, fit la voix de Bridgess dans sa tête. Le grand Chevalier lui décocha un regard incrédule. *Elle sait ce qu'elle risque*, ajouta la voix de Santo. *Il faut que tu apprennes à lui faire confiance, Wellan.*

« Elle n'a pourtant rien fait jusqu'à présent pour la mériter », pensa le chef des Chevaliers en attendant le discours du roi. L'odeur alléchante de la nourriture commençait à rendre les enfants impatients, mais aucun d'eux n'aurait osé défier la consigne de leur chef de ne manger que lorsque le roi aurait pris la première bouchée.

Assise entre le Roi Cull et le Prince Rhee, Kira tentait d'ignorer que ce dernier la dévisageait avec une curiosité dévorante. Ayant été longtemps isolé des royaumes d'Enkidiev, le pays d'Argent avait été privé de contacts avec les autres peuples et le jeune prince, si malade durant les premiers mois de sa vie, n'avait pas eu le droit de quitter le palais où ses parents gardaient sur lui un œil plus que protecteur. L'adolescente mauve était donc le premier être différent que Rhee rencontrait et il se promettait de la bombarder de questions dès qu'il lui serait permis de parler.

— C'est un grand honneur pour moi de recevoir enfin la fille de mon frère Shill, déclara alors Cull en se levant.

Un silence glacial tomba sur l'assemblée et tous les yeux se tournèrent vers lui. Le roi posa une main chaleureuse sur l'épaule de Kira, ce qui indiqua aux conseillers de la cour qu'il la reconnaissait comme sa nièce.

— Ne vous laissez pas troubler par son apparence inhabituelle, poursuivit-il. Kira est bien la fille du Roi Shill et de la Reine Fan. Si sa peau est d'une couleur différente, c'est seulement pour souligner que, malgré son jeune âge, elle est un maître magicien.

Wellan arqua un sourcil et Kira saisit son agacement parmi toutes les énergies circulant dans le hall. *C'est lui qui a inventé cette histoire pour se rassurer, sire*, se disculpa-t-elle, cherchant à éviter les foudres du grand Chevalier. *Je vous assure que ce n'est pas ma faute.*

— Je veux que vous fassiez preuve de la plus grande courtoisie à son égard et que vous tentiez d'oublier qu'elle ne nous ressemble pas, poursuivit Cull. Rappelez-vous que Kira, désormais Écuyer d'Émeraude, est notre premier pas vers une nouvelle ère de paix avec les autres rois d'Enkidiev.

Les dignitaires observaient tous l'adolescente mauve en se demandant si le reste du monde était peuplé de créatures aussi étranges.

— Je veux aussi souhaiter la bienvenue aux Chevaliers d'Émeraude et à leurs Écuyers, qui patrouillent sur le continent sans relâche pour y faire régner la paix et la justice. Ils sont peu nombreux à notre table ce soir, mais le Chevalier Wellan et ses compagnons ici présents ne représentent qu'une fraction de l'Ordre, leurs frères d'armes se trouvant en mission dans les pays côtiers. Levons tous nos verres à la santé de nos protecteurs.

Les invités du banquet le firent volontiers et les Chevaliers reçurent cet honneur avec humilité. Le roi reprit ensuite place dans son fauteuil de velours et planta son couteau dans l'anguille, signalant à ses convives qu'ils pouvaient maintenant manger. Affamés, les apprentis ne se firent pas prier.

Wellan mastiquait sa nourriture en silence tout en surveillant Kira qui ne semblait pas éprouver trop de difficulté à se nourrir. Plutôt que de se servir des ustensiles mis à sa disposition par les serviteurs, elle opta pour son poignard, avec lequel elle découpa le poisson en rondelles.

— Tu as des dents pointues et des griffes acérées comme celles de mon chat, lança le jeune prince assis près d'elle. T'en sers-tu pour tuer des proies ?

Kira lui décocha un regard horrifié.

— Non, jamais ! répondit-elle.

— Mais avec des dents comme les tiennes, tu pourrais facilement égorger une chèvre.

— Les animaux font ça, pas les humains, le contra l'adolescente, qui aimait de moins en moins ce jeune personnage royal. Je mange la même nourriture que vous, j'ai seulement du mal avec les ustensiles.

Rhee s'empara de la main de Kira et examina ses griffes violettes en se demandant si elle pouvait les rétracter comme son félin adoré. Il essaya donc de les renfoncer dans les doigts de la jeune fille qui gémit de douleur, alarmant aussitôt Wellan et Bridgess. S'apercevant que la curiosité de son fils le poussait à tenter des expériences désagréables sur son étrange cousine de Shola, le Roi Cull le somma de la laisser tranquille sous peine d'être chassé.

Le bout des doigts meurtri, Kira parvint à terminer son repas, composé de poisson et de petits légumes qui ressemblaient à des pommes de terre, en dissimulant bravement ses souffrances à son oncle. Elle choisit de tenir son gobelet d'argent de l'autre main et but du vin en espérant engourdir son mal. *Kira, je ressens ta douleur*, fit la voix de Bridgess dans sa tête. *Ce n'est rien, maître, ne vous inquiétez pas pour moi*, répondit l'apprentie en évitant de regarder du côté de Wellan.

Après le repas, le roi incita ses conseillers à discuter avec les Chevaliers à l'armure sertie de pierres précieuses et exigea que son fils traite leur jeune parente avec plus de civilité. Offensé par les remontrances publiques de son père, Rhee sortit à grands pas furieux. « Tant mieux », se réjouit Kira. Comme elle allait quitter son siège pour retourner auprès de son maître, la Reine Olivi s'assit près d'elle dans le fauteuil vacant du roi. Les longs cheveux dorés de sa tante étaient retenus sur ses tempes par de jolies barrettes de coquillages et ses yeux gris très clairs l'observaient avec bienveillance.

— Tu ressembles tant à ta mère, souffla-t-elle avec tendresse. Je n'ai rencontré Fan qu'une seule fois, lorsqu'elle est venue ici en secret nous apporter des potions magiques destinées à soulager notre peuple d'une terrible fièvre qui menaçait de le décimer.

— Je n'ai pas vraiment connu ma mère, avoua tristement Kira.

Pas question de dire à la reine qu'elle avait vu son fantôme deux fois au cours des dernières années, car ce genre de manifestation de l'au-delà effrayait les humains.

— Fan était une femme d'une grande bonté, poursuivit Olivi. Elle a risqué sa vie pour sauver des milliers de gens que les autres royaumes d'Enkidiev avaient condamnés à une mort certaine.

— Et elle a donné sa vie pour sauver la mienne, s'étrangla Kira.

— Je suis navrée, ma pauvre enfant, s'attrista la reine en prenant sa nièce dans ses bras pour la réconforter. La vie est parfois si injuste.

Kira se laissa emporter dans cet élan d'amour maternel qui lui fit oublier les brusqueries de Wellan et du Prince Rhee. Olivi la serra un long moment en embrassant ses mèches soyeuses, puis la libéra en lui souriant. Elle souleva ses cheveux et détacha de son cou une magnifique chaîne en argent qu'elle passa à celui de sa nièce en lui disant qu'il s'agissait d'un porte-bonheur qui avait fait ses preuves.

— Mais je ne peux accepter ce présent, Majesté, protesta la Sholienne. Je sens dans les vibrations de ce bijou à quel point il vous est cher.

— C'est justement pour cette raison que je te l'offre, Kira, lui sourit la reine. Pour te montrer que tu m'es chère toi aussi.

Kira ne décela chez cette femme admirable aucune crainte ni répulsion à la vue de ses yeux, de ses griffes et de ses dents pointues. Au contraire, son cœur était rempli d'amour pour elle.

— Retourne vers ces beaux Chevaliers, Kira de Shola, et montre-leur combien le sang qui coule dans tes veines est noble et valeureux.

Olivi embrassa l'adolescente sur la joue et, serrant sa main dans la sienne, l'entraîna vers ses compagnons vêtus de vert qui se mêlaient aux dignitaires drapés de blanc et d'argent. Kira ne vit Wellan nulle part, mais elle sentit son regard de faucon sur elle. Au moins, ce soir-là, il n'aurait aucun reproche à lui faire car elle n'avait pas commis de bévue.

Elle répondit poliment aux questions insolites quant à son appartenance à la famille d'Argent, mais fut incapable de donner le moindre détail sur l'exil de son père, puisqu'elle ne gardait aucun souvenir de lui, pas plus que de Shola d'ailleurs. Lorsque Wellan réapparut en compagnie du Roi Cull, quelques heures plus tard, Kira fut bien contente de l'entendre ordonner aux Écuyers de regagner leurs chambres.

20

Une pluie d'étoiles

Fatigués, les Écuyers suivirent sans protester les serviteurs du Roi d'Argent dans les couloirs puis dans l'immense vestibule du palais et Kira se glissa parmi eux. Ils grimpèrent un escalier recouvert d'un magnifique tapis bleu et dont la balustrade était incrustée de coquillages blancs. Ayant mémorisé l'emplacement de leurs chambres, les Écuyers s'y engouffrèrent les uns après les autres. Une fois dans la sienne, l'adolescente mauve trempa sa main dans une cruche d'eau froide afin d'engourdir ses doigts douloureux.

— Pourquoi le prince t'a-t-il fait mal ? s'enquit Gabrelle en sautant sur le lit.

Kira observa les grands yeux bleus et les boucles blondes de la gamine et comprit que les apprentis et les Chevaliers avaient ressenti ses souffrances.

— Il voulait juste savoir si je pouvais rétracter mes griffes comme les chats.

— Est-ce que tu peux faire ça ? demanda Yamina, assise sur l'autre lit.

— Non, pas plus que vous ne pouvez rétracter vos ongles.

— Ça doit t'embêter des fois, ces griffes pointues, se désola la petite fille à la peau sombre et aux cheveux noirs comme la nuit.

— Parfois, admit Kira, surtout pour manger. Mais

ça me permet aussi d'escalader les murs, alors je ne peux pas vraiment me plaindre.

Les trois apprenties se dévêtirent et se réfugièrent dans le même lit, laissant l'autre à leur maître. La proximité des fillettes et les battements de leur cœur rassurèrent l'adolescente grandement éprouvée par les événements de la journée, mais elle n'arriva pas à fermer l'œil. Quelques minutes plus tard, elle entendit Bridgess entrer dans la pièce éclairée par une seule chandelle et elle bloqua ses pensées pour lui faire croire qu'elle dormait. Épuisée, la femme Chevalier retira sa cuirasse, sa ceinture et ses bottes et s'endormit en posant la tête sur l'oreiller.

En douceur, Kira se défit des petits bras de Gabrelle et se glissa hors du lit. Elle enfila sa tunique et marcha à pas feutrés jusqu'à la fenêtre. Elle laissa son regard parcourir les villages endormis du Royaume d'Argent sous les rayons opalins de la lune. Coincés entre les énormes murailles de pierre, leurs nombreux feux lui rappelèrent le ciel étoilé qu'elle pouvait observer depuis la fenêtre de sa chambre, à Émeraude. Au loin, derrière les épais remparts, elle devinait la présence de l'océan. C'était la première fois qu'elle se trouvait aussi près de cette immense étendue d'eau dont on ne voyait pas le fond. Puis, elle se souvint que leurs ennemis vivaient de l'autre côté de cet océan et elle frissonna.

Accoudée à la fenêtre, Kira jeta un coup d'œil à Bridgess, toujours immobile. Ses yeux violets parcoururent la pièce sombre et s'arrêtèrent sur la porte. « Quel mal y a-t-il à explorer le palais pendant qu'il est désert ? » se dit-elle. Peut-être parviendrait-elle à repérer la trace énergétique du Roi Hadrian.

Kira quitta la chambre en silence et longea le couloir en sondant les autres portes. Tout le monde dormait. Elle retrouva facilement le grand escalier menant aux salles communes, à l'étage inférieur, et grimpant vers les appartements royaux dans la direction opposée. Persuadée que Wellan ne lui pardonnerait jamais son audace s'il la surprenait à explorer les couloirs supérieurs au milieu de la nuit, elle choisit plutôt de descendre vers le vestibule et s'arrêta au pied de l'escalier où elle fit rayonner ses sens magiques.

Dans le sol de ce palais circulaient des vibrations provenant de tous les âges. Kira s'agenouilla et appuya les mains sur la pierre froide. Un grand nombre de rois et de reines avaient foulé ces carreaux inégaux et, parmi eux, son mentor, Hadrian, mais sa trace était trop faible pour qu'elle puisse la suivre.

Découragée, l'adolescente décida d'explorer le rez-de-chaussée avant de retourner à sa chambre. Elle y trouva à peu près les mêmes grandes divisions qu'au palais d'Émeraude, en plus d'un immense balcon à la balustrade sculptée d'étranges d'animaux. Elle regarda l'une de ces statues de plus près, mais ne reconnut pas la bête insolite. Représentant un corps de chien, ses pattes se terminaient par des serres et son crâne ne ressemblait à celui d'aucun animal que Kira connaissait. On aurait dit une tête de poisson avec des cornes comme les crapauds et un bec pointu de corbeau.

Kira ressentit soudain une puissante énergie qui tombait du ciel, comme un immense filet invisible. Effrayée, elle regretta de s'être aventurée aussi loin de son maître. La peur oppressant sa poitrine, elle courut à l'intérieur du palais, se débattant pour se libérer de cette force mystérieuse qui envahissait l'atmosphère. Elle heurta un obstacle qui n'aurait pas dû se trouver au milieu du vaste balcon, releva la tête et vit le visage contrarié de Wellan.

— Sire, on nous attaque ! s'écria l'adolescente.

Sans dire un mot, le grand Chevalier l'attira contre lui en scrutant les alentours. Ils captèrent alors ce qui leur sembla être une immense vague d'apaisement et le ciel s'illumina d'un millier d'étoiles filantes fonçant dans toutes les directions.

— Mais qu'est-ce que ça signifie ? chuchota Kira.

— La lumière est enfin descendue sur terre, répondit le Chevalier en laissant tomber toutes ses barrières invisibles comme le lui avait enseigné Nomar, afin de laisser le ciel pénétrer son âme.

— Je ne comprends pas...

— Le porteur de lumière vient de naître.

Le corps de Kira se détendit d'un seul coup. Chassant sa peur, elle s'ouvrit, elle aussi, à la magnifique puissance qui parcourait Enkidiev. La prophétie allait donc pouvoir s'accomplir.

Wellan ferma les yeux et appela le Magicien de Cristal, sachant que ses frères d'armes endormis n'intercepteraient pas leur conversation télépathique. *Maître Abnar, qu'attendez-vous de nous ?* demanda-t-il. *Où dois-je envoyer mes hommes pour assurer la survie de cet enfant ?* Kira entendit sa requête et elle rassembla toute sa puissance afin de percevoir la réponse de l'Immortel. *Nous nous sommes déjà occupés de confondre l'ennemi, sire Wellan*, fit le Magicien de Cristal dans leurs esprits. *Je vous saurais gré de ne parler de cette naissance à qui que ce soit jusqu'à ce que le porteur de lumière soit en sécurité.*

Le féerique spectacle cessa tout aussi brusquement qu'il avait commencé. Wellan relâcha sa prise sur l'apprentie et posa un regard glacial sur elle. Il savait bien que, Kira n'étant pas tout à fait humaine, elle n'arrivait pas à se conformer à la discipline de l'Ordre, mais il ne pouvait pas mettre en danger la vie de tous les Chevaliers à cause d'elle.

— Je crois qu'il est devenu évident pour toi comme pour moi que tu n'arriveras jamais à te soumettre à mes ordres, laissa-t-il tomber.

— Mais je n'ai rien fait de mal, sire, se défendit-elle. Je me suis comportée de façon exemplaire pendant tout le repas, même si j'ai eu envie de mordre le Prince Rhee.

« Mordre le prince... et quoi encore ? » soupira Wellan, excédé. Kira capta ses pensées et regretta aussitôt sa franchise, mais soutint tout de même son regard.

— Tu m'as promis, pas plus tard que ce matin, de ne plus quitter Bridgess et tu n'as pas tenu parole puisque je te trouve ici.

— J'ai seulement eu envie d'explorer ce château où ont vécu mes ancêtres. Et puisque tout le monde dormait...

— Le code est bien clair en ce qui concerne les excuses.

Kira baissa misérablement la tête. Elle s'était sentie justifiée de partir à la recherche des traces subtiles du Roi Hadrian dans le palais, mais jamais Wellan ne voudrait le comprendre. Depuis son arrivée à Émeraude, il avait tout mis en œuvre pour décourager son rêve d'être Chevalier. « Il ne me reste plus qu'à devenir un renégat comme le Chevalier Onyx jadis », pensa-t-elle.

— Tu es incapable d'obéir à un commandement, même le plus simple, poursuivit Wellan, et tu n'arrives pas à comprendre que la discipline rigide des Chevaliers est nécessaire afin d'assurer leur unité lors des combats. Nous devons toujours agir comme un seul homme et nous ne pouvons tolérer que l'un d'entre nous s'entête à prendre ses propres décisions.

— Je le comprends fort bien, mais je vois mal comment ma balade de ce soir a mis la vie de vos frères d'armes en danger.

— Ce n'est pas ce seul incident qui me pousse à prendre cette décision.

— Je vous en prie, donnez-moi une dernière chance, le supplia-t-elle. Je serai un Écuyer modèle. Je vous le jure.

Wellan l'observa en sondant profondément son âme. Elle était pourtant sincère, alors pourquoi n'arrivait-elle jamais à faire ce qu'on attendait d'elle ? Devait-il fermer les yeux une fois encore ? « Il est parfois si difficile d'être un meneur d'hommes », songea-t-il avec lassitude.

— C'est d'accord. Je vais te donner cette dernière chance, mais si tu quittes une autre fois Bridgess sans sa permission, je te fais raccompagner au Royaume d'Émeraude d'où tu ne sortiras plus jamais.

Il vit tressaillir la jeune fille et voulut croire qu'elle prenait son avertissement au sérieux.

21

La prophétie

Des centaines de kilomètres plus loin, dans l'Empire Noir des hommes-insectes, Amecareth ressentit également la puissante énergie parcourant le ciel. Il s'engagea dans le tunnel dissimulé derrière son trône et déboucha sur un vaste balcon creusé à même la montagne. Il leva ses yeux violets sur le ciel d'encre et s'étonna de voir autant d'astres lumineux filer dans toutes les directions.

Il somma aussitôt Asbeth de se présenter devant lui afin qu'il lui explique ce qui se passait. Ayant sans doute suivi ce spectacle insolite à la surface de sa marmite ensorcelée, l'homme-oiseau pourrait lui donner la signification du phénomène céleste.

Amecareth réintégra son alvéole et attendit le sorcier en glissant une griffe acérée le long des barreaux de fer de la cage qu'il avait fait construire à l'intention de son futur prisonnier : le porteur de lumière. Dès que ses soldats le lui ramèneraient, vivant, il l'y enfermerait jusqu'à la fin de sa misérable vie humaine. Il ressentit l'approche d'Asbeth et se tourna vers l'entrée de la cellule royale.

Le mage noir se prosterna devant son maître en se demandant comment lui transmettre le message des cieux sans attiser sa colère.

— Dis-moi ce qui se passe ! tonna l'empereur.

— Un enfant est né sur le continent des hommes, mon seigneur.

— Qui est-il et pourquoi le ciel lui réserve-t-il autant d'honneurs ?

— Il a été choisi par les dieux pour détruire votre empire, annonça à contrecœur le sorcier en s'écrasant sur le sol pour éviter les coups de son maître.

Mais Amecareth demeura silencieux et, même si cette interprétation le rendait furieux, il n'esquissa aucun geste d'agression envers son sorcier. Asbeth se risqua à ouvrir un œil et le vit profondément songeur, comme si cette naissance lui rappelait quelque chose.

— La prophétie..., murmura l'Empereur Noir pour lui-même.

— Éclairez votre pauvre serviteur, implora Asbeth, qui n'en avait jamais entendu parler.

— Il y a fort longtemps, au début de mon règne, alors que je fécondais une humaine pour la première fois, j'ai dû tuer le vieux magicien qui tentait de la défendre. Avant de mourir, il a parlé d'une prophétie concernant ma chute.

— Il vous a parlé de cet enfant ?

— Il a dit qu'un humain se mesurerait à moi et qu'il me détruirait. Il l'a appelé le porteur de lumière. Cela ne doit jamais se produire, Asbeth.

— Dites-moi ce que je dois faire.

— Trouve cet enfant et ramène-le-moi.

— Il en sera fait selon vos ordres.

— Sais-tu au moins où il a vu le jour ?

— Des centaines d'enfants sont nés cette nuit sur Enkidiev, mais deux endroits m'ont semblé plus protégés que les autres par la magie des Immortels. Ils le cachent sûrement dans l'un de ces royaumes, l'autre n'étant qu'une diversion pour nous éloigner de lui.

— Prends la tête de mes guerriers et supprime tous ceux qui t'empêcheront de te rendre jusqu'à cet enfant.

— Ne serait-il pas plus sage d'attendre l'arrivée des hommes-lézards avec lesquels vous avez récemment conclu une entente, mon seigneur ? s'inquiéta Asbeth, qui avait trop souvent vu les soldats-insectes de l'Empereur Noir être massacrés par les Chevaliers.

— Non, je ne veux pas attendre. Si nous réussissons à capturer le porteur de lumière, les souverains d'Enkidiev ramperont à nos pieds et nous n'aurons pas à respecter notre marché avec ces reptiles dégoûtants.

Le plan de l'empereur semblait fort simple de prime abord, mais il oubliait ces agaçants Chevaliers d'Émeraude qui se donneraient certainement pour mission de protéger l'enfant divin.

— Il y a longtemps que tu aurais dû me débarrasser de ces saletés, Asbeth, lui reprocha Amecareth.

— Ils sont aussi coriaces que leurs ancêtres, je le crains.

— Alors trouve une autre façon de les éliminer, jusqu'au dernier. Ta vie en dépend.

Se détournant de son sorcier, Amecareth appela ses soldats au combat en utilisant son lien télépathique avec la collectivité des hommes-insectes.

22

UNE BONNE NOUVELLE

À des lieues du Royaume d'Argent, assise devant le feu qui brûlait dans l'âtre de sa nouvelle maison, Sanya surveillait le potage qui mijotait dans la marmite au-dessus des flammes. Il y avait quelques semaines déjà qu'elle avait épousé le Chevalier Jasson d'Émeraude et elle se pinçait tous les jours pour s'assurer qu'elle ne rêvait pas.

Leur relation avait fort mal débuté, mais la paysanne se félicitait de s'être montrée conciliante envers l'homme qui partageait désormais sa vie. Loin d'être un mercenaire ou un goujat comme les soldats du folklore d'Enkidiev, Jasson la traitait avec beaucoup de respect. Durant son séjour au château, jamais il ne l'avait pressée et il s'était contenté de tendres baisers, même si ses yeux brûlaient de désir.

Le roi leur avait donné une terre à l'extérieur des remparts, en bordure de la rivière Wawki qui serpentait le long des hameaux, quelques kilomètres plus loin. Elle avait jadis appartenu à un garde-chasse au service du père d'Émeraude Ier et la chaumière à l'abandon s'avérait spacieuse.

Sanya remua la soupe et promena un regard satisfait autour d'elle, se rappelant les toiles d'araignées et les nids d'oiseaux qui décoraient la demeure à son arrivée avec Jasson, après la belle cérémonie du mariage. Rien ne décourageait jamais cet homme. En voyant la mine déconfite de son épouse, immobile dans l'embrasure de la porte, il avait tout simplement éclaté de rire. Comme elle refusait d'entrer dans la pièce couverte de poussière, ils avaient passé leur première nuit à la belle étoile entre les écuries en ruine et la vieille maison de pierre.

Il avait fallu des jours pour tout nettoyer et une fois l'habitation dénudée, les compagnons de son époux étaient arrivés, comme par enchantement, avec des matériaux de construction. Ensemble, les Chevaliers et leurs Écuyers rafistolèrent d'abord le toit, puis construisirent dans la grande pièce, à un mètre du sol, une large plate-forme s'appuyant contre le mur nord, où Jasson installerait le lit. Une fois cette opération terminée, le groupe s'attaqua à l'écurie qui fut reconstruite en un tournemain, au milieu des rires et des plaisanteries.

Petit à petit, alors qu'elle leur servait des rafraîchissements et qu'elle bavardait avec chacun d'eux, Sanya apprit à connaître ces hommes et ces femmes, et à les aimer comme son mari les aimait. Puis, un matin, tandis que la jeune mariée fixait ses premiers rideaux de toile afin d'isoler leur chambre du reste de la maison, Jasson lui annonça que les Chevaliers devaient partir en mission. Incapable de s'en empêcher, Sanya s'était pendue à son cou en pleurant.

— Il y a quelqu'un ? lança une voix derrière elle.

Sanya sursauta et se retourna. Catania, la nouvelle épouse de Bergeau, se tenait à la porte, un panier d'osier sous le bras.

— Je mourais d'ennui chez moi, alors j'ai décidé de venir casser la croûte avec toi, poursuivit-elle.

— Mais allez, entre, la convia la maîtresse de maison en se levant.

Catania déposa son butin sur la table, au milieu de la pièce principale, et étreignit son amie. Les deux femmes avaient fait plus ample connaissance lors des travaux effectués par les Chevaliers et s'étaient découvert plusieurs points en commun. Toutes deux étaient issues du peuple et elles n'avaient que des sœurs, pas de frères. Catania comptait une dizaine de printemps de plus que la paysanne d'Émeraude, mais le fait qu'elles chérissaient des guerriers magiciens ayant choisi de vivre dans des fermes et d'élever de grosses familles les rapprochait.

Physiquement, par contre, elles ne se ressemblaient pas du tout. Catania avait une longue et épaisse chevelure rousse légèrement bouclée, tandis que les cheveux bruns de Sanya manquaient d'éclat et tombaient sur sa taille, aussi raides que de la paille. Les yeux de la Zénoroise étaient de la couleur de l'océan et brillaient constamment de plaisir. Ceux de son amie rappelaient le charbon et exprimaient plutôt la méfiance. Malgré leur apparence différente, les deux villageoises s'entendaient à merveille et, en l'absence de leurs maris, elles étaient devenues des confidentes.

— J'ai apporté du pain frais, du pâté de canard et des petits fruits sauvages, énuméra Catania. Nous pourrons les manger avec ton potage.

— Je n'ai pas tellement d'appétit depuis quelques jours.

— Tu n'es pas souffrante, j'espère.

Catania l'emmena s'asseoir sur un banc et examina attentivement ses traits.

— Je ne suis pas guérisseuse comme Bergeau, mais ma mère m'a appris à reconnaître les signes de maladie. Je ne vois pourtant rien d'alarmant dans tes yeux. C'est sûrement de la fatigue.

Elle prit place à ses côtés et retira les victuailles de son panier.

— Ton village de Zénor te manque-t-il ? l'interrogea Sanya.

— Pas du tout, mais Bergeau, oui. Il est tellement agréable de cuisiner pour un homme qui apprécie tout ce que je fais pour lui.

— Mais il n'est presque jamais là !

— Je savais qu'il était soldat quand je l'ai épousé. Et puis, je préfère attendre le retour de l'homme que j'aime plutôt que de passer ma vie auprès d'un mari qui me laisse indifférente.

— Tu as raison.

Catania goûta le potage de légumes et en versa une louche dans deux bols de grès. Elle les déposa sur la table, trancha le pain et sortit le pâté qu'elle conservait dans des feuilles de laitue. Elle leva un regard satisfait sur son hôtesse et surprit son air las.

— Nous ne vivrons pas la même vie que nos mères, Sanya, la tança-t-elle gentiment. Nous ne dormirons pas avec nos époux toutes les nuits à leur retour des champs. Bergeau et Jasson sont des Chevaliers et leur travail consiste à protéger Enkidiev. Ce sont des héros.

La jeune mariée esquissa un sourire forcé et prit une bouchée de pain qu'elle eut du mal à avaler.

— Bientôt, nous aurons une ribambelle d'enfants et la maison nous paraîtra moins vide, reprit la Zénoroise, enthousiaste. Et cette guerre ne durera pas éternellement. Nos hommes reviendront à Émeraude. Ils y vivront jusqu'à leur vieil âge et ils nous casseront les oreilles avec leurs récits de batailles contre les hommes-insectes.

— Jasson ne me parle jamais de sa vie militaire, murmura Sanya. Il planifie plutôt le travail qui devra être fait avant la saison des pluies ou la construction des bâtiments où il projette d'abriter les récoltes. Il compte embaucher des serviteurs à son retour, pour veiller sur moi ainsi que sur nos terres.

Le visage de la paysanne d'Émeraude devint crayeux.

— Sanya, que se passe-t-il ? s'inquiéta son amie.

Sans répondre, la jeune femme s'élança vers la porte et sortit en catastrophe. Catania la suivit jusqu'au fossé creusé en bordure de l'allée de peupliers. Sanya tomba à genoux et rendit le peu de nourriture qu'elle avait réussi à absorber.

— Catania, aide-moi, implora-t-elle. J'ai si peur.

Elle éclata en sanglots et la Zénoroise lui frotta doucement le dos pour la réconforter.

— Je ne veux pas mourir pendant que Jasson est au loin, continua de geindre Sanya.

— Tu ne mourras pas, ma chérie. Je reconnais maintenant ces signes pour les avoir observés chez mes sœurs. Tu portes un enfant.

— Moi ? Mais Jasson a passé si peu de temps dans mon lit...

— Dans ce cas, vous êtes bénis des dieux.

Folle de joie, la future maman se jeta dans les bras de Catania qui décida, en tant qu'aînée, de lui tenir compagnie à la ferme jusqu'au retour de leurs époux.

23

LE BEL OCÉAN

Dès son réveil au Château d'Argent, Wellan reçut des transmissions de pensées de la part de Dempsey, au Royaume de Cristal, et de Falcon, au Royaume des Fées, lui annonçant que, fait étonnant, un grand nombre d'enfants étaient nés dans ces deux pays durant la nuit. *Nous ressentons également une curieuse énergie*, ajouta Falcon. *Sais-tu ce qui s'est passé ?* s'inquiéta Dempsey. Wellan leur décrivit la pluie d'étoiles filantes sans leur parler de la naissance du porteur de lumière. Il lui répugnait de leur mentir ainsi, mais les ordres du Magicien de Cristal étaient formels. Il raconterait toute l'histoire à ses frères d'armes dès que le bébé serait en sécurité. Il recommanda donc à ses compagnons de demeurer à leurs postes, de garder l'œil ouvert et de lui rapporter tout nouvel événement insolite.

Il emmena ensuite ses Écuyers se baigner dans les étangs des jardins intérieurs du palais, puis rejoignit les autres Chevaliers dans une pièce adjacente aux cuisines où ils mangeaient déjà.

— Il s'est produit une chose bizarre, la nuit dernière, déclara Brennan, le jeune Chevalier aux cheveux blonds comme les blés et aux yeux azurés. Les servantes racontent qu'il est né plus d'une centaine d'enfants dans les villages d'Argent pendant que des milliers d'étoiles tombaient du ciel.

— C'est étrange, en effet, admit Santo. Je me demande ce que cela signifie.

— Il n'y a malheureusement pas de mage au Château d'Argent pour nous renseigner, déplora Bridgess. Peut-être devrions-nous communiquer avec le Magicien de Cristal ?

Les Chevaliers se tournèrent vers leur chef qui réfléchissait aux événements de la veille. Les dieux avaient donc matérialisé tous ces astres afin de cacher la naissance du porteur de lumière à leurs ennemis.

— Je préférerais ne pas échanger ce genre d'information avec lui, répondit-il enfin. Les hommes-insectes connaissent notre langue et s'ils interceptaient mon message, ils pourraient s'en servir contre nous.

— Wellan a raison, l'appuya Brennan.

Le grand Chevalier lança un coup d'œil aigu à Kira. Le bref regard qu'ils échangèrent lui apprit qu'elle tairait ce qu'elle savait.

— Les enfants qui naissent pendant une pluie d'étoiles filantes sont dotés de pouvoirs magiques, dit Bridgess.

— Tous de futurs élèves d'Émeraude, conclut Wellan.

Son calme rassura ses frères d'armes et leurs apprentis qui mangeaient comme des louveteaux affamés. Wellan se joignit à eux puis leur annonça qu'ils iraient patrouiller sur la plage durant la journée. Kira faillit pousser un cri de joie, car elle rêvait depuis toujours de voir l'océan. Elle termina son repas avec entrain et trépigna en attendant que Bridgess, Gabrelle et Yamina soient prêtes à partir. « Quel changement d'attitude intéressant », pensa Wellan.

Il fit informer le Roi Cull que les Chevaliers d'Émeraude passeraient la nuit sur la grève et se rendit à l'écurie avec ses Écuyers où il sella son cheval en les observant discrètement. Bailey, un beau gamin blond aux yeux bleus, originaire de Béryl, avait la main sûre avec les animaux, mais Volpel, aux cheveux noirs comme la nuit et aux yeux gris sombre, éprouvait toujours de la difficulté à passer la bride à sa monture, qui se dérobait. Wellan lui vint donc en aide et obligea le cheval à garder la tête baissée pendant que l'enfant attachait les courroies de cuir.

— C'est toi le maître, non l'inverse, lui rappela le grand Chevalier.

— Je le sais bien, mais il ne me prend pas au sérieux.

Wellan réprima un sourire amusé. Ces enfants n'étant pas encore très musclés, il était seulement naturel que les bêtes ne leur obéissent pas comme à des soldats adultes.

— Tu sembles nerveux aujourd'hui, Volpel, remarqua Wellan.

— Je suis désolé, maître, bredouilla le gamin en soutenant bravement son regard. Je suis né au Royaume d'Argent et pourtant, rien ici ne m'est familier.

— C'est habituellement ce qui arrive aux élèves d'Émeraude, expliqua Wellan. Très peu se souviennent de leur petite enfance.

— Mais vous vous rappelez le Royaume de Rubis comme si vous n'en étiez jamais parti.

— C'est vrai, mais je suis une exception, et, crois-moi, je préférerais n'avoir gardé aucun souvenir de cet endroit.

N'ayant pas le droit de lire les pensées de son maître, l'Écuyer ne comprit pas que c'est à sa mère que pensait Wellan, car bien que son père l'eût toujours traité avec amour, la Reine Mira, elle, l'avait cruellement repoussé, dès le berceau.

Quand ses compagnons et leurs apprentis furent prêts, Wellan prit la tête du groupe et ils franchirent les remparts du Royaume d'Argent par de grandes portes gardées par des sentinelles. Ils ramassèrent du bois, sachant fort bien qu'il n'y en aurait plus une fois sur la plage, puis longèrent l'interminable mur de pierre pour arriver à l'océan à la fin de la journée.

En voyant les flots qui s'étendaient à perte de vue, les Écuyers poussèrent des cris d'émerveillement et le grand Chevalier ne leur reprocha pas cette indiscipline. Il les laissa même mettre pied à terre et poursuivre les petits crabes sur les galets trempés. Les Chevaliers descendirent aussi de cheval et, pendant que leurs apprentis s'amusaient, ils cherchèrent un endroit près de la muraille afin d'établir un campement.

Les enfants retirèrent leurs bottes et coururent dans les vagues en s'éclaboussant, mais Kira montra davantage de prudence. Elle n'avait jamais aimé l'eau, mais s'y était habituée au fil des ans. Elle plongea la main dans la crête d'une petite vague chaude, puis flaira son doigt et le lécha, découvrant avec surprise un goût de sel. Elle sonda ensuite l'océan avec ses sens magiques et fut étonnée d'y trouver autant de créatures vivantes. Bridgess lut ses pensées et crut bon d'intervenir.

— Certaines respirent de l'air, d'autres de l'eau, expliqua la femme Chevalier en s'accroupissant près d'elle.

— Mais comment peut-on respirer de l'eau ?

— Les dieux les ont créées ainsi.

— L'univers est un endroit étrange et merveilleux à la fois, maître.

Bridgess lui conseilla d'aller jouer avec les autres, mais l'adolescente hocha négativement la tête et lui demanda plutôt la permission de donner un coup de main aux adultes. Kira soigna donc les chevaux toute seule, puis aida les Chevaliers Brennan et Colville à rassembler des pierres afin de former un cercle pour le feu.

Assis en retrait sur la plage, Wellan observait tout son petit monde avec satisfaction. Ses sens invisibles ne lui signalant aucun danger, il laissa les enfants s'amuser jusqu'à ce que le soleil s'abîme dans l'océan dans un magnifique spectacle de couleurs flamboyantes. Les Chevaliers allumèrent un feu qui projeta leurs ombres sur les remparts. Il faisait frais la nuit sur la côte et les soldats se drapèrent dans leurs couvertures aussitôt le repas terminé.

— Maître, des combats ont-ils opposé les anciens Chevaliers d'Émeraude aux hommes-insectes à cet endroit même ? le questionna Bailey.

— Il y en a eu, en effet, répondit le grand Chevalier, mais les plus importants se sont déroulés sur les plages de Zénor, au sud.

— Les plus dévastateurs aussi, renchérit Santo qui réchauffait ses mains sur un gobelet de thé.

— Et l'ennemi vient toujours de la mer ? s'enquit Yamina en ouvrant des yeux effrayés.

— Les hommes-insectes habitent là-bas, leur indiqua Wellan en pointant un doigt vers l'ouest, sur un continent aussi grand que le nôtre.

Il leur raconta ce qu'il avait lu sur les affrontements survenus entre les humains et les hommes-insectes cinq cents ans plus tôt, jusqu'à ce que leurs paupières deviennent lourdes de sommeil. Ils s'enroulèrent dans leurs couvertures et se mirent en boule de chaque côté de leurs maîtres comme des petits chats épuisés. Kira les regarda s'installer en se demandant comment elle arriverait à dormir avec toutes ces merveilles autour d'elle. Elle aperçut alors le regard inquisiteur de Wellan et imita aussitôt les autres Écuyers pour éviter ses foudres.

Couchée contre Gabrelle, l'adolescente mauve écouta le bruit des vagues s'écrasant sur les galets et les battements d'ailes des oiseaux nocturnes volant au-dessus de leurs têtes. Mais, surtout, elle capta les vibrations de la conscience du grand Chevalier qui continuait de veiller sur ses hommes. N'ayant pas le droit de lire ses pensées, Kira s'en coupa volontairement et ferma les yeux.

Pendant la nuit, Wellan reçut des messages télépathiques de Jasson, finalement arrivé au Royaume des Elfes, et de Bergeau, qui venait de mettre ses soldats au lit à Zénor. Dans ces deux pays, des centaines d'enfants avaient également vu le jour. *C'est plutôt étrange, non ?* fit Bergeau. *Moi, je pense que c'est divin*, répliqua Jasson. Wellan leur promit de s'informer davantage et leur recommanda d'ouvrir l'œil. Il allait sombrer dans le sommeil, le dos appuyé contre le mur de pierre, lorsque Fan de Shola se matérialisa devant lui.

— Majesté...

Le fantôme lumineux s'agenouilla et posa ses doigts légers sur les lèvres du Chevalier pour lui imposer le silence.

— *Écoutez-moi, Wellan, le temps presse. Le porteur de lumière a vu le jour et l'Empereur Noir a eu vent de cette naissance. Il dépêche des vaisseaux chargés de dragons et de soldats à l'assaut d'Enkidiev.*

Alarmé, le grand Chevalier éloigna vivement les mains glacées du maître magicien de sa bouche et se redressa.

— Où se dirigent-ils ?

— *Au Royaume de Shola et au Royaume de Zénor.*

— Mais ce bébé ne peut pas être né aux deux endroits ! protesta Wellan.

— *Comme vous le savez déjà, beaucoup d'enfants ont vu le jour en même temps que le porteur de lumière et l'empereur a ciblé ces deux royaumes où il pourrait le plus probablement se trouver.*

— Mais plus personne n'habite Shola.

— *Cela n'a aucune importance, Wellan, puisque le petit est à Zénor.*

— Quand y débarqueront-ils ?

— *Dans deux nuits.*

Elle l'embrassa sur les lèvres et fondit devant lui comme le brouillard sous les rayons du soleil. Il demeura immobile un instant, puis chassa ses craintes et sa colère pour établir sa stratégie. Il ne disposait que de deux jours pour lancer ses Chevaliers à la défense du peuple le plus opprimé d'Enkidiev et dix de ses soldats se trouvaient au nord avec leurs Écuyers. Il ferma les yeux et tenta d'établir un contact avec Jasson. À sa grande surprise, le jeune Chevalier ne dormait pas encore.

Que se passe-t-il, Wellan ? s'alarma-t-il. *L'ennemi s'apprête à nous attaquer*, répondit le grand Chevalier. *Réveille les autres et foncez sur Zénor.* Jasson l'assura qu'ils partaient sur-le-champ.

Ignorant s'ils avaient capté ce message, Wellan communiqua ensuite avec Dempsey, Falcon et Chloé pour leur donner le même ordre. Puis il promena ses yeux bleus sur son petit groupe endormi en se demandant si les gamins auraient la force de tenir en selle après si peu de sommeil.

« Comment l'empereur a-t-il appris où se trouvait le porteur de lumière malgré le stratagème des dieux pour lui cacher sa naissance ? s'interrogea Wellan. A-t-il à son service un nouveau sorcier capable d'interpréter les signes dans le ciel ? Est-il aussi puissant que celui que j'ai expédié au fond de l'océan ? »

Wellan vit que Bridgess l'observait avec inquiétude. Kira, elle et lui partageaient un lien étroit depuis que la petite Sholienne les avait tous les deux enveloppés de lumière mauve. Le grand Chevalier se tourna vers l'adolescente et vit qu'elle ne dormait pas non plus. *Nous n'allons pas le laisser mourir, n'est-ce pas, sire ?* fit sa voix dans son esprit. *Non, nous allons nous porter à son secours,* répondit Wellan. *Je pourrais commencer à préparer les chevaux pour gagner du temps,* proposa l'apprentie. *Je préférerais que tu restes auprès des autres, Écuyer. Si l'ennemi devait s'abattre sur nous, ils pourraient te protéger,* répliqua-t-il finalement.

« Il m'a appelée Écuyer ! » se réjouit Kira en hochant doucement la tête pour indiquer son accord.

Wellan se releva et rejoignit les chevaux qui sommeillaient en groupe serré. Il commençait à seller le sien quand il sentit les bras de Bridgess s'enrouler autour de sa taille. Il s'immobilisa et accepta volontiers la vague d'amour qu'elle lui transmit.

— Ce sera leur premier combat, chuchota-t-elle en parlant des apprentis.

Wellan pivota entre ses bras et prit le doux visage de son amie dans ses larges mains.

— Les hommes-insectes ne leur poseront aucun problème, puisqu'ils ne sont pas très habiles avec leurs lances, affirma-t-il pour la rassurer. Ce sont plutôt leurs dragons qui m'inquiètent, surtout si l'empereur les envoie en grand nombre. Les pièges ne pourront pas tous les contenir.

— Nos apprentis ont appris à enflammer les objets et nous leur avons parlé de ces monstres.

— Mais ils n'en ont jamais vu, soupira le grand chef.

— Tu pourrais suggérer à Bergeau de leur en parler. Il raconte des histoires de façon si vivante qu'ils auront un moins grand choc en les voyant.

« Elle a raison », approuva Wellan. En plus d'être un conteur expressif, Bergeau savait s'y prendre avec les enfants. Bridgess embrassa le grand Chevalier sur les lèvres et il ferma les yeux, sentant une chaleur bienfaisante pénétrer son corps.

— Nous donnerons à l'Empereur Noir une leçon qu'il n'est pas près d'oublier, murmura-t-elle contre sa bouche.

— C'est toi qui me succéderas lorsque je ne pourrai plus commander les Chevaliers d'Émeraude, déclara-t-il en replaçant tendrement les mèches blondes de la jeune femme.

— Mais ça n'arrivera jamais, puisque tu ne seras jamais capable d'arrêter de te battre, le défia-t-elle.

Sa confiance arracha un sourire au grand Chevalier, qui cueillit un second baiser sur ses lèvres. Ils s'embrassèrent un long moment, puis Bridgess l'aida à seller les chevaux. Lorsque ceux-ci furent prêts, la jeune femme prépara un déjeuner rapide.

L'odeur de saucisse grillée et du thé réveilla Santo qui se dressa brusquement sur ses coudes en se demandant pourquoi il faisait encore nuit. Il vit Bridgess accroupie près du feu et Wellan portant ses sacoches en direction des chevaux. Le Chevalier guérisseur leva les yeux au ciel et aperçut les milliers d'étoiles qui les observaient en silence. Intrigué, il quitta la chaleur de sa couverture et s'approcha de sa sœur d'armes.

— Nous partons, annonça Bridgess en lisant la question dans ses yeux.

— Pourquoi ? s'étonna Santo.

— Les soldats d'Amecareth s'apprêtent à attaquer Zénor. Nous allons prendre une collation et chevaucher vers le sud sans tarder.

Au lieu d'aller réveiller les enfants, Santo s'attarda et admira le visage de Bridgess sur lequel dansait la lueur des flammes. Aucune femme n'était plus belle sur tout Enkidiev. Elle dégageait la puissance de la déesse de la guerre. « Et Wellan lui préfère un fantôme... », déplora-t-il.

— Tu veux bien aller tirer nos dormeurs du sommeil ? lui demanda Bridgess en lui décochant un regard envoûtant.

Santo accepta d'un signe de tête, un sourire étirant ses lèvres. Il réveilla les deux autres Chevaliers et tous les apprentis et leur fit rassembler leurs affaires pendant que Bridgess déposait la nourriture dans les écuelles. Wellan revint parmi eux et les observa pendant qu'ils avalaient la viande les yeux fermés. Dès que le repas fut terminé et la vaisselle lavée et rangée, ils grimpèrent en selle et se mirent en route vers le sud.

Tout en chevauchant à bonne allure, Wellan leur expliqua ses intentions par télépathie, sachant que ses frères d'armes l'entendraient, peu importe où ils se trouvaient. Au lever du jour, il donna l'ordre à Bergeau d'éloigner les pêcheurs de Zénor de l'ancienne cité construite près de la mer ainsi que des ruines du château et de les mettre à l'abri sur les hauts plateaux, les dragons étant incapables de se faufiler dans le sentier étroit creusé dans la falaise. Quant aux hommes-insectes, Wellan n'avait pas l'intention de les laisser se rendre bien loin.

Ils voyagèrent toute la journée, s'accordant de rares pauses, et atteignirent la frontière séparant les Royaumes de Cristal et de Zénor au coucher du soleil. Au lieu de dresser un campement, Wellan annonça à son groupe qu'ils ne s'arrêteraient que le temps de faire se désaltérer les bêtes et de manger. Habituellement, il évitait de voyager la nuit, mais le temps jouait contre eux.

Tandis que le grand Chevalier mâchait le pain trempé dans la soupe chaude, le regard perdu dans les flammes, Dempsey l'informa par télépathie qu'il venait d'atteindre la citadelle abandonnée de Zénor avec ses hommes. « Douze guerriers et vingt-quatre apprentis se trouvent désormais sur place », calcula Wellan, soulagé. Il conseilla à Dempsey de s'assurer, dès qu'il ferait jour, que les pièges à dragons n'étaient pas encombrés de galets et d'en expliquer le fonctionnement à leurs jeunes recrues.

Les membres de son groupe ayant terminé leur repas, Wellan les fit remonter à cheval et ils s'élancèrent vers le sud dans l'obscurité qui enveloppait de plus en plus la côte.

24

LE PETIT PRINCE DE ZÉNOR

Au même moment, dans la chaumière du Roi Vail, la Reine Jana berçait son troisième enfant, un beau garçon né la veille, durant une magnifique pluie d'étoiles. Les Anciens s'accordaient pour dire qu'il s'agissait d'un heureux présage et que ce bébé jouirait d'un avenir exceptionnel. Pourtant, il était le troisième héritier du Roi de Zénor et il n'accéderait au trône que s'il arrivait malheur à son frère Zach ou à sa sœur Mona, ce que la reine ne voulait pour rien au monde. « Alors, quel genre d'avenir extraordinaire pourrais-tu avoir, petit Lassa ? » s'interrogea-t-elle en le regardant dormir paisiblement au creux de ses bras. Habitant un pays pauvre, il travaillerait sans doute la terre comme tous les autres hommes et il épouserait un jour une jolie fille qui lui donnerait des petits princes et des petites princesses.

Dans la quiétude de sa chaumière, Jana ne se décidait pas à remettre le nouveau-né dans son berceau, éprouvant à son contact un immense sentiment d'amour qu'elle n'avait jamais ressenti pour les deux aînés.

Un homme en longue tunique blanche se matérialisa soudain devant elle dans un éclair aveuglant. La reine étouffa un cri de surprise et serra son enfant contre elle. Son époux et leur fils Zach dormaient à proximité, leur épée à portée de la main, mais ils ne se réveillèrent pas.

— Sortez immédiatement de ma maison ! ordonnat-elle d'une voix forte. Vail ! Je vous en prie, aidez-moi !

— Je ne vous veux aucun mal, Majesté. Je m'appelle Abnar. Je suis le Magicien de Cristal. Inutile de crier, j'ai jeté un sort au village. Le roi et le prince ne se réveilleront pas.

— Mais pourquoi ? s'effraya la reine.

— C'est avec vous que je dois m'entretenir.

— Mon mari prend toutes les décisions concernant notre pays, pas moi.

— Mais vous prenez celles qui touchent vos enfants. Je dois prendre votre bébé afin de le protéger de ses ennemis.

— Ses ennemis ? Comment pourrait-il en avoir ? Il vient de naître ! protesta Jana en serrant davantage Lassa sur son sein.

— Cet enfant a été désigné par les dieux pour mettre fin au règne de l'Empereur Noir, expliqua patiemment l'Immortel. Amecareth vient de lancer toutes ses troupes à l'assaut de Zénor, voilà pourquoi je suis venu chercher le prince.

— Les Chevaliers d'Émeraude sont arrivés hier. Ils sauront quoi faire.

— Le seigneur des insectes ne reculera devant rien pour se débarrasser de votre fils, Majesté. Sa survie en dépend. Rappelez-vous la destruction qu'il a déjà semée ici malgré un nombre encore plus important de Chevaliers. Ce sont de braves soldats et ils risqueront leur vie pour sauver les vôtres, mais si les hommes-insectes parviennent à franchir leurs défenses...

La reine baissa la tête avec tristesse, ayant souvent entendu depuis son jeune âge ces horribles récits de la bouche des Anciens.

— Mais pourquoi les dieux ont-ils choisi mon fils pour tuer cet empereur ? murmura-t-elle, des larmes brillantes roulant sur ses joues.

— Parce qu'il possède de belles qualités et une grande force. Je vous en prie, confiez-le-moi.

— Si je vous laisse l'emmener, le reverrai-je un jour ? pleura-t-elle.

— Oui, je vous le promets.

Jana rassembla son courage, en digne représentante d'un peuple qui avait survécu à de grands tourments. Désirant plus que tout au monde lui sauver la vie, elle tendit le nourrisson à l'Immortel, qui contempla son visage endormi avec satisfaction. Il tenait dans ses bras le salut des hommes.

— Il s'appelle Lassa, sanglota la reine. Dans la langue ancienne de Zénor, cela signifie « enfant des étoiles ».

— Ce nom lui sied à merveille, Majesté. Je vous donne ma parole que vous reverrez le jeune prince dès que la menace de l'empereur aura été éliminée.

Abnar la salua respectueusement d'un signe de tête et disparut dans un tourbillon de lumière brillante. La Reine Jana fondit en larmes amères et enfouit son visage dans ses mains tremblantes.

*
* *

Au matin, lorsqu'il apprit ce qui s'était passé sous son toit, le Roi Vail entra dans une grande colère. Maudissant tous les dieux et leurs serviteurs Immortels, il grimpa sur son cheval, suivi de son fils Zach, et galopa à bride abattue jusqu'à la falaise qui protégeait son peuple d'éventuels envahisseurs en provenance de la mer. Il aperçut alors, au pied du mur rocheux, les Chevaliers et leurs Écuyers qui s'apprêtaient à quitter les ruines de l'ancienne cité pour se diriger vers la plage.

Le père et le fils s'engagèrent prudemment sur le sentier abrupt, son tracé en zigzag et ses parois escarpées le rendant périlleux pour les chevaux qui l'empruntaient avec trop d'enthousiasme. En arrivant sur la plaine, ils talonnèrent leurs montures et filèrent comme le vent jusqu'aux soldats d'Émeraude. Ils les rejoignirent finalement devant les trappes à dragons au bord de l'océan où les soldats discutaient des préparatifs de la guerre.

Le Roi Vail reconnut Bergeau et sauta à terre devant lui, sous les regards médusés des guerriers et des apprentis qui avaient instinctivement porté la main à la garde de leurs épées.

— Le Magicien de Cristal a enlevé mon fils nouveau-né ! explosa le monarque, le visage écarlate.

Le Prince Zach mit pied à terre et retint les guides de leurs deux chevaux. Il semblait tout aussi furieux que son père, mais il demeura silencieux.

— Maître Abnar ? s'étonna le Chevalier Swan qui se tenait près de Bergeau. Jamais il ne ferait une chose pareille !

— Êtes-vous en train de me dire qu'il s'agit d'un imposteur ?

— Non, ce n'est pas ce qu'elle dit, l'apaisa Bergeau. Il n'y a pas beaucoup d'Immortels dans le monde et Abnar est le seul qui ait reçu la mission de s'occuper des humains. Ça ne peut être que lui.

— Expliquez-nous ce qui s'est passé, intervint Dempsey.

— Il est apparu dans notre demeure au milieu de la nuit et il a pris Lassa en disant à ma femme qu'il devait le protéger d'Amecareth ! hurla Vail, hors de lui. J'exige qu'il me rende mon enfant !

— S'il est venu le prendre, c'est qu'il est le porteur de lumière ! s'écria Bergeau en frappant dans ses mains. L'enfant céleste est enfin né !

De larges sourires apparurent sur tous les visages des Chevaliers et des Écuyers.

— Je suis le père de Lassa et je suis parfaitement capable d'assurer sa protection moi-même ! protesta Vail.

Se complétant l'un l'autre, Bergeau et Dempsey expliquèrent au roi le rôle que le jeune prince serait appelé à jouer dans l'histoire d'Enkidiev, mais cela n'apaisa pas sa colère pour autant.

— C'est donc votre fils que l'empereur recherche, reprit Dempsey. Maître Abnar a bien agi dans ce cas.

— Si les choses devaient mal tourner sur la plage, renchérit Bergeau, au moins les hommes-insectes ne trouveront pas le porteur de lumière.

— Nous ne les laisserons pas passer de toute façon, s'empressa d'ajouter Swan sur un ton guerrier.

— Dites-moi où cet Immortel a emmené mon fils, tonna le monarque.

— Il est bien difficile de sonder les intentions du Magicien de Cristal, répondit Dempsey en haussant les épaules, mais je suis certain que c'est dans un endroit sûr.

— Maître Abnar est l'âme dirigeante de notre Ordre, Majesté, ajouta le jeune Chevalier Hettrick, mais il ne dépend pas de nous et je crois que ça vaut mieux. Ainsi, si l'ennemi devait nous torturer, nous serions dans l'impossibilité de lui révéler l'emplacement de la cachette du prince. Je puis vous assurer qu'il a agi de façon prudente.

Swan allait s'exclamer qu'aucun Chevalier ne donnerait jamais le plus infime renseignement à l'Empereur Noir, torture ou non, lorsqu'elle ressentit une présence familière. Elle pivota vers le nord et vit au loin des cavaliers galopant sur la plage. Elle reconnut aussitôt l'énergie de Bridgess, son ancien maître, et celle de Wellan. Les autres Chevaliers captèrent aussi leur présence.

— Qui sont-ils ? s'alarma le Roi Vail.

— C'est Wellan, répondit Dempsey, soulagé de le voir arriver.

Le grand Chevalier arrêta sa troupe devant ses compagnons et, à en juger par l'état de leurs montures, ils avaient chevauché sans relâche. Ils mirent pied à terre et les Écuyers s'occupèrent aussitôt des chevaux épuisés pendant que leurs maîtres serraient les bras de leurs frères d'armes.

— Majesté, fit respectueusement Wellan en s'inclinant.

— Le Roi Vail est l'heureux père du porteur de lumière ! s'exclama Bergeau.

— C'est un grand honneur, s'émerveilla le chef des Chevaliers.

— Pas pour moi, maugréa le roi. Un fils m'a été donné il n'y a pas deux jours et un Immortel l'a arraché des bras de sa mère !

— Nous avons expliqué à Son Altesse que le Magicien de Cristal était le meilleur défenseur que le jeune prince pouvait avoir, l'informa Dempsey.

— Mon frère a raison, l'appuya Wellan. Votre fils est en bonnes mains. Je vous en prie, Majesté, retournez sur la falaise et mettez votre peuple à l'abri. Je crains que l'empereur ne frappe cette nuit.

— Cet insecte répugnant est aussi mon ennemi ! décréta le Roi de Zénor. Je le combattrai avec vous et mon fils sera à mes côtés !

— Majesté, intervint Santo en s'avançant vers lui. Il serait beaucoup plus sage que vous assuriez la continuité de votre lignée sur le trône de Zénor en protégeant votre vie ainsi que celle du Prince Zach.

— Un roi qui fuit devant le danger n'est pas digne de ce nom. Nous savons manier l'épée aussi bien que vous !

Santo voulut lui expliquer que les soldats d'Émeraude étaient aussi des magiciens, mais Wellan l'arrêta d'un geste de la main. Si Vail et Zach ne pouvaient combattre les dragons, ils pouvaient certainement affronter les hommes-insectes, qui seraient probablement très nombreux, et le chef des Chevaliers doutait que les groupes de Chloé, Falcon et Jasson arrivent à temps.

— Nous serons honorés de nous battre à vos côtés, Majesté, assura Wellan.

25

LE PRINCE ZACH

Tandis que le Roi Vail s'écartait de Wellan et de ses soldats pour parler en privé avec le Prince Zach, Kira observa ce dernier avec intérêt. Il portait une tunique toute simple dans les tons de terre et des sandales de cuir lacées sur des mollets musclés. Le soleil faisait jouer des reflets roux dans ses cheveux blonds qui touchaient ses épaules. Un rapide coup d'œil dans son cœur indiqua à Kira qu'il était sincère, honnête et bon. Il ne lui manquait que des pouvoirs magiques pour devenir Chevalier.

Soudain, le Prince Zach, qui sentait le poids d'un regard sur lui, remarqua que l'un des Écuyers n'était pas de la même couleur que les autres. Il pointa aussitôt un doigt sur l'adolescente mauve.

— Pourquoi cette étrangère figure-t-elle dans leurs rangs ? demanda-t-il à son père.

— Il y a des Fées, des Elfes et des humains parmi les Chevaliers d'Émeraude, répondit Vail en haussant les épaules.

— Mais les Anciens racontent que c'est une créature mauve qui a causé notre perte !

— Si elle fait partie des Chevaliers d'Émeraude, elle est notre alliée, peu importe la couleur de sa peau.

— Et si elle s'était enrôlée dans l'Ordre dans le seul but de trahir les Chevaliers ? s'alarma le prince.

Avant que Vail puisse réagir, Zach fonçait sur la Sholienne. Revenant de sa surprise, le roi se précipita pour arrêter son fils, mais les jeunes jambes du prince furent plus rapides. Se rappelant toutes les souffrances de son peuple relatées par les Anciens, le prince arracha l'épée de la main d'un des Écuyers, poussa un cri de guerre et se rua sur Kira. Ressentant un grand danger, l'apprentie mauve s'éloigna de Gabrelle et de Yamina. Elle tendit le bras devant elle et matérialisa son épée à deux lames.

Alerté par le bruit des lames qui s'entrechoquaient, Wellan s'élança en direction des adversaires. Mais il se trouvait loin d'eux et il comprit qu'il n'aurait pas le temps d'empêcher le jeune homme de se mesurer au meilleur escrimeur de l'Ordre.

L'épée de Zach heurta brutalement l'arme magique de Kira, lui arrachant des étincelles multicolores. Il ne s'agissait certes pas d'un exercice, mais l'adolescente ne pouvait se permettre de blesser un personnage royal sans enfreindre plusieurs règlements du code. Alors, elle para habilement son attaque en jetant des coups d'œil désespérés aux Chevaliers qui accouraient vers elle.

— Maître, faites quelque chose ! cria-t-elle.

Bridgess voulut s'interposer, mais la lame du prince frappa la sienne et la repoussa brutalement. Le Roi Vail voulut saisir son fils par-derrière, mais ce dernier s'esquiva avec adresse. Kira comprit qu'elle était la seule à pouvoir mettre fin à ce combat ridicule avant que les choses tournent mal. Elle bloqua la dernière estocade du prince et lui administra un vigoureux coup de pied dans l'estomac. L'épée glissa des mains de Zach. Le souffle coupé, il se plia en deux. À la vitesse de l'éclair, l'adolescente exécuta une pirouette et lui assena un second coup de pied sous le menton. Le prince bascula vers l'arrière et s'écrasa sur le dos. L'épée double toujours en mains, Kira s'immobilisa et attendit la réaction de son adversaire, mais le prince ne bougeait plus.

Wellan se précipita alors entre Kira et Zach, et le regard orageux du grand chef glaça le sang de la jeune fille. Elle fit prestement disparaître l'épée et posa un genou en terre en baissant la tête, reconnaissant ainsi son erreur.

— Ne la châtiez pas ! ordonna le Roi Vail en se penchant sur son fils. C'est Zach qui l'a attaquée.

Wellan se tourna vers le monarque et vit Santo qui examinait le prince avec ses paumes lumineuses, sous les regards intéressés des jeunes apprentis.

— Il est seulement assommé, déclara le guérisseur.

Wellan ressentit un grand soulagement en l'apprenant, mais, malgré l'insistance du Roi de Zénor, il ne pouvait fermer les yeux sur le comportement de l'apprentie de Bridgess.

— Va m'attendre près du puits, ordonna-t-il à Kira.

L'adolescente détala comme un lapin, persuadée qu'il inventerait pour elle le pire châtiment jamais imposé à un Écuyer. Bridgess darda un regard désapprobateur sur Wellan, mais n'osa pas le défier devant les autres Chevaliers.

— Je suis vraiment désolé, Majesté, fit le grand chef.

— Vous n'avez pas à vous excuser, éluda le roi en tapotant les joues de son fils.

— Le code de chevalerie nous interdit d'attaquer les membres des monarchies.

Bridgess servit à Wellan un regard encore plus aigu, car le seul d'entre eux à s'être rendu coupable de cette infraction depuis la renaissance de l'Ordre, c'était lui-même ! Pendant que Santo s'affairait à ranimer le prince, le grand Chevalier tourna les talons pour aller régler le sort de la Sholienne. Laissant Gabrelle et Yamina sous la surveillance de Bergeau, Bridgess s'élança à sa suite pour qu'il ne malmène pas sa troisième apprentie.

Assise sur la margelle du puits, Kira repassait en mémoire sa panoplie d'excuses, même si le code prévoyait qu'un Écuyer devait toujours accepter les remontrances de ses aînés sans chercher à se disculper, surtout lorsqu'il était coupable. Elle vit alors approcher les deux Chevaliers. Elle posa un genou en terre dès que Wellan s'arrêta devant elle.

— Je regrette infiniment mon geste, sire, murmurat-elle en baissant les yeux.

— Regarde-moi quand tu me parles, exigea le grand chef.

Kira leva ses yeux violets sur lui et Wellan se demanda comment lui faire prendre conscience de sa faute, puisqu'il semblait qu'aucun de ses reproches n'avait de prise sur elle.

— L'agression n'est pas la seule façon de réagir à une attaque, la sermonna le grand Chevalier, maîtrisant sa contrariété tant bien que mal.

« Il ne m'inflige pas de punition ! s'étonna Kira en continuant de le regarder droit dans les yeux. Et il n'est même pas fâché ! » Wellan se tourna vers Bridgess qui se tenait quelques pas plus loin, l'épée au poing. Le grand chef écarta doucement les doigts et une puissante force invisible arracha l'arme de la main de sa sœur d'armes pour la projeter plus loin.

— Tu aurais pu désarmer le prince de cette façon, déclara Wellan en ramenant ses yeux glacés sur l'adolescente.

— Je n'y ai pas pensé, admit Kira en avalant de travers, mais je tâcherai de m'en souvenir.

Wellan la fixa encore un long moment, puis retourna vers ses Écuyers.

— Sire ! le héla Kira, désespérée.

Le grand Chevalier pivota sur ses talons en sondant l'esprit de l'adolescente. Il lut sa question avant même qu'elle la formule.

— Pourquoi le prince m'a-t-il attaquée ?

Wellan garda le silence, craignant qu'elle ne se révolte en apprenant le sort subi par le premier petit garçon mauve.

— Je te répondrai quand tu seras devenue Chevalier, déclara-t-il finalement.

Kira savait qu'elle ne pouvait insister, le code ne lui permettant pas de bousculer un aîné, surtout Wellan d'Émeraude. Le grand chef s'éloigna et Bridgess s'accroupit aux côtés de l'adolescente.

— Peu importe ce qu'il en pense, je crois que tu as eu raison de te défendre, même contre un prince d'Enkidiev. Personne n'a le droit de s'en prendre à un membre de notre Ordre sans provocation.

— Mais sire Wellan a raison. J'aurais dû le désarmer plutôt que de l'assommer. J'ai eu tort.

— Tu es encore jeune et tu manques d'expérience. N'y pense plus.

— Maître, quel est ce terrible secret qu'il me cache ? l'implora Kira.

— Je ne puis te le dire contre sa volonté, je suis désolée.

— C'est une vérité qui me fera très mal, n'est-ce pas ?

— Pas si tu es plus âgée et plus forte lorsque tu l'apprendras. Tu n'es plus une enfant mais pas encore une adulte, Kira. Tu traverses une phase très vulnérable de ta vie.

— Et quand on devient adulte, la vulnérabilité disparaît ?

— Pas complètement, mais on apprend à mieux maîtriser ses émotions.

— J'ai bien hâte d'en arriver là, soupira l'adolescente en laissant retomber ses épaules.

— En attendant, je crois que nous devrions aller rejoindre les autres.

Kira suivit docilement son maître. Bridgess ramassa son épée au passage, en pensant à la facilité avec laquelle Wellan la lui avait arrachée, mais cette manœuvre ne leur serait d'aucun secours contre toute une armée de monstres.

26

Plans de bataille

Reprenant là où les avait interrompus le combat de Kira et du Prince Zach, les Chevaliers firent le point sur leurs forces et leurs faiblesses.

— Les pièges à dragons ne sont pas obstrués, déclara Dempsey qui les avait tous inspectés depuis son arrivée à Zénor.

— Nous les vidons tous les mois, assura le Prince Zach.

— Excellente initiative, le félicita Wellan. Alors, il ne nous reste plus qu'à établir notre stratégie de combat.

— Nous avons dressé notre campement dans l'ancienne ville, lui annonça le jeune Chevalier Kerns, plissant ses yeux bridés. Nous y serions certainement plus à l'aise pour en discuter.

Wellan accepta sa suggestion, car il ne servait à rien de rester debout sur la plage au soleil en attendant un ennemi qui ne frapperait qu'à la nuit tombée. Il ordonna donc aux Écuyers de les suivre avec les chevaux et accompagna le Roi Vail et son fils jusqu'aux ruines de la vieille cité. Ses compagnons d'armes avaient monté leurs tentes à proximité du puits et construit un grand cercle avec des pierres pour y faire du feu ainsi qu'un enclos au pied de vieux arbres pour que les bêtes y soient au frais.

Le grand Chevalier inspecta minutieusement le terrain à l'aide de ses sens magiques. Satisfait de l'emplacement choisi par ses frères, il se tourna vers son groupe mort de fatigue qui attendait patiemment ses ordres, ressentant une fois de plus la lourde responsabilité qui incombait à un meneur d'hommes.

Il fit asseoir ses soldats à l'ombre des ruines d'une maison. Ils vidèrent le contenu de leur gourde de peau et attendirent que les apprentis reviennent de l'enclos avant de discuter stratégie. Wellan aurait préféré leur expliquer ses plans grâce à son esprit, de façon que tous puissent en profiter, même les Chevaliers qui se hâtaient vers Zénor, mais le roi et son fils ne possédaient pas leurs facultés magiques.

— Je crois que l'Empereur Noir nous enverra des troupes importantes, commença Wellan, les mains sur les hanches.

Ses soldats prirent place sur l'herbe tendre, les troncs d'arbres morts ou de grosses pierres.

— Je crains qu'ils n'utilisent un grand nombre de dragons cette fois et que les trappes que nous avons creusées il y a quelques années ne suffisent pas à tous les arrêter.

Wellan vit les enfants avaler de travers à la seule pensée de se retrouver devant un monstre dévoreur de cœurs vivants, mais il ne pouvait leur cacher la vérité.

— Il faudra donc les enflammer rapidement tout en nous préparant à attaquer leurs maîtres qui les suivront de près. Je sais que vous avez appris à créer du feu à partir de l'air. C'est une technique élémentaire de l'apprentissage d'un Chevalier, mais je sais aussi que les plus jeunes d'entre vous ne l'ont pratiquée que sur des objets inanimés.

— Nous y parviendrons, maître, assura courageusement Bailey.

Mais les autres apprentis, dispersés entre les Chevaliers, ne semblaient pas aussi enthousiastes que lui.

— Vous possédez tous de grands pouvoirs magiques. Si vous n'aviez pas été doués pour les arts invisibles, vous n'auriez pas été acceptés au Château d'Émeraude, mais les monstres que vous affronterez cette nuit risquent de vous effrayer et de paralyser vos réflexes.

— J'ai tué un dragon quand j'avais à peine leur âge, répliqua Swan, assise dans l'herbe, les jambes repliées contre sa poitrine, mais nos Écuyers n'en ont jamais vu.

— Les monstres semés dans nos rivières n'étaient que des bébés, souligna Bergeau.

— C'est exact. Ceux qui seront bientôt lâchés sur cette plage auront dix ou quinze fois leur taille, les prévint Wellan. Vous ne pourrez pas leur couper la tête parce qu'elle se trouvera à des mètres au-dessus de la vôtre. Vous devrez faire appel à tout votre courage pour les attirer dans les trappes et utiliser votre puissance magique pour les détruire. Il est possible, et même souhaitable, que certains d'entre vous découvrent de nouvelles façons de nous en débarrasser.

Les yeux de la combative Swan étincelèrent de défi. Le grand Chevalier examina attentivement les Écuyers et fut satisfait de déceler moins de frayeur sur leurs traits, mais en serait-il de même lorsqu'ils se trouveraient face à face avec un véritable dragon ?

— Pendant les combats, il ne vous sera pas permis de communiquer entre vous par télépathie à moins que vous ne soyez en danger de mort. Je serai le seul à vous parler de cette façon pour des raisons de cohésion. Il est entendu que mes ordres, même s'ils vous semblent déraisonnables, ne devront en aucune façon être contestés. Notre survie en dépend. Est-ce que je me fais bien comprendre ?

189

Toutes les têtes s'inclinèrent pour assurer que oui, même celle de Swan. Satisfait, Wellan exigea qu'ils dorment quelques heures, afin de refaire leurs forces avant la nuit. Puis il chargea Bergeau de leur expliquer plus en détail, à leur réveil, ce à quoi ils devaient s'attendre au cours des combats, tout en se montrant rassurant. L'homme du Désert fit un clin d'œil complice et s'éloigna avec ses garçons, imité par ses compagnons d'armes.

Les Chevaliers emmenèrent leurs apprentis plus loin pour dérouler leurs couvertures sur le sol au pied des ruines de plusieurs bâtiments de pierre qui avaient jadis formé une magnifique cité côtière. Bailey et Volpel restèrent immobiles, attendant Wellan.

— Allez dormir vous aussi, leur ordonna-t-il. Je vous rejoindrai bientôt.

Les garçons s'installèrent un peu plus loin et le grand chef vit les regards admiratifs du Roi Vail et du Prince Zach, toujours assis sur de gros blocs de pierre à quelques pas de lui.

— Vous exercez plus de pouvoir sur vos hommes que certains monarques sur leurs sujets, constata le roi, rempli de respect.

— Les Chevaliers d'Émeraude sont des soldats, lui rappela Wellan, et la discipline fait partie de leur entraînement.

— Votre prestance et votre ton de commandement sont fort impressionnants. Vous auriez été un grand roi guerrier.

— Si c'est un compliment que m'adresse Sa Majesté, je l'accepte avec plaisir.

Le Chevalier prit place avec les personnages royaux en sondant leurs cœurs. Le roi était encore en colère contre le Magicien de Cristal, mais la bataille imminente ne l'inquiétait pas. Quant à son fils, il était redevenu aussi calme que la surface d'un étang.

— C'est un compliment, en effet, assura Vail, plus amical. Vous avez accompli de l'excellent travail avec Kumitz, Rieser et Alisen, originaires de mon royaume. Ils semblent être devenus de bons Écuyers, mais j'ai bien hâte de revoir Curtis et Kevin, qui sont désormais Chevaliers.

— Ils seront ici sous peu, avec plusieurs autres de nos compagnons.

— De combien d'hommes disposez-vous pour repousser cette attaque ?

— Vingt-six Chevaliers et leurs Écuyers.

— Vous n'étiez que sept la première fois que l'ennemi a goûté à nos pièges, se souvint le monarque.

— Notre nombre continuera d'augmenter, affirma Wellan, mais l'armée de l'empereur deviendra également plus puissante.

Le Roi Vail exprima alors son désaccord quant aux ordres télépathiques que le Chevalier entendait donner à ses hommes, puisque son fils et lui seraient incapables de les capter.

— C'est pour cette raison que vous resterez à mes côtés, Majesté, le tranquillisa Wellan. Je communiquerai avec vous de vive voix.

Sur ce, le grand chef s'excusa, exécutant une brève révérence, et alla s'allonger près de ses Écuyers. En se servant des techniques de méditation apprises auprès de Nomar, Wellan pourrait reposer rapidement son corps et son esprit, et ainsi diriger ses hommes plus efficacement.

*
* *

Lorsqu'ils se réveillèrent à l'ombre de l'ancienne cité, les Chevaliers méditèrent puis Bergeau mima une attaque de dragon pour le bénéfice des enfants en leur décrivant les bêtes en détail. Les maîtres réchauffèrent ensuite les bras d'épée de leurs apprentis. Debout depuis longtemps, Wellan les observa en pensant à la façon d'humilier Amecareth à nouveau sur la plage de ce royaume et éliminer son armée.

Vail et son fils assistèrent aussi à l'entraînement des enfants sans cacher leur appréhension devant leur inexpérience, mais ils étaient les seuls soldats dont disposait Wellan pour repousser l'ennemi.

Les Chevaliers continuèrent d'entraîner leurs Écuyers jusqu'à l'arrivée de Chloé, Falcon, Wanda, Curtis, Kagan et leurs apprentis, qui choisirent de se reposer plutôt que de se joindre à la séance d'exercices. Le souverain bavarda quelques minutes avec le jeune Chevalier Curtis, originaire de Zénor, et lui déclara sa fierté de le voir dans cette belle cuirasse verte. Mais, près de lui, le Prince Zach ne semblait pas partager son enthousiasme. Il se contentait de laisser parler son père en jetant des coups d'œil rancuniers à Kira.

Le soleil descendait rapidement dans le ciel et Wellan s'inquiétait de ne pas voir arriver le groupe de Jasson. Il communiqua avec lui par télépathie et apprit qu'il atteignait la côte du Royaume de Cristal. Le chef des Chevaliers calcula alors mentalement la distance les séparant de Zénor et comprit que son frère d'armes n'arriverait pas à temps pour la bataille. Il lui faudrait donc composer avec les guerriers qui s'entraînaient autour de lui.

Après un repas léger pris au milieu des ruines de la cité, Wellan fit méditer ses hommes puis les emmena sur la plage pour qu'ils l'aident à planter des piquets de bois tous les dix mètres entre les galets. Ils les enflammeraient au moment du débarquement afin de désorienter l'ennemi, qui détestait le feu. Cette activité fit momentanément oublier aux jeunes Chevaliers que cet affrontement serait probablement le plus dangereux de leur vie, mais Wellan, lui, ne cessait d'y penser, parfaitement conscient que les deux tiers de ses soldats n'avaient aucune expérience de la guerre. Seule Kira pouvait réellement aider leur cause et infliger de sérieuses pertes à l'armée d'Amecareth... à condition toutefois qu'elle lui obéisse. Interceptant ses pensées, Bridgess s'empressa de le rejoindre et glissa doucement ses doigts entre les siens.

— Tu t'inquiètes pour rien, le rassura-t-elle. Elle se comportera bien.

Luttant contre le découragement, Wellan regarda au loin, se contentant pour toute réponse de serrer très fort la main de la jeune femme dans la sienne.

27

La nouvelle demeure de Lassa

Tard dans la nuit, Abnar se matérialisa dans le couloir des chambres du palais d'Émeraude avec, dans les bras, un bébé enveloppé dans une couverture. L'Immortel marcha jusqu'aux appartements royaux, s'arrêta devant une porte et frappa trois petits coups. En dépit de l'heure tardive, Armène lui ouvrit. Ses cheveux étaient défaits et elle portait une longue robe de nuit un peu froissée, mais des chandelles brûlaient encore dans sa chambre.

— Maître Abnar ! s'affola la servante en le reconnaissant. Est-il arrivé un malheur ?

— Non, Armène. Je suis venu vous demander une faveur.

Il découvrit alors le visage endormi du bébé, et sentit jaillir un élan d'amour dans le cœur de la servante du roi.

— Je vous présente celui qui mettra fin au règne d'Amecareth, le Prince Lassa de Zénor.

— Mais ce n'est qu'un poupon...

— Qui grandira en force et en sagesse si vous lui prodiguez de la tendresse et si je lui transmets mon savoir. Je peux lui enseigner la magie, mais pas lui donner l'amour d'une mère.

— Ce pauvre petit cœur doit déjà en avoir une, protesta Armène.

— La Reine Jana nous le confie afin que nous le protégions de ses ennemis. Accepterez-vous de m'aider, Armène ?

Pour toute réponse, la servante recueillit l'enfant dans ses bras et le serra sur sa poitrine en observant son minuscule visage encore paisible. Mais elle savait bien que, dans quelques heures, lorsqu'il aurait faim, il se transformerait en petit démon. En guise de remerciement, Abnar s'inclina respectueusement, la faisant rougir, et se dématérialisa.

Heureuse de pouvoir s'occuper une fois de plus d'un bébé, Armène alla s'asseoir dans la berceuse en songeant à tous les cadeaux que les dieux lui avaient faits depuis son arrivée au château. Même si elle n'avait jamais eu le bonheur de se marier, elle aurait, comme les autres femmes, élevé de beaux enfants. Elle berça le petit prince en attendant qu'il se réveille.

Kira avait deux ans lorsqu'on la lui avait confiée et elle courait déjà partout. Tout en admirant le minuscule visage du petit prince, la servante se demanda à quoi ressemblait la Sholienne à son âge. Était-elle née toute mauve ? Ou avait-elle acquis cette couleur en grandissant ?

Lassa se mit finalement à gémir dans ses bras. Armène l'emmena dans les cuisines, le déposa sur la grande table de bois et fit chauffer du lait qu'elle lui fit ensuite téter avec le biberon d'argent de la Princesse de Shola. Elle retourna ensuite à sa chambre, s'assura que les langes du petit garçon étaient encore propres et le déposa précieusement sur son lit. Elle dépoussiéra ensuite le vieux berceau de Kira et y allongea le poupon de nouveau endormi.

— Maître Abnar a raison, murmura Armène. Nous devons te protéger contre tous ceux qui voudront t'empêcher d'accomplir ton destin.

Elle se rappela alors qu'il n'était pas le seul personnage important de la prophétie. Les étoiles avaient parlé de la princesse sans royaume et du porteur de lumière : Kira et Lassa. Mais à quel âge ce bébé adorable devrait-il s'acquitter de sa mission ?

— Tu n'as rien à craindre, chuchota-t-elle en dessinant de petits cercles sur la tête chauve du nouveau-né. Lorsque viendra le temps de te mesurer à Amecareth, tu auras à tes côtés le meilleur allié de tout Enkidiev. Elle s'appelle Kira et elle te défendra contre les affreux hommes-insectes, car sa magie est très puissante. Mais avant de pouvoir combattre avec les Chevaliers d'Émeraude, il te faut d'abord grandir et devenir fort. J'y veillerai personnellement.

Armène eut une pensée pour la Reine Jana. Comme il était triste que la douleur d'une mère redonne un sens à sa propre vie. Depuis que Kira était partie, la servante se sentait inutile. Ayant de nouveau un but, elle voyait l'avenir se présenter sous de meilleurs augures. Elle remua le berceau du Prince Lassa en fredonnant la chanson qu'elle chantait autrefois pour endormir Kira.

LES DRAGONS

Dès que le soleil plongea dans la mer, Wellan sentit monter la nervosité chez ses plus jeunes soldats. Il se concentra et les enveloppa d'une puissante vague d'apaisement, même s'il savait qu'elle ne viendrait pas à bout de toutes leurs craintes.

À la tombée de la nuit, il capta finalement la présence de l'ennemi. Il fit monter ses hommes à cheval et, à une distance de trois cents mètres du ressac, derrière les trappes à dragons, ils formèrent une ligne de soixante-neuf cavaliers armés, prêts à charger. Wellan se plaça au centre, avec le Roi Vail et le Prince Zach à sa droite, et ses Écuyers, Bridgess, Gabrelle, Yamina et Kira à sa gauche.

Ils n'eurent pas à attendre bien longtemps. Heureusement pour les Chevaliers, ce soir-là, le brouillard ne se leva pas sur la côte et ils purent distinguer le contour des embarcations impériales qui s'approchaient dans l'obscurité. Wellan utilisa ses sens invisibles et détecta des centaines de guerriers-insectes et un nombre important de dragons adultes à bord des vaisseaux.

Leurs coques s'enfoncèrent mollement dans les bancs de sable et ils entendirent les lourdes planches qui s'abattaient sur la plage. Wellan écarta les doigts et tous les flambeaux s'allumèrent en même temps, révélant la présence d'une vingtaine d'embarcations géantes. Des monstres sanguinaires en débarquaient en grondant, poussés par des centaines de soldats-insectes armés de lances. « S'il tient tant à se débarrasser du porteur de lumière, pourquoi Amecareth n'a-t-il pas envoyé une armée plus importante à Zénor ? » s'étonna le grand Chevalier.

Il sentit la tension atteindre son paroxysme chez certains des apprentis, mais avant qu'il puisse intervenir, leurs maîtres les calmèrent. Près de lui, Bridgess assistait à l'arrivée des dragons avec un détachement semblable au sien. Wellan fouilla son esprit et vit qu'elle songeait à enflammer les navires.

— Il est trop tard, l'en dissuada-t-il. Si nous y mettons le feu maintenant, les dragons risquent de paniquer et de foncer sur nous.

— Tu as raison.

Bousculés par leurs maîtres en direction des torches éblouissantes, les dragons géants émirent des cris perçants qui effrayèrent les Écuyers. *Ils craignent le feu*, leur rappela Wellan pour les rassurer. *Surtout, ne bougez pas*.

Une centaine de ces affreuses bêtes noires au long cou et aux yeux rougeoyants précédaient un nombre trois fois plus important de fantassins. Malheureusement, ils ne tomberaient pas tous dans les pièges et ils risquaient d'infliger de graves blessures aux Chevaliers.

— Sire, laissez-moi m'occuper des dragons, proposa Kira qui avait capté ses pensées.

Wellan se tourna vers elle en fronçant les sourcils. Même avec son étonnante maîtrise de la magie, elle ne parviendrait jamais à abattre autant de monstres.

— Je peux les attirer loin de vous et les anéantir jusqu'au dernier, affirma l'adolescente dont la jument commençait à piaffer, énervée par l'approche des prédateurs.

— Et de quelle façon comptes-tu t'y prendre ?

— Wellan, non ! s'opposa vivement Bridgess.

— Une voix m'a soufflé à l'oreille qu'en ouvrant la main, ils viendraient tous à moi, expliqua Kira sans la moindre appréhension.

« La voix de Fan de Shola », comprit le Chevalier en sentant un vent froid effleurer ses cheveux. Elle avait donc résolu d'aider sa fille dans cette bataille.

— Elle m'assure aussi qu'en refoulant les dragons au pied de la falaise et en ouvrant ma main une seconde fois, je pourrai les exterminer d'un seul coup.

— Fais-le, décida Wellan.

— Mais c'est beaucoup trop dangereux ! s'écria Bridgess, affolée.

Ayant reçu cet ordre du grand chef lui-même, Kira rompit les rangs sans hésitation et galopa devant la longue rangée de Chevaliers et d'Écuyers pour aller se placer à la hauteur des premiers vaisseaux. Elle guida prudemment Espoir entre les trappes et s'avança sur les galets en écoutant la voix qui lui répétait que tout se passerait bien.

— Mais qu'est-ce qui te prend, Wellan ? le fustigea Bridgess. Tu as juré devant les dieux de protéger cette enfant et tu l'envoies à une mort certaine !

Le grand Chevalier fit la sourde oreille et suivit les progrès de la princesse hybride qui avait déjà atteint l'extrémité nord de la plage, protégée par la puissante magie de sa mère.

— Wellan ! hurla Bridgess, cramoisie de rage.

Agacé, il leva vivement le bras pour lui imposer le silence. Angoissés, le Roi Vail et le Prince Zach ne quittaient pas des yeux la cavalière mauve, se demandant lequel des dragons la happerait le premier.

Kira stoppa son cheval et inspira profondément pour chasser sa peur. Cette course folle sous le nez de ces monstres assoiffés de sang était le seul moyen d'éviter que ses compagnons soient massacrés sur les plages de Zénor. Un véritable Chevalier n'hésitait jamais à risquer sa vie pour les autres.

Lorsque tous les dragons furent descendus sur la terre ferme, Kira talonna son petit cheval blond et le lança au galop. Malgré sa peur, la bête se précipita devant les prédateurs qui étirèrent leurs longs cous d'intérêt. L'adolescente tendit le bras du côté de la mer et ouvrit son poing. Une dense fumée rouge s'en échappa et se propagea rapidement en direction des monstres, en dépit de la brise qui soufflait en sens contraire, vers la côte.

— Que fait-elle au juste ? s'alarma le Roi Vail.

— Elle nous débarrasse des dragons, répondit tranquillement Wellan en surveillant la course du cheval à la lumière des flambeaux.

— Mais ils vont la mettre en pièces ! protesta le monarque.

Les bêtes gigantesques, presque à portée de main, allaient bientôt lui donner la chasse. Kira pria pour que son destrier ne trébuche pas sur un obstacle impossible à distinguer dans la pénombre. Dès que la fumée rouge atteignit les naseaux des dragons, ils furent pris d'une fureur qui les fit échapper à la domination de leurs maîtres. Un à un, ils se précipitèrent aux trousses du cheval qui dégageait une appétissante odeur de sang et de chair fraîche.

— Elle est complètement folle ! s'exclama Bailey, angoissé.

— Non, elle sait très bien ce qu'elle fait, les détrompa Wellan avec un calme déconcertant.

Près de lui, Bridgess ravala une remarque désobligeante à l'égard de son grand chef. Personne ne pourrait sauver son apprentie mauve si les dragons réussissaient à l'atteindre, pas même le Magicien de Cristal.

Lorsque tous les monstres furent derrière elle, Kira piqua vers la falaise, louvoyant entre les trappes. Elle sentit l'hésitation d'Espoir qu'elle lançait dans l'obscurité totale et craignit pendant un moment qu'elle ne se cabre. Elle rassembla donc son énergie et projeta autour d'elle une intense lumière blanche qui éclaira aussitôt les pas de sa monture tout en la rendant très visible à ses poursuivants. Pour ceux qui observaient la scène de loin, c'était comme si Kira se déplaçait à l'intérieur d'une sphère lumineuse.

— Les Chevaliers possèdent-ils tous de tels pouvoirs magiques ? s'enquit le roi, pétrifié.

— Non, répondit Wellan avec un sourire admiratif que personne ne vit.

Kira galopa à bride abattue en direction de la paroi rocheuse, sentant les dragons qui se rapprochaient dangereusement d'elle. Quelques-uns étaient tombés dans les trappes, mais la plupart les avaient franchies en piétinant leurs congénères pris au piège. Les sens magiques de l'adolescente mauve balayèrent rapidement le terrain et tracèrent dans son esprit le tortueux sentier menant au sommet. Il serait difficile de s'y engager à cette vitesse, mais elle n'avait pas d'autre choix.

La Sholienne poussa son cheval dans l'ouverture de la falaise à l'instant même où l'un des monstres sanguinaires allait lui saisir la croupe. Cavalière et monture disparurent dans le couloir de roc. Le dragon fonça tête la première dans le mur rocheux, aussitôt écrasé par ceux qui le suivaient.

Kira exigea le maximum d'efforts de sa pouliche sur la piste qu'elle éclairait devant elle. Lorsqu'elle atteignit enfin le plateau, elle sentit les pattes d'Espoir trembler sous elle. Mais cela n'avait plus d'importance. Elle avait atteint son but ! Du haut de la falaise, elle vit les dragons qui cherchaient à escalader la surface rugueuse, enveloppés de l'épais nuage écarlate qu'elle avait créé.

Maintenant, Kira, fit la voix. L'adolescente ouvrit une fois de plus son poing et sursauta lorsqu'une boule de feu y surgit. *Enflamme-les.* Obéissant à la douce voix, Kira lança le projectile incandescent sur le troupeau enragé. La fumée rouge s'enflamma comme de la poudre magique et se propagea rapidement jusqu'aux monstres prisonniers des trappes.

Wellan sut alors que c'était à eux de jouer. Il se tourna vers la plage et capta le désarroi des hommes-insectes rassemblés devant leurs vaisseaux échoués. C'était le moment ou jamais de les attaquer. Le grand chef donna à ses soldats l'ordre de charger. Sans les dragons en première ligne, même les plus jeunes Écuyers ne craignirent pas de foncer sur l'ennemi.

Kira assista à la bataille du haut de son perchoir. Elle ne pouvait pas rejoindre ses compagnons avant d'être certaine que toutes les dangereuses créatures avaient été neutralisées. La plupart étaient déjà mortes et leurs carcasses se consumaient sur le sol, mais d'autres se débattaient encore dans les flammes en grognant. L'adolescente ne devait pas les laisser s'échapper.

Sur la plage, les apprentis choisirent d'affronter les hommes-insectes à cheval, mais leurs maîtres optèrent pour le combat au sol. Le rôle d'un Chevalier consistant à protéger le peuple et, surtout, ses gouvernants, Wellan demeura aux côtés du Roi Vail et de son fils. Il comprit toutefois rapidement que les deux hommes étaient de puissants escrimeurs et il garda plutôt un œil sur ses Écuyers tout en fauchant ses adversaires.

Les guerriers d'Amecareth manquaient visiblement d'entraînement, car même les enfants parvenaient à les vaincre à l'aide de stratégies élémentaires. « Leur seule arrivée sur des terres inconnues doit normalement suffire à effrayer les peuples qu'ils assaillent, pensa Wellan en assenant de violents coups sur la lance de l'ennemi devant lui. Ils n'ont jamais vraiment appris à se battre. » Il transperça la gorge de l'homme-insecte et pirouetta pour en affronter un autre.

Plus loin, Chloé utilisait ses pouvoirs de lévitation pour retourner les lances contre leurs propriétaires. À proximité, son époux, Dempsey, combattait férocement tout en la couvant d'un œil protecteur. Quant aux Écuyers, ils galopaient autour des combattants recouverts de carapaces noires, les étourdissant avant de leur porter un coup mortel avec leurs lances. Même la frêle Maïwen, travaillant de pair avec une autre apprentie, les attirait au bord des trappes où elle les faisait tomber avant d'utiliser sa magie pour les enflammer.

La bataille dura plusieurs heures et les hommes-insectes périrent sous les armes des humains. Lorsque le dernier eut rendu l'âme, Wellan scruta la plage. Ne percevant plus l'énergie de l'ennemi, il rejoignit le Roi Vail et le Prince Zach. Leurs visages éclairés par les flammes exprimaient la satisfaction d'avoir enfin vengé leurs ancêtres.

Wellan se mit à marcher sur les galets en enflammant tous les corps de scarabées géants sur sa route. Ses frères d'armes en firent autant afin d'éviter une épidémie. Le grand chef examina ensuite ses deux Écuyers. Sains et saufs, ils étaient plutôt fiers de leurs exploits. Wellan leur tapota affectueusement le dos et leur demanda de l'aider à incinérer les insectes. Les garçons lui obéirent aussitôt et Wellan continua d'avancer sur le champ de bataille où il découvrit les premiers blessés parmi ses hommes. Heureusement, il s'agissait surtout d'égratignures. Seul Offman, un des apprentis de Falcon, avait eu le bras transpercé, mais Santo s'occupait déjà de lui.

— Il n'y a pas de poison sur leurs lances, assura le Chevalier guérisseur en captant le regard inquiet de son chef.

Soulagé, Wellan put enfin accorder son attention aux embarcations impériales. D'un geste de la main, il incendia celles qui se trouvaient à sa portée. Il allait faire de même avec les suivantes lorsque le Roi Vail lui saisit le bras.

— Je vous en prie, arrêtez, implora-t-il. Mon peuple pourra transformer ces vaisseaux en bateaux de pêche et améliorer son sort en vivant des produits de la mer, comme il le faisait autrefois.

Il n'en restait plus que sept, mais Wellan accepta de lui offrir ce butin de guerre. De toute façon, les Chevaliers d'Émeraude n'étaient pas des pillards.

Au même moment, sur la falaise, désormais certaine que les dragons avaient tous péri, Kira redescendait le sentier, avec plus de prudence cette fois. Elle fit marcher lentement son cheval épuisé en direction de la plage, se faufila entre deux trappes et l'étendue du carnage la saisit. Des corps noirs luisants gisaient partout et ses compagnons exténués les incinéraient les uns après les autres.

Sois brave, fit la voix de sa mère dans son esprit.

29

UNE TERRIBLE VÉRITÉ

Le ciel commençait à s'éclaircir et le soleil allait se lever sur le Royaume de Zénor lorsque Kira mit pied à terre sur la plage et sonda les alentours. Elle traîna les pieds sur les galets, envahie par une grande tristesse. Des centaines de créatures avaient perdu la vie dans le seul but d'assouvir la soif de conquête de l'Empereur Noir. « Quelle injustice ! » pensa-t-elle.

Elle s'arrêta devant le corps d'un ennemi gisant près d'un flambeau. Se penchant sur le cadavre, elle vit que l'épaisse croûte qui recouvrait normalement son corps avait été sectionnée par un coup d'épée et presque complètement arrachée de son bras. La curiosité l'emportant sur son dégoût, Kira s'accroupit près de l'homme-insecte et dégagea son poignard de sa ceinture pour couper les derniers ligaments visqueux qui retenaient la carapace à sa peau. La croûte noire retomba mollement sur le sol, dénudant un bras qui ressemblait à s'y méprendre à un membre humain.

De plus en plus intriguée, Kira s'empara du flambeau planté à proximité et éclaira davantage la dépouille pour découvrir avec stupeur que la peau sous sa carapace était mauve ! Elle en approcha son propre bras et constata avec horreur qu'il était exactement de la même couleur ! Le regard de l'adolescente descendit sur la main de l'homme-insecte. Elle ne comptait que quatre doigts qui se terminaient par des griffes acérées !

Kira poussa un cri de terreur et laissa tomber la torche sur le sol. Wellan ressentit aussitôt sa détresse, mais il se trouvait à l'autre extrémité de la plage, près du château abandonné. Plus près d'elle, Bridgess se précipita à son secours. Horrifiée, le cœur battant à tout rompre, la Sholienne recula jusqu'à ce que son dos heurte les pattes d'Espoir. Bridgess fonçait vers elle, sautant par-dessus les corps, persuadée que sa protégée avait été attaquée par un survivant. Lorsqu'elle arriva finalement devant Kira, la femme Chevalier la saisit par les épaules.

— Es-tu blessée ? s'inquiéta-t-elle.

L'adolescente tremblait de tous ses membres, le visage baigné de larmes. Bridgess l'examina rapidement, mais elle semblait intacte. Pas la moindre plaie.

— Pourquoi ne me l'avez-vous jamais dit ? hoqueta Kira, en montrant le bras dénudé de l'homme-insecte.

La femme Chevalier avisa le membre mauve éclairé par la torche et comprit ce qui venait de se passer.

— Tu étais trop jeune pour l'entendre, laissa-t-elle finalement tomber.

— Je suis un insecte, n'est-ce pas ? Je suis un monstre comme eux ?

— Non, Kira, ta mère était la Reine de Shola et...

— Arrêtez de me mentir !

Meurtrie, la jeune fille voulut prendre la fuite, mais Bridgess la retint fermement par les poignets.

— C'est pour cette raison que le Chevalier Wellan ne voulait pas que je devienne Écuyer ! cria Kira. Je ne suis pas humaine !

— Tu sais bien que c'est faux, protesta son maître. Il n'y a pas que des humains dans l'Ordre. Il y a aussi des Elfes et des Fées.

— Mais pas d'insectes ! Il n'y a jamais eu d'insectes !

Bridgess sentit qu'elle ne parviendrait pas à la raisonner en discutant. Elle lâcha ses poignets et posa ses mains sur sa tête violette, une lumière blanche émanant de ses paumes. Sous l'effet anesthésiant, Kira s'effondra comme une poupée de chiffon et le Chevalier la déposa doucement sur le sol. *Wellan, je ne sais plus quoi lui dire*, implora Bridgess.

Le grand Chevalier arriva en courant et vit le corps du guerrier-insecte au bras dénudé. Il l'enflamma d'un geste impatient, puis s'agenouilla près de Bridgess et de son apprentie.

— Elle a découvert ses origines, soupira la jeune femme.

Wellan plissa le front en silence, ne sachant comment composer avec cette situation inattendue. Mais peu importait ce qu'il dirait à l'enfant, il devait le faire en privé. Il souleva donc Kira dans ses bras et se releva.

— Assure-toi qu'il ne reste aucun corps sur la plage, commanda-t-il à Bridgess.

Elle acquiesça d'un bref signe de tête et le regarda s'éloigner en direction des ruines de l'ancienne cité, espérant qu'il ne se montrerait pas trop dur avec sa protégée.

*   *

Wellan installa Kira sur une couverture près du grand cercle de pierre et alluma magiquement un feu. Il s'assit et attendit qu'elle reprenne conscience.

L'adolescente battit des paupières et se redressa vivement sur ses coudes. Cherchant à s'orienter, elle aperçut Wellan assis à quelques pas, les jambes croisées. Elle voulut s'éloigner de lui en rampant, mais le grand chef l'agrippa solidement par sa tunique et la ramena vers lui.

— Qu'attendez-vous pour me tuer ? explosa la Sholienne dont les yeux violets brillaient à la lueur des flammes magiques.

— Je ne tue que mes ennemis, répondit calmement Wellan.

— Mais je suis un insecte et vous l'avez toujours su ! Pourquoi m'avez-vous gardée en vie ? Pourquoi ai-je été élevée par le Roi d'Émeraude ? Pourquoi...

Agacé par toutes ces questions, Wellan leva vivement la main, ce qui eut pour effet de la faire taire aussitôt.

— Tu es la fille de Fan de Shola et je lui ai promis de veiller sur toi. Et tu es aussi celle qui protégera le porteur de lumière. C'est tout ce qui m'importe.

— Si je suis la fille de la Reine de Shola, pourquoi ma peau est-elle mauve comme celle de ces affreux insectes ?

Cette question raviva dans l'esprit du grand Chevalier le souvenir des tristes événements qui avaient entouré la conception de Kira. Il n'aimait pas y songer, mais il avait promis à Fan de dire la vérité à sa fille... ou, du moins, une partie de la vérité.

— Ta mère a été attaquée et fécondée par un homme-insecte, avoua-t-il sans détour.

— Mon père n'est pas le Roi Shill ?

Wellan hocha négativement la tête, les yeux remplis de douleur, le lien étroit qu'ils partageaient lui faisant ressentir les moindres émotions de la princesse mauve.

— Je ne suis donc pas une descendante du Roi Hadrian d'Argent ? s'étrangla Kira.

— Non, mais tu es celle du Roi Tenan de Shola et de la Reine Elfe Caserte, les parents de ta mère.

Kira cacha son visage dans ses mains griffues et éclata en sanglots, prouvant à Wellan qu'elle était bien plus humaine qu'insecte. Il la laissa pleurer pendant un moment puis posa une main chaleureuse sur son bras mauve.

— Ton sang d'hybride ne change rien à ton destin, Kira.

— Mais il a failli m'empêcher de devenir un Écuyer et il me rend répugnante aux yeux des garçons...

— En ce qui concerne l'Ordre, c'est plutôt ton indiscipline qui décourageait maître Élund et le roi. Quant aux garçons, c'est de l'ignorance de leur part.

Elle risqua un œil violet entre ses doigts et étudia le visage sérieux du grand Chevalier.

— L'enveloppe corporelle d'une personne n'est pas importante, c'est le contenu de son cœur qui l'est. Mais il semble que cette leçon soit difficile à apprendre pour nos plus jeunes membres.

— Savent-ils que je suis un insecte ?

— Je l'ai dit aux Chevaliers, mais j'ignore s'ils ont transmis cette information à leurs apprentis. Les dieux t'ont confié une mission, Kira, et tu dois t'en acquitter, que ta peau soit mauve, blanche, dorée ou brune. Cette nuit, tu nous as sauvé la vie. Si tu n'avais pas éliminé les dragons, nous serions tous morts à l'heure qu'il est.

— J'ai seulement fait mon devoir d'Écuyer, hoqueta l'adolescente en séchant ses larmes.

— C'était plutôt un accomplissement digne d'un Chevalier.

— Mais je ne pourrai jamais en devenir un à cause de mon père, n'est-ce pas ?

Avant que le grand chef puisse lui répondre, ils ressentirent tous les deux une intense douleur au milieu du corps, comme un poing leur arrachant les entrailles. Kira gémit en serrant ses bras sur son ventre. Wellan combattit sa propre souffrance et prit la jeune fille contre lui en se demandant s'ils étaient victimes d'une attaque surprise de la part d'un sorcier. Ce contact avec la Sholienne submergea son esprit d'images qui le saisirent d'effroi. Dans les tunnels du Royaume des Ombres, des hybrides tentaient d'échapper à un immense mur de feu.

— Jahonne ! cria-t-il, incapable de s'en empêcher.

Une terrible tragédie venait de se produire dans le sanctuaire du Royaume des Ombres. Il se releva en remettant Kira sur pied et tenta d'entrer en contact avec son amie mauve du monde souterrain grâce à ses facultés télépathiques. Rien.

— Te sens-tu assez forte pour monter à cheval ? demanda-t-il à Kira, les yeux mouillés de larmes.

L'adolescente fit signe que oui. Wellan se précipita aussitôt sur la plage et Kira le suivit en courant. *Reste-t-il des corps ?* s'enquit-il. *Il y en a encore quelques-uns*, répondit Bridgess. *Hâtez-vous de les brûler, nous partons !* ordonna-t-il.

Tous les soldats magiciens entendirent ses ordres. Ils accélérèrent la crémation et s'empressèrent de retrouver leurs chevaux dans la grisaille du matin. Kira repéra facilement Espoir. À bout de forces, la pauvre bête s'était écrasée dans l'herbe, les flancs écumants. La Sholienne caressa son encolure, découragée de constater qu'elle ne pouvait pas lui demander de faire un pas de plus. Après tout, ce n'était pas un destrier de guerre, mais un cheval tout à fait ordinaire qui venait pourtant d'accomplir un exploit.

— Je vais en prendre soin, Princesse Kira, proposa une voix masculine.

Kira fit volte-face et se trouva devant le Prince Zach qui tenait la bride de son magnifique cheval blanc. Ses yeux brillants d'admiration intimidèrent l'adolescente.

— J'ai cessé d'être une princesse en devenant un Écuyer d'Émeraude. Et, de toute façon, comme vous le savez probablement, je n'ai plus de royaume. Il a été entièrement détruit par l'Empereur Noir.

— Heureusement que vous avez survécu, car sans vous, Zénor aurait subi des pertes considérables ce soir.

Kira détourna les yeux, ne sachant que répondre à ce prince qu'elle avait failli étriper la veille.

— Je suis désolé de vous avoir attaquée, s'excusa-t-il avec sincérité. J'ai fait preuve d'étroitesse d'esprit, un comportement indigne de mon rang. Je vous prie de me pardonner.

— L'erreur est mienne, Votre Altesse, car j'aurais dû me servir de ma magie pour vous désarmer, pas de mon épée.

— Vous avez seulement obéi à votre instinct guerrier.

Zach s'approcha du petit cheval blond vaincu par la fatigue et l'examina d'un œil expert.

— Vous ne pourrez pas le monter avant plusieurs jours et, à en juger par l'empressement de vos compagnons, vous êtes sur le point de vous remettre en route.

— C'est exact, nous partons. Mais ne vous inquiétez pas, mon maître trouvera une solution.

— J'en ai également une à vous offrir. Prenez mon cheval et je m'occupe du vôtre.

— Mais je ne peux vous promettre de vous le ramener, répliqua-t-elle, consciente des dangers qui les guettaient. Et s'il devait mourir au combat, je ne me le pardonnerais jamais.

— S'il périt, nous célébrerons ses exploits. Prenez-le et, entre-temps, je remettrai cette brave bête sur pied. Vous la reprendrez lors de votre prochain passage à Zénor.

Le prince lui tendit les rênes de sa monture avec un sourire enjôleur. Kira n'avait pas vraiment le choix.

— Je vous le rendrai, promit-elle en détournant timidement les yeux.

Elle grimpa sur le dos de l'animal et galopa vers Bridgess à bride abattue. La femme Chevalier, flanquée de Gabrelle et Yamina, exprima son soulagement de la voir enfin apparaître. *Ça va ?* s'enquit-elle. Kira hocha affirmativement la tête, bien qu'elle fût encore ébranlée par les aveux de Wellan.

— À qui est ce cheval ?

— Au Prince de Zénor. Espoir est à bout de forces.

Wellan leur ordonna alors de foncer vers le nord en suivant la côte. Il les regarda tous passer en retenant son destrier qui piaffait d'impatience. Lorsqu'il fut certain que personne ne manquait à l'appel, il remonta la colonne au galop pour en prendre le commandement.

30

VERS LE NORD

En tête des Chevaliers et des Écuyers, Wellan galopait sur la plage vers la frontière du Royaume de Cristal lorsqu'il vit venir à sa rencontre le groupe de Jasson. Revenant de sa mission au Royaume des Elfes, son frère d'armes arrêta brusquement ses hommes devant Wellan.

— Ne me dis pas que nous avons tout manqué? déplora Jasson.

— Peut-être pas, rétorqua Wellan d'un ton sévère. Suivez-nous.

Jasson aurait préféré faire reposer sa troupe, mais le grand Chevalier talonnait déjà son cheval. En sondant son chef, le retardataire sentit la peur qui lui tordait les tripes. *Wellan?* appela-t-il, alarmé, mais ce dernier érigea aussitôt un mur de glace autour de ses pensées et poursuivit sa route.

Wellan ne fit stopper ses soldats sur la plage du Royaume de Cristal que lorsque leurs montures refusèrent de faire un pas de plus. Les Écuyers s'empressèrent de s'occuper des bêtes, même s'ils avaient eux-mêmes du mal à se tenir sur leurs jambes. La nuit tombait et ils allumèrent un feu sur la plage afin de se réchauffer et d'avaler un peu de nourriture. Quand ils furent tous assis ensemble, Wellan leur révéla que l'Empereur Noir avait également frappé un des royaumes du nord.

— Mais pourquoi ? s'exclama Bergeau. Le porteur de lumière ne peut pas se trouver là-bas et à Zénor en même temps !

— Il ne sait pas où il est né, comprit Santo, alors il a frappé aux deux endroits.

— Mais nous n'atteindrons pas le nord avant plusieurs jours, intervint Jasson, en fronçant les sourcils. Lorsque nous y arriverons, il sera trop tard.

— Nous serons là pour aider les survivants, trancha Wellan. Reposez-vous pendant que c'est possible.

Au lieu de s'allonger avec ses compagnons, le grand Chevalier alla marcher sur les galets, gardant ses bras serrés sur sa poitrine, écoutant des voix que lui seul entendait. Bridgess le regarda s'éloigner, sachant que personne ne pourrait le rassurer ce soir-là.

— Beaucoup de gens ont péri là où nous allons, déclara Kira en prenant place à ses côtés.

— Sais-tu de quel royaume il s'agit ? lui demanda Bridgess.

— Non, maître. Je n'ai vu que des flammes et des gens qui couraient pour sauver leur vie.

— Et si Wellan est aussi bouleversé, c'est qu'il les connaît, murmura-t-elle.

Kira n'osa pas lui répéter le nom qu'il avait prononcé. *Jahonne*... Elle l'avait déjà entendu dans la tête du grand Chevalier, à son retour du Royaume des Ombres. Était-ce vers elle qu'ils accouraient ?

Bridgess marcha plutôt en direction de Wellan et le rejoignit tandis qu'il regardait au loin sur les flots, perdu dans ses pensées. Grâce à ce lien privilégié qu'ils partageaient, elle réussit à se glisser dans son esprit malgré toute la protection dont il s'entourait.

Elle vit une immense caverne où coulait une rivière et où brûlait une multitude de petits feux sur ses sombres berges. Des silhouettes floues déambulaient dans ce décor irréel, mais elle n'arrivait pas à distinguer leurs visages. Soudain, une pluie de feu en provenance de la voûte s'abattit sur ses occupants et leur terreur se propagea dans les membres de Wellan, qui se mit à trembler.

La femme Chevalier se précipita vers lui et l'enlaça par-derrière, lui transmettant une vague d'apaisement qui ne calma pas sa peine.

— Qui sont ces gens, Wellan ?

— Nomar..., articula-t-il. Et des Sholiens...

— L'Empereur Noir a attaqué les maîtres magiciens ? s'étonna-t-elle. Mais comment est-ce possible ? Je croyais que leur magie n'avait aucune limite.

Bouleversé, Wellan ne répondit pas et Bridgess se contenta de resserrer son étreinte, car elle comprenait son attachement pour ce peuple mystique avec lequel il avait passé dix ans de sa vie.

— Nous leur porterons secours, lui murmura-t-elle à l'oreille.

Les yeux clos, torturé, il ne put lui dire qu'il ne sentait plus la présence des hybrides dans leur cachette, ni celle de l'Immortel.

31

Sage d'Espérita

Quelques jours plus tôt, à des centaines de kilomètres de la plage de Cristal où les Chevaliers refaisaient leurs forces avant de poursuivre leur périple vers le nord, un jeune homme rentrait en silence dans la maison de ses parents. Son peuple habitait l'un des royaumes septentrionaux d'Enkidiev mais, contrairement à la croyance populaire, il ne connaissait ni la neige, ni le froid. Cet univers, créé de toutes pièces par l'Immortel Nomar, jouissait des mêmes conditions climatiques que les royaumes du centre du continent.

La ville d'Espérita reposait au fond d'une gigantesque cavité creusée dans le glacier du Royaume des Esprits. Entourée de falaises immaculées hautes de plusieurs kilomètres, elle n'entretenait aucun contact avec le monde extérieur. Cité unique de ce pays de légendes, elle conservait sa chaleur grâce à un pacte conclu par ses premiers habitants avec le maître du Royaume des Ombres. En échange d'une portion de leur nourriture quotidienne, les Espéritiens assuraient leur survie dans cette contrée inhospitalière. Ainsi, les femmes prévoyaient des rations supplémentaires lorsqu'elles préparaient les repas, car il en disparaissait toujours une partie qui servait à nourrir les hybrides protégés par Nomar dans le vaste monde souterrain avoisinant.

Sage venait tout juste de fêter son dix-septième anniversaire, mais cet événement heureux s'était soldé par un drame. Grand, bien bâti, il ressemblait beaucoup à son père avec ses cheveux noirs taillés à l'épaule, cependant ses yeux trahissaient des origines fort différentes. La plupart du temps blancs avec des reflets argentés, ils brillaient comme de petits miroirs.

Sage prit place devant les braises en prenant soin de ne pas réveiller les membres de sa famille qui dormaient derrière les rideaux de peaux séparant les diverses chambres. Il croisa les jambes et y appuya les bras en se remémorant les événements de cette horrible journée. Les coutumes d'Espérita voulaient que les garçons soient officiellement reconnus par le Conseil comme les futurs porte-parole de leurs familles le jour de leurs dix-sept ans. Sutton, le père de Sage, l'avait donc conduit au siège du Conseil, au début de l'après-midi, afin d'annoncer aux membres des douze familles que son fils unique lui succéderait à la fin de son mandat quelques années plus tard. La scène éprouvante se joua pour la centième fois dans l'esprit du jeune homme.

Sutton lui fit prendre place au centre de l'arène circulaire dans le grand bâtiment du Conseil et un silence inquiétant tomba sur les pères d'Espérita.

— *Sutton, pourquoi nous amènes-tu cet enfant ? le questionna le chef de la deuxième famille.*

— *Sage est mon seul fils et il représentera la première famille lorsque je ne serai plus en mesure de le faire, répondit le père avec fierté.*

— *Nous avons pourtant déjà débattu de son cas. Le peuple d'Espérita respecte et vénère les hybrides du monde souterrain, mais il a été décidé il y a fort longtemps qu'ils étaient exclus de notre gouvernement.*

— Sage n'est pas vraiment un hybride, le défendit Sutton. Sa mère n'est qu'à demi insecte.

— Nous sommes désolés, Sutton, mais nous ne pouvons pas reconnaître Sage comme l'un des nôtres.

Profondément humilié, le jeune homme avait ravalé ses larmes, tourné les talons et quitté l'arène en gardant la tête haute. Il s'était caché dans les cavernes de glace qui délimitaient le vase clos d'Espérita et y avait passé la journée à s'apitoyer sur son sort.

Se réchauffant devant l'âtre, Sage enfouit son visage dans ses bras et pleura en silence. Son premier choc remontait à ses dix ans, lorsque son père l'avait entraîné dans le tunnel menant au monde souterrain des hybrides pour lui apprendre que Galli n'était pas sa véritable mère et qu'il voulait lui présenter celle qui l'avait mis au monde.

— Maître Nomar renouvelle à chaque génération le marché qu'il a conclu avec nous, avait expliqué Sutton à son petit garçon en le tirant par la main dans la galerie faiblement éclairée par des pierres lumineuses. C'est moi que le Conseil a envoyé cette fois-là et c'est ainsi que j'ai connu ta mère. Nous sommes tombés amoureux dès le premier regard. Mais comme les Immortels ne veulent pas que les hybrides quittent Alombria ou que les Espéritiens cohabitent avec eux, nous nous sommes revus en secret dans cette galerie et parfois même dans les grands champs qui bordent l'entrée des tunnels. Nous t'avons conçu dans un élan d'amour et quand ta mère a vu que ton apparence était humaine, elle m'a demandé de t'élever à l'air libre.

À ce moment, Sage vit une silhouette venir à leur rencontre et tous les muscles de son corps se raidirent. La jeune femme s'avança davantage et les pierres illuminèrent son visage. Elle était mauve ! Terrifié, il *s'agrippa en hurlant à son père qui dut le ramener sur-le-champ à Espérita. Mort de peur, Sage avait refusé d'écouter ce que Sutton désirait lui apprendre au sujet de sa mère. Au cœur de la nuit, il s'était aventuré dans le sentier creusé à même la paroi glacée du nord et il avait sauté dans l'eau glaciale de la mer pour s'ôter la vie...*

Les dragons des mers l'avaient repêché et avaient réchauffé son corps transi, le condamnant à vivre. Puis, ils l'avaient ramené à terre et poussé gentiment du bout de leurs museaux vers le sentier menant à Espérita.

La même semaine, en apprenant les origines de Sage, le père de la jeune Ness, à qui le garçon avait été promis à sa naissance, annula ce mariage. Les autres enfants traitèrent l'hybride comme avant, mais les adultes lui firent rapidement comprendre qu'il n'appartenait pas à leur monde. Dans l'impossibilité de se marier ou d'occuper des fonctions importantes au sein de la communauté, Sage devrait se contenter de soigner les animaux de son père et de rêver d'un autre pays où tous les hommes étaient égaux.

Le refus du Conseil venait de planter un autre pieu dans son cœur. Peut-être aurait-il dû retourner chez sa mère et implorer les Immortels de le laisser vivre auprès d'elle. Le doux visage de la femme mauve refit surface dans sa mémoire.

Refusant de se décourager, Sutton avait maintes fois ramené son fils à Alombria jusqu'à ce que l'amour et la douceur de l'hybride viennent à bout des réticences de l'enfant. Une fois apprivoisé, le petit Sage trouva beaucoup de réconfort auprès de sa véritable mère, qu'il se mit à fréquenter aussi souvent que possible sans se rendre compte qu'il contribuait ainsi à élargir le profond fossé qui existait désormais entre lui et la communauté d'Espérita.

Des bras se refermèrent subitement sur lui et il étouffa un cri de surprise. L'ayant entendu sangloter, Galli, sa mère adoptive, avait quitté la chaleur de sa couche pour le réconforter.

— J'ai eu si peur que tu fasses une bêtise, chuchota-t-elle en le serrant contre elle.

— Je ne pouvais plus regarder personne en face, je suis désolé de vous avoir inquiétée...

— Ce que le Conseil pense n'est pas important, mon chéri. Tu hériteras des biens de ton père et de ses terres.

— Que je devrai cultiver seul jusqu'à ma mort parce que aucune Espéritienne n'acceptera jamais de partager ma vie...

Il éclata en sanglots et elle l'étreignit davantage. Ils étaient en sécurité dans ce monde clos, emprisonné dans la glace, à l'abri de la cruauté et de la destruction que semaient les hommes-insectes à l'extérieur de leur sanctuaire. Galli aimait beaucoup trop son grand garçon aux yeux opalescents pour lui conseiller d'aller tenter sa chance dans ce monde abominable.

— Souviens-toi des enseignements de maître Onyx, l'encouragea-t-elle. Si tu pries les dieux avec suffisamment de ferveur, ils te donneront ce que tu désires.

— Je vous en prie, laissez-moi..., hoqueta-t-il.

Galli l'embrassa sur la tempe et retourna dans sa chambre, bien qu'elle eût préféré pouvoir le consoler toute la nuit. Sage se laissa tomber sur le côté, le regard rivé sur le feu agonisant, en songeant aux enseignements du Conseil. Les dieux... Il y avait bien longtemps qu'ils avaient abandonné les Espéritiens.

Il pleura de désespoir jusqu'à ce que ses forces déclinent. Tandis que ses paupières se refermaient enfin, un mouvement furtif attira son attention.

— Non..., murmura-t-il.

Après cette journée désastreuse, il n'avait certes pas envie d'affronter le spectre noir qui hantait de plus en plus souvent ses nuits. Il voulut se redresser, mais une force invisible le cloua au sol. Il tenta de crier, mais une main spectrale se plaqua sur sa bouche.

— *Les hommes ne sont pas responsables de ton sort*, siffla la voix de ses cauchemars.

Sage se débattit furieusement sans parvenir à se défaire de l'emprise glacée de l'entité invisible.

— *Les Immortels sont à blâmer. Ils ont failli à leur tâche il y a des centaines d'années et, à cause de cela, beaucoup d'hommes vont encore souffrir... Et tu es l'un d'eux, Sage. Laisse-moi t'emmener loin d'ici. Ensemble, nous punirons ces êtres abjects.*

Rassemblant ses pouvoirs de concentration, le jeune homme chassa sa peur et appela tous les dieux qu'il connaissait à son secours. Le spectre émit un son strident et le libéra. Haletant, Sage rampa jusque dans un coin reculé de la maison pour s'y mettre à l'abri. Il ne devait pas dormir, il ne devait pas permettre à ce monstre de s'emparer de nouveau de lui. En tremblant, il combattit le sommeil qui menaçait de l'entraîner dans un gouffre sans fond.

*
* *

À son réveil, Sutton découvrit son fils endormi contre le mur, recroquevillé sur lui-même comme un chiot, et ce spectacle lui causa beaucoup de chagrin. Il s'accroupit devant lui et contempla son visage

222

pendant un long moment. Il n'avait hérité d'aucun des traits de sa mère hybride, alors pourquoi le Conseil l'avait-il écarté ? Sage ouvrit brusquement les yeux et sursauta en apercevant son père à quelques centimètres de lui.

— Tout doux, ce n'est que moi, le rassura Sutton. Je suis content que tu sois rentré.

Sutton aida son fils à se relever puis le poussa vers la table. Ses deux sœurs cadettes risquèrent un œil à l'extérieur du rideau de peaux qui délimitait leur chambre et Sage baissa la tête avec honte. Son père le fit asseoir et fouilla dans le garde-manger à la recherche des ingrédients nécessaires à la préparation des petits gâteaux qu'il aimait servir à ses enfants le matin. Galli émergea de leur chambre en fredonnant et vint embrasser son fils adoptif sur la joue sans réussir à lui arracher un sourire.

La famille se mit à table et les sœurs de Sage mangèrent en silence sans l'importuner, ayant été informées par leurs parents de la décision du Conseil. Voyant qu'il avait du mal à avaler son repas, Sutton versa du lait de chèvre dans son gobelet. Sage posa sur lui des yeux remplis de détresse et bondit de sa chaise, filant vers la porte.

— Sage ! le rappela Galli, inquiète.

Elle voulut le poursuivre, mais Sutton l'en empêcha.

— Laisse-le. Il a besoin d'être seul.

Sage se rendit d'abord au puits, y plongea le seau et remonta l'eau glacée. Il en but quelques gorgées puis s'aspergea le visage. « Je dois trouver le moyen de sortir d'ici », songea-t-il en examinant les murs de glace qui encerclaient la cité. Les dragons des mers accepteraient sans doute de le conduire là où il y avait d'autres hommes, mais comment ces derniers se comporteraient-ils avec lui ?

Il se dirigea vers l'étable afin de nourrir les bêtes, persuadé que ces gestes quotidiens parviendraient à le calmer pendant qu'il réfléchissait à son évasion. Il se mit à distribuer leur nourriture aux vaches, aux chèvres et aux moutons, puis se rendit au poulailler. Il jeta le grain sur le sol en tentant d'imaginer à quoi ressemblait le reste de l'univers. Les enseignements d'Onyx, transmis de génération en génération, parlaient d'un continent ravagé par la guerre et la destruction, mais tout cela s'était produit des centaines d'années auparavant. Le monde avait certainement changé depuis.

Il sortit de l'enclos des poules et referma la porte derrière lui. Ses amis surgirent à ses côtés. Une vingtaine au total, ils avaient tous son âge et la plupart allaient bientôt se marier. Honteux, le jeune hybride voulut se réfugier dans les bâtiments.

— Sage, attends ! le retint Aissa, un jeune homme aux boucles rousses.

Ils entourèrent leur ami malheureux.

— Le Conseil a eu tort, affirma Lunt, qui vivait dans la ferme voisine.

— Nous avons grandi avec toi, poursuivit Aissa. Nous savons que tu n'es pas différent de nous.

— Vous êtes bien gentils d'essayer de me remonter le moral, mais ça ne changera rien à mon avenir, soupira Sage en contemplant les visages chagrinés de ses amis. Je ne pourrai jamais prendre de décisions avec vous au sujet d'Espérita, je ne pourrai jamais me marier et je n'aurai jamais d'enfants. Il vaudrait sans doute mieux que nous cessions de nous fréquenter, sinon votre réputation risque d'en souffrir.

— Moi, je veux montrer à nos pères qu'ils ont tort, fulmina Lunt.

— Non, vous allez vous attirer des ennuis.

— Il y a encore quelque chose que tu peux faire pour Espérita et qui te rachèterait aux yeux des douze familles, déclara Aissa.

Tous les yeux se fixèrent sur lui, surtout ceux de Sage.

— Tu es le meilleur archer de la cité et, ce qui ne gâte rien, un excellent escrimeur, alors nous aimerions que tu fasses partie de notre petite armée.

— Une armée ? s'étonna Sage.

— Oui, comme celle de ton ancêtre. Elle ne sera pas tellement importante au début, mais elle finira bien par grossir, ajouta Lunt. Et puis, tu es le descendant d'Onyx, non ? C'était un grand guerrier jadis. Je ne peux pas croire qu'il ne te reste pas un peu de son sang de soldat dans les veines.

— Nos pères ne nous laisseront jamais nous balader avec des épées, de peur de déplaire à Nomar, protesta Sage.

— Ils n'ont pas besoin de tout savoir, fit Lunt avec un sourire espiègle. Et nos armes sont toujours cachées dans les grottes, pas vrai ?

Sage hocha la tête pour l'affirmer, puisqu'il les avait vues la veille. Ses amis l'aidèrent à terminer ses corvées avec enthousiasme, puis Sage les suivit dans la campagne afin de s'entraîner à l'arc et à l'épée.

32

LE CRATÈRE

Les Chevaliers d'Émeraude atteignirent le Royaume du Roi Hamil quelques jours après leur départ de Zénor et longèrent la rivière Mardall jusqu'aux hautes falaises de Shola. Kira gardait le silence depuis le début du voyage, mais Wellan ne s'en rendait même pas compte, son esprit balayant sans cesse le vaste territoire du Royaume des Ombres. Il avait en vain appelé Nomar et Jahonne, et la seule pensée qu'ils aient connu une fin tragique aux mains d'Amecareth le remplissait de rage.

Ils laissèrent les chevaux paître sur la berge sous la surveillance des jeunes Chevaliers Milos, Kagan et Derek et de leurs Écuyers. Exceptionnellement, Wellan sépara Offman de son maître, Falcon, pour qu'il puisse reposer son bras blessé au pays des Elfes. Pendant que ses frères détachaient leurs sacoches de leurs selles, Jasson rejoignit le grand chef.

— Où nous emmènes-tu, Wellan ?

— L'Empereur Noir a attaqué les habitants du Royaume des Ombres, répondit-il en dépliant sa cape de fourrure.

— Ce sont des maîtres magiciens, non ? Ils n'ont certainement pas besoin que nous leur venions en aide.

— L'épaisse couche de glace qui recouvre ce royaume dissimule plus d'un secret, Jasson. Nomar veillait sur des hybrides.

— Des êtres comme Kira ?

— Certains lui ressemblaient, mais pas tous. Nous devons nous porter à leur secours.

Wellan héla ses soldats et prit les devants. Emmitouflés dans leurs capes, leurs sacoches sur le dos, ils se dirigèrent vers le chemin creusé dans la falaise de Shola. Infatigable, le grand chef marchait en tête, ses deux Écuyers sur les talons.

En arrivant au sommet de la formation rocheuse, Kira contempla pour la première fois les étendues enneigées de son pays natal. Son cœur se serra aussitôt dans sa poitrine. Elle aurait bien aimé que le grand Chevalier fasse un détour du côté des décombres de l'ancien Palais de Shola, mais il voulait pousser vers l'est en toute hâte. Il était difficile d'avancer rapidement dans cette neige froide et collante, pourtant le grand Chevalier ne faiblissait pas.

Ce soir-là, les Chevaliers établirent un campement au pied d'une seconde falaise, un peu moins élevée que la première. Wellan alluma un feu magique pour tenir ses compagnons au chaud et leur expliqua, pendant le repas, que le Royaume des Ombres se trouvait au sommet de la muraille. Inquiets, les apprentis regardèrent vers le ciel sans dire un mot. Le groupe dormit quelques heures, le temps de reprendre des forces, puis poursuivit sa route au petit matin.

Les Chevaliers et les Écuyers escaladèrent la falaise composée de gros blocs de pierre ressemblant à s'y méprendre à des marches géantes et arrivèrent dans une contrée recouverte de glace vive. Le grand Chevalier continua d'avancer, comme s'il savait où il allait, et ses compagnons le suivirent sans cacher leur inquiétude, s'imaginant mal comment des humains pouvaient survivre dans un climat aussi hostile. Tout à coup, alors qu'il marchait devant eux, leur chef se volatilisa.

— Wellan ! s'écria Santo en s'élançant vers l'endroit où il l'avait vu disparaître.

Le Chevalier guérisseur s'arrêta juste à temps pour ne pas plonger la tête la première dans l'immense cratère qui s'ouvrait devant lui. Glacé de terreur, son regard fixait le corps inerte de son chef gisant au pied de l'à-pic.

— Wellan ! s'époumona-t-il.

Sa voix se répercuta dans l'immensité de glace, mais le grand Chevalier ne réagit pas. Tous ses compagnons s'approchèrent du bord du précipice et, à l'aide de leurs facultés magiques, constatèrent qu'il était inconscient. Ils devaient lui venir en aide rapidement, mais l'escarpement du cratère était abrupt et givré. Ils ne pouvaient pas descendre en utilisant leurs pieds et leurs mains, et personne n'avait apporté de corde.

Jasson proposa d'utiliser la lévitation pour sortir Wellan de ce mauvais pas, mais Santo craignait qu'un vol plané sans soutien adéquat pour son dos n'aggrave son état. Ils tentaient d'imaginer une façon de secourir leur chef blessé lorsqu'ils virent arriver, d'un tunnel au fond de la crevasse, une vingtaine de jeunes guerriers inconnus armés d'étranges épées dorées.

— Maître ! supplia Kira.

Bridgess se tourna vers elle et vit qu'elle lui montrait ses griffes. Le Chevalier comprit qu'elle était la seule de leur groupe capable de protéger Wellan contre ces inconnus. Elle lui fit un signe de la tête, et Kira enleva prestement ses bottes de cuir afin de se servir des griffes de ses orteils et jeta sa cape sur le sol.

Avec l'agilité d'une araignée, l'adolescente de quinze ans descendit le long de la paroi gelée, sauta sur le sol et alla rapidement se placer entre Wellan toujours inconscient et les jeunes guerriers vêtus de peaux de bêtes. Elle tendit le bras, matérialisant sa double épée, et fit rapidement pivoter celle-ci de façon menaçante.

— Je t'avais bien dit qu'il en restait au moins une, déclara un des jeunes hommes à celui qui se trouvait près de lui.

À la grande surprise de Kira, ils posèrent tous un genou en terre et baissèrent la tête en signe de soumission. *Maître, que dois-je faire ?* s'étonna Kira. *Dis-leur qui tu es et demande-leur qui ils sont*, répondit Bridgess.

— Je suis l'Écuyer Kira d'Émeraude ! déclara-t-elle en empruntant un ton imposant. Identifiez-vous !

Un des étrangers releva la tête et Kira croisa ses yeux d'un gris très pâle et brillants comme l'acier de sa double épée. Ses cheveux noirs balayant ses épaules donnaient à sa peau une pâleur lunaire. La forme de son visage lui rappela tout de suite celle d'Hadrian d'Argent dont elle n'était malheureusement plus la descendante.

— Nous sommes les défenseurs d'Espérita. Je suis Sage, fils de Sutton de la première famille et descendant du magicien Onyx. Nous avons ressenti la secousse et sommes venus à votre secours.

Kira ne comprenait absolument rien de ce qu'il racontait et aucun de ces noms ne lui était familier sauf celui du Chevalier renégat. S'il était véritablement son descendant, ce garçon semblait plus pacifique que son ancêtre dont on racontait toujours les méfaits à Émeraude.

— Y a-t-il d'autres survivants, maîtresse ? poursuivit-il avant qu'elle puisse le questionner.

« Maîtresse ? » se répéta-t-elle, écarquillant des yeux surpris. Pourquoi l'appelait-il ainsi alors qu'elle venait de lui dire qu'elle était Écuyer ? Un des guerriers pointa alors le sommet du cratère où se tenaient les Chevaliers d'Émeraude et ses yeux se voilèrent de colère.

— Nous allons leur faire regretter cette infamie ! tonna Sage, aussitôt appuyé par ses compatriotes.

— Non ! s'opposa violemment Kira.

— Ces barbares ont tué vos frères et vos sœurs ! s'insurgea-t-il.

— Mais de quoi parlez-vous enfin ? explosa l'adolescente, exaspérée. Ce sont des Chevaliers d'Émeraude ! Ils n'ont tué personne et je n'ai ni frère ni sœur !

Les jeunes guerriers échangèrent des regards consternés. Comment pouvait-elle être une hybride et ignorer l'existence de ses semblables ? Avait-elle perdu la mémoire dans la terrible explosion qui avait secoué leur sanctuaire ?

— Expliquez-vous ! le somma-t-elle.

— Il y a quelques nuits, Alombria a été attaquée, répondit l'étranger aux yeux pâles. Nous nous sommes précipités dans les tunnels, mais ils étaient remplis de flammes et de fumée, ce qui a retardé notre progression. Nous implorons votre pardon.

Maître, aidez-moi, je n'y comprends rien, la pria Kira. *Dis-leur qui nous sommes et demande-leur de nous laisser reprendre Wellan*, lui conseilla Bridgess.

— Ces soldats là-haut sont les protecteurs d'Enkidiev et l'homme blessé derrière moi est notre chef, expliqua l'adolescente, s'efforçant au calme. Tout comme vous, nous sommes venus au secours des gens qui vivaient ici.

— Vous n'êtes pas d'Alombria ? s'étonna Sage. Mais comment est-ce possible ?

— Alombria ? Non. Je vous l'ai dit, je suis un Écuyer du Royaume d'Émeraude.

Les jeunes guerriers se consultèrent du regard, confus quant à ce qu'il convenait maintenant de faire.

— Ce royaume est-il en guerre contre les humains ? demanda Sage.

— Bien sûr que non ! Nous sommes des humains ! Je vous en conjure, permettez à mes compagnons de venir en aide à notre chef.

Les Espéritiens chuchotèrent entre eux, puis celui qui possédait des yeux de miroir s'approcha d'elle.

— Il y a des guérisseurs dans notre cité. Ce sera un honneur de vous y conduire.

Kira transmit son offre à Bridgess, qui refusa que Wellan soit transporté où que ce soit sans eux. Sage leva les yeux, évaluant la menace que pouvait représenter ce nombre impressionnant de Chevaliers.

— Je crains que la seule façon de se rendre à Espérita ne consiste à emprunter le tunnel qui la relie à Alombria et vos compagnons sont incapables de descendre jusqu'ici, déplora-t-il.

— Reculez tous, je vais remédier à la situation, décida Kira.

Elle pivota vers la paroi rocheuse et fit disparaître son épée, suscitant l'admiration des jeunes hommes. Abnar lui avait souvent répété que tout dans l'univers était composé de la même matière, incluant l'esprit de l'homme, et que ces particules obéissaient à la magie. C'est d'ailleurs grâce à cette faculté que, à l'âge de deux ans seulement, elle créait déjà des formes complexes dans le bac à sable que le magicien Élund mettait à la disposition de ses étudiants.

Kira visualisa dans son esprit une énorme rampe de pierre, et la terre se mit aussitôt à trembler. Sous les yeux écarquillés des jeunes guerriers, un pan de la paroi rocheuse se détacha et s'avança, formant une pente suffisamment douce pour que ses compagnons d'Émeraude puissent l'emprunter en toute sécurité.

La jeune fille prit une profonde inspiration et le sol arrêta de vibrer. Malgré la perte d'énergie qu'elle venait de subir, Kira conserva sa position défensive devant les soldats d'Espérita, sidérés, jusqu'à ce que les Chevaliers soient tous dans la crevasse. Chloé, Dempsey, Jasson et Bergeau rejoignirent l'apprentie, la main sur la garde de leur épée, pendant que Santo et Falcon se précipitaient sur Wellan.

Bridgess s'approcha de Kira et vit qu'elle grelottait. Elle lui tendit ses bottes et sa cape et lui ordonna de les remettre sur-le-champ, même s'il régnait une curieuse chaleur au fond du cratère.

— Kira, que se passe-t-il ? s'inquiéta son maître en constatant que ses vêtements ne la réchauffaient pas.

— Il y a une magie négative ici, déclara l'adolescente en jetant des regards furtifs autour d'elle.

— Un sorcier ?

— Je ne sais pas... Cette énergie m'est inconnue.

Dempsey sonda les étrangers un à un et comprit rapidement qu'ils n'étaient que des jeunes loups sans aucune expérience de combat. Il exigea qu'ils baissent leurs armes et Sage incita ses amis à remettre leurs petites épées dans leurs ceintures.

— Ce ne sont que des enfants, chuchota Chloé à l'oreille de son mari.

— Mais leurs armes sont bien réelles, répondit-il sur le même ton.

Derrière eux, Santo examina Wellan en passant une main lumineuse au-dessus de son corps. Son geste provoqua un murmure d'admiration parmi les défenseurs d'Espérita.

— Ces hommes ne sont pas comme vous, maîtresse, et pourtant, leurs mains s'illuminent, souligna Sage, allant de surprise en surprise.

— Les Chevaliers d'Émeraude sont des magiciens, bredouilla Kira qui se sentait faiblir.

Bridgess lui rappela immédiatement qu'il n'appartenait pas à un Écuyer de répondre aux questions des étrangers, et l'adolescente baissa la tête, acceptant la remontrance.

— Je ne comprends pas pourquoi il est inconscient, se découragea Santo qui n'arrivait pas à ranimer Wellan. Il ne présente aucune trace de blessure physique.

— Demandons à Kira de l'examiner, suggéra Falcon. Elle est plus forte que nous.

Santo lui en fit aussitôt la requête et la Sholienne consulta Bridgess du regard. Son maître lui donna la permission d'intervenir et Kira vacilla jusqu'au Chevalier guérisseur. Santo voulut savoir si elle avait assez d'énergie pour tirer Wellan de sa torpeur et, même si ses forces l'abandonnaient petit à petit, l'adolescente accepta.

Elle plaça ses mains mauves sur les tempes grisonnantes du grand Chevalier et ferma les yeux, mais avant qu'elle puisse matérialiser la lumière qui lui aurait permis de ranimer Wellan ou de diagnostiquer son mal, des images inquiétantes apparurent dans son esprit. Wellan n'était pas tombé dans le cratère, on l'y avait poussé ! Quelque chose de maléfique, qui ressemblait à un serpent de glace, s'était lové dans la poitrine du grand chef et, quand elle voulut l'en déloger, il tendit le cou et la mordit.

Kira hurla de douleur et fut projetée plusieurs mètres en arrière sous les regards médusés des Chevaliers, des Écuyers et des Espéritiens. Son dos percuta la paroi rocheuse et elle s'écrasa sur le sol. Bridgess se précipita pour la secourir, mais Kira ne voulut pas qu'elle la touche.

— C'est un mauvais sort, maître ! s'écria-t-elle. Je vous en prie, restez où vous êtes !

— Mais si c'est l'œuvre d'un sorcier, comment allons-nous y soustraire Wellan ? s'effraya Jasson.

— Seul maître Abnar est capable de le faire, déclara Chloé.

Santo tenta d'entrer en contact avec l'Immortel, mais ses pensées ne quittèrent jamais le cratère. Elles ricochèrent sur une curieuse barrière invisible et revinrent le frapper à la tête. Falcon l'empêcha de basculer en l'empoignant solidement par les épaules.

— Une étrange magie protège cet endroit, annonça le guérisseur à ses frères d'armes.

— Dans ce cas, suivons ces jeunes gens dans leur cité d'où nous pourrons certainement communiquer avec le Magicien de Cristal, suggéra Dempsey.

Les Chevaliers discutèrent entre eux pendant un moment mais, conscient que leur chef nécessitait des soins urgents, Bergeau n'attendit pas la fin de leurs délibérations et il prit Wellan dans ses bras. Kira se releva lentement, refusant l'aide de ses compagnons au cas où le serpent de glace tenterait de les mordre eux aussi.

Chevaliers et Écuyers emboîtèrent le pas à Bergeau et aux guerriers vêtus de peaux, et s'engouffrèrent dans un tunnel circulaire ponctué de pierres lumineuses. Kira fit de gros efforts pour suivre son maître, mais sa vision se brouillait de plus en plus.

Comprenant qu'elle était sur le point de perdre conscience, Kevin la prit dans ses bras malgré ses protestations.

Bridgess et Chloé marchèrent devant, avec les Espéritiens, laissant le soin à Bergeau, Jasson et Santo de veiller sur Wellan, et à Falcon et Dempsey celui de s'assurer que les jeunes Chevaliers ne s'attardaient pas dans cet immense labyrinthe où ils couraient le risque de rencontrer le responsable de cette tragédie.

Sage raconta aux deux femmes Chevaliers que l'univers souterrain d'Alombria avait toujours abrité des hybrides et que les habitants d'Espérita, la cité voisine à ciel ouvert, leur fournissaient des vivres contre le maintien des conditions climatiques instaurées par Nomar plusieurs centaines d'années auparavant.

— Des centaines d'années ? releva Bridgess. Avant d'arriver ici, nous ne savions même pas que ce coin du monde était habité.

— Pourtant, vous vous êtes portés au secours d'Alombria, s'étonna Sage.

— Nous avons suivi notre chef, le Chevalier Wellan. Il a été l'un des élèves de maître Nomar.

Les regards surpris des jeunes défenseurs se tournèrent vers le chef des Chevaliers que transportait toujours Bergeau. Ils se demandaient comment il avait pu se retrouver dans une aussi fâcheuse position après avoir reçu un tel entraînement.

— Cet homme est-il un hybride ou un maître magicien de Shola ? reprit Sage.

— Ni l'un ni l'autre, le détrompa Chloé. Il est aussi humain que vous et moi, mais il possède de plus grands pouvoirs.

— Alors, pourquoi ne se soigne-t-il pas lui-même ?

— Quelque chose l'en empêche.

Sage frissonna d'horreur à la pensée qu'un autre homme puisse être lui aussi aux prises avec le spectre qui hantait ses nuits.

*
* *

Un peu avant d'arriver à Espérita, Wellan s'agita dans les bras de Bergeau, qui le déposa doucement sur le sol au milieu du tunnel. Le grand chef ouvrit des yeux remplis de souffrance et avisa les visages inquiets penchés sur lui.

— Wellan, est-ce que ça va ? le pressa Santo.

— J'ai un terrible mal de crâne, murmura-t-il. Que s'est-il passé ?

— Tu es tombé dans le cratère, répondit Jasson.

— Quel cratère ?

Wellan parvint à s'asseoir avec difficulté et regarda autour de lui en plissant les yeux. L'endroit lui était familier, mais une présence froide et cruelle l'empêchait d'accéder à ses souvenirs.

— Apparemment, il y avait une ville souterraine ici, lui dit Bergeau. Elle a été attaquée par un ennemi qui en a défoncé le sol et tous ses habitants ont été tués.

Wellan s'aperçut de la présence des Espéritiens parmi ses frères et il crut reconnaître les traits du jeune Sage, mais l'étau qui lui comprimait la tête ne lui permit pas de le sonder.

— Qui sont-ils ? grimaça-t-il en se tâtant le crâne.

— Ils prétendent être des habitants d'une cité nommée Espérita tandis que la ville souterraine s'appelle Alombria, l'informa Santo.

— Le Royaume des Esprits et le Royaume des Ombres ! comprit alors Jasson. Les historiens ont dû mal entendre leurs noms !

— Si tu veux mon avis, ils n'ont rien compris du tout puisqu'ils ont aussi affirmé que personne ne vivait dans ces royaumes à cause de la glace et des volcans, intervint Swan.

— Aidez-moi à me lever, exigea Wellan, coupant court à leurs bavardages.

Bergeau remit sur pied son frère d'armes, mais après quelques pas, lorsque les jambes de Wellan cédèrent sous son poids, l'homme du Désert le souleva une fois de plus dans ses bras et poursuivit sa route en le transportant. Le grand Chevalier marmonna des paroles incompréhensibles en se débattant faiblement, puis il sombra de nouveau dans l'inconscience.

Sage et ses amis guidèrent les soldats d'Émeraude dans le tunnel d'où partaient des centaines de galeries souterraines encore remplies de fumée nauséabonde. Sans ces précieux guides, les Chevaliers auraient erré longtemps avant d'arriver à Espérita.

— Y a-t-il des survivants ? demanda Bridgess au jeune Sage en détectant l'odeur de chair brûlée.

— Non. Nous n'avons trouvé que des cadavres.

— Qu'est-il advenu de maître Nomar ? renchérit Chloé.

— Je n'en sais rien.

Nomar était un Immortel et un puissant magicien, il ne pouvait donc avoir péri dans un incendie, conclurent les deux femmes Chevaliers. Mais où se cachait-il et pourquoi sa magie n'avait-elle pas protégé la ville souterraine ?

33

LE ROYAUME DES ESPRITS

Les Chevaliers et les Écuyers atteignirent Espérita juste avant la tombée de la nuit. Le spectacle qui s'offrit à eux, quand ils émergèrent des entrailles de la terre, leur coupa le souffle. En plein cœur d'un océan de glace s'épanouissait une oasis de verdure. De petites maisons de pierre baignaient dans un climat des plus cléments. Ils suivirent leurs guides sur une vaste allée de terre bordée de grands champs. Les paysans levèrent la tête pour les regarder passer, mais ne s'approchèrent pas.

Le groupe déambula le long de nombreux enclos où paissaient vaches, chevaux, chèvres et moutons, puis arriva dans la ville elle-même, composée d'habitations confortables en pierre ou en brique, coiffées de toits en chaume. Des enfants jouaient dans les venelles où flottait une alléchante odeur de pain que leurs mères faisaient cuire pour le repas du soir. Les habitants d'Espérita s'immobilisèrent en voyant les Chevaliers traverser la cité, se demandant pourquoi leurs jeunes, partis enquêter sur la secousse tellurique qui avait ébranlé leur univers quelques jours plus tôt, revenaient avec une bande d'hommes et de femmes vêtus de vert et qui n'étaient pas des hybrides.

— Savent-ils ce qui s'est passé à Alombria ? fit Bridgess à l'intention de Sage.

— Non. Ils l'apprendront par le Conseil. C'est la coutume.

— Vous n'avez pas de roi ? l'interrogea Falcon, surpris.

— Non. Nos ancêtres ont préféré instaurer un régime plus démocratique où les représentants des douze plus grandes familles ont droit de parole.

— Avez-vous un magicien ? voulut savoir Santo.

— Le seul que nous ayons eu n'a jamais voulu enseigner son art à qui que ce soit, alors il s'est éteint avec lui. Il s'appelait Onyx.

Bridgess, Falcon et Santo échangèrent un regard étonné, Onyx ayant été l'un des premiers Chevaliers d'Émeraude et le seul à avoir échappé au courroux du Magicien de Cristal lorsqu'il leur avait retiré leurs pouvoirs magiques.

— Le peuple dont je suis issu est friand de folklore, déclara Falcon. Accepterez-vous de me parler du vôtre ?

— Avec plaisir, assura le jeune homme.

Le code défendait aux Chevaliers de faire référence à leurs royaumes de naissance respectifs, mais Bridgess ignora l'infraction, comprenant que Falcon ne se servait de ce prétexte que pour en apprendre davantage sur le sort du Chevalier Onyx.

Lorsqu'ils arrivèrent au centre de la cité, Sage leur expliqua qu'aucune maison n'était assez grande pour les loger tous, mais que chacun de ses amis accueillerait trois personnes chez lui, donc un Chevalier et ses deux Écuyers. Santo lui fit savoir que les soldats magiciens n'aimaient pas être séparés et le jeune homme le rassura en affirmant que la plupart de ses amis habitaient le même quartier et que certains étaient voisins. Santo insista quand même pour ne pas être logé loin de Wellan sur qui il voulait garder un œil.

Kevin allongea Kira sur le lit que la mère d'un jeune Espéritien lui indiqua dans la maison où Bridgess et ses apprenties s'installeraient pour la nuit. À bout de forces, la Sholienne s'enveloppa instantanément de lumière violette. Leur hôtesse s'émerveilla devant le curieux phénomène, contente d'accueillir l'hybride chez elle jusqu'à sa guérison.

La maîtresse de maison leur offrit ensuite de la nourriture, mais Kevin déclina l'invitation puisqu'il devait se rendre à son propre logement avant la nuit. Tout en mangeant, Bridgess questionna la paysanne sur les villes d'Alombria et d'Espérita et apprit que l'Empereur Noir n'avait cessé de vouloir asseoir sa domination sur les humains en concevant un très grand nombre d'enfants partout sur Enkidiev.

— Il y en avait des centaines sous la terre et nous préparions leurs repas, raconta la femme en versant du vin à ses invitées. Mais depuis le tremblement de terre, plus rien ne disparaît de nos cuisines.

— En échange, le froid ne s'abattait jamais sur nous, ajouta son mari en rentrant, suspendant son chapeau de paille à un crochet. Je ne sais pas ce qui va nous arriver maintenant.

Il prit place à table en examinant les femmes vêtues de vert avec prudence. Les gens ne voyaient pas souvent d'étrangers dans ce coin du monde.

— Je suis heureuse que vous en ayez sauvé au moins une, se réjouit la paysanne.

— Kira ne vivait pas à Alombria avec les autres, précisa Bridgess. Sa mère a su la protéger contre son père insecte à sa naissance à Shola et le Roi d'Émeraude a ensuite pris la relève.

Les visages stupéfaits de ses hôtes signalèrent à Bridgess qu'ils ne comprenaient pas de quoi elle parlait. Elle reprit donc son histoire au début en plaçant des morceaux de pain sur la table pour imiter la géographie du continent et leur parla ensuite de la prophétie.

— C'est une bonne chose que cet abominable empereur périsse des mains de ses propres enfants, conclut le paysan en bourrant sa pipe.

*
* *

Dans la maison voisine, Wellan fut examiné par tous les guérisseurs d'Espérita qui durent s'incliner un à un, n'ayant jamais vu quelqu'un atteint d'un mal aussi étrange. Lorsque Santo mentionna la possibilité d'un mauvais sort, ils disparurent prestement en laissant le malade aux soins de ses compagnons. Santo continua de balayer le corps de son chef de ses mains lumineuses sans lui apporter beaucoup de soulagement et ne le quitta que pour aller dormir.

Cette nuit-là, Wellan s'agita dans son sommeil et se réveilla en sursaut peu avant l'aube, ses vêtements trempés de sueur. La douleur glacée qui lui déchirait les entrailles l'empêcha de s'asseoir. Il secoua doucement Volpel endormi près de lui et l'envoya quérir Santo.

Du sommeil plein les yeux, l'enfant se précipita à la recherche du Chevalier guérisseur. Toujours couché sur le dos, Wellan chercha à diagnostiquer lui-même son mal et ressentit un mouvement étrange dans son corps. « Est-ce la souffrance des hybrides qui m'accable ? » s'interrogea-t-il. Après de nombreuses années passées avec eux dans les grottes sous la terre, pouvait-il s'être établi entre lui et ces créatures un lien aussi étroit ?

Volpel revint quelques minutes plus tard en compagnie de Santo. Celui-ci posa la main sur le front de son frère d'armes et s'alarma de le sentir aussi fiévreux. Le violent coup qu'il avait reçu à la tête en tombant dans la crevasse avait-il pu causer des dommages que les soldats magiciens ne savaient détecter ? Ou était-ce vraiment un maléfice ?

Il demanda aussitôt aux deux garçons de lui trouver de l'eau glacée et des compresses et, avec leur aide, réussit à faire baisser la température du corps de Wellan. Il passa de nouveau ses mains lumineuses au-dessus de lui en cherchant des indices sur ce mal étrange qui gagnait de plus en plus de terrain et, lorsqu'il arriva au-dessus de sa poitrine, une flamme bleue en jaillit et lui brûla les paumes. Santo étouffa un cri de douleur et s'éloigna vivement.

— Maître Abnar, je vous en conjure, aidez-moi ! implora-t-il en traitant rapidement ses brûlures.

— Il ne quittera pas le porteur de lumière, haleta Wellan, les traits crispés. Il ne le peut pas. Mon sort repose entre vos mains...

Wellan perdit conscience. Santo ordonna à Volpel et à Bailey de continuer d'appliquer des compresses froides sur la peau brûlante du grand Chevalier. Puis le guérisseur quitta la maison, à la recherche de Bridgess. En traversant la rue, il s'étonna de voir Kira assise sur les marches de pierre du porche alors que le soleil n'était pas encore levé.

— Es-tu souffrante ? s'inquiéta le guérisseur.

— C'est difficile à dire, Chevalier Santo. Depuis que j'ai touché sire Wellan dans le cratère, on dirait qu'un millier de petites mains tentent de m'arracher les entrailles.

— Est-ce la souffrance d'une autre personne que vous ressentez tous les deux ?

— Peut-être bien. Il y a quelque chose de froid et de menaçant dans le corps du grand Chevalier.

— Rassure-toi, nous l'en délivrerons et nous soulagerons aussi ton mal.

Il ébouriffa gentiment les cheveux violets de Kira et entra dans la maison. L'adolescente le regarda disparaître derrière la porte et croisa ses bras sur son ventre, tentant désespérément de faire taire sa douleur. C'est alors qu'elle se rappela les paroles d'Abnar. « Les effets d'un mauvais sort se manifestent à l'intérieur du corps, mais c'est à l'extérieur qu'il faut en chercher la provenance. C'est la seule façon de s'en libérer. »

Kira ferma les yeux et projeta ses sens invisibles hors de sa conscience. Elle parcourut toute la cité, cherchant le tunnel menant à Alombria, et explora les galeries rasées par le feu. Elle effleura les restes calcinés des victimes qui avaient péri dans leurs alcôves et, soudain, toucha l'esprit d'un survivant !

La jeune fille réintégra brutalement son corps et rouvrit les yeux, le souffle coupé. Elle sursauta en avisant Sage debout devant elle, sa silhouette musclée se découpant sur le ciel pâle de l'aube. Inquiet, le jeune homme prit doucement sa main et Kira ne résista pas, bien qu'il fût un étranger.

— Dites-moi qui vous a effrayée et je le passerai par le fil de mon épée, déclara-t-il d'un ton grave.

Jamais un homme n'avait tenu sa main avec autant de tendresse en lui offrant de surcroît sa protection. Elle sonda son cœur et y découvrit un intérêt qu'elle ne comprit pas. Il ne craignait ni ses dents ni ses griffes, et il contemplait même sa peau mauve avec admiration.

— J'ai le pouvoir de ressentir certaines choses à distance, avoua-t-elle, toujours bouleversée par ce qu'elle avait capté dans les tunnels et par l'attention que lui accordait le beau guerrier.

— Voulez-vous m'en parler ?

— Il y a un survivant dans la cité souterraine, lui apprit-elle. J'ai perçu sa force vitale.

Sage s'agenouilla vivement devant elle en gardant sa main dans la sienne, son visage s'illuminant d'espoir.

— Savez-vous si c'est un homme ou une femme ?

— Je n'en suis pas certaine, mais je crois qu'il s'agit d'une femme, répondit Kira.

— Il faudra demander au Conseil la permission de la secourir dans les plus brefs délais.

L'adolescente acquiesça, prête à le suivre. Elle se perdit dans la pâleur de ses yeux presque blancs dans les premiers rayons du soleil qui perçait au-dessus des maisons.

— Je sais qu'à Shola les mages possèdent de très grands pouvoirs magiques, commença-t-il, et...

— Il n'y a plus personne à Shola, rectifia-t-elle. J'ai grandi à Émeraude et j'appartiens désormais à l'Ordre des Chevaliers. Ils sont ma famille et leur château est ma maison.

— Mais parce que votre père est un insecte, vous n'appartenez pas vraiment à cet univers non plus.

La magie de cette rencontre se rompit brusquement et Kira libéra sèchement sa main. Ainsi, Sage connaissait la vérité à son sujet. Avant qu'il ne lui brise le cœur, elle choisit de l'éloigner tout de suite.

— Je vous ai offensée, je le regrette, s'excusa-t-il avec beaucoup de sincérité.

Elle voulut rentrer dans la maison, mais Sage lui saisit doucement le bras et elle ressentit aussitôt son chagrin.

— Kira, je vous en conjure, pardonnez-moi.

Les yeux de l'Espéritien ressemblaient à des miroirs où se reflétaient les couleurs du levant.

— Je ne suis pas humaine, Sage, l'avertit l'adolescente en se dégageant, alors ne perdez pas votre temps avec moi.

— Mais je ne suis pas humain non plus, avoua-t-il tandis qu'elle franchissait le seuil de la maison.

Kira s'arrêta net et se retourna lentement, l'examinant de la tête aux pieds. Comment était-ce possible ? Tout en lui était de la bonne couleur et de la bonne forme, sauf ses yeux plutôt inhabituels !

— Ma mère est une hybride d'Alombria, expliqua-t-il.

— Vous viviez dans ces cavernes ?

— Non, mais j'y ai vu le jour. Ma mère est tombée amoureuse de mon père, le chef de la première famille d'Espérita, mais Nomar a refusé de la laisser venir vivre ici. Il disait que c'était trop dangereux pour elle. Je suis donc né dans une alcôve de la cité souterraine et, quand ma mère a vu que je ressemblais aux humains, elle a supplié mon père de me prendre avec lui afin que je puisse grandir à l'air libre. Vous voyez, nous ne sommes pas si différents en fin de compte.

— M'avez-vous bien regardée, Sage ?

— C'est la seule chose que j'ai envie de faire depuis que je vous ai vue à Alombria, avoua-t-il timidement.

— Vous n'avez qu'une fraction du sang de nos ennemis dans les veines, mais moi, je suis...

— Aussi belle que ma mère.

— Non, Sage, je suis un monstre ! Gardez vos distances, ça vaudra mieux pour vous.

Au lieu d'entrer dans la maison, malgré la douleur qui lui déchirait le ventre, Kira escalada la façade et se réfugia sous un repli du toit. Ce beau jeune homme d'Espérita était certes très séduisant, mais la prophétie disait que le porteur de lumière ne parviendrait pas à éliminer l'Empereur Noir sans elle, alors elle devait éviter de s'attacher à qui que ce soit jusqu'à ce que cette menace ait été écartée.

Quelques minutes plus tard, Bridgess l'appela par voie télépathique. Kira jeta un coup d'œil sur le sol et vit son maître, les mains sur les hanches. Constatant que Sage était enfin parti, l'adolescente descendit lentement du toit afin de ne pas aggraver son mal.

— Mais pourquoi étais-tu là-haut ? s'étonna le Chevalier.

— Je me suis isolée à cause de cette horrible douleur... Je suis désolée, maître.

Bridgess la fixa en silence et pénétra son esprit. Elle y trouva, en plus de la souffrance physique, la honte de ses origines et la confusion qu'avait semée le jeune guerrier d'Espérita dans son cœur d'adolescente. Mais les Chevaliers venant d'être convoqués par le Conseil des douze familles, elle remit cette importante discussion de femme à femme à plus tard. Elle poussa Kira en direction de la rue principale où l'attendaient ses frères d'armes.

34

Le Conseil des douze familles

La rencontre entre les Chevaliers d'Émeraude et le gouvernement d'Espérita eut lieu dans un bâtiment circulaire divisé en douze sections où prenaient place les représentants des plus importantes familles du pays. Au centre se trouvait un espace vide, réservé à ceux qui souhaitaient s'adresser au Conseil. Mais cet endroit étant trop étroit pour contenir tous les Chevaliers et leurs Écuyers, on convint que seuls les plus âgés représenteraient l'Ordre. Santo emmena également Kira avec lui, puisqu'elle avait ressenti une présence dans les tunnels.

Au centre de l'arène, le guérisseur garda l'adolescente mauve près de lui. Il sonda rapidement les Espéritiens qui prenaient place en grand nombre sur les gradins. Troublés par la perte des hybrides, ils craignaient que le marché conclu avec Nomar ne prenne fin et que la glace recouvre leurs terres. Un homme se leva et plaça son poing sur sa large poitrine. Il était grand et imposant avec ses yeux d'acier et sa longue chevelure argentée, et son cœur exsudait l'honnêteté.

— Je suis Sutton, chef de la première famille, se présenta-t-il d'une voix forte. Au nom du Conseil, je vous souhaite la bienvenue à Espérita.

— Je suis le Chevalier Santo d'Émeraude et voici mes compagnons Dempsey, Chloé, Falcon, Jasson et

247

Bergeau ainsi que l'Écuyer Kira. Nous vous remercions de votre hospitalité.

Le Chevalier poussa doucement l'apprentie devant lui et un large sourire apparut sur le visage de Sutton. « Cet homme a beaucoup d'affection pour les hybrides », conclut le guérisseur. Sage entra alors dans la pièce et se plaça devant les étrangers à la cuirasse verte, la tête haute. Ses yeux devinrent soudain très brillants, mais le phénomène ne sembla pas surprendre ses compatriotes.

— Comme vous le savez déjà, un terrible malheur s'est abattu sur Alombria, fit-il en promenant un regard fier sur le Conseil qui, quelques semaines plus tôt, l'avait désavoué. L'ennemi juré de Nomar a réussi à brûler presque tous les tunnels qui abritaient les hybrides.

— Avez-vous trouvé des survivants ? s'enquit l'aîné d'une autre famille.

— Non, mais la Princesse Kira de Shola affirme qu'il y en a au moins un.

— Je suis Écuyer, pas princesse, corrigea l'adolescente, intimidée par tous les regards posés sur elle.

Un murmure courut dans l'assemblée qui voulait savoir si la présence d'un seul hybride dans la cité souterraine suffirait à maintenir leur pacte avec les Immortels. Santo posa une main rassurante sur l'épaule de l'adolescente mauve en lui disant par télépathie que ce n'était pas sa présence qui troublait ces hommes, mais plutôt leur avenir.

— Nous vous écoutons, Kira, la pressa Sutton.

— Je possède des pouvoirs magiques, dont celui de fouiller, avec mon esprit, des lieux lointains, expliqua-t-elle, encouragée par Santo. Ce matin, j'ai capté la présence d'une personne dans les galeries.

Les hommes échangèrent d'autres commentaires entre eux sans plus se préoccuper d'elle et Kira se demanda si elle s'était correctement adressée au Conseil. Si Wellan avait été là, il le lui aurait fait savoir, mais le grand Chevalier reposait toujours dans un état critique. Il incombait désormais à ses compagnons de trouver une façon de le débarrasser du mal qui le dévorait.

— Je requiers la permission de retourner sur-le-champ à Alombria avec les Chevaliers afin de porter secours à ce survivant, lança Sage avec insistance.

Kira lui jeta un regard furtif en pensant qu'il avait de plus en plus la prestance d'un Chevalier d'Émeraude, mais il était bien trop vieux pour en devenir un maintenant.

— Le Conseil t'accorde cette permission, répondit Sutton après avoir consulté les autres chefs de famille. Va et ramène-nous cet hybride afin que nous lui prodiguions les soins dont il a besoin. Essaie aussi de savoir ce qu'il est advenu de maître Nomar, car son sort nous tourmente.

Sage s'inclina respectueusement. Ses yeux perdirent de leur intensité tandis qu'il s'effaçait pour laisser toute la place aux Chevaliers. Santo expliqua succinctement aux Espéritiens les buts de l'Ordre et les invita à confier leurs enfants doués pour la magie à Élund. Ses interlocuteurs hochèrent la tête d'un air songeur puis libérèrent les étrangers à la cuirasse verte.

*
* *

Santo et ses compagnons quittèrent la rotonde du Conseil, suivis de Kira, et rejoignirent leurs compagnons devant la maison où reposait Wellan. Ils les informèrent de la décision des douze chefs et apprirent à leur tour que l'état du grand Chevalier s'aggravait d'heure en heure. Le guérisseur se précipita dans la maison et tomba sur Bridgess qui couvait jalousement Wellan, appliquant des compresses froides sur son corps. Le teint terreux de son chef alarma aussitôt Santo.

— Nous devons retourner à Alombria, annonça-t-il à Bridgess, mais j'hésite à le laisser dans un état pareil.

— Le mal qui le consume émane de cet endroit, Santo. Découvrez quelle en est la source pour que nous puissions l'éliminer, le supplia-t-elle.

Le guérisseur l'assura qu'il ne reviendrait pas les mains vides et lui demanda la permission d'emmener Kira avec lui, sa présence étant essentielle s'ils voulaient aussi retrouver le rescapé de cette catastrophe. Bridgess hocha distraitement la tête et l'adolescente mauve jeta un dernier coup d'œil à Wellan avant de sortir, se jurant de le délivrer de son mal avant la fin du jour.

35

Une survivante

Sage et Santo prirent la tête des Chevaliers et des Écuyers dans le tunnel menant au monde souterrain. Engourdissant sa douleur de son mieux, Kira marchait sans se plaindre entre Bergeau et Jasson tout en observant cet étrange environnement. De grosses pierres enchâssées dans les murs tubulaires émettaient une lueur blafarde qui leur donnait un teint cadavérique. L'air y était à peine respirable.

Les soldats avancèrent en silence, préoccupés par l'état de Wellan. Ils savaient bien qu'ils étaient mortels et que, tôt ou tard, ils se retrouveraient tous sur les grandes plaines de lumière, mais ils ne voulaient pas voir leur grand chef les quitter prématurément.

Kira activa tous ses sens afin de repérer l'hybride dont elle avait capté la présence. Sage tourna brusquement la tête vers elle et elle se demanda s'il ressentait son déploiement d'énergie ou si son geste était le fruit du hasard. Ses yeux blancs se mirent soudain à briller dans l'obscurité. Curieusement attirée par lui, Kira fut presque tentée de sonder son cœur, mais elle se rappela le but de leur présence dans les tunnels et fouilla plutôt les grottes et les alcôves. Jasson se rapprocha d'elle pour s'assurer qu'elle ne trébucherait sur aucun obstacle pendant que son esprit était concentré ailleurs.

En arrivant à proximité du cratère à ciel ouvert, l'adolescente perçut la présence du survivant comme un faible pouls à l'intérieur de la terre. Elle s'immobilisa subitement et Jasson empêcha les jeunes Chevaliers qui la suivaient de la heurter.

— C'est par là, indiqua-t-elle à ses compagnons en pointant du doigt une galerie léchée par le feu.

Bergeau ouvrit le chemin sans hésiter. Il fonça dans le tunnel, talonné par ses frères, mais dut s'arrêter, les parois s'étant effondrées dans l'incendie. Kira posa les mains sur les rochers qui leur bloquaient la route.

— Elle est là ! s'écria-t-elle. C'est une femme et elle est blessée !

Jasson l'envoya rejoindre les apprentis et prêta main-forte aux Chevaliers afin de dégager le tunnel. Kira croisa les bras sur son ventre, maudissant la douleur qui l'accablait. Sage se glissa à ses côtés et lui fit comprendre d'un regard qu'il n'avait pas renoncé à la conquérir. L'adolescente s'éloigna aussitôt de lui en trouvant curieux que ses yeux aient perdu leur luminosité magnétique.

Sur l'ordre de Santo, Chevaliers et Écuyers unirent leurs forces et déplacèrent une à une les grosses pierres qui les empêchaient de passer. En très peu de temps, la brèche fut suffisamment grande pour qu'ils puissent s'y faufiler. Sans attendre qu'on lui en donne la permission, Kira s'élança dans l'ouverture. D'innombrables alcôves jalonnaient les parois de la galerie et, à l'intérieur, des corps calcinés gisaient sur le sol, empestant l'air. C'est dans la dernière petite chambre creusée dans le roc que la Sholienne trouva enfin la survivante, mais sa vue lui causa un grand choc.

Sur un grabat reposait une femme à la peau aussi mauve que la sienne ! Blessée à l'abdomen, elle utilisait toute son énergie magique pour anesthésier sa douleur. Kira s'agenouilla auprès d'elle et posa sa main à quatre doigts sur la sienne.

— Ne restez pas ici, murmura-t-elle.

Les pupilles de ses yeux violets n'étaient pas verticales, mais pour le reste, elle ressemblait en tous points à Kira. L'adolescente posa la main sur le ventre de l'hybride pour la soulager de la douleur qui labourait ses entrailles et ressentit la présence du même serpent glacé qui habitait Wellan.

— C'est un piège, partez, ajouta la rescapée dans un souffle.

Santo et Chloé se penchèrent sur elle pour l'examiner, et Kira leur céda la place, incapable de détacher son regard de cette réplique plus âgée d'elle-même.

— Elle est grièvement brûlée et ses poumons ont souffert de la fumée, constata Chloé. Il faut l'emmener à l'air pur le plus rapidement possible.

La femme Chevalier fit signe à Dempsey de la soulever dans ses bras. Tandis que ce dernier la retirait de l'alvéole, Kira vit Sage poser un regard chargé d'inquiétude sur la femme hybride. Mais le comportement de Santo l'intrigua davantage. Les sourcils froncés, le guérisseur inspectait les murs écorchés par le feu, surpris que cette femme n'ait pas été carbonisée dans un incendie aussi violent. Elle aurait dû être brûlée vive comme tous les autres hybrides qui habitaient cette galerie... Chloé lui saisit le bras pour l'inciter à la suivre hors de la cellule.

— Pendant que Dempsey la ramène à Espérita, nous devrions passer le cratère au peigne fin afin de découvrir ce qui a terrassé Wellan, proposa-t-elle.

— J'y pensais aussi, répondit le guérisseur.

Chloé s'approcha ensuite de Kira qui étudiait également la petite alcôve, étonnée elle aussi que la femme mauve soit toujours vivante.

— Es-tu certaine qu'il n'y a pas d'autres survivants ? s'enquit Chloé.

— Absolument certaine, répondit l'adolescente. Je suis désolée.

Puis les Chevaliers longèrent le tunnel et se faufilèrent un à un par l'ouverture pratiquée dans l'éboulement de roc. Au moment où la Sholienne s'en approchait, les pierres que les Chevaliers avaient écartées grâce à leur magie s'élevèrent subitement dans les airs et commencèrent à refermer l'ouverture.

Sage saisit aussitôt les épaules de l'adolescente, la tira vers l'arrière pour éviter qu'elle ne soit heurtée par les rochers volants et l'abrita dans ses bras. De l'autre côté de ce mur qui se rebâtissait de lui-même, les Chevaliers se retournèrent, estomaqués. Jasson fut le premier à réagir, se précipitant sur la brèche qui se colmatait à une vitesse effarante.

— Kira ! hurla-t-il en tendant les mains devant lui.

Mais en dépit de son puissant pouvoir de lévitation, ses efforts pour dégager de nouveau les pierres demeurèrent vains. Ses frères d'armes lui vinrent en aide mais la barrière de roc ne bougea plus.

*
* *

Dans la maison où il reposait, Wellan ouvrit brusquement les yeux, faisant sursauter Bridgess toujours assise auprès de lui. Il voulut se redresser, mais elle le plaqua sur le lit.

— Wellan, je t'en prie, ne fais aucun effort, le supplia la jeune femme, qui craignait que ce ne soit la fin.

Affolés, Gabrelle, Yamina, Bailey et Volpel bondirent au chevet du grand chef.

— Kira ! cria Wellan, le regard vide. C'était un piège ! C'était un...

La douleur dans sa poitrine devint si aiguë qu'il se plia en deux en poussant un cri déchirant. Bridgess rassembla toute son énergie magique pour l'envelopper d'une vague d'apaisement et sentit que les Écuyers autour d'elle faisaient la même chose. Le grand Chevalier retomba sur sa couche en haletant, le visage trempé de sueur.

— Ne les laisse pas l'emmener, articula-t-il avec difficulté. Ne les laisse pas...

— Nos compagnons sont avec elle, Wellan, le rassura Bridgess en caressant son visage. Rien ne peut lui arriver. Je t'en prie, calme-toi.

Bridgess ignorait que, dans les galeries de la cité souterraine, la jeune fille mauve avait été séparée des Chevaliers par un mur ensorcelé.

36

LA BRAVOURE DE SAGE

Prise au piège dans le tunnel d'Alombria, Kira se défit de l'étreinte de Sage et se précipita sur les rochers, espérant trouver une ouverture, mais elle comprit rapidement qu'une puissante sorcellerie était à l'œuvre dans ce monde souterrain. Elle se retourna et, dans la faible lumière émanant des pierres, elle vit le jeune guerrier tirer son épée et pivoter sur lui-même, à la recherche d'un ennemi dont elle ne percevait pas la présence. « La peur est le plus redoutable adversaire d'un Chevalier, car elle paralyse ses réflexes et affaiblit son esprit », lui avait enseigné Abnar.

Kira se concentra et ralentit sa respiration en récitant mentalement le serment d'Émeraude qu'elle avait appris par cœur, même si elle n'avait pas encore eu le bonheur de le prononcer devant le roi. Graduellement, elle chassa sa peur et capta la présence d'une créature sombre et maléfique tapie dans le noir, à l'autre extrémité de la galerie. Un sorcier ?

— La brèche ne s'est certainement pas refermée toute seule ! s'exclama-t-elle en cherchant une autre issue à l'aide de ses sens invisibles.

À quelques pas d'elle, l'Espéritien gardait le silence. Qu'entendait-il ? Et pourquoi ses yeux étaient-ils devenus lumineux une fois de plus ? Un grondement sourd résonna sur les parois rocheuses. Un dragon !

— Sage, y a-t-il une autre façon de sortir d'ici ? s'énerva Kira.

— Il y a des centaines de galeries à Alombria, mais aucune qui nous permette de regagner rapidement Espérita.

— Mais nous ne pouvons pas rester ici ! Ce monstre va nous massacrer !

Le jeune homme se tourna vers elle et s'empara de sa main. Il l'entraîna dans un tunnel perpendiculaire, aussi sombre que la nuit, enjambant les restes calcinés des victimes de l'incendie. Apparemment, Sage connaissait fort bien sa route dans ce labyrinthe de moins en moins éclairé.

Les rugissements de la bête semblaient se rapprocher, malgré tous les efforts du jeune guerrier qui changeait de direction à chaque tournant. Lorsqu'ils débouchèrent soudain dans un cul-de-sac, Kira céda à l'affolement.

— Nous sommes pris au piège ! cria-t-elle.

Mais le jeune homme n'était plus là ! Elle fit taire sa terreur et balaya la grotte avec ses sens magiques. Quelques mètres plus loin, dans l'obscurité, il redressait une échelle de bois qui avait miraculeusement échappé au brasier.

— Grimpez, vite ! la bouscula Sage.

— Grimper où ?

— Maintenant, Kira !

En réalité, elle n'avait nul besoin d'aide pour escalader cette paroi rocheuse, mais, dans son agitation, elle ne pensa même pas à se servir de ses griffes. Elle se précipita sur les barreaux qui grincèrent sous son poids. Sage pourrait-il les emprunter après elle sans qu'ils cèdent ?

Elle aboutit à l'entrée d'une autre galerie faiblement éclairée et se retourna pour aider l'Espéritien.

Il gravissait l'échelle le plus vite possible, mais il n'était pas aussi agile qu'elle. Les yeux rouges de la bête apparurent au fond du gouffre, juste en dessous de lui.

— Sage, dépêchez-vous ! cria Kira.

Elle se pencha sur l'échelle et vit le visage crispé du jeune homme qui se rapprochait dans la pénombre. Le bois céda dans un terrible craquement et Kira tendit vivement le bras, agrippant son compagnon par ses vêtements. En se servant de ses pouvoirs de lévitation, elle le propulsa sur le sol derrière elle en le faisant voler par-dessus sa tête. Sage atterrit sur le dos en émettant une plainte sourde et, pendant un instant, l'adolescente crut qu'il s'était brisé les vertèbres.

— Ça va, assura-t-il en cherchant son souffle.

Kira le força à s'asseoir et passa une main lumineuse sur son dos pour soulager ses muscles endoloris. Dans le faible éclairage de la corniche, elle contempla le beau visage de l'hybride après son traitement sommaire. Ses yeux avaient perdu leur éclat, probablement à cause du choc.

— Ma mère sait aussi guérir les blessures, avoua-t-il avec un certain embarras.

— C'est la femme que nous avons secourue, n'est-ce pas ?

Deux énormes pattes s'abattirent lourdement sur le sol là où l'échelle se trouvait quelques minutes plus tôt. Kira planta ses griffes dans les vêtements de peaux de Sage et le tira plus loin, hors de portée du monstre.

La tête triangulaire du dragon apparut à quelques pas d'eux, ses yeux incandescents déchirant l'obscurité. La bête poussa un rugissement qui fit trembler la ville souterraine. Sa taille faisait au moins le double de celle des dragons que Kira avait abattus sur la plage de Zénor. Les muscles puissants de ses pattes se contractèrent et l'adolescente comprit qu'elle escaladait le mur. Elle aida Sage à se relever et, emprisonnant sa main dans la sienne, l'entraîna dans la direction opposée.

— Il y a certainement des tunnels où ce dragon ne pourra pas nous suivre ! lança-t-elle.

Le jeune homme fouilla rapidement sa mémoire, puis, comme si une image très claire était apparue dans son esprit, il piqua vers la droite.

*
* *

Au niveau inférieur, les Chevaliers utilisèrent toutes leurs ressources pour percer le mur qui les empêchait de secourir l'Écuyer mauve, mais la sorcellerie qui scellait ces pierres s'avéra plus puissante que leur magie.

— Nous avons pourtant été capables de les déplacer la première fois ! s'exclama Jasson, au comble de la frustration.

— Parce qu'on nous a laissés le faire ! s'exclama Santo en se tapant le front.

Il se tourna vers Dempsey qui tenait toujours la jeune femme blessée dans ses bras, songeant que le sorcier responsable de la destruction de la cité souterraine l'avait probablement utilisée comme appât. Il demanda à son compagnon de la porter jusqu'à Espérita et ordonna aux Chevaliers Pencer et Corbin et à leurs Écuyers de l'accompagner. Les autres tenteraient de trouver une autre façon de délivrer Kira.

Dempsey hésita l'espace d'une seconde, jeta un coup d'œil inquiet à Chloé, son épouse, puis il fonça en direction opposée avec les jeunes soldats.

Santo laissa son esprit sonder les tunnels, mais Bergeau et Falcon l'avaient devancé. Ils captèrent tous en même temps la présence d'un monstre au niveau supérieur.

— Un dragon ? Ici ? s'étonna Chloé.

— Comment parvient-on à détruire un dragon à l'intérieur d'un tunnel ? demanda Kevin.

— On fait tomber la galerie sur son dos, suggéra Swan.

— Pas si Kira se trouve avec cette bête, s'opposa Santo.

Les Chevaliers se concentrèrent davantage, mais ce fut Jasson qui ressentit le premier la présence de l'adolescente mauve.

— Elle est juste au-dessus de nous ! déclara-t-il.

— Et elle cherche une autre sortie, renchérit Nogait.

— Il faudrait y arriver avant elle pour empêcher le dragon de la dévorer, les pressa Swan.

Sans plus attendre, Bergeau prit les devants et les autres le suivirent dans le tunnel menant à la galerie principale. Tout en courant derrière eux, Jasson garda le contact avec l'esprit de la Sholienne qui avançait rapidement, accrochée à la main de Sage.

*
* *

Le monstre pourchassait les deux jeunes gens en grondant comme un fauve. Sur les talons de Sage, Kira se rappela comment elle avait détruit une centaine de ces affreuses bêtes à Zénor et se demanda si elle pouvait le refaire dans ces tunnels. Sage la fit entrer dans une étroite fissure où un humain tenait à peine debout. Il y faisait très noir, mais son nouvel ami semblait savoir où il allait. Kira entendit le dragon frapper furieusement le mur de pierre derrière eux, n'arrivant pas à se faufiler dans l'ouverture.

Les jeunes gens débouchèrent dans un autre tunnel à peine éclairé par les pierres qui s'étaient détachées du mur et gisaient sur le sol. Ils coururent à en perdre le souffle afin d'échapper à l'animal et aboutirent finalement dans une énorme grotte. Au centre, un petit étang projetait une douce lumière bleue. Kira promena son regard sur les parois rocheuses.

— Il n'y a pas d'issue, s'effraya-t-elle.

— Il y en a une dans le bassin.

Kira s'en éloigna vivement, épouvantée à l'idée d'entrer en contact avec ce liquide qui scintillait à la lumière.

— Vous avez peur de l'eau vous aussi, n'est-ce pas ? releva Sage avec un sourire amer.

— Non, je n'ai peur de rien, répliqua-t-elle en levant fièrement la tête. Je n'aime pas l'eau, c'est tout.

— Naturellement, puisque les hommes-insectes la détestent.

— Je suis humaine ! protesta-t-elle, fâchée.

Sa voix se répercuta sur les murs, mais n'impressionna nullement l'Espéritien qui reprenait son souffle.

— Ce matin, vous disiez le contraire, lui rappela Sage.

Kira étouffa un juron et s'éloigna. « Elle est encore plus belle quand elle se met en colère », remarqua le jeune homme. Ses oreilles pointues se rabattaient sur ses cheveux soyeux et ses yeux mauves s'étiraient vers ses tempes en pâlissant.

— Il ne sert à rien de nier ce que nous sommes, Kira.

— Je préfère mourir ! hurla-t-elle.

— Nous ne serons jamais des humains, malgré toute notre bonne volonté.

Kira plaqua ses mains sur ses oreilles pour ne plus l'entendre et lui tourna le dos. Sage se rappela avoir eu la même réaction lorsque son père lui avait dévoilé ses origines. Les habitants d'Espérita vénéraient et nourrissaient les protégés de Nomar depuis toujours, mais ils préféraient les garder à distance.

— Personne ne veut partager la vie des hybrides, mais l'adversité les aide à développer leur courage, ajouta-t-il.

Kira baissa les bras et se tourna vers lui. « A-t-il connu les mêmes souffrances que moi, malgré sa peau si blanche ? » songea-t-elle en se laissant gagner par sa douceur.

— Je ne ferai jamais partie du Conseil d'Espérita, admit-il en lisant ses pensées.

— Quant à moi, il a fallu que je me batte pour devenir Écuyer d'Émeraude, déclara-t-elle en se rapprochant de lui. Et il n'est pas dit que je puisse un jour devenir Chevalier.

— Et ils vous ont probablement aussi défendu de prendre un époux parmi votre peuple d'adoption ou d'avoir des enfants, n'est-ce pas ?

— Pas vraiment, mais les garçons ne veulent pas de moi de toute façon.

La grotte fut secouée d'un tremblement violent qui les ramena à la réalité. L'énorme dragon possédait de puissantes griffes et s'il parvenait à abattre le mur de pierre qui le séparait d'eux... Kira jeta un coup d'œil à la surface lumineuse en se demandant si elle préférait affronter le monstre ou l'eau.

— J'ai souvent plongé dans ce bassin, assura Sage. Je sais où il aboutit.

— Avez-vous le pouvoir de lire mes pensées ? s'étonna l'adolescente.

— Je suis capable de faire certaines choses étranges que les gens autour de moi ne font pas, mais ce n'est guère le moment de vous en dresser la liste. Nous devons sortir d'ici.

Le sol frémit de nouveau, pressant Kira de prendre une décision.

— Inspirez profondément, gardez l'air dans vos poumons et accrochez-vous fermement à moi. Nous atteindrons en quelques minutes une galerie qui mène au tunnel principal.

Hypnotisée, Kira fixait le bassin, effrayée à l'idée de devoir garder sa tête sous l'eau aussi longtemps. Mais le dragon continuait de gagner du terrain. Sage prit doucement les mains de la jeune fille et en encercla sa taille, la serrant contre sa poitrine.

— Inspirez, ordonna-t-il.

Tremblant de peur, Kira obtempéra et Sage plongea. Elle s'accrocha de toutes ses forces à ses vêtements de peaux et nicha sa tête sous son menton. Elle sentit les muscles du jeune homme les propulser dans ce monde liquide inquiétant où il lui était impossible de respirer.

37

Un vieil ennemi

Lorsque Kira et Sage émergèrent enfin à un niveau inférieur des galeries d'Alombria, Kira vida ses poumons et les remplit de nouveau en haletant. Sage nagea jusqu'au bord du bassin et attendit qu'elle se calme avant de l'éloigner de sa poitrine et de la laisser grimper sur le roc. Elle resta assise, surprise d'être encore en vie, tandis que le jeune homme s'asseyait près d'elle en secouant ses cheveux noirs.

— Ce n'était pas si mal, non ?

— C'est la plus affreuse expérience de toute ma vie ! se récria Kira en grelottant. J'aurais dû affronter le dragon !

Un merveilleux sourire illumina les traits de Sage, faisant instantanément oublier à l'adolescente la terreur des dernières minutes. Sage lui avait sauvé la vie ! Et cela, alors qu'ils se connaissaient à peine... Ils se regardèrent un long moment puis le jeune guerrier d'Espérita se pencha sur Kira et déposa un doux baiser sur ses lèvres violettes.

— Vous êtes la réponse à toutes mes prières, murmura-t-il en effleurant sa joue.

— Moi ?

Il l'embrassa une seconde fois et l'adolescente s'abandonna en oubliant tous les avertissements d'Armène au sujet des garçons.

— Je ne sais pas ce que penserait ton père de ce spectacle dégoûtant, fit une voix râpeuse derrière eux.

Kira et Sage bondirent sur leurs pieds et firent volte-face en adoptant des positions défensives. Sage tira son épée dorée de son fourreau et Kira matérialisa son épée à double lame dans ses mains.

Devant eux se tenait une hideuse créature humanoïde au corps recouvert de plumes noires. Elle portait une tunique de cuir sombre mais aucune arme apparente. Ses serres ressemblaient à celles des rapaces et son visage, au bec pointu, offrait un curieux mélange d'insecte et d'oiseau. Était-ce un hybride ?

— Identifiez-vous ! ordonna Kira en faisant tournoyer son épée.

— Je suis Asbeth, le sorcier de l'Empereur d'Irianeth, à votre service, Votre Altesse, déclara-t-il d'une voix éraillée.

« Celui qui a tué ma mère, le Roi Shill et l'Écuyer de Wellan ! » se figea l'adolescente, sentant la colère s'emparer d'elle. Et en plus, il osait se moquer d'elle en lui donnant le titre royal de Fan !

— Vous n'êtes qu'un meurtrier ! clama-t-elle en rassemblant ses forces pour l'attaquer.

— Pas plus que les Chevaliers qui t'ont ravie à ton père et qui nous empêchent de conquérir ce continent.

— Ils défendent leur territoire !

— Ce sont des êtres inférieurs, Narvath.

— Narvath ? répéta-t-elle sans comprendre.

— C'est le nom que ton père a choisi pour toi.

— Je suis l'Écuyer Kira d'Émeraude !

— Tu es l'une des nôtres et je suis venu te chercher.

— Alors, vous avez perdu votre temps.

— Tu n'appartiens pas à ce monde, Narvath. Ta place est auprès de ton père.

— Ma place est auprès des Chevaliers d'Émeraude et tous les soldats de l'empereur sont mes ennemis. Laissez-nous passer ou vous mourrez !

— Si tu me tues, tes amis humains mourront aussi. Ma magie est beaucoup plus puissante que tu ne le crois. J'ai déjà jeté un sort mortel au grand Chevalier qui dirige les autres.

« Wellan... », comprit l'adolescente en se rappelant le serpent glacé dans son corps. Elle ne pouvait certainement pas laisser mourir son héros sans rien tenter.

— Les autres humains qui te cherchent dans les tunnels n'en sortiront pas vivants si tu refuses de me suivre. Je les tuerai tous.

— Vous mentez, le défia Kira.

Elle vit le regard d'Asbeth effleurer Sage toujours près d'elle, l'épée à la main, les yeux plus lumineux que jamais, prêt à se défendre contre la créature à plumes.

— Si vous touchez à un seul de ses cheveux, je vous découpe en morceaux et je vous donne en pâture à vos dragons ! menaça Kira en augmentant la vitesse des lames qu'elle faisait tourner devant elle.

« Elle est plus agressive que les hommes-insectes et beaucoup plus indépendante aussi, pensa Asbeth. Jamais Amecareth ne réussira à la relier à l'esprit collectif maintenant qu'elle a presque atteint l'âge adulte des humains. » Mais il pouvait utiliser contre elle les sentiments qu'elle semblait éprouver pour ce mâle impur.

— Si tu veux lui sauver la vie, fais disparaître cette arme ridicule et viens avec moi, exigea Asbeth.

Silencieuse, Kira évalua rapidement les possibilités de se sortir de ce mauvais pas et son hésitation troubla son compagnon d'Espérita.

— J'ai aussi mes conditions, déclara-t-elle finalement en relevant fièrement le menton.

— Kira, non ! s'interposa Sage.

— Je ne peux pas vous laisser tous mourir à cause de moi.

— Cette créature est un fidèle serviteur de l'empereur ! protesta-t-il. Elle vous promettra n'importe quoi pour s'emparer de vous ! Et elle ne tiendra pas ses promesses !

— Narvath ne sait sûrement pas qui tu es, renégat, siffla Asbeth, sinon elle ne t'aurait pas suivi aveuglément dans ces tunnels. Tes intentions sont beaucoup plus sombres que les miennes, admets-le.

Sage lui présenta vivement sa paume, mais n'eut pas le temps de lancer une attaque magique. Le sorcier releva l'aile et un éclair fulgurant s'échappa de la serre qui s'y cachait. Il frappa Sage à la poitrine et l'expédia contre le mur de la caverne. Le jeune guerrier s'effondra sur le sol en gémissant. Ses yeux s'éteignirent et une ombre menaçante flotta au-dessus de lui.

— Je vous ai dit de ne pas lui faire de mal ! tonna Kira en se plaçant rapidement entre le sorcier et sa victime.

Afin de prouver à Asbeth qu'elle ne plaisantait pas, elle lui lança un rayon incendiaire. L'homme-oiseau l'évita de justesse et pencha pensivement la tête. La fille de l'empereur avait la même attitude autoritaire que son sombre père, mais la fâcheuse tendance des humains à protéger les plus faibles.

Sans se retourner, Kira sonda Sage qui gisait sur le sol et constata avec soulagement que ses blessures étaient superficielles. Mais, lui tournant le dos, elle ne vit pas le spectre qui voltigeait autour de sa tête.

— Si vous voulez que je vous suive, relâchez cet homme ainsi que tous les Chevaliers et les Écuyers qui se trouvent dans les tunnels.

— Kira, non..., geignit Sage en tentant de se redresser sur un coude.

— Et libérez le Chevalier Wellan du mauvais sort que vous lui avez jeté, sinon je vous fais griller vif !

— Tu es gourmande, grommela Asbeth, mais je sais me montrer raisonnable.

L'homme-oiseau se mit à arpenter le tunnel en réfléchissant, ses yeux mauves rivés sur elle. C'est alors que Kira ressentit la présence du Chevalier Jasson à proximité de la grotte.

*
* *

Fermant la marche, Jasson courait derrière ses compagnons lorsqu'il sentit Kira s'infiltrer dans ses pensées. Il s'arrêta net, laissant les autres poursuivre leur route dans l'obscurité. Il scruta magiquement les environs et capta l'image d'une échelle de bois. Il se dirigea vers cette vision en longeant le mur du tunnel. Ayant appris, dans son plus jeune âge, à suivre son instinct, il ne se posa aucune question et gravit les échelons en vitesse. Il atteignit le niveau supérieur et capta l'odeur putride de la sorcellerie qui, curieusement, ressemblait beaucoup à celle d'Asbeth. Mais ce ne pouvait pas être lui, puisque Wellan l'avait expédié au fond de l'océan.

Au bout du tunnel, une lueur bleuâtre dansait sur les murs et Jasson comprit qu'il devait s'agir d'un bassin. Kira détestait l'eau et s'en approchait rarement, mais son intuition poussa tout de même Jasson vers ce point lumineux.

À l'entrée de la grotte, il entendit une voix étrangement familière.

— Je ferai ce que tu me demandes..., disait le sorcier.

Jasson s'étira pour jeter un coup d'œil dans la caverne. Toujours debout entre Asbeth et Sage, son épée double à la main, Kira aperçut le Chevalier émergeant prudemment de la pénombre.

— Mais qui avons-nous là ? gouailla l'homme-oiseau en se tordant le cou pour voir le nouveau venu.

— J'aurais dû me douter que cette odeur pestilentielle était la vôtre, maugréa Jasson. Mais comment avez-vous survécu à l'attaque de Wellan et aux poissons carnivores ?

— Il faut être très puissant pour tuer un sorcier. Aucun de vous ne pourra jamais y arriver.

— Pourtant, les premiers Chevaliers d'Émeraude en ont éliminé une armée entière, il y a des centaines d'années, sur les plages de Zénor.

Tout en lui parlant, Jasson avançait à pas comptés en direction de la Sholienne qui ne semblait pas alarmée outre mesure de se trouver en présence de cet odieux personnage. Il vit Sage sur le sol derrière elle, tentant désespérément de se relever. *Kira, est-ce que ça va ?* demanda-t-il en cherchant à se rapprocher du jeune homme blessé.

— Vous êtes bien naïf de penser que je ne vous entends pas, vermine, persifla Asbeth, d'un ton plus menaçant.

— Oui, ça va, répondit l'adolescente sans quitter le sorcier des yeux. Je vous ai attiré ici afin que vous rameniez Sage à Espérita.

— Non..., protesta le jeune guerrier.

Jasson se pencha sur lui sans que le sorcier s'interpose. Il voulut examiner ses brûlures, mais Sage lui saisit solidement les poignets.

— Elle a accepté de suivre cette créature infâme jusqu'à la forteresse de son maître en échange de nos vies. Je vous en prie, ne la laissez pas faire.

Le code enseignait effectivement aux Chevaliers qu'ils devaient se sacrifier pour les autres, mais si Amecareth s'emparait de l'adolescente, la prophétie ne se réaliserait jamais et l'univers des hommes disparaîtrait.

— Ensemble, nous pouvons le vaincre, Kira, déclara Jasson.

— Il a jeté un sort à sire Wellan et lui seul peut l'en délivrer, riposta l'adolescente. Si nous le tuons, Wellan et tous vos frères qui circulent encore dans les tunnels périront. Je vous en conjure, Chevalier Jasson, faites ce que je vous demande. Emmenez Sage avec vous et assurez-vous que tous vos compagnons et leurs apprentis quittent Alombria dans les plus brefs délais.

— Mais il peut détruire Espérita tout aussi facilement qu'il a anéanti Alombria ! fulmina Sage. Les vôtres ne seront en sécurité nulle part !

Kira demeura silencieuse et étrangement calme, alors Jasson sut qu'elle mijotait quelque chose mais qu'elle ne pouvait pas lui faire part de ses plans devant Asbeth. Il aida donc le jeune homme à se remettre sur ses pieds et passa son bras autour de ses épaules.

— Non ! protesta Sage en se débattant. Je ne veux pas la laisser ici avec ce meurtrier !

Jasson posa doucement son autre main sur le front du guerrier, lui transmettant une vague d'apaisement. Il savait que Wellan et Bridgess seraient furieux d'apprendre qu'il avait abandonné leur protégée aux mains de leur pire ennemi, mais son instinct lui disait que l'adolescente en triompherait. Sa mission consistait maintenant à évacuer les galeries le plus rapidement possible. Il entraîna donc le jeune homme léthargique loin du sorcier, sans remarquer l'ombre qui les suivait sur le mur de la caverne.

Dès que Jasson eut regagné l'étage inférieur et rejoint ses compagnons d'armes pour leur faire presser le pas en direction d'Espérita, Kira exigea que le sorcier libère le Chevalier Wellan du serpent maléfique logé dans sa poitrine.

— Et comment sauras-tu que je l'ai vraiment fait ? ricana Asbeth.

— Je suis reliée à lui. Je ressens tout ce qu'il ressent, alors oui, je le saurai.

Ce n'était pas l'exacte vérité, puisque depuis son arrivée dans la cité souterraine, elle semblait avoir perdu tout contact avec le monde extérieur. Un curieux frémissement parcourut les plumes noires du sorcier et Kira interpréta cette réaction comme de l'hésitation.

Le grand Chevalier et cette créature malfaisante étaient des ennemis jurés et Asbeth ne désirait pas vraiment soustraire Wellan à sa prison de souffrance, mais la fille de l'empereur risquait de lui échapper s'il n'accédait pas à sa requête. Pendant qu'il étudiait la situation, le sorcier baissa momentanément sa garde et Kira surprit ses pensées. L'empereur la voulait vivante. Mais pourquoi elle ? Pourquoi n'avait-il pas choisi un hybride d'Alombria au lieu de tous les assassiner ?

— Libérez-le ! exigea l'adolescente, adoptant un ton plus dur.

Le mage noir agita l'aile et Kira ressentit sur-le-champ un grand soulagement dans son corps, ce qui signifiait que le chef des Chevaliers avait probablement été libéré du mauvais sort, mais elle ne pouvait pas en être tout à fait certaine dans ces tunnels blindés.

— J'ai délivré le Chevalier Wellan et j'ai laissé partir les autres, déclara Asbeth en avançant vers elle. Maintenant, fais disparaître cette arme ridicule et suis-moi.

— Je veux d'abord savoir où nous allons et de quelle façon.

— Je t'emmène à Irianeth et la façon la plus rapide de s'y rendre, c'est par la voie des airs.

Le sorcier lui tourna brusquement le dos et entra dans le tunnel. Tous ses sens aux aguets, Kira le suivit en gardant son épée dans ses mains. Elle laissa son esprit parcourir rapidement les galeries. Il ne restait plus aucune trace des dragons et les Chevaliers marchaient vers l'est. Elle allait donc pouvoir mettre son plan à exécution en toute tranquillité.

38

L'inexpérience de Kira

À Espérita, Bridgess, Gabrelle, Yamina, Bailey et Volpel veillaient le grand Chevalier lorsque celui-ci ouvrit soudain les yeux et chercha à s'orienter. La femme Chevalier posa une main sur sa poitrine pour l'empêcher de se lever.

— Où est Kira ? l'interrogea-t-il, angoissé.

— Elle est partie à la recherche d'un survivant dans les tunnels avec vos frères d'armes ! répondit Volpel, heureux de le revoir conscient.

— Je ne la sens plus, s'inquiéta Wellan en s'asseyant.

— Il y a une énergie protectrice dans cette ville souterraine qui rend difficiles les communications entre nos esprits, expliqua Bridgess en mettant sa main sur le front du grand Chevalier pour s'assurer que la fièvre était tombée.

Wellan se rappela alors que la magie de Nomar avait empêché l'empereur de retrouver les hybrides pendant des centaines d'années. Alors comment avait-il pu détecter l'existence du sanctuaire ? Il étendit ses sens invisibles aussi loin qu'il le put sans ressentir l'énergie de ses compagnons. Paniqué, il voulut sortir du lit, mais Bridgess l'en empêcha.

— Laisse-moi d'abord évaluer ton état.

Il s'agissait de la procédure normale à la suite d'une blessure ou d'une maladie. Wellan savait qu'il devait s'y soumettre, surtout devant quatre jeunes

Écuyers qui apprenaient à respecter les règlements de l'Ordre. Il laissa donc Bridgess passer ses mains lumineuses au-dessus de son corps sous les regards remplis de soulagement de Gabrelle, Yamina, Volpel et Bailey.

— Depuis quand sont-ils partis ? s'enquit Wellan.

— Depuis plusieurs heures déjà, maître, le renseigna Bailey.

Les Chevaliers captèrent soudain la présence de leurs compagnons aux abords de la ville. Impatient, Wellan se redressa et décocha à Bridgess un coup d'œil destiné à lui faire comprendre qu'il se sentait bien et qu'il voulait qu'elle le laisse tranquille. Volpel s'empara de la tunique et des bottes de son maître, Bailey de sa cuirasse, et ils l'aidèrent à se vêtir sous le regard amusé de la femme Chevalier qui l'avait si souvent fait jadis.

*

* *

Au même moment, dans les tunnels du Royaume des Ombres, Jasson rejoignait ses compagnons, en aidant Sage à marcher. En le voyant arriver, ses Écuyers, Lornan et Zerrouk, accoururent, heureux et soulagés de le revoir.

— Nous craignions que vous n'ayez emprunté un tunnel qui ne menait nulle part, maître, avoua Lornan.

— Je vous ai pourtant appris à me repérer avec votre esprit, leur reprocha Jasson.

— Nous avons essayé, mais il y a comme un écho persistant ici, se défendit Zerrouk.

— C'est vrai, maître, ajouta Lornan.

Encore bien jeunes, ils ne possédaient pas une aussi grande expertise que lui des communications télépathiques. Jasson fit asseoir le jeune guerrier d'Espérita sur le sol. Santo dénuda sa poitrine et l'examina.

— Où l'as-tu trouvé ? demanda le guérisseur tout en soignant les brûlures du jeune hybride.

— Kira et lui ont réussi à atteindre une galerie supérieure, mais ils ont été interceptés par le sorcier.

— Quel sorcier ? s'inquiéta Chloé.

— Nul autre qu'Asbeth, laissa tomber Jasson.

— Mais Wellan l'a tué ! protesta Falcon.

— Il est apparemment plus résistant que ne nous le pensions.

— Pourquoi n'as-tu ramené que ce gamin avec toi ? s'alarma Bergeau. Où est Kira ?

— Elle est restée avec Asbeth, fit négligemment Jasson en observant le travail de guérison de Santo.

— Mais on ne peut pas la laisser là ! s'écria Falcon, horrifié.

— Il faut se porter immédiatement à son secours ! explosa Bergeau.

— Non, s'interposa Jasson.

Ils le fixèrent avec étonnement, même Santo qui venait de terminer son intervention énergétique sur le jeune guerrier d'Espérita et l'aidait à se relever en le soutenant fermement par un bras.

— Kira a conclu un marché avec Asbeth, expliqua Jasson.

— Un marché avec un sorcier ? s'indigna Swan. Vous savez pourtant ce que ça vaut !

— Je ne crois pas que Kira ait l'intention de le respecter, poursuivit Jasson, mais puisque sa puissance est cent fois plus grande que la nôtre, ces tunnels risquent de s'écrouler lorsqu'elle attaquera Asbeth. Elle a exigé que nous retournions tous en vitesse à Espérita.

— Es-tu bien certain qu'elle n'a pas besoin de nous ? insista Bergeau.

— Vous avez vu de quelle façon elle a tué à elle seule une centaine de dragons sur les plages de Zénor ? leur rappela Kevin, éveillant la curiosité de Sage.

Ils furent tous forcés d'admettre que la magie de la jeune fille était en effet dévastatrice et acceptèrent de se plier à la recommandation de Jasson, même s'ils savaient que Wellan les étriperait lorsqu'il apprendrait qu'ils avaient laissé Kira affronter seule son ennemi juré.

Jasson confia Sage aux jeunes Chevaliers Nogait et Morgan qui marchaient derrière Bergeau et il se laissa graduellement distancer pour que tous passent devant lui.

Son pouvoir de lévitation étant le plus puissant de tout l'Ordre, il préférait surveiller leurs arrières au cas où le sorcier déciderait de lâcher ses dragons sur eux.

*
* *

Dès que le grand Chevalier fut habillé et armé, Bridgess et leurs Écuyers lui indiquèrent la direction des tunnels menant à Alombria et se précipitèrent derrière lui. Il était plutôt difficile de suivre les pas de géant de ce puissant guerrier, mais Bridgess ne voulait surtout pas le perdre de vue. Le premier groupe qu'ils croisèrent fut celui de Dempsey, Pencer et Corbin qui ramenaient la femme hybride à Espérita. En la voyant dans les bras de son frère d'armes, le grand Chevalier se précipita vers elle, son expression sévère se changeant en un masque de tendresse et d'inquiétude.

— Jahonne..., murmura-t-il en effleurant doucement sa joue mauve.

Elle ouvrit sur lui ses yeux violets chargés de souffrance.

— Wellan..., fit-elle faiblement.

— Elle s'en sortira, affirma Dempsey.

— Porte-la à la ville et soigne-la, ordonna Wellan. Je vous y rejoindrai plus tard.

— Je suis heureux de te revoir sur pied, mon frère, assura son compagnon blond.

— Et moi d'être de retour parmi vous.

Wellan lui fit signe de poursuivre sa route et s'élança dans le tunnel avant que Bridgess ait pu sonder ses sentiments envers l'inconnue. Ils rencontrèrent bientôt le deuxième groupe, composé du reste de leurs frères.

— Wellan ! s'exclama Bergeau avec joie.

L'homme du Désert saisit ses avant-bras et les serra avec force, mais les yeux de Wellan survolaient déjà le groupe, s'assombrissant rapidement.

— Où est Kira ? s'alarma-t-il.

Personne n'osa lui répondre. Jasson remonta rapidement la colonne de cuirasses vertes en ressentant la terrible inquiétude de son chef et se présenta devant lui pour lui expliquer ce qui s'était passé dans la caverne bleue. « Asbeth a donc survécu », se reprocha Wellan. Il savait pertinemment que l'adolescente mauve possédait plus d'un tour dans son sac, mais elle n'avait ni la sagesse ni la maturité d'un guerrier adulte, et l'homme-oiseau était une créature fourbe qui ne respecterait certainement pas sa parole.

— Bridgess, Jasson, Bergeau, venez avec moi. Chloé, ramène les autres à la ville.

Il vit la déception sur les visages des Écuyers, mais ayant perdu Cameron victime du sorcier, il s'était juré de ne jamais remettre ces enfants en présence d'un mage noir avant qu'ils soient des Chevaliers expérimentés. À regret, les apprentis accompagnèrent le groupe qui rentrait à Espérita. Wellan les suivit des yeux un moment, puis fixa son attention sur les trois compagnons qu'il avait choisis pour cette mission.

— Je crois qu'à nous quatre, nous parviendrons à délivrer Kira et ensevelir cet oiseau de malheur dans les galeries.

— Je me rappelle pourtant t'avoir entendu dire qu'il fallait le couper en deux pour s'en débarrasser une fois pour toutes, répliqua Jasson.

— Nous ne le ferons que si nous réussissons à éloigner Kira de lui, précisa Wellan.

— Je m'en charge ! décida Bergeau.

— Non, il est à moi, l'avertit le grand chef.

Wellan ferma les yeux et sonda tous les tunnels du Royaume des Ombres à la recherche de son ennemi. Il détecta d'abord l'énergie de Kira, puis toucha l'esprit glacé et meurtrier d'Asbeth.

— Je sais où il est, annonça-t-il à ses compagnons. Suivez-moi.

Il s'élança et les autres se précipitèrent derrière lui pour ne pas se laisser distancer.

*
* *

Au cœur de la cité souterraine, Kira suivit Asbeth jusqu'au cratère à ciel ouvert, en faisant bien attention de ne pas lui donner accès à ses pensées. Elle allait montrer à cet empereur de quel bois elle se chauffait et aux Chevaliers qu'elle avait la trempe d'un grand guerrier en éliminant son sorcier grâce à ses seuls pouvoirs d'apprentie.

L'homme-oiseau avisa la rampe de pierre géante qui s'élevait jusqu'au bord du cratère. Il pencha la tête en captant la magie qu'elle recelait et l'attribua à tort aux Chevaliers. Kira le contourna prudemment de façon à pouvoir utiliser cette issue si son plan devait mal tourner. Wellan prétendait que la seule façon de détruire Asbeth consistait à séparer son tronc de ses membres inférieurs. Kira possédait justement l'arme parfaite pour s'acquitter de cette funeste tâche. Mais avant, elle voulait obtenir des réponses aux questions qui la hantaient.

— Les dragons sont-ils responsables de la mort de ceux qui habitaient ces galeries ? demanda-t-elle.

— Les dragons ! ricana Asbeth, méprisant. Je n'en ai nul besoin ! J'ai moi-même fait rôtir tous ces bâtards.

— Mais j'en ai vu un de mes propres yeux ! riposta l'adolescente mauve.

— Une illusion, rien de plus. Ma sorcellerie est puissante, Narvath. Ne l'oublie jamais.

— C'est donc vous qui avez tué les hybrides, comprit Kira.

— Ils ne méritaient pas de vivre.

— Et vous allez me tuer moi aussi...

— Non. L'empereur a décidé de t'épargner. Il a besoin de toi.

— Eh bien, moi, je n'ai pas besoin de lui !

Le sorcier poussa des couinements plaintifs que Kira interpréta comme étant un rire. « Il va trouver les prochains instants moins drôles », pensa-t-elle en se préparant à frapper.

Asbeth leva les ailes vers le ciel et un vent glacial tourbillonna dans le cratère. Kira comprit qu'il s'apprêtait à s'envoler et l'emmener avec lui. Elle manœuvra son épée double en mouvements circulaires de chaque côté de son corps pour lui insuffler de la vitesse et fonça sur son ennemi. Le sorcier baissa les yeux juste à temps pour voir l'une des deux lames fendre l'air dans sa direction. Il fit un bond en arrière et le métal entailla sa tunique de cuir.

— J'ai reçu l'ordre de te ramener vivante, Narvath, mais ne me pousse pas à bout ! menaça-t-il.

— Imaginez un peu ce que vous fera votre maître lorsque vous rentrerez les mains vides ! le provoqua Kira en s'élançant de nouveau.

Il s'agissait pour elle d'un nouveau type d'adversaire qui ne possédait ni la ruse du Chevalier Hadrian ni la force musculaire de Wellan. Avec souplesse, Asbeth évita les premiers coups de l'adolescente mauve puis se protégea avec sa sorcellerie. Il éleva un bouclier invisible devant lui et Kira y abattit ses lames à quelques reprises sans l'entamer d'aucune façon. Elle recula en repensant sa stratégie. Abnar lui avait parlé de ces écrans de protection utilisés par les puissants mages, mais il ne lui avait jamais expliqué comment les démolir.

Elle fit disparaître l'épée double et leva la main. Rassemblant son énergie dans sa paume, elle lança sur le sorcier un éclair aveuglant, mais son manque d'expérience du combat faillit lui coûter la vie. Le puissant rayon frappa le bouclier d'Asbeth et se fractionna en une multitude de faisceaux mortels qui ricochèrent vers elle.

Kira s'écrasa au sol pour ne pas être atteinte. Les éclairs pilonnèrent les parois glacées du cratère et la terre se mit à trembler. Lorsque les premiers fragments de roc commencèrent à dégringoler autour d'elle, la jeune fille comprit qu'elle avait commis une erreur. N'écoutant que son instinct de survie, elle s'élança vers la rampe de pierre sans plus se préoccuper d'Asbeth. Elle courut de toutes ses forces et aboutit sur la glace sans se rendre compte que le sorcier s'élevait dans les airs derrière elle.

Porté par le vent, Asbeth observa la course de l'adolescente. L'Empereur Noir ne pourrait plus faire de Narvath son héritière, les humains ayant modelé son esprit pour qu'il ressemblât au leur. Elle n'accepterait pas de se soumettre à l'autorité de son père et jamais elle ne retrouverait son lien avec la collectivité. Il aurait fallu que les hommes-insectes la reprennent avant.

La seule pensée de tuer sa rivale fit courir des frissons de plaisir dans le corps d'oiseau d'Asbeth. Une fois Narvath éliminée, il aurait d'excellentes chances d'accéder au trône d'Irianeth à la mort d'Amecareth. Il ouvrit l'aile et lança une décharge de feu en direction de Kira qui s'enfuyait sur la glace.

Vers la droite, Kira, murmura une voix dans sa tête. Sans hésitation, elle obéit au commandement télépathique et le rayon mortel fit exploser la glace près de ses pieds. L'apprentie jeta un coup d'œil derrière elle. L'horrible sorcier n'avait pas péri dans l'écroulement des murs du cratère et il la pourchassait dans cette contrée inhabitable. Elle continua de courir en zigzag, à la recherche d'un abri où elle pourrait reprendre son souffle et établir un plan de défense.

*
* *

Dans les tunnels du Royaume des Ombres, les quatre Chevaliers furent projetés au sol lorsque la terre se mit à trembler. Un brusque éboulement les força à s'arrêter. Dans la poussière et l'obscurité qui envahissaient graduellement l'espace, Wellan étendit ses sens invisibles dans les galeries. La terre s'était effondrée sur plusieurs kilomètres, jusqu'au centre de la ville souterraine. Jamais ils n'arriveraient à se frayer un chemin, même en utilisant leur magie.

— Il faut faire demi-tour ! ordonna-t-il à ses compagnons.

Bridgess, Jasson et Bergeau s'exécutèrent sans protester, le suivant dans le tunnel où les pierres lumineuses s'éteignaient une à une. Wellan savait que cette secousse tellurique n'était pas d'origine naturelle, mais il ignorait qui l'avait provoquée.

*
* *

Santo, Chloé et leur groupe venaient de quitter Alombria lorsque le sol vibra sous leurs pieds. L'effet apaisant des mains de Jasson sur l'esprit de Sage s'étant estompé, le jeune guerrier d'Espérita échappa à la surveillance des Chevaliers et courut en direction des galeries. Falcon s'élança pour le rattraper. Il saisit Sage par le bras et le plaqua contre le mur rocheux, juste à l'entrée du tunnel.

— On ne peut pas laisser Kira affronter ce sorcier toute seule ! cria Sage en se débattant furieusement.

— Wellan est le seul à pouvoir lui venir en aide maintenant, répliqua Falcon en resserrant son étreinte. Il a reçu l'entraînement de Nomar. Il est capable de le vaincre.

— Falcon dit la vérité, soutint Chloé en s'approchant du jeune homme avec l'intention de le calmer de nouveau grâce aux pouvoirs de ses mains.

— Je maintiens que nous serions plus efficaces si nous l'affrontions tous ensemble, déclara Swan.

Kevin entraîna sa bouillante sœur d'armes plus loin pour l'empêcher de jeter de l'huile sur le feu. Sage vit les paumes de Chloé s'illuminer et se débattit afin de s'échapper.

— Je ne vous oblige pas à m'accompagner ! tempêta le jeune Espéritien. Mais je dois faire quelque chose pour aider Kira !

— Les Chevaliers obéissent toujours aux ordres, répliqua Chloé, et nous avons reçu celui de vous mettre en sécurité.

— Et vous n'êtes certainement pas en état d'aider qui que ce soit en ce moment, intervint Santo en s'approchant.

— Mais mes blessures sont déjà cicatrisées !

— C'est moi le guérisseur et je sais pertinemment qu'elles mettront quelques jours à se refermer.

— Vous vous trompez !

Sage se détacha de Falcon et écarta les pans de sa tunique de peaux. Tous constatèrent, avec stupeur, qu'il n'y avait plus aucune trace de brûlures sur sa poitrine.

— Je suis ainsi fait, se calma Sage. Je me suis cassé le bras quand j'étais petit et le lendemain, les os s'étaient réparés d'eux-mêmes. Je vous en prie, laissez-moi porter secours à Kira. Vous ne savez pas ce qu'elle représente pour moi.

Chloé, Santo, Falcon, où êtes-vous ? demanda Wellan. *Nous sommes à la sortie du tunnel,* répondit Santo en leur nom. Wellan leur expliqua alors que les trois quarts des galeries s'étaient affaissées. *Et Kira ?* s'alarma Sage.

*
* *

Dans le sombre tunnel, Wellan ralentit le pas en plissant le front. Un coup d'œil à Bridgess, Jasson et Bergeau lui confirma qu'ils avaient eux aussi entendu la voix étrangère.

— Je pense que c'est Sage, le jeune guerrier qui nous a conduits à Espérita, risqua Jasson.

Elle a réussi à échapper au sorcier, mais elle est toujours en danger, répondit le grand chef en se demandant où ce garçon avait appris à communiquer aussi facilement avec son esprit. *Restez où vous êtes. Nous arrivons.*

Wellan émergea de la falaise quelques instants plus tard, suivi de ses compagnons. Le grand Chevalier s'arrêta devant ses hommes, organisant rapidement ses pensées. Il disposait d'un grand nombre de bons soldats, mais il ne pouvait pas tous les utiliser pour poursuivre Asbeth et il devait en laisser quelques-uns à Espérita pour défendre ses habitants au cas où l'ennemi profiterait de cette diversion pour attaquer la ville. Il commença par scruter magiquement les alentours et vit, dans son esprit, Kira courant sur la glace.

— Elle se dirige vers l'ouest, lança Sage qui l'avait aussi captée.

Wellan se tourna brusquement vers le jeune homme aux yeux de miroir. « Lit-il mes pensées ou les devine-t-il ? » s'interrogea le Chevalier. Il le sonda et s'étonna de son potentiel.

— Des falaises de glace séparent Espérita d'Alombria, ajouta le jeune guerrier en soutenant bravement son regard.

— Nous ne pourrons jamais la rattraper à temps ! s'écria Bergeau.

— Je connais une façon rapide de les atteindre, déclara Sage, sûr de lui.

Wellan capta sa simplicité d'Espéritien, mais la soudaine apparition d'une turbulence glacée dans le cœur du jeune homme rappela à son esprit l'image des dragons de l'empereur.

— Je suis un hybride, répondit Sage à son intervention silencieuse, mais je ne suis pas un allié de l'empereur ou de son sorcier.

Le grand Chevalier aurait souhaité le questionner davantage sur ses origines, ne l'ayant jamais rencontré durant ses dix années dans la ville souterraine, mais le temps pressait.

— Je ne peux emmener que cinq d'entre vous, déplora Sage, car les bêtes que nous utiliserons pour nous déplacer voyagent en petits groupes.

Wellan procéda à un calcul rapide. Il devait laisser quelques-uns des plus vieux Chevaliers pour veiller sur les plus jeunes et prendre quand même avec lui des soldats chevronnés. Il choisit donc Bridgess, Jasson, Kevin et Swan et conseilla à Bergeau, Chloé, Falcon et Santo de se préparer à une attaque des forces armées de l'empereur.

39

Des dragons différents

Wellan, Bridgess, Jasson, Kevin, Swan et le jeune guerrier d'Espérita coururent à travers les champs, vers le nord. La force musculaire de Sage étonna beaucoup le grand Chevalier qui le suivait de près. Ils s'arrêtèrent devant la falaise de glace qui protégeait l'oasis du climat hostile du Royaume des Esprits et Wellan avisa un sentier grimpant en pente raide jusqu'au sommet. S'agissait-il d'un phénomène naturel ou avait-il été façonné par la main de l'homme ?

— Nous l'avons creusé au fil des ans pour nous ménager un passage en cas de catastrophe, expliqua Sage devant lui. Mais il n'y a que l'océan et une vaste plaine de glace au-delà de notre monde.

« Ce jeune homme peut-il lire toutes nos pensées sans effort ? se demanda Wellan. Et y en a-t-il d'autres comme lui parmi le peuple d'Espérita ? »

Ils arrivèrent sur la falaise et Wellan contempla, à une centaine de mètres devant lui, l'immensité de la mer nordique, grise et glacée. Il balaya la région de ses sens invisibles et sentit la présence de Kira courant sur les grandes plaines gelées de l'ouest. Aucun des Chevaliers ne portait de cape chaude et leurs tuniques ne les protégeraient pas du froid comme les vêtements de peaux de leur guide. Dans ces conditions, comment pourraient-ils secourir l'adolescente ?

— Les dragons ont sur le dos des replis qui vous garderont au chaud, assura Sage.

— Des dragons ? s'exclama Kevin en posant la main sur la garde de son épée.

— Oui, les dragons des mers.

Sage mit deux doigts dans sa bouche et émit des sifflements stridents qui se répercutèrent sur les flots. Le grand Chevalier perçut aussitôt le déplacement de créatures géantes, droit devant eux. « Des dragons des mers... », s'émerveilla-t-il. Il avait lu quelques passages les concernant dans les vieux parchemins de la bibliothèque d'Émeraude. Bêtes pacifiques qui sillonnaient les océans les plus froids, les pêcheurs d'antan les avaient surtout chassées par crainte, car leur peau et leur viande étaient inutilisables.

Une dizaine de ces immenses créatures immaculées surgirent de l'eau pour retomber lourdement sur la terre gelée. Les Chevaliers demeurèrent parfaitement immobiles, inquiets à la pensée de ne pas pouvoir terrasser ces bêtes aussi grosses qu'une maison si elles décidaient de les attaquer.

— N'ayez aucune crainte, les rassura Sage. Les dragons ne mangent que de petits poissons.

— Ceux que nous connaissons se nourrissent de cœurs humains tandis qu'ils battent encore, fit sombrement Swan.

Sans aucune frayeur, Sage s'avança vers les mammifères marins qui glissaient souplement sur la glace comme des serpents. Leurs corps massifs étaient recouverts d'un beau pelage blanc et lisse, et leurs longues pattes de devant ressemblaient à des nageoires. Ils n'avaient pas de pattes arrière, seulement une longue queue plate qu'ils devaient utiliser pour se propulser dans l'eau. Leurs têtes triangulaires, au bout de leurs longs cous effilés, rappelaient en tous points celles des dragons de l'Empereur Noir, sauf que leurs grands yeux brillaient d'une lumière azurée et paisible.

— De quelle façon ces animaux peuvent-ils nous venir en aide ? demanda Jasson, dubitatif.

— Ils peuvent nous faire gagner du temps, répondit Sage.

Wellan n'émit aucun commentaire. Donnant l'exemple, il suivit Sage sur la glace sans exprimer la moindre frayeur. Ses compagnons hésitèrent un moment, puis l'imitèrent. Debout devant les bêtes blanches, le jeune guerrier siffla un doux chant. Elles penchèrent gentiment la tête et Sage les caressa avec affection.

— Ces dragons n'ont pas l'air si méchant en fin de compte, conclut Swan en s'aventurant aux côtés de Sage.

— Restez quand même sur vos gardes, recommanda Jasson, moins certain de leur docilité.

— Ils acceptent de nous conduire aux falaises, les informa alors l'Espéritien en se tournant vers eux.

— De quelle façon ? demanda Bridgess, curieuse.

Sage s'approcha de l'énorme nageoire posée sur la glace et grimpa sur ses orteils palmés. La bête le hissa aussitôt sur son dos en relevant la patte.

— Il y a de chaque côté de leur colonne vertébrale deux grandes poches où ils abritent leurs petits la nuit ! cria le jeune homme du haut de ce mastodonte immaculé. Il n'y a qu'à s'asseoir à l'intérieur et ils les refermeront instinctivement pour nous protéger du froid.

— Et comment les dragons sauront-ils où nous allons ? le questionna Wellan, fasciné.

— Celle-ci est la matriarche, c'est elle qui guide le troupeau. Je lui ai dit de nous conduire au pays de la neige.

— Tu parles dragon ? s'étonna Swan.

— Je parle à leur esprit. Je vous en prie, dépêchez-vous.

— Bridgess, monte avec Swan, ordonna Wellan, Jasson, avec Kevin.

Jasson avança vers une autre femelle qui le regarda venir avec appréhension, mais le laissa tout de même grimper sur sa nageoire. Lorsque tous les Chevaliers furent juchés sur le dos des dragons, Wellan rejoignit Sage. Le jeune homme lui indiqua l'endroit où il devait s'asseoir et le grand Chevalier s'exécuta prudemment.

L'Espéritien s'assura que ses compagnons se tenaient également au bon endroit sur les autres dragons, puis siffla deux notes. Les animaux refermèrent en même temps les replis de leur peau sur les cavaliers et plongèrent dans les flots.

Depuis quand parles-tu aux dragons ? demanda Wellan au guerrier caché dans la poche voisine. *Depuis longtemps*, répondit-il. *J'ai tenté de m'ôter la vie, il y a quelques années, en me jetant dans les eaux glaciales de l'océan, mais les dragons des mers m'ont secouru et nous avons graduellement appris à nous comprendre.*

Wellan fronça les sourcils. *Pourquoi voulais-tu t'ôter la vie ?* s'enquit-il. *C'est une longue histoire,* éluda Sage.

Au bout d'un moment, Wellan sentit le corps du mastodonte se tendre et se détendre comme celui d'une chenille et il comprit qu'ils avançaient maintenant sur la glace. La bête s'immobilisa et ouvrit les poches sur son dos, libérant ses passagers devant les falaises qui séparaient le Royaume de Shola du Royaume des Ombres. « Incroyable », pensa Wellan en inspirant l'air froid. Il balaya la région de ses sens magiques et ressentit la présence de l'apprentie mauve non loin, dans les rochers où un grand combat venait de s'engager...

40

Un affrontement magique

Affolée, Kira fit appel à ses pouvoirs uniques mais, Abnar n'ayant pas eu le temps de lui enseigner toutes les subtilités des déplacements dans l'espace avant son enrôlement dans l'Ordre, elle ne réussit qu'à se rendre aux falaises qui dominaient son pays natal. En se matérialisant, la princesse mauve tomba la tête la première dans la neige. Assommée, elle marcha à quatre pattes et se réfugia sur une corniche afin de reprendre ses esprits.

Flottant au gré du vent, le sorcier la repéra et perdit graduellement de l'altitude pour se retrouver à sa hauteur, se préparant à démolir, à l'aide de rayons d'énergie, le repli rocheux où Narvath s'était terrée.

Mets tes mains devant toi comme si tu tenais un bouclier, murmura une voix dans la tête de Kira. Sachant que c'était celle de sa mère, l'adolescente s'exécuta sur-le-champ et la décharge d'Asbeth ricocha sur le mur invisible qui la protégeait. « J'ignorais que je pouvais faire ça ! » s'étonna-t-elle.

N'aie pas peur, je suis avec toi, susurra Fan.

— Je n'ai pas peur, affirma Kira, mais je me sentirais beaucoup mieux si vous me disiez comment détruire ce meurtrier une fois pour toutes.

Chaque fois qu'il t'attaque, il devient vulnérable. Kira attendit donc l'offensive suivante de l'homme-oiseau. Au fond, un sorcier n'était qu'une créature ayant appris à se servir de la magie d'une façon différente. Il lui suffisait de le battre sur son propre terrain.

Asbeth tendit les serres de ses pattes et projeta des rayons incandescents sur la falaise. Kira s'écrasa aussitôt sur la corniche en lançant sa propre décharge. Les faisceaux du sorcier explosèrent sur le roc derrière la princesse, mais son tir à elle lui brûla les plumes de l'aile gauche. Asbeth poussa un cri de dépit et perdit brusquement de l'altitude. Kira se releva afin de le bombarder de nouveau, mais avant qu'elle puisse faire quoi que ce soit, la corniche s'effondra.

L'adolescente fut projetée dans le vide et atterrit brutalement sur une autre saillie quelques mètres plus bas. Désorientée, elle se dressa péniblement sur ses coudes et chercha son ennemi des yeux. Elle ne le vit nulle part, mais le danger était toujours présent. Les plaines enneigées de Shola s'étendaient devant elle et, au loin, les ruines du château de ses défunts parents. Pourrait-elle s'y abriter et lancer un appel aux Chevaliers ? Une lance de feu la frôla et frappa la paroi rocheuse qui éclata en un millier d'étincelles.

La falaise ne lui offrant aucune protection, Kira jeta un coup d'œil au pied de l'à-pic. Y avait-il assez de neige pour amortir sa chute ? Une autre explosion effrita le roc sur sa droite. Une douleur cuisante lui traversa le bras et elle constata qu'un fragment de pierre lui avait entaillé la peau. N'ayant plus le choix, elle sauta et s'enfonça profondément dans la nappe blanche à ses pieds.

De la neige par-dessus la tête, l'adolescente scruta magiquement les alentours et ressentit l'approche du sorcier. Comment parviendrait-elle à se défendre si elle n'y voyait rien ? *Tu n'as pas besoin de tes yeux. Souviens-toi de tes leçons.* Kira se calma et rappela à son esprit ce que le Chevalier Hadrian et l'Immortel Abnar lui avaient enseigné. Elle tendit les mains au-dessus de sa tête et les flocons se mirent à danser en rafales.

Sous le couvert de ce blizzard surnaturel, Kira se fraya rapidement un chemin en direction des ruines de Shola. Elle arriva devant une construction de pierre qui s'enfonçait dans le sol et capta la douleur du sorcier blessé ainsi que sa frustration de ne pouvoir naviguer à sa guise dans la tempête. « Tant mieux », se réjouit-elle en faisant tourbillonner la neige de plus belle.

*
* *

Wellan descendait prudemment la falaise crevassée, suivi de Sage, Bridgess, Jasson, Kevin et Swan, lorsqu'il vit la tourmente sévissant sur la plaine. Il y plongea sa conscience et y trouva Kira. La petite se défendait bien, mais combien de temps pourrait-elle tenir encore ?

Le grand Chevalier poursuivit sa route aussi rapidement que possible dans les rochers escarpés. En bondissant sur un tablier de pierre, il ressentit une présence familière et se retourna vivement vers la falaise. Assis, l'air hagard, Nomar grelottait dans sa longue tunique blanche en lambeaux, les jambes repliées, adossé à l'escarpement. Wellan se précipita à son secours sous les regards inquiets de ses compagnons qui venaient de sauter sur le sol derrière lui.

— Je les ai tous perdus, marmonna le maître du Royaume des Ombres tandis que Wellan s'accroupissait près de lui.

— C'est faux, le détrompa le grand Chevalier. Il en reste deux.

Wellan se rappela alors que Sage avait lui aussi du sang d'insecte.

— Euh... enfin... trois, rectifia-t-il.

Les yeux de Nomar reprirent de l'éclat en apercevant le jeune guerrier d'Espérita derrière le Chevalier. Le fils de Jahonne...

— Interceptez le sorcier avant qu'il tue la petite, les supplia l'Immortel.

— Vous pouvez compter sur nous, maître, assura Wellan.

Le grand chef aurait dû s'interroger davantage sur les blessures subies par l'Immortel, mais le temps pressait. Il poussa ses soldats vers le nord. Sage jeta un dernier coup d'œil au personnage magique qui avait si longtemps protégé sa mère, puis suivit les Chevaliers.

Le groupe atteignit enfin la plaine de neige et emprunta en courant le couloir creusé par le passage de l'adolescente. La tempête se trouvait maintenant au-dessus de l'ancienne forteresse de Shola. Utilisant une fois de plus ses sens invisibles, Wellan capta l'esprit du sorcier qui planait au-dessus du blizzard, attendant que Kira perde des forces.

Combattant les vents violents, l'homme-oiseau se raidit en ressentant la présence du grand chef. Le Chevalier venait à peine d'être libéré du sortilège, comment avait-il réussi à se rendre aussi rapidement à Shola ?

— Wellan ! hurla Asbeth d'une voix rageuse avant de changer de cap.

Même si sa mission consistait à s'emparer de Narvath, rien ne l'empêchait d'ajouter un autre magicien à son tableau de chasse, surtout Wellan qui ne cessait de le tourmenter. Il abandonna l'enfant de l'empereur à ses jeux d'apprentie et fonça tout droit vers les soldats.

L'un derrière l'autre, les Chevaliers se déplaçaient rapidement dans le couloir de neige lorsqu'ils virent l'homme-oiseau fondre sur eux.

— Mais n'est-ce pas ton sorcier préféré ? plaisanta Jasson en adoptant une position défensive.

— Restez derrière moi, ordonna le grand Chevalier en concentrant son énergie magique dans ses mains.

Asbeth se posa devant les humains et examina ces créatures prétentieuses en bombant fièrement le torse. N'était-il pas le représentant du maître du monde ?

— Je croyais vous avoir fait clairement comprendre de ne plus jamais remettre les pieds ici, tonna Wellan en écartant les bras.

— L'univers appartient à l'Empereur Amecareth ! clama le sorcier. Prosternez-vous devant moi et vous aurez la vie sauve !

— Retournez dire à votre maître qu'Enkidiev est un continent libre et qu'il le restera ! répliqua le grand chef, les yeux flamboyants de colère. Partez sur-le-champ ou vous en subirez les conséquences !

Wellan tendit lentement les bras devant lui et ses compagnons entendirent des crépitements dans l'air. « Un puissant magicien à l'œuvre », comprit Sage en apercevant les serpents électriques qui se formaient dans ses paumes. Derrière lui, ses frères d'armes ne savaient plus s'ils devaient dégainer leurs épées ou s'apprêter à utiliser leurs pouvoirs magiques.

— Peut-on l'aider ? demanda Swan à ses aînés.

— Certainement, répondit Bridgess. Tenez-vous prêts à attaquer.

Les Chevaliers se placèrent de chaque côté de leur chef, en restant un pas derrière lui, et obligèrent Sage à reculer. Le jeune guerrier leur obéit, ses yeux s'illuminant, tandis que l'ombre qui le suivait se fondait en lui. Le sorcier ne semblant pas intimidé par la provocation de Wellan, Jasson en profita pour le sonder afin de déceler ses faiblesses.

— Il est blessé à l'aile gauche, annonça-t-il à ses compagnons.

Les filaments incandescents qui circulaient entre les mains de Wellan fascinaient Sage. Voyant que l'homme-oiseau ne prenait pas son avertissement au sérieux, le grand chef l'attaqua, mais les éclairs jaillissant de ses mains se brisèrent sur le bouclier invisible d'Asbeth.

Le sorcier leva son aile valide pour riposter, mais Jasson anticipa son geste. Se servant de son pouvoir de lévitation, il le repoussa de toutes ses forces tandis que ses compagnons lui lançaient des jets de flammes. Asbeth n'eut que le temps de rétablir sa garde ensorcelée pour ne pas être brûlé vif. Ses plumes noires frissonnèrent de colère et il s'entoura d'une lueur bleue. Jasson pensa que, finalement, les choses risquaient de mal tourner pour eux. Mais Wellan, très calme, ne sembla pas s'alarmer.

D'un geste rapide, le mage noir lança à son tour une décharge, mais elle heurta l'écran protecteur de Wellan et explosa en une multitude de petits éclairs crépitants, lesquels s'enfoncèrent dans la neige en creusant des tunnels fumants de vapeur.

— Ça risque de durer longtemps, commenta Swan.

— J'ai déjà lu que certains combats entre sorciers et magiciens duraient des jours, répliqua Bridgess.

« Kira aura le temps de s'échapper », se réjouit Sage.

*

* *

Tapie dans les ruines du Château de Shola, l'adolescente mauve capta le combat qui se déroulait non loin et reconnut l'énergie de Wellan. « Il est venu à mon secours ! » comprit-elle avec soulagement. Pendant qu'il attaquait Asbeth, il n'en tenait qu'à elle de sauver sa peau. Il n'aurait pas été prudent qu'elle s'engouffre dans la construction souterraine tout près d'elle où elle risquait de demeurer coincée, mais une force étrangère l'y attirait. *C'est ici qu'on a enseveli mon corps*, lui apprit Fan. *N'entre pas dans mon tombeau.*

— Juste quelques minutes, pour me réchauffer...

Une puissante vague de chaleur envahit soudain le corps de Kira. *Maintenant, suis cette lumière.* Une petite étoile argentée se matérialisa sous ses yeux et voleta vers le nord. Abandonnant la tempête derrière elle, l'adolescente suivit l'astre dans la neige molle.

— Quand je serai en sécurité, je vous en conjure, donnez un coup de main au Chevalier Wellan, implora Kira en continuant de suivre son guide étincelant.

On s'occupe déjà de lui, assura la voix de Fan.

*

* *

Protégé par un solide bouclier, Wellan attendait la riposte d'Asbeth sans manifester la moindre frayeur. Les attaques du sorcier gagnaient en violence, mais le Chevalier était convaincu que son adversaire finirait par lui donner une ouverture dont il profiterait pour le frapper mortellement. La lumière bleue encerclant Asbeth s'intensifia et les humains sentirent une curieuse énergie leur chatouiller la plante des pieds.

— Wellan, dis-nous comment t'aider, s'impatienta Kevin.

— Restez derrière moi, ordonna le grand chef.

— On ne va pas le laisser nous attaquer sans rien faire ! protesta Swan.

— Faites ce que je vous demande.

Wellan se concentra davantage, rassemblant toute son énergie pour repousser les assauts du sorcier. Jasson observait la scène avec attention, prêt à seconder son chef au premier commandement.

Tandis que la lumière entourant Asbeth devenait de plus en plus éclatante, Nomar apparut aux côtés de Wellan. Sa longue tunique blanche ne portait plus aucune trace de brûlure et son visage avait retrouvé sa sérénité. Wellan fut soulagé de sentir en lui toute la puissance qu'il lui avait jadis connue. L'apparition de l'Immortel intensifia l'offensive du sorcier et la lumière de son halo devint presque insupportable.

— Je suis ravi que vous ayez choisi ce moment pour recouvrer vos forces, maître, l'accueillit Wellan. Aidez-moi à détruire cet ignoble serviteur de l'Empereur Noir une fois pour toutes.

— Très peu de maîtres magiciens et d'Immortels ont le pouvoir de tuer, Wellan, et je ne suis pas l'un d'eux, je le regrette. Par contre, je peux vous en débarrasser pour quelques siècles.

— Ça me paraît acceptable, ricana Jasson derrière eux.

Au moment où Asbeth s'apprêtait à décocher des faisceaux meurtriers sur ses adversaires, Nomar tendit les deux bras devant lui et des filaments roses dix fois plus brillants que ceux de Wellan apparurent entre ses mains.

— La meilleure façon de contrecarrer un mage noir, c'est d'utiliser son pouvoir contre lui, confia-t-il à Wellan sans sourciller.

D'un mouvement imperceptible des poignets, l'Immortel lâcha les serpents électrifiés sur Asbeth qui se protégea derrière son écran invisible. Les éclairs frappèrent le bouclier, mais au lieu de se disperser comme ceux de Wellan, ils emprisonnèrent le sorcier dans une bulle aussi bleue que sa propre énergie. Stupéfait, Asbeth lança un rayon brûlant en direction de Nomar, mais il se fondit dans la paroi lumineuse de sa prison. Énervé, il s'y attaqua avec ses serres mais n'arriva pas à la traverser. L'Immortel remua le bout des doigts et la sphère s'éleva lentement dans les airs.

— Je vais l'expédier sur un continent que son maître a déjà dévasté en espérant qu'il ne découvre jamais comment s'échapper.

— Vous ne pouvez pas veiller à ce qu'il ne sorte jamais de là ? s'enquit Swan.

— Même les pouvoirs des Immortels ont des limites, jeune dame, mais je vous assure que vous ne reverrez pas cette chose de sitôt.

Sur ce, Nomar expédia le cachot aveuglant vers le nord à la vitesse d'une comète. Avec soulagement, les Chevaliers d'Émeraude regardèrent disparaître l'étoile maléfique. Nomar se retourna vers les humains et posa un regard tranquille sur ces vaillants soldats.

— Voilà, c'est fait, sourit-il.

— Je ne voudrais surtout pas vous manquer de respect, se troubla Jasson, mais si vous possédiez le pouvoir de neutraliser Asbeth, pourquoi l'avez-vous laissé détruire Alombria ?

— J'étais auprès des dieux lorsqu'il a attaqué les hybrides et leurs gardiens, s'attrista Nomar. Je suis revenu en catastrophe et j'ai tenté d'arrêter le feu, mais il courait déjà sur toutes les galeries. Je l'ai éteint là où je le pouvais, mais il était trop tard. Les dieux m'ont demandé de veiller sur ces pauvres innocents, mais j'ai failli à ma tâche.

— Vous avez su protéger les hybrides pendant des centaines d'années, le consola Wellan. Et ils n'ont pas tous péri. Jahonne a été épargnée et elle a encore besoin de votre protection.

Ils ressentirent soudain la détresse de Kira. Sage, qui ne possédait pas la discipline des Chevaliers d'Émeraude, s'élança dans le sentier menant aux ruines de Shola, sans attendre les ordres de Wellan.

— Nous nous reverrons à Espérita, promit Nomar avant de s'évaporer sous leurs yeux.

Les Chevaliers s'élancèrent derrière le jeune défenseur d'Espérita qui courait, aussi rapidement que le lui permettaient ses jambes, au secours de la jeune fille mauve. Jasson capta une sombre énergie entre le jeune homme et lui, mais jugea que ce n'était guère le moment d'en parler à Wellan.

41

Un Écuyer terrorisé

Kira, qui avait suivi la petite étoile, arriva devant la mer du nord où son minuscule guide lumineux l'abandonna. Pourquoi l'avait-elle conduite jusqu'à l'océan glacial ? Elle promena son regard violet sur les flots sombres et allait rebrousser chemin lorsque de gros dragons blancs émergèrent de l'eau et s'affalèrent sur la glace devant elle en émettant un doux chant. Terrorisée, l'adolescente tourna les talons et détala dans la direction opposée.

Les bêtes géantes se mirent aussitôt à glisser sur le ventre pour la rattraper. Croyant que les dragons blancs étaient des serviteurs de l'Empereur Noir, Kira redoubla d'efforts dans cette neige qui collait à ses bottes, mais les monstres se rapprochaient dangereusement.

Elle regarda au loin pour repérer les bâtiments de Shola où elle pourrait s'abriter une fois de plus et vit un homme qui venait à sa rencontre. Morte de peur, elle fut incapable de se servir de ses sens magiques pour l'identifier. En se rapprochant davantage, elle reconnut Sage et se jeta dans ses bras avec tellement de vigueur qu'elle faillit le renverser. À son contact, les yeux du jeune homme perdirent leur éclat et se changèrent en miroirs argentés.

— Des dragons ! hurla l'adolescente en enfonçant ses griffes dans le dos du guerrier.

— Ils ne sont pas dangereux ! grimaça-t-il.

Les bêtes géantes s'immobilisèrent à quelques pas d'eux et les observèrent avec de grands yeux tristes. Habituellement, elles n'avaient pas à pourchasser les hybrides pour leur rendre service. Kira tremblait comme une feuille dans les bras de l'Espéritien qui ne savait plus comment la rassurer.

— Ce sont des dragons des mers. Regardez, insista Sage.

— Non ! s'affola-t-elle en cachant son visage dans son cou.

Wellan, Jasson, Kevin, Bridgess et Swan les rejoignirent en courant et les entourèrent défensivement, essayant de comprendre ce qui avait pu effrayer l'adolescente à ce point. Bridgess sonda Kira et lui frotta gentiment le dos en lui transmettant une vague d'apaisement. Les muscles de l'apprentie se détendirent mais elle resta cramponnée à Sage.

— Ce ne sont pas les monstres que vous avez déjà affrontés, affirma-t-il en tentant de se dégager.

Kira résista en geignant et Bridgess lui chuchota des paroles rassurantes à l'oreille jusqu'à ce qu'elle accepte de poser les pieds sur la neige. Jasson vit l'agacement assombrir les traits de Wellan et s'empressa de détacher une à une les griffes de l'Écuyer du dos écorché de Sage.

— Ces dragons sont des alliés, renchérit-il.

— C'est d'ailleurs sur leur dos que nous avons réussi à nous rendre jusqu'ici aussi rapidement, l'informa Swan qui désirait calmer l'apprentie.

— Sur leur dos ? s'effraya Kira. Dans l'eau ?

— Ils nous en ont protégés, ajouta Kevin.

Commençant à sentir la morsure du froid sur sa peau, Wellan décida d'intervenir.

— Kira, tu n'es pas sans savoir qu'il y a deux grandes forces dans l'univers : l'amour et la peur. Pour tout ce qui est obscur et maléfique, il y a une contrepartie lumineuse et bienfaisante. Les dragons des mers sont l'antithèse de ceux de l'empereur et ils offrent leur amitié aux humains en réparation du mal que les dragons noirs leur font.

L'adolescente l'écouta sans protester et Wellan en déduisit qu'elle faisait de gros efforts pour combattre sa peur. « Après tout, elle n'est qu'un Écuyer », se rappela-t-il.

— Ces bêtes connaissent Sage et elles lui obéissent, poursuivit-il.

Pour prouver ce que le grand chef avançait, le guerrier d'Espérita poussa doucement Kira vers la matriarche pour qui il siffla quelques notes mélodieuses. Les oreilles de la Sholienne se dressèrent malgré elle. « Je comprends ce qu'il lui dit ! Mais comment est-ce possible ? » s'étonna-t-elle. La grosse bête blanche pencha sa tête triangulaire vers eux et Sage la caressa, sentant Kira se réfugier dans ses bras pour éviter tout contact avec l'animal.

— Je vais garder Kira avec moi, annonça Sage à Wellan. Elle est si menue que nous tiendrons facilement dans la même poche.

Voyant l'orage se dessiner sur le visage du grand Chevalier, Bridgess s'interposa, résolue à empêcher une confrontation inutile entre les deux hommes.

— Sage a raison, l'appuya-t-elle en posant une main ferme sur le bras de Wellan. Si on la laisse chevaucher toute seule sur un dragon, elle risque de paniquer et de lui enfoncer ses griffes dans la peau.

Wellan n'aimait pas qu'on prenne des décisions à sa place en ce qui concernait ses soldats, mais Sage semblait exercer un effet pacificateur sur la jeune fille. Les yeux voilés de contrariété, il donna son accord d'un mouvement sec de la tête. Afin d'échapper au froid, le groupe se dispersa en vitesse entre les animaux géants.

Sage grimpa sur la nageoire de la matriarche, tirant Kira par la main. Elle accepta d'y poser prudemment le pied, mais dès que le dragon releva sa patte pour la porter à son dos, elle s'agrippa une fois de plus à la poitrine du jeune homme. « Et elle est censée devenir un grand guerrier et protéger le porteur de lumière », soupira Wellan en montant à son tour sur le dos de l'animal.

Dès que tous les Chevaliers furent installés dans les replis de fourrure sur le dos des femelles, Sage s'assit en gardant Kira dans ses bras et siffla brièvement entre ses dents. La peau de peluche se referma instantanément sur eux.

— Vous n'avez rien à craindre, chuchota Sage à l'oreille de Kira. Nous serons à Espérita dans quelques minutes à peine.

La bête rampa sur la glace et l'apprentie se serra contre son compagnon en tremblant. Kira sentit le plongeon de l'animal dans les eaux glacées, puis un léger roulis. Heureusement, l'eau qu'elle abhorrait tant ne pénétra pas dans leur abri, mais elle ne se détacha pas pour autant du jeune homme. Dans la poche voisine, Wellan surveillait étroitement les battements effrénés du cœur de l'Écuyer mauve en se demandant s'il n'aurait pas dû insister pour la prendre avec lui.

Sire Wellan, dites-moi comment l'apaiser comme son maître l'a fait tout à l'heure, demanda alors la voix de Sage dans son esprit. *Cette technique s'apprend au fil du temps sous la tutelle d'un magicien,* répondit Wellan, impatient. *Je ne peux pas te l'enseigner en quelques secondes à peine.*

Comment puis-je la rassurer, alors ? se désola le jeune homme. *Tu ne le peux pas*, rétorqua le grand Chevalier. *Il aurait fallu la laisser monter avec moi.*

Sage savait qu'il pourrait sans doute procurer à Kira un quelconque soulagement s'il se concentrait suffisamment, puisque ses mains recelaient un étrange pouvoir. Mais il ne voulait cependant pas courir le risque de blesser cette belle jeune fille à la peau aussi parfumée que celle de sa mère.

Malgré la souffrance que lui causaient les griffes de Kira plantées dans sa chair, l'Espéritien profita pleinement de ces quelques minutes d'intimité. C'était un bien petit prix à payer pour pouvoir l'étreindre ainsi. Les femmes d'Espérita ne voulaient pas d'un hybride pour mari, même s'il ressemblait en tous points à un humain. Cette belle jeune fille à demi insecte lui permettrait-elle de partager sa vie lorsqu'elle serait en âge de se marier ?

42

LA GRATITUDE DE WELLAN

Lorsqu'ils émergèrent des replis de fourrure blanche, les Chevaliers constatèrent qu'ils se trouvaient aux abords de la falaise d'Espérita. Kira respira goulûment l'air frais sans lâcher Sage. Ce dernier se releva prudemment tout en la gardant dans ses bras et croisa le regard inquisiteur de Wellan debout à quelques pas d'eux.

Le dragon lui présenta sa nageoire et Sage y prit place sans pouvoir décrocher la Sholienne. Pendant que les Chevaliers descendaient sur le sol, le jeune guerrier tenta en vain de persuader l'adolescente de relâcher son étreinte. En geignant, elle secoua négativement la tête comme elle le faisait jadis avec Émeraude Ier lorsqu'elle refusait de se mettre au lit.

— Nous sommes en sécurité, susurra Bridgess à l'intention de son apprentie. Asbeth a été expédié à l'autre bout du monde et nous sommes de retour à Espérita où nous ne courons plus aucun danger.

En entendant le nom du sorcier, l'Écuyer se mit à trembler de plus belle. Bridgess se rendit compte qu'elle venait de vivre des moments éprouvants pour une enfant de son âge, même si elle avait le potentiel d'un grand maître magicien.

— Je la porterai jusqu'à la ville, offrit Sage.

— Non, c'est moi qui m'occupe d'elle maintenant, trancha Wellan en se plantant face à lui. Kira est un Écuyer d'Émeraude sous ma responsabilité.

L'autorité que Sage vit briller dans les yeux bleus du grand Chevalier lui fit comprendre qu'il était inutile de répliquer. Wellan saisit les épaules de l'adolescente mauve et lui transmit une puissante vague d'apaisement ainsi qu'un message très clair quant à ses intentions. Kira libéra aussitôt l'Espéritien et pivota vers le grand chef. Wellan la sonda profondément et elle n'érigea aucune barrière contre cet examen qu'il était parfaitement en droit d'effectuer.

— Si tu ne peux pas marcher, je te porterai, déclara-t-il.

— Je crains que mes jambes ne me permettent pas d'aller bien loin, sire, répondit-elle en soutenant bravement son regard.

Sage assista à cet échange et il comprit le rôle que jouait ce géant parmi les siens. Il n'était qu'un Chevalier comme ses compagnons d'armes, mais il se comportait en roi, et une nouvelle admiration pour ce puissant personnage naquit dans son cœur. Malgré son ton sévère et son regard impitoyable, Sage décela de la tendresse en lui alors qu'il observait Kira. « Qu'est-elle pour lui ? » se demanda-t-il avec un soupçon de jalousie.

Wellan fit grimper la jeune fille dans ses bras et prit les devants dans le sentier creusé à même la glace pour ensuite traverser les champs en direction de la ville. Appuyée mollement contre la large épaule de son chef, Kira observait le visage inquiet de Sage qui fermait la marche. Malgré sa terreur des dernières minutes, elle avait senti une émotion nouvelle naître en elle. Elle ferma les yeux et se rappela la sensation enivrante de leur baiser. *Je recommencerai, si vous le voulez*, assura Sage qui lisait ses pensées.

Kira sursauta dans les bras de Wellan et ce dernier lui décocha un regard aigu, tandis que Swan réprimait un sourire amusé. Le jeune guerrier d'Espérita comprit aussitôt que les communications de pensées étaient captées par tous les Chevaliers. Il se montrerait plus prudent à l'avenir...

— Poursuivez votre route jusqu'à la cité, lança le grand chef. Je vous y rejoindrai plus tard.

Kira crut que Wellan allait la déposer par terre, mais il la garda serrée contre lui et piqua vers la forêt qui bordait la ville au nord. L'adolescente remarqua l'expression déconcertée de Sage qui s'était immobilisé, incertain, et lui fit signe de suivre les Chevaliers. Obéissant, il s'élança derrière Kevin.

L'adolescente aurait bien aimé sonder les pensées du grand chef, mais le code le lui interdisait sous peine d'expulsion de l'Ordre. Elle ne pouvait pas non plus s'adresser à Wellan la première, l'Écuyer devant toujours attendre que ses maîtres parlent d'abord. Il s'agissait évidemment de règles destinées à inculquer le respect aux apprentis, mais elle les trouvait bien sévères tout à coup.

Wellan s'arrêta à l'ombre d'un vieux saule dont les branches caressaient les eaux limpides d'un ruisseau. Il déposa l'adolescente sur le sol et la retint par les bras un moment pour s'assurer qu'elle conservait son équilibre. Kira regarda autour d'elle en se demandant pourquoi il l'isolait ainsi des autres. Était-ce en raison de l'intérêt que lui portait le jeune Sage ?

— Je voulais te parler seul à seule, l'informa Wellan en lisant l'interrogation dans ses yeux violets. Assieds-toi.

Elle prit place sur une roche plate que le soleil avait délicieusement réchauffée et leva bravement la tête vers le grand Chevalier.

— Nous n'avons pas eu le temps de terminer notre conversation à Zénor, reprit-il.

Kira se souvint alors du bras mauve du guerrier-insecte mort sur la plage.

— Ton apparence physique est différente de la nôtre, c'est vrai, mais ton cœur est humain, poursuivit Wellan. Tu es l'une des nôtres et tu le seras toujours. Si je t'ai empêchée de quitter Émeraude pendant les premières années de ta vie, c'était pour te protéger d'Asbeth et des autres vils serviteurs d'Amecareth.

— Je vous en suis reconnaissante, sire, affirma-t-elle avec sincérité. Si ce sorcier s'était attaqué à moi quand j'avais neuf ans, il m'aurait très certainement tuée.

— Ce n'est pas ton sang qui pourrait t'empêcher de devenir Chevalier, Kira, mais ton manque de discipline. C'est pour cette raison que je dois continuer de te surveiller de près.

— Je fais de gros efforts, je vous le jure.

Wellan inspira profondément, comme si le reste de son discours exigeait beaucoup d'efforts de sa part. Il fixa l'adolescente un long moment et Kira résista de son mieux à la tentation de sonder son cœur.

— Je veux aussi te remercier de m'avoir sauvé la vie, dit-il enfin. Volpel et Bailey m'ont raconté que tu étais descendue dans le cratère après ma chute pour me protéger contre les guerriers d'Espérita sans même savoir s'ils étaient amis ou ennemis.

— Mais c'était mon devoir, protesta l'adolescente. Et, de toute façon, j'étais la seule à pouvoir intervenir.

— Tu as quand même fait preuve de bravoure.

— Je voulais surtout me faire pardonner de vous avoir malmené dans la cour du Château d'Émeraude, avoua-t-elle, embarrassée.

Un large sourire éclaira le visage de Wellan, indiquant qu'il ne lui tenait pas rigueur de lui avoir donné une leçon devant tous ses hommes.

— Mon intuition me dit que c'est également toi qui m'as délivré du maléfice qui m'a presque anéanti.

— Pas exactement. J'ai dû marchander avec le sorcier qui avait implanté un serpent glacé dans votre poitrine.

— Un serpent ?

— Je vous assure, c'en était un ! Il m'a même mordue quand j'ai voulu vous venir en aide après votre chute.

Kira lui raconta avec force détails sa rencontre avec Asbeth pendant que les Chevaliers et les Écuyers la cherchaient dans les galeries de la ville souterraine.

— Il a été plutôt bête de croire que je le suivrais docilement jusqu'à son maître, vous ne pensez pas ? commenta-t-elle.

— Asbeth est une créature surprenante. Il est impossible de savoir ce qui se passe sous son crâne d'oiseau. Mais, heureusement, maître Nomar nous en a débarrassés en l'expédiant à l'autre bout du monde, dans une prison d'énergie.

— Bien fait pour lui !

Le grand Chevalier porta son regard au loin, en direction d'Espérita d'où s'élevait en volutes la fumée de nombreux feux.

— Si nous allions manger un morceau ? suggéra-t-il à l'adolescente. Je meurs de faim.

Rassurée et détendue, Kira bondit sur ses pieds avec enthousiasme. Afin de lui montrer qu'il pardonnait ses étourderies passées, Wellan se pencha et l'embrassa sur le front. Touchée, Kira eut beaucoup de mal à ne pas exploser de joie. Se contenant de son mieux, elle demeura immobile devant son chef, à attendre son prochain commandement. Wellan posa la main sur son épaule et l'entraîna en direction de la ville.

43

Retour à Espérita

En revenant aux côtés de Kira, Wellan fut bien content, en mettant le pied sur la route principale, de constater que ses jeunes Chevaliers et leurs Écuyers patrouillaient les rues de terre en observant le ciel sans relâche. Il scruta lui-même toute la région et ne trouva aucune trace des soldats de l'Empereur Noir ou de leurs dragons noirs.

— Si vous le permettez, sire, j'aimerais bien retourner auprès de mon maître, réclama l'adolescente à ses côtés.

— C'est ce que j'allais te demander.

Au même instant, les deux Écuyers de Wellan, ayant ressenti son approche, accouraient. Kira s'inclina devant le grand Chevalier et s'élança dans une venelle bordée de maisons coquettes. Wellan reçut les garçons dans ses bras et les étreignit affectueusement, comme un véritable père. Il répondit à leurs innombrables questions concernant son affrontement magique et sa balade à dos de dragon blanc tout en les entraînant à travers la ville. Les Écuyers écarquillaient les yeux en écoutant son récit et regrettèrent de ne pas en avoir été témoins.

Wellan fut rapidement entouré des plus âgés de ses compagnons d'armes. Santo lui saisit les bras le premier et les serra avec beaucoup d'affection, heureux de le revoir en forme.

— Nous avons suivi le duel par l'intermédiaire de nos esprits pendant que nous protégions la ville, déclara Santo. Ta puissance est impressionnante, mon frère.

— Mais je n'ai pas vaincu ce sorcier seul. Maître Nomar s'est joint à nous et il a catapulté notre vieil ennemi là d'où il ne pourra plus jamais revenir, répliqua le grand chef.

— Sommes-nous vraiment débarrassés d'Asbeth ?

— J'ose croire que oui.

— L'empereur ne va pas être content de l'apprendre ! s'exclama Bergeau en riant.

— Il trouvera certainement un autre mage noir pour le remplacer, s'assombrit Falcon.

— Je ne pense pas qu'il y en ait beaucoup de par le monde, le rassura Jasson. Nous devrions être tranquilles pendant un bon moment.

Wellan avisa alors un groupe de citoyens d'Espérita qui marchaient vers eux d'un pas rapide. N'ayant pas assisté à la rencontre avec le Conseil, le grand Chevalier ignorait évidemment que c'étaient les chefs des douze familles du Royaume des Esprits. Il les sonda rapidement et ressentit leur allégresse. Ils s'arrêtèrent devant lui et s'identifièrent les uns après les autres en le félicitant pour sa bravoure.

Avant que Wellan puisse leur dire de ne pas se réjouir trop vite, l'Empereur Noir étant une créature tenace, les Espéritiens les conviaient à une grande fête qui se déroulerait dans la soirée. Les soldats se tournèrent aussitôt vers leur chef, sur qui reposait la décision finale.

— Nous acceptons cet honneur avec joie, lança-t-il finalement, ses hommes méritant de s'amuser un peu.

Les plus jeunes manifestèrent leur enthousiasme et les plus vieux les calmèrent gentiment. Wellan remercia ses compagnons d'avoir veillé sur la cité et leur suggéra de se reposer ou de profiter de la journée pour poursuivre l'entraînement de leurs Écuyers. Tandis qu'ils se séparaient, le grand Chevalier repéra l'énergie de Jahonne dans une maison au bout de la rue. Flanqué de ses apprentis, il s'y dirigea en continuant d'accepter les compliments des habitants qu'ils croisaient.

Wellan s'identifia auprès des propriétaires de la maison et fut aussitôt conduit auprès de l'hybride que veillaient Dempsey, Corbin, Pencer et leurs Écuyers. Ils étaient plutôt à l'étroit dans la petite pièce, mais personne ne s'en plaignait. Le grand chef libéra ses frères d'armes jusqu'aux festivités du soir. Les jeunes Chevaliers le saluèrent et quittèrent la maison pour aller se dégourdir les jambes, mais Dempsey s'attarda.

— Elle a murmuré des paroles étranges dans son sommeil, mon frère, déclara-t-il à Wellan. Elle a parlé de son fils, du sorcier et de l'empereur. Elle craint pour la vie de son enfant qui semble marqué par Amecareth. Elle t'a aussi réclamé plusieurs fois.

Wellan remercia Dempsey d'être resté auprès d'elle et lui conseilla de prendre du repos avant le banquet. Dempsey serra son chef dans ses bras, puis quitta la maison avec ses apprentis. Le grand Chevalier prit place sur un tabouret de bois près du lit et contempla le visage paisible de sa bonne amie avant de se résoudre à la réveiller. Bailey et Volpel grimpèrent sur l'appui de la fenêtre, s'apprêtant à assister à ces retrouvailles avec curiosité. Wellan passa doucement la main au-dessus de la tête de Jahonne et elle battit des paupières. Patient, il attendit que l'hybride revienne complètement à elle et ne put retenir un sourire lorsqu'elle ouvrit ses yeux violets.

— Wellan..., murmura-t-elle en lui tendant la main.

Il s'empara de ses doigts et les effleura du bout des lèvres.

— L'empereur a finalement découvert notre cachette, s'affligea-t-elle. Mes amis ont connu une fin atroce.

— Heureusement, tu es toujours vivante.

— Mais que vais-je devenir ? Je n'appartiens pas à ce monde de soleil. Je suis une créature de l'ombre, une hybride qui n'a aucune place dans ton univers.

— C'est faux, Jahonne. Les braves gens d'Espérita n'ont pas de magicien. Pourquoi ne mettrais-tu pas tes incroyables pouvoirs à leur service ?

L'hybride referma les yeux et Wellan capta son désespoir. Comment la persuader que ce changement d'existence lui serait salutaire ? De toute façon, la ville souterraine n'existait plus.

— Tu as parlé de ton fils dans ton sommeil, poursuivit le grand Chevalier. Pourtant, durant toutes les années que j'ai passées avec toi, tu ne m'as jamais dit que tu avais un enfant.

— Nomar ne voulait pas que je t'en parle. Il voulait que tu te concentres sur ton entraînement. D'ailleurs, j'ai confié mon fils à son père dès sa naissance pour qu'il vive à l'air libre. Je suis soulagée d'apprendre que cet affreux sorcier n'a pas tué Sage.

— Sage d'Espérita est ton fils ? s'exclama Wellan, surpris.

— Oui. J'aurais préféré qu'il ne me connaisse jamais, mais son père tenait à lui dire la vérité. Ma vue lui a d'abord causé un grand choc.

« Pourtant, il semble très attiré par Kira, tout aussi mauve qu'elle », pensa Wellan.

— En apprenant ses véritables origines, le peuple d'Espérita l'a écarté des fonctions importantes qu'il aurait pu occuper en grandissant. Sage n'a de place nulle part dans ce monde et c'est ma faute.

— Et si son rôle consistait à te protéger maintenant qu'Alombria est réduite en cendres ? proposa Wellan.

— Je crains que ce ne soit pas possible, s'interposa Nomar en se matérialisant de l'autre côté du lit, faisant sursauter les Écuyers.

Wellan s'inclina respectueusement devant l'Immortel comme il avait appris à le faire au cours des longues années passées sous sa tutelle.

— Jahonne et moi avons une nouvelle mission à accomplir, reprit le mage en s'asseyant sur le lit. Il faut trouver un abri pour les prochains hybrides que concevra certainement l'empereur. Sage est jeune et beaucoup plus humain qu'hybride. Il ne voudra pas passer le reste de sa vie dans un tel sanctuaire.

— Qu'adviendra-t-il de lui alors ? demanda Wellan.

— Il fera probablement des bêtises comme tous les jeunes de son âge, et il finira par trouver sa voie, plaisanta Nomar, soutirant un faible sourire à Jahonne.

— Mais l'empereur pourrait s'emparer de lui, protesta le Chevalier.

— Son sang est trop impur au goût d'Amecareth, le détrompa l'Immortel, redevenant sérieux. C'est la raison pour laquelle nous l'avons laissé grandir à Espérita en toute confiance. Soyez sans crainte, Wellan, le fils de Jahonne aura la liberté de choisir son propre destin. Mais sa mère, par contre, devra être protégée des sombres desseins de l'empereur.

Wellan serra la main mauve de la femme hybride dans la sienne, content que les Immortels continuent de veiller sur elle.

44

Le refuge d'Onyx

En apprenant que le sorcier responsable de la destruction de leurs voisins avait été vaincu, les habitants d'Espérita se rassemblèrent afin de préparer une fête dont leurs sauveteurs se rappelleraient longtemps. Les hommes roulèrent des barils de vin et de bière sur la place centrale et allumèrent de grands feux où ils firent rôtir bœufs et porcs pour nourrir les vaillants Chevaliers. Les femmes préparèrent du pain et lavèrent des légumes en se racontant ce qu'elles savaient des aventures de leurs sauveteurs dans les sombres tunnels des hybrides.

Comme la plupart de ses frères, Falcon préféra se balader dans la ville plutôt que de dormir pendant les quelques heures qui le séparaient du repas du soir. Curieux d'en apprendre davantage sur les origines de ce peuple dont l'existence n'était mentionnée dans aucun livre, le Chevalier se mit à la recherche de Sage, avec Yann, son Écuyer.

Ils découvrirent finalement le jeune guerrier dans une clairière parsemée de gros rochers, à proximité du bâtiment abritant le Conseil des douze familles. Assis sur une pierre plate, les jambes croisées, le jeune homme aux yeux de miroir regardait au loin.

Falcon s'approcha de lui en le sondant en profondeur. Sage venait de sauver Kira et probablement tout son peuple d'une mort certaine en menant Wellan aussi rapidement jusqu'au sorcier. Pourtant, son cœur était en proie à de cruelles souffrances. Comme s'il avait ressenti l'incursion du Chevalier dans son esprit, le jeune guerrier se tourna brusquement vers lui.

— Le moment est-il mal choisi pour bavarder ? demanda amicalement Falcon.

— Bien sûr que non, l'accueillit Sage en se détendant. Je suis votre humble serviteur.

Le Chevalier grimpa sur un dolmen, imité par son apprenti. Sage observa attentivement le gamin qui suivait Falcon comme son ombre.

— À quel âge ces enfants commencent-ils leur apprentissage ? interrogea le jeune guerrier d'Espérita avec intérêt.

— En général, ils commencent à étudier la magie sous la tutelle du magicien Élund au Château d'Émeraude à l'âge de cinq ans, mais certains sont parfois plus âgés. Puis, à onze ans, ils deviennent Écuyers et ils apprennent à manier les armes avec leurs maîtres.

— Quand deviennent-ils Chevaliers ?

— À l'âge de dix-sept ans, selon leurs aptitudes.

Falcon lut la déception sur le visage de l'Espéritien, désormais trop vieux pour entreprendre ce genre d'études.

— Mais le code prévoit certaines exceptions, s'empressa d'ajouter Falcon, histoire de lui remonter le moral. Tout homme ayant accompli un exploit ou sauvé la vie de plusieurs membres de l'Ordre peut être adoubé par le Roi d'Émeraude.

— J'imagine qu'il n'y en a pas eu beaucoup, avança Sage.

— Aucun, à vrai dire, mais notre Ordre est encore jeune.

Sage détourna la tête en ravalant sa déception.

— Accepteriez-vous de me parler d'Espérita ? reprit Falcon avec douceur.

— Que voulez-vous savoir ? répliqua le jeune guerrier sans le regarder.

— Racontez-moi ses origines.

— C'est un pays créé par maître Nomar en échange de la nourriture et des vêtements dont il avait besoin pour ses protégés.

— Mais d'où viennent les habitants d'Espérita ?

— Un magicien du nom d'Onyx, mon ancêtre, s'est aventuré jusqu'ici il y a fort longtemps, accompagné d'hommes et de femmes qui avaient tout perdu dans une guerre sanglante sur leurs terres natales. Ils cherchaient un endroit tranquille pour vivre loin des épées et des lances de leurs ennemis... mais ils se sont retrouvés emprisonnés dans cette enclave. Nous avons terminé l'aménagement du sentier menant jusqu'à l'océan il y a une dizaine d'années. Avant cela, mon peuple était vraiment isolé ici.

— Mais c'était sa volonté, non ?

— Du moins celle de ses premiers habitants.

Falcon sentit l'amertume sourdre dans le cœur du jeune homme, qui rêvait probablement d'aventure depuis son enfance sans jamais pouvoir assouvir sa soif de nouveaux horizons.

— Parlez-moi de votre ancêtre Onyx, insista le Chevalier.

— Les Anciens disent qu'il a été soldat et qu'il en a eu assez de tuer. C'est pour cette raison qu'il a fondé cette cité où personne ne posséderait jamais le pouvoir absolu. Il a mis sa magie au service des blessés et des malades, mais il n'a jamais voulu enseigner son art à qui que ce soit, alors sa science s'est éteinte avec lui. Mon père dit qu'Onyx était un homme silencieux qui ne parlait pas de son passé. Ni sa femme ni ses enfants ne le connaissaient vraiment. Mais pourquoi vous intéressez-vous à lui, Chevalier ?

— Parce que nous avons des racines communes, lui et moi, sourit Falcon.

— Il est aussi votre aïeul ? s'étonna Sage en se tournant brusquement vers lui.

— D'une certaine façon. Nos livres d'histoire rapportent qu'il a compté parmi les Chevaliers d'Émeraude lors de la première invasion.

— Mais si c'était vrai, les Anciens l'auraient mentionné...

— Pas si Onyx ne leur en avait jamais parlé. Laissez-moi vous résumer l'histoire d'Enkidiev. Il y a très longtemps, votre ancêtre a affronté l'Empereur Noir et c'est grâce à une armée d'hommes transformés en puissants magiciens par l'Immortel Abnar qu'Enkidiev a été sauvé.

La suite du récit était bien triste, mais Falcon ne pouvait cacher la vérité à ce jeune guerrier à l'esprit ouvert et au cœur pur.

— Après la guerre, la plupart de ces Chevaliers, qui n'avaient pas été préparés dès l'enfance à vivre avec des pouvoirs magiques, ont tenté d'asseoir leur autorité sur leurs royaumes d'origine, poursuivit-il. Certains se sont affrontés en combats sanglants, d'autres ont tenté de détrôner des rois. Le Magicien de Cristal a donc dû se résoudre à leur enlever leurs pouvoirs. Certains ont accepté de se soumettre, mais beaucoup se sont retournés contre lui et ont été éliminés. Un seul d'entre eux a réussi à lui échapper.

— Mon ancêtre ?

— C'est exact. Les historiens ont ensuite perdu sa trace.

— Onyx s'est servi de ses pouvoirs à mauvais escient ?

— Les écrits ne sont pas très clairs à ce sujet.

À cet instant, un gamin arriva en courant pour leur annoncer que les chefs des douze familles les conviaient à la place centrale où la viande était rôtie à point et la bière coulait à flots.

45

Un festin bien mérité

Consterné par ce qu'il venait d'apprendre au sujet de son ancêtre, Sage accompagna le Chevalier Falcon et son Écuyer sur les lieux des festivités. Les soldats d'Émeraude se mêlèrent aux habitants d'Espérita, mais le jeune guerrier resta en retrait, ses yeux opalins fouillant la foule en liesse à la recherche de celle qui faisait battre son cœur. Il repéra enfin Kira qui était assise entre Bridgess et Wellan, le chef incontesté de l'Ordre.

Sage se faufila entre les paysans qui transportaient de la nourriture et de la bière et ceux qui dansaient sur la musique des flûtes et des tambours, et arriva devant le grand Chevalier. Il s'inclina avec respect et sentit son regard glacé qui lui recommandait de ne pas importuner l'adolescente. Les joues rouges de timidité, le jeune homme poursuivit sa route tout en jetant un regard engageant à Kira. L'apprentie fut tentée de lui transmettre un message télépathique, mais il aurait été intercepté par tous les Chevaliers et leurs Écuyers. Elle décida plutôt de le sonder et capta sa tristesse et son désespoir.

Sage s'assit plus loin et refusa la nourriture que lui présentèrent les femmes de sa famille, préférant contempler Kira avec des yeux brillant d'adoration. Bridgess suivit discrètement ces échanges silencieux, puis analysa les sentiments de son Écuyer. Kira semblait sensible aux avances du bel étranger, ce qui était tout à fait naturel à son âge. Mais Sage vivant à l'extrémité nord du continent, cela risquait de rendre leurs fréquentations plutôt difficiles.

C'est alors que Jahonne s'approcha, soudée au bras de Nomar. Tous les deux portaient de longues tuniques blanches ceintes à la taille par un cordon argenté. Les habitants d'Espérita se retournèrent sur leur passage et les observèrent avec un respect mêlé de crainte. Wellan aperçut le duo et se leva pour les accueillir, un sourire illuminant soudain son visage.

— Elle tenait à manger avec vous, lui dit l'Immortel.

— Il aurait mieux valu que tu te reposes, reprocha le Chevalier à son amie mauve en lui tendant la main.

— Je vais bientôt partir, Wellan, et nous n'aurons pas eu le temps de bavarder, s'attrista Jahonne.

Nomar salua les Chevaliers et se dématérialisa, son départ subit émerveillant les Espéritiens. Wellan aida l'hybride à s'asseoir près de lui, sous le regard fasciné de Kira qui croyait se voir dans une glace. Les griffes de la mère de Sage étaient plus fines que les siennes et ses pupilles étaient rondes plutôt que verticales, mais le reste du corps était semblable. Jahonne accepta avec gratitude la nourriture qu'on lui offrit. Kira l'observa alors qu'elle déchiquetait la viande avec ses petites dents pointues sans se soucier des regards qui convergeaient vers elle. Une grande tendresse émanait de cette femme étrange. Était-ce là le genre de magie qu'opérait maître Nomar sur les enfants des insectes ? Même Wellan se comportait plus civilement en sa présence. Plein d'égards, il ne la lâchait pas des yeux une seconde.

« Pourquoi aime-t-il cette femme mauve alors qu'il me traite toujours durement ? » s'étonna l'adolescente. Jahonne se tourna vers elle et lui sourit gentiment. Kira sentit aussitôt une grande chaleur l'envahir.

— Je suis contente que tu aies réussi à survivre dans le monde des humains, déclara l'hybride d'une voix chantante. Et malgré les plans que ce brave Chevalier a échafaudés pour toi...

Elle décocha un coup d'œil moqueur à Wellan qui y répondit par un autre sourire ! Kira n'en croyait pas ses yeux. Cette femme l'avait-elle ensorcelé ?

— Je pense que c'est avec maître Nomar et moi que tu devrais partir, termina Jahonne.

— Mais je ne pourrai jamais devenir un guerrier si je me cache sous la terre, protesta l'adolescente en tentant de conserver un ton respectueux.

— Pourquoi est-ce si important pour toi de te battre ?

— Mais parce que je dois protéger le porteur de lumière, évidemment.

— Et tu crois vraiment que les armes sont le seul moyen de le défendre ?

Kira acquiesça vivement, puis consulta Wellan du regard afin de s'assurer qu'elle avait le droit de s'affirmer ainsi. Le Chevalier demeura impassible. Décidément, cette femme exerçait une grande influence sur lui.

— La magie est beaucoup plus puissante que l'épée, ajouta Jahonne. Je croyais que Wellan t'avait au moins transmis cette vérité essentielle.

Avant que Wellan puisse défendre son point de vue, une explosion retentit au milieu de la fête, arrachant des cris de terreur aux femmes et aux enfants. Tous les Chevaliers bondirent sur leurs pieds et cherchèrent, à l'aide de leurs sens invisibles, la cause de la secousse.

Le grand chef ordonna aussitôt à Kevin et à Dempsey de veiller sur Jahonne, puis s'élança en direction du tourbillon d'énergie qu'il captait à proximité du puits. Ses compagnons et leurs Écuyers se précipitèrent à sa suite, l'arme au poing, prêts à affronter l'ennemi. Mais le spectacle qui s'offrit à eux, lorsqu'ils arrivèrent à la périphérie de la place publique, les prit de court. Assis sur le sol, Sage gémissait devant un arbre en flammes.

Wellan éteignit le feu d'un geste de la main et sonda la région, mais il ne trouva aucune trace des hommes-insectes ou de leurs dragons. Il rengaina son épée, au grand soulagement des Espéritiens qui les entouraient, et se pencha sur le jeune guerrier. Sage contemplait ses paumes incandescentes, des larmes perlant de ses yeux blancs. Imaginant sa souffrance, Wellan prit doucement les mains de l'Espéritien pour les examiner de plus près.

— Comment est-ce arrivé ? s'enquit-il, se souvenant d'avoir subi les mêmes blessures les premières fois qu'il avait tenté de matérialiser des rayons incendiaires.

— Je l'ignore..., murmura honteusement Sage. J'ai tenté de faire la même chose que vous... Je suis vraiment désolé d'avoir troublé votre repas.

— Les Chevaliers étudient la magie pendant de longues années avant de s'attaquer à une cible, fit Wellan sur un ton sévère. Tu aurais pu perdre l'usage de tes deux bras, jeune homme.

Voyant que ses paumes luisaient toujours comme des braises, le grand chef comprit que Sage ne savait pas comment neutraliser ses facultés. « Un magicien en puissance... ou un sorcier », pensa-t-il.

— Concentre-toi et fais remonter le feu dans tes bras, lui ordonna-t-il. Cette sensation de brûlure qui circule sous ta peau signale la présence d'un grand pouvoir magique. C'est en laissant sortir trop rapidement ton énergie que tu t'es blessé. Si tu n'apprends pas à la maîtriser, tu risques la mort.

Parmi les Écuyers, Kira observait le visage terrifié du jeune guerrier en se réjouissant secrètement qu'il possédât d'aussi grandes facultés. Peut-être Wellan songerait-il à faire de lui un apprenti malgré ses dix-sept ans.

— Dites-moi comment faire, implora Sage.

— Ferme les yeux et prends conscience de la présence d'une flamme qui patiente dans tes paumes. Ramène-la jusqu'à ta poitrine où elle a pris naissance.

Sage avala de travers, mais fit ce que le grand chef attendait de lui. Graduellement, ses mains s'éteignirent, ne présentant plus que des traces de brûlures. Santo se détacha aussitôt du groupe et se pencha sur le jeune guerrier, poussé par son âme de guérisseur. Il enferma les mains de Sage dans les siennes et, tout en lui faisant un clin d'œil, les enveloppa de lumière blanche.

— Mes plaies guérissent toujours très rapidement, mais j'apprécie beaucoup votre aide, balbutia-t-il timidement lorsque le Chevalier le libéra.

Santo accepta ses remerciements avec un sourire et l'aida à se relever.

— Ne trouverais-tu pas plus amusant de faire la fête avec nous plutôt que d'incendier les arbres d'Espérita ? plaisanta Jasson.

Sage allait accepter son invitation lorsqu'il vit Jahonne s'approcher entre les Chevaliers et les Écuyers. La mère et le fils échangèrent un regard embarrassé qui surprit Wellan. Sage marmonna une vague excuse à l'intention de Jasson puis disparut dans l'obscurité, prenant la fuite en direction des maisons de son clan.

— Comment va-t-il ? demanda Jahonne au grand Chevalier.

— Il a une forte constitution, affirma ce dernier. L'énergie qu'il a laissé échapper aurait pu complètement calciner ses mains. Ton fils possède de grands pouvoirs, Jahonne. Nomar devrait l'emmener avec vous pour lui apprendre à les maîtriser.

— Il ne voudra pas nous suivre, s'attrista la mère.

— Et si nous lui expliquions les bienfaits d'une bonne éducation magique ? suggéra Bridgess.

À ses côtés, Kira suivait la scène en silence. « Cette docilité ne lui ressemble pas du tout », remarqua Wellan. Il la sonda rapidement et ne découvrit que de l'inquiétude et de la compassion dans son cœur.

— Moi, j'ai faim ! s'exclama alors Bergeau, souhaitant détendre l'atmosphère.

Il entoura les épaules de ses deux apprentis et les ramena vers les feux, et ses compagnons le suivirent. Jahonne s'appuya en douceur au bras musclé de Wellan qui scruta son visage avec inquiétude.

— Sage ne peut pas laisser paraître ses sentiments pour moi devant son peuple, expliqua-t-elle. Cela lui causerait encore plus d'ennuis vis-à-vis du Conseil.

Elle porta son regard sur les villageois qui avaient assisté à l'intervention des soldats, et Wellan vit qu'elle observait Sutton, le père de son fils. « Elle l'aime encore », comprit-il. Dissimulant habilement sa peine, Jahonne entraîna le Chevalier à la suite de ses frères. Bridgess les regarda passer en fronçant les sourcils, envieuse de l'attention que Wellan accordait à cette femme d'un autre monde. Mais elle ne voulait surtout pas céder à la jalousie qu'elle sentait naître en elle, jugeant que ce n'était pas une émotion digne d'un Chevalier d'Émeraude.

— Moi aussi, je m'inquiéterais à votre place, maître, murmura Kira près d'elle.

— Il a parfaitement le droit d'avoir des amis, déclara Bridgess, à demi sincère.

Avant qu'elles ne l'assaillent d'une volée de questions, la femme Chevalier poussa ses filles en direction de la place centrale où Jasson rassurait déjà les habitants d'Espérita au sujet de l'explosion qui avait perturbé les festivités.

Kira suivit docilement Gabrelle et Yamina. Les émotions qu'elle ressentait tout à coup n'étaient plus celles d'une enfant. En regardant Sage, elle éprouvait l'irrésistible besoin de lui venir en aide, de le prendre dans ses bras et de le rassurer. Elle fouilla sa mémoire et récita mentalement le code de chevalerie jusqu'à l'article qui obligeait les Chevaliers à secourir ceux qui se trouvaient dans le besoin ou en danger... comme Sage.

Les réjouissances se poursuivirent sans plus d'incidents. Jasson et Bergeau ne ménagèrent pas leurs efforts pour amuser la population, le premier grâce à sa magie et le second avec des blagues qui faisaient rougir les femmes et sourire les hommes. Mais le jeune guerrier d'Espérita ne réapparut pas parmi eux, à la grande déception de Kira.

46

La décision de Sage

Les Espéritiens regagnèrent leurs chaumières vers minuit, et Wellan conseilla à ses soldats d'en faire autant, puisqu'il comptait partir le lendemain. Les Chevaliers s'ébranlèrent donc vers leurs maisons d'accueil avec leurs Écuyers, sous l'œil protecteur du grand chef qui fut le dernier à quitter les lieux.

Lorsque la place centrale fut enfin déserte, Sage sortit de l'ombre et prit place devant les braises d'un grand cercle de pierres pour se réchauffer. À son grand soulagement, le spectre de ses cauchemars ne s'était pas manifesté durant la fête. Il demeura immobile un long moment, les genoux repliés contre sa poitrine, ses bras serrant ses jambes et ses yeux ne regardant nulle part. Jamais il ne pourrait assumer un poste important au Conseil des douze familles et jamais il ne pourrait se marier à Espérita. Kira, qui avait elle aussi du sang d'insecte dans les veines, représentait sa seule chance de connaître l'amour.

Au même moment, dans sa maison, Sutton poussait les peaux tendues de la chambre où il venait de mettre ses filles au lit, et vit son épouse, Galli, debout à la fenêtre, une chandelle à la main. Il comprit qu'elle s'inquiétait de ne pas voir rentrer le grand garçon qu'elle avait adopté en l'épousant. Il s'approcha d'elle et, soulevant ses longs cheveux roux, l'embrassa sur la nuque.

— Je ne l'ai jamais vu aussi triste, murmura-t-elle en étouffant un sanglot.

— Sa vie ne sera pas aussi facile que la nôtre, Galli, et il commence à s'en rendre compte.

— Il devrait pourtant savoir que nous prendrons soin de lui.

« Mais arriverons-nous à le rendre heureux ? » se demanda Sutton.

— Je sais où le trouver, assura-t-il avec un sourire. Veille sur nos filles.

Galli referma la porte derrière lui et se posta de nouveau à la fenêtre pour le regarder disparaître au bout de la rue éclairée par les flambeaux des maisons voisines. Sutton commença par inspecter les cachettes préférées de son fils. Puis, en traversant la ville, il remarqua une silhouette recroquevillée près d'un des feux mourants de la place publique et sut qu'il s'agissait de lui.

— Sage, il est tard, fit-il en s'avançant vers lui.

— Je n'ai pas sommeil, hoqueta le jeune homme, serrant les paupières pour retenir ses larmes.

— Ta mère est inquiète parce que tu n'es pas rentré.

— Elle n'a aucune raison de s'en faire. Que pourrait-il m'arriver à Espérita ? Si les chefs des douze familles avaient voulu m'éliminer, ils l'auraient fait depuis longtemps.

— Sage...

— J'ai besoin de réfléchir, père. Je vous en prie, laissez-moi.

Mais Sutton était un homme têtu qui tenait à conserver son bonheur familial à tout prix et à traiter son fils illégitime de la même façon que ses autres enfants. Il s'approcha davantage, mais Sage se releva vivement et s'éloigna de lui.

— Pourquoi te méfies-tu de moi ? Crois-tu que moi, ton père, je te ferais du mal ?

— Non, mais vous ne pouvez plus rien pour moi. Le Conseil vous a lié les mains.

— Il ne m'a pas empêché de continuer de t'aimer.

— Votre amour ne me donnera pas une épouse ou une maison et je ne veux pas vivre à vos crochets.

— Dans ce cas, dis-moi ce qui te rendrait heureux.

— Quitter Espérita avec les Chevaliers, s'ils veulent bien de moi.

— Quoi ? Tu n'y penses pas ! À l'extérieur de cette enclave règnent la guerre, la faim et la misère !

— Alors, je deviendrai soldat et je me battrai aux côtés des Chevaliers. Cela vaut mieux que de mourir de chagrin dans ce havre de paix, ne croyez-vous pas ? Je n'ai aucun avenir ici, père, et vous le savez aussi bien que moi. On tolère ma présence par crainte des représailles de maître Nomar, qui a menacé de châtier quiconque lèverait la main sur les hybrides, mais j'ai été écarté d'une vie normale pour toujours.

— Mais tu es mon enfant...

— Vous n'auriez jamais dû me concevoir.

— Je ne sais pas ce que tu as ce soir, mais je suis certain que j'arriverai à te réconforter si tu viens à la maison.

— Non, pas cette fois... Laissez-moi partir.

— Le monde extérieur est plein de dangers, mon fils.

— Je préfère les affronter plutôt que de regarder les autres accéder à tout ce qui m'est défendu. Je deviendrai un citoyen d'Émeraude, je bâtirai ma propre maison, je me marierai et j'aurai des enfants. Les habitants de ce royaume verront que je suis un homme bon, même si je porte une part de leur ennemi en moi.

— Tu ne sais plus ce que tu dis, s'affligea le père.

— Si vous m'aimez vraiment, n'essayez pas de me retenir.

Sage disparut dans les ténèbres. Sutton le rappela, en vain. Pour la première fois de sa vie, il regretta le jour où, dans un élan de passion, il avait engendré cet enfant. Attristé, il rentra chez lui annoncer à sa femme le départ prochain de leur aîné.

*
* *

Dans le noir, Sage suivit prudemment un sentier qui serpentait entre les arbres derrière les maisons. Une seule personne dans tout l'univers saurait le consoler et ses pas le menaient irrémédiablement vers elle. Il allait atteindre la chaumière où Kira logeait avec son maître Chevalier lorsque, au détour du chemin, il vit Jahonne enveloppée d'une lumière mauve. Il s'immobilisa, sentant les muscles de son corps se tendre comme la corde d'un arc. Sa mère s'avança à sa rencontre, une cape blanche jetée sur ses épaules, ses cheveux violets frissonnant dans la brise.

— Je suis venue te dire au revoir, fit-elle de sa voix chantante.

Le jeune homme demeura silencieux, s'efforçant de dissimuler le chagrin qui lui déchirait le cœur. Dans l'obscurité, ses yeux miroitants captaient les rayons de la lune et brillaient d'une douce lueur blanche, comme les pierres qui illuminaient autrefois Alombria.

— Je pars cette nuit avec maître Nomar à la recherche d'un nouvel abri pour les futures abominations qui me ressembleront, ajouta-t-elle pour le faire réagir.

Sage baissa honteusement la tête, se souvenant d'avoir déjà entretenu de telles pensées à l'égard des hybrides qui vivaient avec sa mère.

— Viens avec nous.

— Non, fit-il en hochant vigoureusement la tête. Je refuse de passer le reste de mes jours en exil. Il y a tout un univers au-delà de ces murs de glace et je veux le découvrir.

— Et tu crois que ta vie sera plus facile à l'extérieur d'Espérita ?

— Je sais qu'elle le sera, trancha-t-il d'une voix ferme. Je me taillerai une place bien à moi dans le monde des Chevaliers. Ici, les gens ont décidé que j'étais un...

Il allait dire « monstre », mais il ravala le mot pour ne pas offenser la femme mauve. Toutefois, elle n'eut nul besoin de l'entendre pour comprendre et Sage se sentit encore plus ingrat. Son visage brûlant comme du feu, il tourna les talons dans l'intention d'aller se réfugier dans les cavernes de son enfance, mais Jahonne lui saisit le bras et le força à s'arrêter.

— Je sais ce que tu ressens, Sage, lui dit-elle tendrement. Je croyais te faire un merveilleux cadeau en te permettant de grandir auprès de l'homme que j'aimais. J'ignorais que les humains te traiteraient aussi durement, puisque tu leur ressembles tant. Si j'avais su lire l'avenir, je t'aurais gardé avec moi et tu aurais connu l'amour et la tolérance de mes frères et de mes sœurs hybrides.

Cette fois, c'en était trop pour le cœur déjà meurtri du jeune homme et il ne put retenir le torrent de larmes qui se mit à couler sur ses joues.

— Je ne souhaite que ton bonheur, assura Jahonne. Si tu dois quitter la sécurité d'Espérita, fais-le sous la protection du Chevalier Wellan. Le monde dont tu rêves est semé d'embûches pour un jeune homme aussi sensible que toi. Je t'en conjure, ne t'y aventure pas seul.

Sage essuya gauchement ses larmes du revers de la main. Il aurait tellement voulu lui parler des cauchemars qui hantaient ses nuits et de l'emprise glacée qu'il ressentait parfois sur sa gorge, mais son père le lui avait strictement défendu.

— Il est fort probable que nous ne nous revoyions jamais, poursuivit sa mère, alors laisse-moi te serrer dans mes bras une dernière fois.

Il s'avança lentement vers elle et Jahonne l'étreignit, savourant le contact chaud et intime de son enfant, dont elle avait été privée depuis si longtemps.

— Kira t'aime beaucoup, murmura-t-elle à son oreille. Je crois qu'elle pourrait te rendre heureux.

— Mais Kira est la Princesse de Shola et je ne suis qu'un...

— Merveilleux garçon qui lui sera encore plus fidèle qu'un roi, le coupa Jahonne en le serrant plus fort. Vis comme tu en as envie, mais reste sous la protection de Wellan, c'est tout ce que je te demande.

Jahonne se détacha à regret de son fils, caressa son visage avec amour puis se dématérialisa. Jamais il n'oublierait son magnifique sourire et sa voix de satin. Il cacha son visage dans ses mains et se dit qu'il était dans un bien triste état pour aller voir Kira. Il décida donc de déambuler dans les rues sombres de la ville jusqu'à ce que ses larmes aient séché, puis il s'arrêta devant la maison de pierre abritant le Chevalier Bridgess et ses Écuyers. Il resta sous le couvert des buissons, ramassa de petits cailloux et les lança par la fenêtre afin d'attirer sa belle sans réveiller toute la maisonnée.

Kira allait sombrer dans le sommeil lorsque la première pierre atterrit sur son lit. Elle étendit ses sens magiques autour d'elle et reconnut l'énergie de Sage. Elle enfila prestement sa tunique et descendit doucement du lit. Elle s'approcha de la fenêtre à pas feutrés, évitant de justesse un autre caillou.

— Sage ? l'appela-t-elle tout bas de peur de réveiller ses compagnes.

Le jeune homme surgit de l'ombre et se faufila jusqu'à la croisée. Il prit les mains de l'adolescente dans les siennes. Son visage à peine éclairé par les rayons déclinants de la lune ressemblait à s'y méprendre à celui du Roi Hadrian.

— Mais que faites-vous ici au beau milieu de la nuit ? s'étonna Kira.

— Je suis venu vous dire que je vous aime.

Sage se pencha sur les lèvres de Kira et ils échangèrent un long baiser passionné dont seules les étoiles furent témoins. La jeune fille reconnut les sensations troublantes qu'elle avait éprouvées en se fondant dans la conscience de Swan quelques semaines auparavant, mais cette fois, il s'agissait des siennes.

— Dites-moi que vous partagez mes sentiments, murmura-t-il, les yeux débordants de tendresse.

— L'amour est une émotion nouvelle pour moi, Sage, mais je dois avouer que vous me plaisez beaucoup.

Kira avait le sourire de sa mère, les mêmes yeux violets, et elle était probablement la seule femme dans tout l'univers qui n'aurait pas honte d'aimer un hybride. Ils échangèrent un second baiser et la Sholienne eut beaucoup de mal à s'arracher aux lèvres de Sage. Elle aurait voulu passer le reste de la nuit dans ses bras, mais Wellan et ses Écuyers logeaient dans la maison voisine et le grand Chevalier avait le don de la prendre en défaut.

Craignant d'être punie une fois de plus, Kira demanda à son beau prétendant de partir. Il lui répondit par un merveilleux sourire et frotta langoureusement le bout de son nez sur son oreille pointue. Un frisson exquis traversa le corps de l'adolescente, mais elle savait qu'elle ne pouvait se laisser emporter dans un élan de passion qui aurait tôt fait de la priver de sa dernière chance de devenir Chevalier. Elle repoussa donc le jeune homme avec plus de fermeté. Ils se perdirent dans le regard de l'autre pendant un instant, puis Sage l'embrassa sur le nez et se fondit dans la nuit.

Kira demeura accoudée à la fenêtre un long moment à savourer chaque instant de ce nouveau bonheur.

47

Sous la protection de Wellan

Aux premières lueurs de l'aube, Wellan réveilla ses Écuyers et les emmena se baigner dans une rivière qui irriguait les champs cultivés derrière la ville. Bailey et Volpel sautèrent dans l'eau glacée, mais le grand Chevalier préféra y entrer plus prudemment et asperger son corps du liquide purificateur. Wellan se laissa ensuite sécher sous les premiers rayons du soleil en savourant sa nouvelle quiétude d'esprit. Le sorcier était hors de combat et avant que l'empereur n'en recrute un autre, il s'écoulerait certainement plusieurs mois. Il profiterait donc de cette accalmie pour entraîner Bailey et Volpel de façon plus sérieuse, car il aurait besoin de tous ses guerriers lors des prochains combats... mais pas ce matin-là.

Il s'habilla sans se presser et il allait rentrer à Espérita lorsqu'il vit Sage émerger des longues tiges de blé, une expression sérieuse sur ses traits tirés. Wellan le sonda rapidement et constata qu'il n'avait pas dormi de la nuit. L'Espéritien posa un genou en terre et soutint bravement son regard, en silence. Le grand chef examina le visage pâle du jeune guerrier, qui continuait de le fixer sans sourciller. Dans son cœur, il trouva à la fois la douceur de Jahonne et la ténacité de Sutton.

— Que puis-je pour toi, Sage ? s'enquit finalement Wellan.

— Je veux vous accompagner, vous et vos hommes, jusqu'au Royaume d'Émeraude pour demander au magicien Élund de me montrer comment maîtriser mes pouvoirs.

— Il l'enseigne surtout aux enfants. Que feras-tu s'il ne t'accepte pas dans ses classes ?

Wellan sentit la poitrine de Sage se contracter et le désespoir qu'il capta au fond de lui le consterna. Comment un être aussi jeune en arrivait-il à envisager le suicide alors qu'il avait la vie devant lui ?

— Pourquoi est-ce si important pour toi d'apprendre la magie ?

— Je ne suis rien ici, sire Wellan, répondit le jeune homme d'une voix étranglée. Ma seule chance de devenir quelqu'un, c'est dans votre royaume. Sinon...

Les mots s'étranglèrent dans la gorge de Sage, mais Wellan savait ce qu'il tentait de lui dire. Il y avait bien trop de franchise et de promesse dans son interlocuteur pour qu'il ne considère pas sa requête.

— Viens avec moi, ordonna-t-il.

L'espoir renaissant dans ses yeux, Sage se releva et le suivit sans hésitation. Ils s'arrêtèrent sur la place publique où avaient eu lieu les festivités de la veille. Wellan ramassa un morceau de bois et dessina Enkidiev sur le sable. Il divisa ensuite le continent en royaumes et piqua le bout du bâton dans l'un d'eux, au sommet de la carte improvisée.

— Ici, c'est Espérita.

Puis il lui nomma tous les royaumes un à un et vit les yeux opalescents du jeune homme parcourir le croquis avec un embarras grandissant.

— Le premier pas vers la connaissance, c'est d'admettre que l'on ne sait rien, déclara le Chevalier.

— Pourquoi me montrez-vous cela ?

— Pour que tu comprennes que le monde est vaste et que si jamais tu n'étais pas satisfait de ce que le Royaume d'Émeraude t'offre, tu pourrais tenter ta chance ailleurs.

Sage demeura silencieux et étudia la carte improvisée pendant un long moment sans que le Chevalier ne le presse d'aucune façon. Il darda brusquement ses yeux sur Wellan, mais hésita.

— Il n'y a pas de sotte question, l'encouragea le Chevalier, affable.

— Je voudrais savoir où vivent les hommes-insectes.

Wellan fit quelques pas de côté et traça un autre continent mais sans le diviser en royaumes.

— Ils habitent de l'autre côté de l'océan. Nous ne savons rien de leur monde. Nous ignorons même où se situe l'antre d'Amecareth.

Tandis qu'il étudiait la distance séparant les deux civilisations, les yeux de Sage se mirent à briller d'une intense lumière blanche. Wellan le remarqua, mais ne fit aucun commentaire, attendant plutôt les siens.

— Avez-vous fortifié la côte ? l'interrogea l'Espéritien d'une voix plus assurée.

— Nous y avons creusé des pièges, répondit Wellan en réprimant un sourire de satisfaction devant son instinct militaire.

— Excellent, murmura Sage pour lui-même.

— Nous patrouillons également dans les royaumes côtiers de façon régulière.

— Avec combien d'hommes ?

— Environ quatre-vingts avec les Écuyers.

L'incrédulité se peignit sur les traits de Sage.

— Notre nombre augmentera, affirma le grand Chevalier en se faisant le plus rassurant possible.

— Mais l'empereur possède des milliers de guerriers.

— Que nous repoussons chaque fois qu'ils essaient de mettre le pied chez nous.

— Avec l'aide des Immortels, au moins ?

— Non. Ils ne peuvent pas intervenir dans ce combat.

Sage retint un commentaire désobligeant et attendit que Wellan rende sa décision. Il aimait bien ce garçon rempli de bonne volonté. Quelque chose en lui l'attirait comme un aimant.

— Si tel est ton vœu, je t'emmènerai jusqu'au Royaume d'Émeraude, lui dit-il enfin.

Un large sourire sur son visage, Sage se courba devant le Chevalier qui lui demanda de rassembler ses affaires le plus rapidement possible, puisqu'ils partaient immédiatement après le repas du matin. Le jeune homme se redressa et Wellan remarqua que ses yeux avaient perdu leur luminosité. Ce changement d'éclat dans ses iris était-il la seule marque de son appartenance au monde des hybrides ? Wellan le regarda s'éloigner en se demandant s'il pourrait en faire un Chevalier.

*
* *

Sage retourna en courant dans le quartier de la ville où vivait sa première famille. Les femmes qui transportaient de l'eau vers leurs demeures et les enfants qui jouaient déjà dans les rues le regardèrent passer avec inquiétude. Il se faufila silencieusement dans la maison de son père, mais sa mère adoptive et ses sœurs étaient réveillées et s'affairaient déjà à leurs tâches quotidiennes tandis que Sutton s'occupait des animaux. En le voyant entrer, Galli se précipita sur lui.

— Mais où as-tu passé la nuit ? s'écria-t-elle en repoussant les mèches noires de Sage derrière ses oreilles. J'étais morte d'inquiétude !

— J'avais une importante décision à prendre. Je regrette de vous avoir causé du souci.

Avant qu'elle puisse l'attirer dans ses bras, il fonça vers le coin de la maison qui lui avait été assigné et ramassa un grand sac de peau dans lequel il entassa de petites statues, un couteau taillé dans un os, une ceinture de cuir travaillée, un pantalon, une tunique de toile, des bottes de rechange et une couverture chaude. Il attrapa ensuite son arc, ses flèches et son épée dorée, puis se retourna. Galli se tenait devant lui, le visage ravagé par l'émotion.

— Mais que fais-tu là ? demanda la pauvre femme.

— Je pars avec les Chevaliers.

— Non ! Tu es beaucoup trop jeune pour quitter la maison de ton père ! Et qui donc te rassurera quand tu feras ces affreux cauchemars ?

— J'ai l'âge d'avoir des enfants à moi, mère, ainsi que celui de me rassurer. Je ne peux pas laisser passer une occasion comme celle-là. Il ne viendra sans doute plus jamais personne par ici et je ne connais pas le monde. Je ne peux m'y aventurer seul.

— Mais il n'y a que des terres dévastées au-delà des falaises !

Le jeune homme remarqua alors les mines effrayées de ses deux petites sœurs, qui assistaient à cet échange en silence.

— On nous a menti au sujet du monde, déclara-t-il avec amertume. Il existe une foule de royaumes habités par des hommes et des femmes aussi paisibles que ceux d'Espérita.

— Mais qui te protégera de cette ombre qui te hante depuis ton enfance ?

— Hors d'ici, elle me laissera enfin tranquille.

Il embrassa sa mère adoptive et ses petites sœurs, et se dirigea vers la porte d'un pas décidé.

— Dis-moi que tu reviendras, le supplia Galli, morte de peur.

— Je reviendrai quand je posséderai une terre et une maison, et que j'aurai une femme et des enfants à vous présenter.

— Sage..., l'implora-t-elle en tentant de saisir ses mains.

Il se déroba et Galli n'insista plus. Dans les yeux du jeune homme brillait désormais la flamme de la liberté. Elle avait toujours redouté l'instant où il ne verrait plus d'issue à l'ostracisme qu'il subissait, mais elle était soulagée qu'il n'ait pas tenté de s'ôter la vie une seconde fois.

— Dorénavant, vous n'aurez plus à baisser honteusement les yeux devant les femmes des autres familles.

Sage rassembla son courage et quitta la maison suivi par les sanglots de Galli. Il traversa la ville et rejoignit les Chevaliers qui terminaient leur repas frugal en bavardant et en plaisantant. Il s'arrêta à la hauteur de Wellan, se sentant soudain très fier de se trouver parmi ces hommes. Il aperçut Kira un peu plus loin, assise entre les deux gamines dont s'occupait aussi Bridgess. Les deux jeunes gens échangèrent un tendre sourire et Sage s'apprêtait à la rejoindre lorsque Wellan lui saisit le bras. Ses yeux lactescents croisèrent ceux du grand Chevalier.

— Nous sommes beaucoup trop nombreux pour voyager sur le dos des dragons blancs, déclara Wellan, et les galeries d'Alombria ont été démolies, alors comment pouvons-nous retourner vers l'ouest ?

— En empruntant le sentier qui surplombe la falaise nord et en marchant sur la glace durant plusieurs jours. Il n'y a pas d'autre façon.

— J'ai une meilleure idée, Wellan, intervint Jasson en s'approchant. Lorsque tu es tombé dans le cratère, les murs escarpés nous empêchaient de te secourir, alors Kira en a modifié la structure pour créer une rampe de pierre qui nous a permis de descendre. Elle peut certainement répéter cet exploit sur la falaise ouest, celle où est percé le tunnel d'Alombria, la plus rapprochée de Shola.

Wellan posa un regard interrogateur sur l'adolescente mauve.

— Saurais-tu matérialiser une nouvelle rampe ? s'enquit-il en plissant le front.

— Évidemment ! s'exclama Kira en faisant de gros efforts pour ne pas tourner les yeux vers Sage.

Satisfait, Wellan annonça à ses soldats qu'ils partaient. En petits groupes, les Chevaliers emboîtèrent le pas à leur grand chef, suivis de leurs Écuyers. Sage chemina près de Kira, mais elle jugea plus prudent de ne pas lui adresser la parole.

Dans les champs, les habitants d'Espérita suivirent la progression des Chevaliers en silence. Wellan ressentit leur désarroi, car l'ennemi risquait de revenir mais lui et ses hommes ne pouvaient pas s'attarder plus longtemps dans leur contrée. Maintenant qu'Asbeth avait détruit les hybrides, il y avait fort peu de risques que l'Empereur Noir sévisse dans ce coin perdu du monde.

— Tu aurais pu rester ici pour former les défenseurs d'Espérita, lança-t-il à Sage qui marchait non loin de lui.

— Oui, c'est vrai, répondit le jeune guerrier, mais ils auraient fini par m'écarter aussi de ce poste.

Wellan observait pensivement Sage, qui semblait constamment changer de personnalité, passant de l'innocence d'un enfant à l'assurance d'un adulte en un clin d'œil.

Le groupe arriva en vue de la falaise ouest et Wellan examina attentivement la paroi escarpée. Avant même d'ordonner à Kira de se mettre au travail, il sentit une puissante énergie émaner de l'adolescente. La Sholienne leva la main et la terre se mit à trembler sous leurs pieds. Une partie de la structure rocheuse se détacha lentement du mur pour s'avancer vers eux.

Wellan vit les yeux violets de Kira s'animer d'une curieuse lumière intérieure tandis qu'une rampe se façonnait d'elle-même dans la pierre, aussi praticable qu'une route. Lorsqu'elle ne fut plus qu'à quelques mètres de l'adolescente, la terre arrêta de bouger. Kira se tourna vers le grand Chevalier en tentant de dissimuler que cette opération avait affaibli sa réserve d'énergie. Pour la première fois depuis qu'elle le connaissait, la Sholienne lut de l'admiration dans ses yeux bleus.

— Quelque chose comme ça ? fit-elle en réprimant un sourire moqueur.

— Oui, quelque chose comme ça, approuva-t-il en hochant doucement la tête.

Wellan se retourna vers ses hommes pour s'assurer qu'il n'oubliait personne, puis demanda à l'apprentie de reprendre sa place auprès de son maître. Elle s'inclina respectueusement et rejoignit Bridgess. Le grand chef la suivit des yeux en pensant, après tout, qu'il finirait par en faire un Chevalier. Il confia à Bergeau la tâche de fermer la marche et prit les devants avec ses Écuyers et Sage.

Il grimpa lentement la pente en pensant aux derniers événements. Nomar et Jahonne cherchaient un nouvel abri pour les futurs hybrides, le porteur de lumière était en sécurité auprès d'Abnar et lui-même assurait adéquatement la protection de la princesse sans royaume. Kira semblait s'être assagie, même si elle songeait aux lèvres de Sage plutôt qu'aux dangers qui la menaçaient. Wellan haussa les épaules en se rappelant qu'elle n'était qu'une adolescente. À quelques pas derrière lui, Bridgess suivait ses pensées, déçue de ne pas y figurer.

48

La traversée sur la glace

Le trajet sur l'immensité gelée des royaumes du nord fut long et périlleux, mais aucun des soldats d'Émeraude ne se plaignit. Enveloppés dans leurs chaudes capes, ils progressaient avec prudence, les Chevaliers gardant leurs apprentis devant eux. Après deux nuits passées dans la neige, à se blottir les uns contre les autres auprès d'un feu magique, le groupe atteignit finalement la frontière entre le Royaume de Shola et le Royaume des Ombres.

Wellan examina rapidement l'endroit et choisit un pan rocheux sculpté par les secousses telluriques que tous parviendraient à franchir sans trop de difficulté. Il plaça Jasson en tête, sachant qu'il pourrait facilement repérer les bons appuis, et attendit que toute la troupe soit passée devant lui avant de s'aventurer lui-même dans les rochers. Il n'était pas facile de se mouvoir avec les capes et les sacs sur le dos et l'opération nécessita plus de temps que prévu.

Lorsqu'ils furent tous enfin sur la grande plaine immaculée, Wellan remonta la colonne humaine et l'arrêta pour la nuit au pied de la falaise où ils seraient protégés du vent. Il laissa Santo, Chloé et Dempsey s'occuper du repas et prit place sur un gros bloc de basalte afin de surveiller les préparatifs. Ses soldats repoussaient méthodiquement la neige pour former un grand cercle où ils pourraient dormir dans un cocon de peaux et de couvertures.

Alors qu'il s'apprêtait à méditer, Wellan avisa Jasson qui façonnait une balle de neige dans ses mains, un sourire espiègle aux lèvres. Le grand chef n'eut pas le temps d'intervenir qu'elle s'écrasait sur la nuque de Bergeau. L'homme du Désert se retourna vivement en cherchant le coupable et aperçut l'air moqueur de son frère d'armes. Wellan ouvrit la bouche pour empêcher le duel, mais il n'eut pas le temps de prononcer un seul mot. En l'espace de quelques secondes, tous ceux qui entouraient Jasson ramassèrent de la neige et se mirent à bombarder ceux qui se trouvaient avec Bergeau. Wellan soupira et s'adossa contre les rochers, résolu à ne pas s'en mêler.

À quelques pas de lui, Sage observait les jeux des Chevaliers sans trop savoir qu'en penser, jusqu'à ce qu'il reçoive lui-même de la neige en pleine figure. Comprenant tout à coup que le but de la bataille n'était pas de blesser l'adversaire, mais de marquer des points en le touchant, il se précipita dans la bande de Jasson. Quant à Kira, elle préféra se réfugier derrière Santo, Chloé et Dempsey qui réchauffaient la nourriture sans se préoccuper de leurs frères turbulents.

Lorsque les deux groupes furent épuisés et trempés jusqu'aux os, ils vinrent s'asseoir autour du feu magique en s'administrant des claques amicales dans le dos. On leur servit d'abord du thé pour les réchauffer, puis un potage de légumes et de viande reçu en cadeau à Espérita. Pendant qu'ils se racontaient des histoires, Chloé utilisa sa magie pour sécher leurs vêtements. Ils mangèrent avec appétit, puis Wellan leur conseilla de s'envelopper dans leurs capes et leurs couvertures et de prendre du repos.

Kira s'installa docilement entre Gabrelle et Bridgess, mais ses yeux violets ne quittaient pas le visage de l'Espéritien couché un peu plus loin entre les Écuyers de Kevin et ceux de Kerns. Les amoureux ne pouvaient pas bavarder par télépathie de peur que leurs compagnons ne les entendent, mais leurs regards en disaient long.

*
* *

Wellan réveilla le groupe avant le lever du soleil et Falcon leur servit des céréales chaudes en leur faisant la liste de tous les mets qu'ils auraient normalement engloutis dans leur hall à Émeraude. Nogait le menaça de l'enterrer jusqu'au cou dans la neige s'il ne se taisait pas et les apprentis l'appuyèrent à grand renfort de cris.

Le chef des Chevaliers mangea en observant ses guerriers qui trouvaient la force de plaisanter en plein cœur de cette terre inhospitalière. Il leur redonna du courage en leur parlant de la chaleur qui les attendait chez les Elfes. Ils reprirent donc la longue marche en direction de l'escarpement qui séparait Shola du pays des seigneurs des forêts. Ayant dévié de leur trajectoire de plusieurs kilomètres vers le sud, ils aboutirent, quelques heures plus tard, devant la rivière qui se jetait en cascades dans le Royaume d'Opale pour poursuivre sa route dans celui des Elfes. Le froid constant qui sévissait sur cette contrée avait transformé les gouttelettes d'eau en un magnifique pont de glace qui enjambait les flots bouillonnants. C'était un passage dangereux que les hommes ne pouvaient franchir qu'un par un de peur qu'il ne s'effondre.

Wellan fit d'abord traverser les apprentis, légers comme des plumes, puis les Chevaliers, tous leurs sens en alerte. La glace craqua sous le poids de Bergeau, mais ne céda pas. Wellan fit ensuite passer Jasson devant lui et le suivit en remerciant Theandras de veiller sur ses hommes.

Tout en marchant près de Bridgess, Kira contemplait au loin les ruines du château où elle avait vu le jour. Elle revit en pensée les traits délicats de la Reine Fan et ses yeux argentés. Mais cette vision rassurante fit brusquement place à celle du bras mauve du soldat-insecte sur la plage de Zénor. Ressentant la soudaine détresse de son apprentie, la femme Chevalier entoura ses épaules.

— Ça va, maître, assura Kira, en prenant une profonde inspiration.

— C'est à ta mère que tu penses ?

— Oui et non... Je pense à elle et aux pauvres gens qui sont morts ici, et...

Kira frissonna d'horreur et la jeune femme comprit que les horribles images de leur récente bataille continuaient de la hanter.

— Lorsque nous serons de retour à Émeraude, nous reparlerons de ce qui s'est passé à Zénor et je répondrai à toutes tes questions, murmura Bridgess.

L'adolescente accepta en hochant lentement la tête et jeta un coup d'œil aux décombres qui souillaient ce pays immaculé.

— J'ai beau fouiller ma mémoire, je ne garde aucun souvenir de mon père... du Roi Shill, je veux dire..., déplora l'apprentie.

— Ce qui est tout à fait normal, puisque tu n'avais que deux ans lorsque ta mère t'a confiée au Roi d'Émeraude. Si elle ne t'était pas apparue à quelques reprises après ton arrivée au Château d'Émeraude, tu ne te souviendrais pas plus d'elle.

— Il est très difficile pour moi de comprendre qu'elle soit retournée à Shola en sachant qu'elle allait mourir.

— Les maîtres magiciens sont différents de nous, Kira. La mort ne les effraie pas, puisqu'ils ont le pouvoir de la transcender. Et n'oublie pas qu'ils obéissent aux dieux. Sans doute Parandar savait-il que tu serais en sécurité parmi nous et que ta mère réussirait à mieux te protéger à partir de son monde.

L'adolescente marcha en silence près d'elle tout en réfléchissant à ses paroles.

— Quels sont tes sentiments pour notre jeune ami d'Espérita ? s'enquit Bridgess.

Kira baissa timidement la tête. À quinze ans, il était naturel qu'elle s'intéresse aux garçons, mais étant aussi un Écuyer d'Émeraude, elle ne devait pas laisser ses émotions la distraire de ses devoirs envers l'Ordre.

— Je l'aime bien, répondit-elle finalement, et je crois qu'il partage mes sentiments... En fait, s'il continue de m'aimer, je l'épouserai lorsque je serai Chevalier.

— Et tu penses que le Roi d'Émeraude sera d'accord ?

— Oh oui ! assura l'adolescente en relevant vivement la tête. Il ne pourra que constater ses belles qualités, son courage, sa franchise, son besoin de servir le peuple et...

Kira vit l'air moqueur du visage de son maître et comprit que la question n'avait été qu'un prétexte pour sonder son cœur.

— Il admettra que j'ai fait un bon choix, conclut-elle en se fermant brusquement.

Wellan décocha un regard interrogateur à Bridgess. Ayant tout entendu, il se demandait si cette union entre hybrides était une bonne chose, puisque la jeune fille serait un jour appelée à jouer un grand rôle dans la destinée des humains. Mais il serait sans doute capable d'empêcher ce mariage jusqu'à ce que le porteur de lumière soit assez vieux pour détruire l'Empereur Noir...

49
ᴅATᴅIR

Après une dernière nuit passée dans la neige, entourés d'une barrière de feu magique pour les réchauffer et les protéger, les soldats d'Émeraude arrivèrent finalement au bord de la falaise de Shola qui surplombait le Royaume des Elfes. Wellan perçut l'émerveillement du jeune guerrier d'Espérita lorsqu'il aperçut ces immenses terres recouvertes de forêts et la rivière Mardall qui miroitait sous le soleil comme un serpent de pierres précieuses fuyant vers le sud. Au loin, la majestueuse Montagne de Cristal dominait tout le paysage, la tête cachée dans une couronne de brume blanche. Mais Wellan n'eut pas le temps d'expliquer à Sage ce qu'il voyait, qu'une nouvelle épreuve réclama une fois de plus son attention.

À leurs pieds, sur la plaine qui s'étendait devant les denses forêts du Roi Hamil, les Chevaliers Milos, Derek, Kagan et leurs Écuyers tentaient désespérément de calmer leurs chevaux qu'un énorme étalon noir affolait en galopant furieusement autour d'eux. Wellan comprit aussitôt que les bêtes risquaient de rentrer au Royaume d'Émeraude sans leurs cavaliers.

— Hathir ! s'écria Kira en reconnaissant son vieil ami.

À la surprise de Wellan, le cheval-dragon s'arrêta net et se tourna vers la falaise en dressant les oreilles comme s'il avait entendu son nom, ce qui était impossible en raison de la distance qui le séparait de Kira. Plus étonnant encore, l'énorme bête délaissa le troupeau et fila en direction de la paroi rocheuse où étaient perchés les Chevaliers.

— Maître, je vous en prie, laissez-moi parler au Chevalier Wellan avant qu'il ne se fâche, implora Kira en se campant devant Bridgess.

La femme Chevalier ne voulait pour rien au monde ranimer les hostilités entre eux, mais elle savait que son frère d'armes tenterait d'éliminer l'animal pour éviter qu'il ne leur cause des ennuis. Elle acquiesça à la requête de Kira, qui s'élança sans attendre vers le grand chef.

— Cette fois-ci, je ne l'épargnerai pas, la prévint Wellan tandis qu'elle s'approchait.

— Sire, ce n'est pas du tout l'intention d'Hathir de voler nos chevaux, plaida Kira. C'est moi qu'il cherche et il a dû détecter mon odeur sur le cheval du Prince de Zénor. Laissez-moi lui parler et je vous jure qu'il partira.

Wellan la fixa un long moment en se demandant s'il s'agissait d'une autre promesse qu'elle ne pourrait pas tenir. Puis il se tourna vers l'étalon qui martelait le sol de ses puissants sabots au pied de la falaise. Kira résista de toutes ses forces à la tentation de lire les pensées du grand Chevalier, mais elle aurait bien voulu connaître ses intentions. Wellan ressentit son combat intérieur.

— Il y a quelques années, tu ne pouvais pas comprendre le danger que représente cet animal pour toi, commença-t-il.

— Il y a quelques années, je ne maîtrisais pas mes pouvoirs magiques, contre-attaqua Kira. Jamais Hathir ne réussira à m'emmener là où je ne veux pas aller, pas plus que le sorcier n'en a été capable. Avez-vous déjà oublié mon combat contre Asbeth ?

Wellan soupira en se rappelant que c'était grâce à elle qu'il avait été débarrassé du mauvais sort jeté par le mage noir.

— Permettez-moi au moins d'expliquer à Hathir qu'il court un danger auprès des humains, insista-t-elle.

— Je t'accorde cette requête, Écuyer, concéda Wellan, mais c'est la dernière. Si ce cheval revient nous importuner, je l'abattrai.

— Ça ne se reproduira pas, je vous le jure.

Le grand chef la laissa passer devant lui sous le regard intéressé du jeune Sage et se promit de consacrer plus de temps à son jeune protégé dès que la menace de l'étalon serait écartée.

Kira dévala le sentier en choisissant les mots qu'elle murmurerait à l'oreille de l'animal géant. Wellan la talonna, suivi de ses compagnons. Lorsqu'elle arriva enfin dans la plaine, elle entendit le grand Chevalier dégainer son épée. N'avait-il donc pas confiance en son pouvoir de persuasion ? *C'est la réaction du cheval que je redoute*, fit la voix de Wellan dans son esprit.

La Sholienne observa un moment l'énorme bête noire avant de s'avancer vers elle. Hathir se tenait immobile comme une statue, ses yeux rouges dardés sur les humains qui se regroupaient au pied de la falaise, mais l'adolescente ne ressentait aucune agressivité en lui.

— Tu n'as rien à craindre tant que tu ne les attaques pas, lui dit Kira en s'approchant. Ces hommes ne te feront aucun mal si tu restes tranquille.

L'étalon poussa un sifflement strident et baissa la tête, appuyant son large front sur la poitrine de Kira, qui ne put s'empêcher de caresser ses oreilles avec affection.

— Je sais que c'est moi que tu cherches, mais tu dois comprendre que je suis dans l'autre camp même si nous avons des origines communes, toi et moi. L'empereur est mon ennemi et je ne laisserai personne me conduire jusqu'à lui contre mon gré. Est-ce que tu comprends ?

Le cheval émit quelques stridulations en donnant de petits coups sur la poitrine de la jeune fille, cherchant d'autres caresses. Ignorant s'il saisissait le sens de ses paroles, Kira décida d'utiliser sa magie pour illustrer son message. Elle appuya ses mains sur les tempes de l'animal et fut brusquement plongée dans un univers de couleurs indéfinissables et d'émotions oppressantes. Elle dériva sur cet océan de sensations violentes sans pouvoir s'en libérer jusqu'à ce que Wellan intervienne.

— Kira ! lança-t-il sèchement.

La Sholienne sursauta et s'éloigna en vacillant sur ses jambes. C'était son tout premier contact avec la collectivité des insectes, et son immensité l'effraya. Elle sentit le grand Chevalier s'élancer vers le cheval-dragon, tandis que ses frères d'armes dégainaient leurs épées pour le seconder.

— Non, attendez ! s'écria l'adolescente en pivotant pour les arrêter. Je vous expliquerai plus tard ce qui vient de se produire, mais ne lui faites pas de mal !

Wellan s'arrêta à quelques pas de l'animal, serrant la garde de son épée à deux mains à la hauteur de ses épaules, la lame pointée vers le poitrail du monstre. La puissance de ses bras lui permettrait de lui transpercer le cœur, surtout si ses compagnons unissaient leurs forces pour l'immobiliser.

— Hathir, écoute-moi, le somma Kira en agrippant fermement sa longue crinière noire. Tant que tu seras relié à la collectivité, nous ne pourrons pas être des amis, car je n'appartiens pas à ton monde. Je suis humaine, malgré mon apparence, et je veux combattre aux côtés des Chevaliers. Alors, si tu es un serviteur de l'empire et si ta mission consiste à me ramener vers ton maître, tu es mon ennemi.

L'animal poussa un cri strident en secouant vigoureusement la tête et Kira perdit sa prise sur sa crinière.

— Et si tu es mon ennemi, éloigne-toi de moi à tout jamais ! ordonna Kira.

L'étalon se cabra sur ses puissantes pattes et piqua vers la forêt qui bordait la rivière.

— Il comprend ce qu'elle lui dit ? s'étonna Falcon, brisant la tension qui s'était installée parmi les soldats.

— Certains chevaux sont aussi intelligents que des chiens, assura Jasson en rengainant son épée avec soulagement.

— Cette bête n'est pas un cheval, leur rappela Wellan d'un ton sec. C'est un dragon.

— Est-ce qu'il mange aussi des cœurs humains ? demanda Swan en grimaçant.

— Non ! s'offensa Kira en faisant volte-face.

Se rappelant soudain qu'elle s'adressait à un Chevalier, même si Swan était à peine plus âgée qu'elle, Kira posa immédiatement un genou en terre et baissa la tête.

— Je regrette de vous avoir manqué de respect en élevant ainsi le ton, s'excusa-t-elle.

Sage observa la scène avec intérêt. Il vit la femme Chevalier consulter Wellan du regard, ne sachant pas très bien comment réagir aux excuses de Kira, mais le grand chef demeura de glace.

— Je comprends ce que tu ressens, assura alors Swan en se donnant un air noble. Je ne t'en veux pas.

Elle prit la main de l'apprentie et la força à se relever pour mettre fin à une situation pour le moins embarrassante.

— Merci, murmura l'adolescente, soulagée.

— Et si nous allions rejoindre nos frères dans la plaine et nous reposer un peu ? proposa Dempsey en décochant un regard complice à ses compagnons.

— Ailleurs que dans la neige ! s'exclama joyeusement Bergeau.

Ayant deviné que leur chef désirait rester seul avec les hybrides, Dempsey fit avancer tout le monde en direction des chevaux. Wellan laissa donc passer ses soldats devant lui tout en observant le visage tourmenté de Kira.

— Tu as parlé de la collectivité, fit le grand Chevalier en se tournant vers elle.

— C'est quelque chose que j'ai ressenti dans la tête d'Hathir, sire. Je ne sais pas vraiment ce que c'est, mais je devine que c'est très vaste et qu'on peut facilement s'y perdre.

— Ou facilement s'y retrouver, marmonna Wellan. Lors de mon séjour dans la ville souterraine du Royaume des Ombres, maître Nomar m'a appris que les insectes communiquaient entre eux grâce à leurs esprits.

Kira dressa l'oreille, car il était plutôt rare que leur chef accepte de parler de ces dix longues années sous la glace.

— Les sujets d'Amecareth sont télépathes, tout comme nous, mais parce qu'ils sont des milliers, leur réseau de communication est immense.

— Il devrait être plus difficile d'y retrouver un hybride dans ce cas, déclara Sage.

— En théorie, mais un sorcier tenace peut sûrement y arriver, précisa Wellan, et c'est exactement pour cette raison que maître Nomar a coupé ses protégés de cette collectivité et que la Reine Fan a fait de même avec Kira dès sa naissance.

— Ai-je commis une erreur en fouillant l'esprit d'Hathir, sire ? s'inquiéta l'adolescente.

— J'espère sincèrement que non.

Ils rejoignirent les autres qui racontaient déjà à leurs jeunes frères d'armes demeurés au pays des Elfes leurs aventures dans les royaumes occultes. Les Chevaliers laissèrent les enfants s'amuser et se répartirent les tâches pour le repas du soir. Inquiète d'avoir pu trahir les siens en se branchant à l'énergie de l'étalon noir, Kira n'avait pas le cœur à se joindre aux jeux de ses jeunes compagnons. Elle préféra aller ramasser du bois avec les Chevaliers Nogait, Curtis, Ariane et Swan en pensant à tous les malheurs qui risquaient de s'abattre sur eux à cause d'elle.

— Il n'est pas important que tu aies du sang d'insecte, Kira, lança soudain Swan en passant près d'elle, du moment que tu te bats pour nous.

— Nous admirons tous ta grande force physique, ajouta Curtis.

— Le porteur de lumière ne pouvait espérer un meilleur protecteur, renchérit Nogait.

« Pourquoi se montrent-ils aussi gentils tout à coup ? » s'inquiéta l'adolescente mauve. Ils lui tapotèrent amicalement le dos et poursuivirent leur travail. Seule Ariane demeura devant elle, une moue espiègle plissant son beau visage de Fée.

— Et puis, ton choix d'amoureux est pas mal du tout, sourit-elle en clignant de l'œil. Sage est un très bel homme.

Du bois plein les bras, Kira regarda vers la plaine où le guerrier d'Espérita s'était mêlé à un groupe d'Écuyers qui s'entraînaient à l'épée. Il observait leurs jeux avec intérêt, les mains sur les hanches, les yeux écarquillés comme un enfant découvrant un autre monde, mais Kira n'était pas la seule à observer le jeune homme.

Debout au milieu du campement, Wellan promenait son regard sur la troupe lorsqu'il aperçut Sage immobile au milieu des jeunes. Une épée dorée pendait à sa ceinture, mais le grand Chevalier ne l'avait jamais vu s'en servir. Il possédait certes la magie requise pour devenir Chevalier, mais savait-il aussi se défendre avec ses armes ? Afin d'en avoir le cœur net, Wellan s'avança vers lui et lui décocha un regard rempli de défi.

— Est-ce une épée de parade ? l'apostropha-t-il.

— Non, c'est une véritable lame, se rengorgea Sage avec fierté.

— Est-ce toi qui l'as forgée ?

— Je n'ai malheureusement pas ce talent. Mes amis et moi avons trouvé la grotte où le magicien Onyx a jadis caché toutes les armes d'Espérita.

— Si plus personne ne savait se battre dans ton pays, qui donc t'a enseigné son maniement ?

— J'ai appris par moi-même.

Wellan tira sa longue épée de son fourreau et les Écuyers formèrent un grand cercle autour des deux hommes. Kira laissa tomber le bois qu'elle transportait et s'approcha en courant. Même les Chevaliers cessèrent leurs bavardages pour se concentrer sur les combattants. Sage décrocha son épée de sa ceinture, ne lâchant pas Wellan des yeux, lesquels devinrent subitement lumineux.

Le grand chef attaqua le premier, arrachant un cri de joie aux enfants. Mais leurs éclats ne détournèrent pas l'attention de Sage de son adversaire. Il esquiva habilement le coup et contre-attaqua aussitôt. En se touchant, les deux lames déclenchèrent une pluie d'étincelles multicolores qui surprit les spectateurs.

— Mais qu'est-ce que ça signifie ? s'exclama Bergeau qui craignait une nouvelle intervention maléfique.

— C'est une épée magique ! comprit Falcon qui avait entendu les Anciens en parler durant son enfance.

— Ça va rendre les choses encore plus intéressantes, se réjouit Jasson en croisant les bras sur sa poitrine.

Wellan s'émerveilla devant les flammèches qui se matérialisaient chaque fois que les deux épées se heurtaient. S'il s'agissait là d'une arme ayant appartenu à Onyx, il était tout naturel qu'elle recèle un certain pouvoir. Le grand Chevalier n'avait aucunement l'intention de blesser ou d'humilier son jeune adversaire aux yeux éclatants, mais il ne lui rendit pas les choses faciles non plus. Il multiplia les attaques et força Sage à se déplacer, content de constater l'intelligence de ses ripostes. L'Espéritien s'avéra très habile avec ses pieds, heureusement pour lui d'ailleurs, car il aurait été écrasé par la grande force physique de son adversaire. En pirouettant ainsi autour de Wellan, il réussit à éviter plusieurs de ses coups, mais n'arriva jamais à prendre l'offensive, le chef des Chevaliers ne lui en laissant jamais l'occasion.

Le combat fut court mais mit le jeune guerrier à rude épreuve. La sueur coulant abondamment sur son front, il ne céda pas un centimètre de terrain au chef des Chevaliers, malgré ses attaques rapides et la puissance du choc de sa lame contre la sienne. Lorsque Wellan mit volontairement fin au duel en s'inclinant devant Sage, les Écuyers et les Chevaliers frappèrent bruyamment dans leurs mains.

Wellan sonda l'Espéritien pour s'assurer qu'il ne lui cachait pas de blessure et fut surpris de constater qu'il avait changé. De garçon meurtri par l'attitude du peuple d'Espérita, Sage s'était transformé en homme fier d'avoir ainsi résisté à la lame du chef des Chevaliers. Il lui parut également plus vieux que son âge.

— Tu as bien combattu, le félicita Santo. Puis-je voir ton épée ?

L'hybride la lui tendit sans hésitation. Santo ferma les yeux lorsque le métal entra en contact avec la paume de ses mains. Cette arme provenait en effet d'un temps très ancien. Forgée des centaines d'années plus tôt, elle n'affichait pourtant aucun signe de détérioration. Peut-être n'avait-elle jamais servi au combat...

En plongeant davantage dans son énergie, le guérisseur capta des images de son histoire. Le propriétaire de cette arme magique, un Chevalier d'Émeraude, l'avait reçue de la main même du Magicien de Cristal ! Santo descendit encore plus profondément dans l'essence de l'épée dorée et vit les combats auxquels elle avait jadis participé. Sur les plages du Royaume de Zénor... contre les hommes-insectes ! Il rouvrit les yeux sur Wellan, alarmé par sa découverte.

Le grand chef s'empara de l'épée, mais n'ayant pas la sensibilité de son frère d'armes, il ne ressentit que le pouvoir magique de l'arme, rien de plus. Il la rendit à Sage sans quitter Santo des yeux.

— Dis-moi ce que tu as ressenti, insista Wellan.

— Elle a bel et bien appartenu au Chevalier Onyx, murmura Santo, toujours sous le choc. Abnar lui a donné des attributs magiques...

Un murmure d'étonnement parcourut le groupe des Écuyers tandis que chez les Chevaliers, il s'agissait plutôt de consternation.

— Pourquoi n'a-t-il pas fait la même chose pour nous ? explosa alors Falcon en se tournant vers Wellan.

— J'ignorais qu'il avait remis des épées magiques aux premiers Chevaliers, se disculpa Wellan, mais soyez certains que je le questionnerai à ce sujet dès notre retour à Émeraude.

— Abnar s'y trouve encore ? releva Sage, cette nouvelle le rendant visiblement heureux.

— C'est un Immortel, mon jeune ami, répondit Dempsey. Il y sera encore bien longtemps après notre mort.

— Il retourne de temps en temps auprès des dieux, ajouta Chloé, mais il s'arrête souvent à Émeraude.

Wellan perçut l'intérêt de Sage, mais le moment était mal choisi pour lui donner une leçon d'histoire. Il reporta son attention sur Santo qui se remettait lentement de ses visions.

— Est-ce que ça va ? s'inquiéta-t-il.

— Oui, je me sens déjà mieux, assura le guérisseur dans un sourire forcé. Je te raconterai plus tard en détail ce que j'ai vu, si tu veux bien.

— Oui, bien sûr.

Chloé s'accrocha au bras de Santo et annonça, en faisant rire les plus jeunes, que ses consultations divines étaient terminées. Elle l'éloigna du groupe et le fit asseoir près de l'endroit où ils allumeraient bientôt le feu. Wellan la regarda offrir de l'eau à leur frère d'armes et comprit qu'il était en bonnes mains. Il se tourna plutôt vers Sage qui rengainait son arme et capta une bien curieuse énergie en le sondant. Ou était-ce celle de son épée magique ?

— As-tu déjà pris une vie ? lui demanda Wellan.

— Non, répondit Sage, mais si je devais me retrouver devant un ennemi, je n'hésiterais pas à le faire.

— C'est ce que je voulais entendre, répliqua le grand Chevalier avec un sourire amical.

Les observant au milieu des apprentis, Kira capta la fierté du grand chef. « Est-il aussi compréhensif envers lui parce qu'il est le fils de Jahonne ? » se demanda-t-elle en éprouvant de la jalousie.

— Si nous allions chasser pour manger de la viande fraîche ce soir ? suggéra Bergeau.

— C'est une excellente idée, l'appuya Wellan. Emmène Sage avec toi.

Bergeau demanda à Dempsey de les accompagner puisqu'il était le meilleur pisteur de l'Ordre, et Swan décida de se joindre à eux. Leurs Écuyers se réjouirent en apprenant qu'ils pouvaient eux aussi prendre part à la chasse. Sage inclina doucement la tête pour remercier le grand Chevalier de la confiance qu'il lui accordait.

— Tends les bras vers moi, lui dit Wellan, solennel.

Le jeune guerrier s'exécuta sur-le-champ. Le Chevalier serra ses avant-bras avec force et Sage fit de même.

— C'est ainsi que se saluent deux Chevaliers, expliqua Wellan.

Estomaquée, Kira assistait à la scène, incapable d'émettre le moindre son. En quelques jours seulement, Sage avait su gagner le cœur et la confiance de Wellan d'Émeraude, alors qu'elle n'y était jamais parvenue en près de quinze ans ! Profondément blessée par cet acte de favoritisme, elle retourna chercher du bois sans plus s'occuper des préparatifs des chasseurs.

De leur côté, Jasson et Falcon rassemblèrent un groupe d'enfants et les emmenèrent pêcher à la rivière au cas où leurs frères reviendraient les mains vides. Insulté par ce manque de confiance en ses talents de chasseur, Bergeau marcha jusqu'à Jasson et le précipita la tête la première dans l'eau. Le Chevalier poussa un cri de surprise en s'écrasant dans les roseaux et se retourna vivement.

— Au cas où nous reviendrions les mains vides ! répéta Bergeau, le visage écarlate.

— C'est seulement une précaution ! protesta Jasson en se relevant, les cheveux aplatis sur le crâne et les vêtements complètement trempés.

Cette fois, Wellan s'interposa avant que ses hommes recommencent à se chamailler. Il poussa Bergeau, Dempsey, Swan et Sage en direction de la forêt avec leurs Écuyers et aida Jasson à sortir de l'eau. Une lueur espiègle traversa les yeux verts du Chevalier.

— N'y songe même pas ! l'avertit Wellan qui avait capté son intention de le tirer dans la rivière avec lui.

Jasson éclata de rire et accepta de bonne grâce la lance que lui présentait Falcon. Une marée d'Écuyers les encerclèrent et les Chevaliers se mirent à douter de pouvoir attraper quoi que ce soit avec tous ces petits pieds qui brouillaient l'eau.

— J'offre une récompense à celui qui ramène la plus grosse prise ! lança Jasson.

Voyant que son frère d'armes avait la situation bien en main, Wellan se dirigea vers le campement. Il y avait tant de choses à penser...

50

Jalousie secrète

Pendant plus d'une heure, Kira ramassa tout le bois qu'elle put trouver à l'orée de la forêt et l'empila pêle-mêle. Voyant qu'elle travaillait sans réfléchir, Bridgess sonda son apprentie et ressentit sa colère. Gabrelle et Yamina se trouvant à la pêche avec ses compagnons, la femme Chevalier décida d'aider Kira à vider son cœur.

L'adolescente mauve déposa son dernier fardeau sur l'amoncellement de branches et capta l'approche de son maître. Elle se retourna et admira les cheveux blonds de Bridgess attachés sur sa nuque et ses grands yeux bleus aussi clairs que le ciel. Kira aurait tellement souhaité être aussi belle qu'elle.

— Nous avons triomphé de notre plus redoutable ennemi et nous rentrons à la maison sans aucune perte humaine, et pourtant tu es triste, nota le Chevalier en s'arrêtant devant elle.

— Mon humeur n'a rien à voir avec notre mission, maître, avoua la jeune fille, en secouant sa tunique maculée de copeaux de bois et de petits champignons.

— Alors, explique-moi ce qui ne va pas.

Bridgess prit place sur un tronc d'arbre moussu et attendit patiemment que son Écuyer veuille bien se livrer.

— C'est à cause de Sage, soupira Kira. Je suis amoureuse de lui, mais j'en suis également jalouse parce qu'il n'a rien eu à faire pour mériter le respect du Chevalier Wellan.

— Je pense qu'il veille sur Sage parce qu'il est le fils de Jahonne, sa bonne amie, avança Bridgess.

— Et moi ? explosa-t-elle. Je suis la fille de la femme qu'il aime !

Avant même d'avoir fini sa phrase, l'adolescente la regretta amèrement, car elle connaissait les tendres sentiments de Bridgess pour le grand chef. Rongée par le remords, elle se jeta aux pieds de la jeune femme et baissa la tête, ses cheveux violets cachant presque entièrement son visage.

— Je vous demande pardon, maître.

— Pourquoi ? Pour m'avoir dit franchement ce que tu pensais ?

— Je sais que vous aimez le Chevalier Wellan. Je n'aurais pas dû parler de ma mère.

— C'est à nous de régler nos problèmes sentimentaux, Kira. Pour l'instant, j'apprécierais que nous nous en tenions à Sage.

Bridgess exigea qu'elle la regardât dans les yeux et l'adolescente obtempéra.

— Il m'apparaît injuste que tu entretiennes une telle jalousie à l'endroit de ce jeune homme seulement parce qu'il a trouvé un chemin plus rapide jusqu'au cœur de Wellan. Il mérite ton amitié et ta compréhension. Rappelle-toi qu'il aborde un monde nouveau et étrange avec beaucoup de courage.

— Vous avez raison, mais...

La question s'étouffa dans la gorge de la jeune hybride.

— Mais quoi ? la pressa Bridgess.

— Est-ce contre le Chevalier Wellan que je devrais être fâchée dans ce cas ?

— Tu ne peux pas l'empêcher d'être ce qu'il est, pas plus qu'il ne peut t'empêcher d'être ce que tu es. S'il a choisi de prendre Sage sous son aile, ça ne concerne que lui.

Kira garda le silence en pensant qu'il avait plutôt essayé de la changer depuis qu'elle le connaissait. Bridgess caressa affectueusement sa joue.

— Tout comme la peur et la colère, la jalousie n'a pas sa place dans le cœur d'un Chevalier, lui rappela-t-elle.

— Il est bien difficile de chasser ces émotions lorsqu'on est confronté à une telle injustice, maître, mais j'essaierai.

— Je n'en demande pas plus. Maintenant, cesse de ramasser du bois, sinon les Elfes s'en plaindront au Roi d'Émeraude, se moqua-t-elle.

Kira jeta un bref coup d'œil à la montagne de branches qu'elle avait accumulées sans s'en rendre compte et esquissa un sourire embarrassé. Bridgess lui demanda de se délasser avant le repas et l'embrassa sur le front. L'adolescente mauve la remercia de sa compréhension et se rendit à la rivière pour constater les progrès de la pêche.

Se servant de leurs lances, Chevaliers et Écuyers embrochaient gaiement les poissons qui s'aventuraient près de la rive, du moins ceux qu'ils réussissaient à voir dans l'eau boueuse. Ils semblaient bien s'amuser, surtout Jasson, trempé de la tête aux pieds. Ses longues mèches blondes tombaient sans cesse devant ses yeux, l'empêchant de voir ce qu'il faisait. Il pataugeait dans la rivière en faisant rire les enfants et même certains des Chevaliers.

Kira demeura un long moment accroupie sur une roche plate à les observer jusqu'à ce que les Écuyers se mettent à s'éclabousser. Alors, elle déguerpit comme un lapin et s'éloigna du cours d'eau. Elle se rendit dans la plaine d'herbe tendre afin de s'assurer que le cheval du Prince de Zénor se portait bien, puisqu'elle devait le lui rendre incessamment. Tout en marchant entre les bêtes, elle sentit l'esprit de Wellan s'insinuer dans le sien. « Que cherche-t-il à savoir ? » se demanda-t-elle. Avait-il entendu sa conversation avec Bridgess ? Sans doute, puisque tous les trois partageaient désormais un lien étroit. Elle fit semblant de ne pas ressentir son incursion dans ses pensées et alla flatter le cheval blanc avec affection.

Elle ne revit Sage qu'au coucher du soleil, lorsqu'il revint de la chasse avec Bergeau, Dempsey, Swan et leurs apprentis, qui transportaient deux énormes cerfs sur leurs épaules. Ses yeux ayant repris leur aspect brillant, le jeune guerrier marchait nonchalamment à leurs côtés, son arc à la main, écoutant les éloges de la femme Chevalier. Kira ressentit une fois de plus la jalousie s'emparer d'elle, mais en passant près de l'adolescente mauve, Sage lui décocha un sourire affectueux qui lui réchauffa aussitôt le cœur.

Pendant que Dempsey montrait aux enfants comment dépecer les carcasses, Bergeau se hâta à la rencontre de Wellan et lui raconta de quelle façon leur protégé avait abattu les deux bêtes d'une seule flèche dans le cœur. Pourtant, Sage ne semblait pas s'enorgueillir de cet exploit. Au contraire, il rangeait ses affaires avec, sur le visage, la satisfaction d'avoir accompli la mission dont il avait été chargé.

Ce soir-là, Chevaliers et Écuyers mangèrent de la viande et du poisson rôtis en quantité et Wellan accepta de leur raconter ce qu'il savait sur la création du monde. Tous les enfants se tournèrent vers lui et le grand chef remarqua que les yeux de Sage avaient une fois de plus perdu leur intensité. Il aurait bien aimé discuter de ce phénomène avec Jahonne, mais elle était déjà partie avec Nomar.

— Au début des temps, il n'y avait aucune vie sur Enkidiev, commença le grand Chevalier en promenant son regard sur l'auditoire rassemblé autour du feu. Aucun oiseau ne gazouillait dans les grands arbres de la forêt des Elfes, aucun poisson ne sautillait dans les eaux claires des rivières. Parandar, le chef de tous les dieux, avait créé cet univers pour y perdre son regard lorsqu'il était las des querelles célestes. Un jour, Clodissia, son épouse, visita le continent désert et, à son retour, elle demanda à Parandar de le peupler des plus belles créatures pour lui faire plaisir. Il créa donc les animaux que nous connaissons aujourd'hui et il invita la déesse à retourner sur Enkidiev. Elle parcourut de nouveau tous les royaumes, de Béryl à Opale, et, en reprenant sa place auprès de son époux, qui présidait la grande assemblée du ciel, elle raconta aux autres dieux ce qu'elle avait vu. Ils applaudirent la réussite de leur chef, mais Clodissia ne se joignit pas à eux. Lorsque Parandar se retira finalement dans son grand palais au bras de son épouse, il voulut savoir ce qui la rendait triste. Elle lui confia qu'il manquait à ce paradis terrestre des êtres doués de raison qui sauraient le protéger et le faire fructifier. Ce soir-là, dans un songe, le chef des dieux créa le premier homme et la première femme et, au matin, il les présenta à son épouse. Folle de joie, Clodissia prit les deux humains et les transporta elle-même sur Enkidiev en leur disant de se multiplier et de veiller sur leur nouvelle patrie.

— Heureusement que Parandar était marié, sinon nous ne serions pas ici, plaisanta Swan.

Nogait la renversa sur le côté pour lui montrer qu'il n'appréciait pas son sens de l'humour et Wellan éclata de rire. Il se faisait tard et il demanda à ses soldats de s'enrouler dans leurs couvertures pour la nuit. Non loin de lui, Sage lui obéit sur-le-champ, mais sans s'abandonner au sommeil. Une fois de plus, l'ombre qui le harcelait depuis son enfance lui avait volé quelques heures durant la journée. Il se souvenait de son arrivée avec Wellan devant les chevaux, puis il s'était réveillé en présence de Bergeau, rentrant d'une chasse dont il ne se rappelait aucun détail.

Il ressentait la présence du spectre autour du campement et il ne voulait pas faire de cauchemar au milieu de ces vaillants soldats.

Couchée un peu plus loin, Kira ressentait sa terreur, mais elle ne pouvait pas le rassurer sans désobéir à l'ordre du grand Chevalier. Elle ne pouvait pas lui parler de façon télépathique, mais aucun article du code de chevalerie ne l'empêchait de lui transmettre une vague d'apaisement. Au contraire, c'était le devoir d'un Chevalier de soulager la souffrance et l'injustice. Elle concentra donc une douce énergie dans ses mains et la projeta vers le jeune homme. Sage poussa un soupir de soulagement lorsqu'elle pénétra son dos et, curieusement, Kira crut voir une sombre silhouette s'éloigner de lui, bien que tous fussent couchés. Sage tourna la tête vers l'adolescente et un sourire de reconnaissance étira ses lèvres.

Cette nuit-là, les compagnons d'armes s'endormirent bercés par le chant des grillons. Kira demeura couchée sur le dos à admirer les étoiles, cherchant à identifier laquelle cachait le monde des morts où vivait sa mère. *Ce n'est pas un endroit physique, mais un endroit invisible qui existe en même temps que notre monde*, insinua la voix de Wellan dans sa tête.

Elle se redressa et aperçut le grand Chevalier qui montait la garde un peu plus loin. Wellan fit alors un geste qui surprit l'adolescente. En penchant doucement la tête, il l'invita à le rejoindre. Kira se releva en gardant sa couverture sur ses épaules et se fraya un chemin entre les corps endormis pour aller s'asseoir aux côtés de son chef.

— On ne parle jamais du monde des morts pour toutes sortes de raisons historiques, mais je pense que ce n'est pas une bonne chose, murmura-t-il.

Le ton de sa voix était doux et rassurant. Un esprit des bois s'était-il emparé de lui pendant le repas du soir ? Un sourire amusé apparut aussitôt sur les lèvres du grand Chevalier qui lisait ses pensées.

— Les maîtres magiciens comme ma mère vont au même endroit que les autres hommes à la fin de leur vie ? demanda-t-elle à voix basse.

— C'est exact, sauf qu'ils ont le pouvoir de circuler à leur guise entre les deux mondes. C'est pour cette raison que ta mère nous rend parfois visite.

— Mais pas assez souvent, déplora Kira.

Le silence de Wellan était éloquent. Elle lui manquait à lui aussi. Fan ne l'avait pas comblé très souvent ces dernières années et, pourtant, il s'accrochait à cet amour divin avec la fidélité d'un époux.

— Sire, avez-vous aimé Jahonne comme vous aimez ma mère ? lui demanda alors l'adolescente qui savait pourtant qu'il s'agissait d'une question indiscrète.

— Non, confessa Wellan. Jahonne s'est occupée de moi à mon arrivée au Royaume des Ombres et nous sommes devenus de bons amis. En fait, elle a été la première personne à qui j'ai confié des secrets que je conservais au fond de mon cœur.

— J'imagine qu'il est important de garder beaucoup de choses pour soi quand on est un grand chef.

— Je n'en sais rien, Kira. C'est une expérience nouvelle pour moi et je fais de mon mieux pour guider mes frères et mes sœurs d'armes.

Il pencha la tête de côté en observant l'adolescente, sachant fort bien ce qu'elle n'osait pas lui demander.

— J'aime beaucoup Sage, déclara-t-il, parce qu'il est l'enfant de Jahonne, le fils que j'aurais aimé avoir. D'une certaine façon, il me ressemble et il agit déjà comme un véritable Chevalier.

— C'est donc pour ça qu'il n'a rien à faire pour vous plaire. Tandis que moi, je dois faire des efforts surhumains dont vous n'êtes jamais satisfait, comprit-elle.

— Il est naturel que j'exige davantage de celle qui protégera le porteur de lumière, Kira, répondit Wellan. Sage n'a pas un destin aussi important que le tien.

— Alors, je ne dois pas m'attendre à recevoir un jour le même traitement, c'est ça ?

— Peut-être, si tu acquiers de la discipline.

— Mais j'ai fait beaucoup de progrès, sire.

— Oui, je l'admets, mais il y a encore en toi une partie sauvage et rebelle. C'est elle que tu devras dompter si tu veux devenir l'une des nôtres.

En d'autres mots, il n'envisageait pas encore qu'elle puisse devenir Chevalier, même si elle était officiellement Écuyer. Elle ravala sa déception et lui demanda la permission d'aller se reposer. Il la lui accorda et elle retourna de l'autre côté du feu pour se presser contre Gabrelle qui dormait à poings fermés. Encore une fois, son héros lui avait brisé le cœur.

Pour se consoler, elle se mit à penser à sa dernière rencontre avec sa mère et se rappela son amour, ses bras rassurants, ses paroles réconfortantes. Grâce à ces souvenirs, elle sombra paisiblement dans le sommeil. Mais elle ne dormit pas longtemps. Un vent humide ébouriffa ses cheveux. Apercevant une forme sombre au-dessus de sa tête, Kira étouffa un cri et rejeta sa couverture. Bondissant sur ses pieds, elle allait matérialiser son épée double lorsqu'elle vit que son ennemi nocturne était un immense cheval noir.

— Hathir..., murmura-t-elle, alarmée.

Elle se tourna vivement vers Wellan et vit qu'il s'était endormi près du feu. S'il venait à ouvrir l'œil, le grand Chevalier ne ferait preuve d'aucune pitié envers l'animal. Kira fit rapidement reculer l'étalon dans l'obscurité en poussant sur son large front de toutes ses forces.

— Je t'ai dit de partir, le gronda l'adolescente, dès qu'elle fut suffisamment loin du campement.

Hathir se campa solidement sur ses pattes et se mit à renâcler. Au risque d'entrer une fois de plus en contact avec l'esprit de la collectivité, Kira appliqua ses mains sous ses oreilles pour le convaincre par télépathie de s'éloigner des humains à tout jamais. À sa grande surprise, elle ne ressentit rien du tout. Ni couleur ni émotion. Elle se concentra davantage. Toujours rien.

Une puissante lumière blanche jaillit brusquement derrière elle et elle se retourna en matérialisant son épée à double lame. Constatant que le halo émanait de la seule personne qu'elle ne voulait pas voir, Kira fit aussitôt disparaître son arme et posa un genou en terre.

— Mes ordres étaient pourtant clairs, siffla Wellan, une lance à la main.

— J'étais en train de le persuader de partir, sire, bredouilla nerveusement l'adolescente.

— Cet animal a une mission à remplir et il ne cessera jamais de te poursuivre.

— Je vous en conjure, écoutez-moi. Je sais que je ne suis qu'une apprentie et que vous pouvez m'obliger à me taire, mais il faut que vous sachiez que cet animal n'est plus relié à la collectivité.

— Retourne au campement.

— Vous ne pouvez pas abattre une bête innocente.

— Je t'ai donné un ordre, Écuyer.

Les épaules de Kira s'affaissèrent. N'ayant d'autre choix que d'obéir au chef des Chevaliers, elle fit un pas en direction du campement, mais deux mains glacées se refermèrent sur ses épaules, l'empêchant d'aller plus loin. En se tordant le cou, elle aperçut le ravissant visage de sa mère.

— *Elle vous dit la vérité*, assura Fan de Shola dont le corps tout entier brillait d'une lumière dorée. *Cet animal n'est plus relié à l'empire, je l'en ai coupé moi-même.*

Wellan courba l'échine pour lui indiquer sa soumission, ce que Kira ne l'avait vu faire qu'en présence d'Émeraude Ier. Fan fit pivoter sa fille face à elle et plongea ses grands yeux argentés dans les siens.

— Je suis contente de vous revoir, mama, murmura Kira.

— *Mais je suis toujours près de toi, petite princesse.*

— C'est vrai, j'entends votre voix, mais ce n'est pas la même chose.

Kira se blottit dans les bras de sa mère comme une fillette effrayée. « Si Fan continue d'intervenir chaque fois que cette enfant mérite une punition, je n'arriverai jamais à en faire un soldat digne de ce nom », pensa Wellan, découragé.

— *Hathir est un cheval comme tous les autres maintenant, sauf qu'il est plus fort et plus rapide. Tu as besoin d'une nouvelle monture, n'est-ce pas ?*

— Mais cette décision appartient à mon maître, puisque je ne suis qu'un apprenti.

— *C'est moi qui le lui offre, Chevalier,* déclara la reine à Wellan. *Le code ne défend pas aux Écuyers d'accepter les présents d'un maître magicien, si je me souviens bien.*

Wellan approuva d'un signe de tête.

— *Ramène Hathir avec le troupeau, Kira,* ordonna la reine. *Il a promis de bien se tenir.*

L'adolescente aurait voulu passer la nuit avec sa mère, mais elle comprit que celle-ci avait envie de rester seule avec le Chevalier.

— Merci, mama.

Fan embrassa sa fille sur le front. Kira jeta un regard embarrassé au grand Chevalier et tira l'étalon en direction de la plaine où les autres chevaux dormaient en rangs serrés. Tout comme le lui avait promis Fan, la bête s'avéra d'une docilité exemplaire.

— N'as-tu fait ce sacrifice que pour moi, Hathir ? chuchota l'adolescente mauve.

L'étalon émit une série de sifflements aigus pour lui dire qu'elle était désormais sa seule amie dans tout l'univers.

Dès que Kira eut disparu dans l'obscurité, Fan marcha jusqu'au Chevalier. Elle caressa sa joue et il captura sa main pour l'embrasser avec amour.

— Vous ne venez pas souvent me voir, souffla-t-il, la voix brisée.

— *Je suis désolée, Wellan, mais mes interventions auprès de ma fille exigent beaucoup d'énergie de ma part et m'empêchent de me matérialiser aussi souvent que je le voudrais.*

— Cette attente est difficile pour moi, Fan.

— *J'en suis parfaitement consciente, mon tendre ami, et votre fidélité m'honore. Mais il existe dans votre monde une femme qui pourrait vous rendre heureux jusqu'à ce que nous soyons enfin réunis dans le mien. Vous savez bien que je ne vous en tiendrai pas rigueur.*

Son cœur battant la chamade, il enroula ses bras musclés autour d'elle comme s'il voulait la retenir pour toujours. Leurs lèvres se rencontrèrent et le grand Chevalier oublia Kira, le cheval noir et même ses compagnons qui dormaient dans la clairière.

Au terme d'une longue nuit de passion, Fan quitta son Chevalier servant avant le réveil de ses hommes. Elle le remercia encore une fois de protéger sa fille et se dématérialisa. Wellan sentit son cœur se serrer douloureusement dans sa poitrine et ses yeux se remplirent de larmes. La femme qu'il aimait lui manquait déjà...

51

L'amitié de Jasson

Lorsque Wellan rentra au campement, le soleil commençait à caresser les visages de ses soldats endormis autour des cendres. Enroulée dans sa couverture, Kira s'était abritée dans le dos de son maître. Wellan avait entendu la conversation entre l'adolescente et la femme Chevalier la veille et il savait qu'il faisait de la peine à Bridgess lorsqu'il refusait parfois ses avances, mais il avait déjà donné son cœur à la Reine de Shola et il ne pouvait pas renier ses sentiments, même si son corps réclamait de plus en plus de tendresse.

Lorsque tous furent réveillés, Chloé et Dempsey apprêtèrent les restes du festin de la veille, auxquels les jeunes Chevaliers Kevin, Swan, Nogait et leurs Écuyers ajoutèrent les fruits sauvages qu'ils cueillirent autour du campement. Ils allèrent ensuite se purifier à la rivière, puis les Écuyers se dirigèrent vers la plaine pour seller les chevaux. Effrayés par la présence de l'énorme cheval noir qui broutait parmi eux, les enfants revinrent en courant près de leurs maîtres pour réclamer de l'aide. Wellan leur expliqua qu'un maître magicien l'ayant débarrassé de l'emprise de l'ennemi, l'étalon n'était plus dangereux. Les apprentis décidèrent quand même de ne pas l'approcher et ramenèrent leurs montures vers le campement, loin du cheval-dragon.

Wellan s'occupa lui-même de son destrier qu'il était bien content de retrouver. C'était une belle jument rousse, solide et bien entraînée, dont il ne pourrait se priver dans les combats à venir. Il lui passa la bride et aperçut Sage qui le dévisageait, inquiet, et curieusement, il lui sembla beaucoup moins confiant que la veille. Il remarqua aussi que ses yeux étaient ternes.

— Tu n'es jamais monté à cheval ? s'étonna Wellan en sondant son cœur.

— Non, avoua le jeune homme, penaud. Chez moi, on élève surtout les bêtes pour les faire travailler ou les manger.

— Chez moi aussi, assura le Chevalier, mais pas les chevaux, qui sont de précieux alliés. Sans eux, nous mettrions des semaines à aller d'un royaume à l'autre et, de plus, ces bêtes sont entraînées pour le combat.

— Il me faudra donc apprendre à monter à cheval, conclut Sage sans cacher son appréhension.

— Si tu veux arriver au Royaume d'Émeraude en même temps que nous, j'ai bien peur que oui. Kira a un nouvel étalon, alors tu pourras utiliser la monture du Prince de Zénor. Nous la lui rendrons lors de notre prochaine mission sur la côte.

Wellan demanda à l'un de ses apprentis de seller le cheval blanc pour lui et Sage reçut sa première leçon d'équitation sous les regards inquiets des Chevaliers.

En voyant que tous craignaient son étalon noir, Kira l'éloigna des autres chevaux et le fit marcher jusqu'en bordure de la forêt. Elle ne possédait évidemment pas de selle ou de bride pour lui, mais elle savait qu'elle pourrait le maîtriser sans difficulté.

À sa grande surprise, Jasson la rejoignit pendant que ses apprentis harnachaient son cheval. Maintenant qu'elle se transformait en jeune femme, Kira ne regardait plus les hommes de l'Ordre de la même manière. Elle trouvait le Chevalier très beau avec ses cheveux blonds sur les épaules, ses yeux verts pétillants et son corps svelte, presque félin.

— N'est-ce pas là le monstre qui terrorisait nos chevaux pas plus tard qu'hier ? s'enquit-il en fronçant les sourcils.

— C'est bien lui, acquiesça Kira en adoptant une attitude respectueuse, mais il s'est réformé depuis.

— Vraiment ? s'amusa le soldat. Les chevaux en sont capables et en quelques heures à peine ?

— Non, mais Hathir n'est pas un cheval comme les autres.

— C'est un dragon, n'est-ce pas ?

— C'est ce que prétend sire Wellan, soupira Kira. Moi, je n'en sais rien. N'allez surtout pas croire que j'ai toutes les réponses parce que j'ai du sang d'insecte.

— Mais je n'ai jamais pensé une chose pareille, se défendit Jasson, sincère.

Kira se détourna, embarrassée par ses origines. Le Chevalier ressentit aussitôt son malaise.

— L'un de nous t'a-t-il fait des remarques désobligeantes ? grommela Jasson. Tu sais qu'un tel comportement va à l'encontre du code et que celui qui t'a insultée sera puni.

— Je crains que le code ne puisse châtier celui qui me rappelle constamment que je ne suis pas humaine et que le seul fait que je sois apprentie ne me garantit pas un titre de Chevalier.

— Je vois, commenta Jasson en comprenant qu'il s'agissait de Wellan.

Il arracha une longue brindille d'herbe et prit place sur un vieux tronc d'arbre. Kira tourna légèrement la tête pour voir ce qu'il faisait, n'ayant pas le droit de le sonder, et s'aperçut qu'il l'observait avec compassion en mâchant mollement la tige tendre.

— Vous m'avez toujours bien traitée, même avec ma peau mauve, Chevalier Jasson, et je vous en remercie, murmura-t-elle, la gorge serrée.

— Ce n'est pas la couleur de la peau, l'aspect physique ou la taille d'une personne qui importent, Kira, c'est ce qui se cache dans son cœur. Moi, je ne ressens pas l'insecte en toi, et les dieux savent que j'en ai combattu des centaines. Au contraire, ton esprit est tout ce qu'il y a de plus humain et ton cœur est bon. Avec le temps, Wellan finira bien par l'admettre. Il est juste un peu plus lent que nous.

Le commentaire fit naître l'ombre d'un sourire sur les lèvres de l'adolescente qui trouva le Chevalier encore plus séduisant.

— Je vous suis également reconnaissante d'avoir répondu à mon appel dans la cité souterraine, ajouta-t-elle.

— Tu n'as pas à l'être, jeune fille. C'est ce qu'un soldat doit faire pour n'importe lequel de ses frères ou de ses sœurs d'armes. Et moi, contrairement à notre grand chef, je ne doute pas que tu deviennes un jour Chevalier.

Il lui lança un clin d'œil avant de s'éloigner. Kira soupira en se demandant pourquoi Wellan n'était pas aussi compréhensif que lui.

Un à un, les soldats grimpèrent en selle dans la plaine. Kira se servit du tronc d'arbre pour monter sur le dos de l'étalon géant, car il n'aurait sans doute pas apprécié qu'elle utilise ses griffes.

— Tu vas devoir bien te tenir en présence des humains même si tu ne les aimes pas, Hathir, l'avertit-elle.

Le cheval lui en fit la promesse dans son curieux langage d'oiseau. Satisfaite, l'adolescente le talonna et rejoignit Bridgess.

Wellan aida Sage à s'asseoir sur le destrier blanc du Prince de Zénor et l'invita à chevaucher près de lui, à la tête de la colonne. Kira fit de gros efforts pour ne pas céder une fois de plus à la jalousie. Si le jeune guerrier voulait s'intégrer rapidement à l'Ordre, Wellan était certes le meilleur professeur qu'il puisse avoir, mais il risquait aussi de le contaminer et de le rendre aussi intolérant que lui... Lisant ses pensées, Bridgess décocha à Kira un regard aigu et l'adolescente mauve baissa piteusement la tête.

Les soldats magiciens mirent le cap sur le Royaume d'Émeraude, au grand soulagement des Elfes qui les épiaient dans le dense feuillage des arbres depuis leur arrivée. Ils s'empressèrent d'annoncer au Roi Hamil que les humains et, surtout, leur grand chef belliqueux avaient enfin quitté leurs terres.

52

SAGE À ÉMERAUDE

Lorsque les Chevaliers arrivèrent au Château d'Émeraude, Bergeau brandit l'étendard de l'Ordre, une bannière verte arborant la croix des Chevaliers, et ils franchirent triomphalement les portes de la forteresse qui leur servait de quartier général. Les serviteurs vinrent à leur rencontre en les acclamant et les palefreniers s'emparèrent des rênes de leurs chevaux. Mais ils évitèrent tous de s'approcher du gros étalon noir que beaucoup reconnaissaient pour l'avoir vu désarçonner un dresseur chevronné plusieurs années auparavant. Kira fut donc contrainte de le guider elle-même dans l'enclos où elle lui répéta de bien se comporter. Puis elle se dirigea vers l'aile des Chevaliers avec son maître. Tous y étaient déjà entrés, mais Sage l'attendait à la porte. Il s'empara des mains de Kira et l'attira contre lui pour l'embrasser. La jeune fille se laissa enivrer par ce baiser, puis se détacha de l'Espérrien en se rappelant les lieux où ils se trouvaient et les serviteurs qui s'affairaient dans la cour.

— Sage, ce n'est pas prudent, protesta-t-elle. En tant qu'Écuyer d'Émeraude, je suis soumise à des règles de conduite très strictes. Vous devrez faire preuve de plus de réserve, surtout en présence du Chevalier Wellan qui ne cherche qu'un prétexte pour m'expulser de l'Ordre.

— Il a pourtant une haute opinion de vous.

Kira lui opposa un regard incrédule qui le fit éclater de rire.

— Pour vous prouver ma dévotion, je me plierai à vos désirs, déclara-t-il plus sérieusement, mais promettez de ne jamais cesser de m'aimer, même si je dois garder mes distances.

— Je vous le promets.

Les yeux de Sage s'illuminèrent brusquement et il l'embrassa fougueusement, pendant que son regard se dirigeait vers la tour où résidait le Magicien de Cristal. Kira dut de nouveau se faire violence pour se dégager de son étreinte. « Comment peut-il passer si rapidement de la candeur à l'audace ? » se demanda-t-elle en reprenant son souffle.

En voyant les sourires des serviteurs circulant dans la grande cour, Kira poussa son prétendant à l'intérieur du palais en lui expliquant que, chez les Chevaliers, les femmes prenaient leur bain avant les hommes et qu'elle devait rejoindre son maître dans les prochaines minutes ou subir les conséquences de son retard. Elle conduisit Sage à la porte du Chevalier Wellan, qui s'occuperait de lui, mais ne trouva pas le grand chef dans sa chambre. Alors, elle se rendit à celle du Chevalier Jasson. Ce dernier était en train de ranger ses affaires en incitant ses Écuyers à en faire autant. Il s'était débarrassé de sa cuirasse et de ses armes, se préparant déjà au rituel de purification.

— Que puis-je faire pour toi, Kira ? l'accueillit Jasson d'un ton jovial.

— Je vous confie notre invité, puisque notre grand chef a dû s'absenter.

— Cela me fera plaisir de lui montrer les aires de la maison, assura-t-il.

Kira s'inclina devant lui et laissa entrer son amoureux dans la pièce. Elle courut ensuite rejoindre Bridgess et les autres femmes dans les grands bassins d'eau chaude et, pour la première fois de sa vie, elle laissa les masseurs lui détendre la peau avec des huiles qui sentaient bon. « L'amour opère des miracles », pensa Bridgess avec amusement.

*
* *

Tandis que ses hommes renouaient avec les habitudes du château, Wellan se rendit à la tour du magicien Élund, flanqué de ses deux apprentis. Il trouva le vieil homme debout au centre de la grande pièce circulaire, vêtu d'une longue tunique rouge, l'air soucieux. Le grand Chevalier s'inclina respectueusement puis son regard glacé croisa celui de son ancien maître.

— M'apportes-tu de bonnes nouvelles, Wellan ?

— Je veux porter à votre attention l'arrivée au château d'un jeune homme au talent exceptionnel.

Le magicien haussa les sourcils, se doutant que le Chevalier allait exiger l'adoubement sans entraînement préalable pour ce prodige.

— Sage a dix-sept ans, poursuivit Wellan, enthousiaste. Il communique aisément par télépathie, il sait manier l'épée et je lui ai appris à maîtriser le pouvoir de ses mains. Il a tout ce qu'il faut pour devenir l'un des nôtres. N'oubliez pas que nous avons cruellement besoin de soldats.

— Et où as-tu déniché cette merveille ?

— Au Royaume des Esprits.

— Quoi ? s'effraya le vieil homme. Tu nous as ramené un démon ?

— Je n'en ai vu aucun, maître.

Pour le calmer, Wellan lui raconta comment le Chevalier Onyx, pour échapper au courroux du Magicien de Cristal, s'était réfugié dans une oasis perdue au milieu des glaces en compagnie d'hommes et de femmes qui fuyaient la guerre.

— Accepterez-vous de rencontrer ce candidat? insista Wellan.

— Présente-le-moi demain, lorsque vous serez remis des festivités de ce soir, et je le mettrai à l'épreuve, céda Élund qui espérait ne pas regretter sa décision.

Satisfait, le grand chef s'inclina devant lui et tourna les talons. Il quitta la tour avec ses Écuyers pendant qu'Élund réfléchissait à ses paroles. Le Chevalier Onyx avait donc réussi à échapper aux foudres du Magicien de Cristal en se cachant au Royaume des Esprits et l'un de ses descendants était de retour dans le pays de son ancêtre... Et s'il possédait ses dangereux pouvoirs?

53

LE PRINCE LASSA

Après le bain et le massage, Kira enfila une tunique propre et demanda à Bridgess la permission de rendre visite à Armène, la servante qui l'avait élevée comme une mère. Le Chevalier la lui accorda, mais exigea qu'elle soit de retour à temps pour le festin du roi. Kira inclina la tête et disparut en courant dans le couloir, comme elle le faisait lorsqu'elle était gamine. Elle grimpa l'escalier et gambada jusqu'à la chambre d'Armène, mais ne l'y trouva pas.

Elle alla donc à ses anciens appartements et entra dans la grande pièce drapée de mauve et de blanc, se souvenant de tous les bons moments qu'elle y avait passés... et les moins bons aussi. Elle ne vit personne, mais sentit une présence étrangère. Craignant une attaque sournoise de la part de l'Empereur Noir, elle matérialisa sa double épée et s'avança prudemment dans la chambre, prête à fondre sur l'ennemi. Elle suivit la trace de l'énergie inconnue jusqu'à son ancien berceau où un tout petit être agitait les bras. L'envahisseur, vêtu d'une ridicule chemisette blanche trop grande pour lui, faisait de petites bulles avec sa bouche.

— Qui es-tu et que fais-tu chez moi ? tonna Kira en faisant disparaître son épée.

Armène entra alors dans la chambre avec une pile de draps propres et aperçut l'adolescente au chevet du prince.

— Qui est ce bébé ? s'exclama la jeune fille.

— C'est le Prince Lassa, évidemment.

Armène déposa les draps et cueillit le poupon dans ses bras.

— Cette petite chose est un prince ? s'étonna Kira.

— Cette chose, comme tu dis, est le plus jeune fils du Roi et de la Reine de Zénor. Il s'appelle Lassa et il ne se contente pas d'être un petit garçon ordinaire. C'est le porteur de lumière.

— Le porteur de lumière ? Lui ? répéta l'adolescente, choquée.

Elle étudia son visage grimaçant avec découragement. Comment un être aussi inoffensif arriverait-il à détruire l'Empereur Noir ?

— Le Magicien de Cristal a jugé plus prudent de le garder ici et de le préparer lui-même à sa grande mission, expliqua Armène en le consolant.

« Un autre oisillon en cage », s'attrista Kira en observant les doigts minuscules qui s'ouvraient et se refermaient sans cesse. Et c'était cette larve qu'elle devrait protéger jusqu'à ce qu'elle puisse se défendre seule, ce qui risquait de ne pas se produire avant une éternité.

— C'est moi qui lui apprendrai à se battre, décida-t-elle.

— Pas aujourd'hui, en tout cas, se moqua gentiment Armène.

Le bébé toujours dans ses bras, la servante s'assit dans la berceuse à côté de laquelle, sur un guéridon de marbre, l'attendait un biberon d'argent. Elle présenta la bouteille de lait au Prince Lassa qui se mit à téter goulûment sous le regard scandalisé de l'adolescente.

— Mais c'est mon biberon ! s'offusqua-t-elle.

— Nous avons pensé que tu n'en aurais plus besoin et que tu serais même contente que ce soit le porteur de lumière qui en hérite.

Kira fit la moue. Ayant connu une enfance solitaire, elle n'avait jamais appris à prêter ses affaires.

— Est-ce que le roi l'aime ? chuchota-t-elle avec un pincement au cœur.

— Il ne s'en occupe même pas, répondit Armène en guettant la réaction de sa fille adoptive.

Le soulagement qui éclaira son visage mauve fit sourire la servante, qui savait bien que Kira n'était pas prête à partager l'amour d'Émeraude Ier avec qui que ce soit.

— Tu veux lui donner à boire ? proposa Armène.

— La prophétie dit que je dois le protéger, pas le nourrir, bougonna Kira.

— Je vois. Tu as fait bon voyage, au moins ? demanda la servante pour lui changer les idées.

— J'ai visité plein de royaumes, Mène, s'émerveilla l'adolescente. J'ai même rencontré les familles royales d'Argent et de Zénor ! Nous avons traversé Enkidiev pour remonter vers le nord où nous avons découvert que les Royaumes des Ombres et des Esprits étaient habités !

— Vraiment ? s'étonna la servante.

— Je te le jure ! J'y ai même rencontré l'amour de ma vie !

Le visage d'Armène s'assombrit brusquement et Kira se rappela leur discussion au sujet des garçons.

— Je croyais que les Chevaliers devaient veiller sur toi, reprocha-t-elle en tapotant le dos du bébé rondelet.

— Mais ils l'ont fait, je t'assure. Sage m'a seulement embrassée. D'ailleurs, ce soir, je te le présenterai et tu me diras s'il me convient ou non... parce qu'il est hybride lui aussi.

Armène plissa le front, ne sachant pas comment formuler sa prochaine question sans blesser la jeune fille, mais Kira la lut dans ses pensées.

— Non, il n'est pas mauve, mais il a...

Kira s'arrêta en se demandant si sa gouvernante connaissait ses origines.

— J'ai finalement appris pourquoi je suis de cette couleur, Mène, déclara Kira d'une voix douce pour ne pas l'effrayer. Le Roi Shill de Shola n'est pas mon véritable père.

— Je sais, répondit Armène. Le Chevalier Wellan me l'a dit il y a quelques années. Il voulait que je le prévienne si tu te mettais à changer brusquement. Cela ne m'a jamais empêchée de t'aimer, mon cœur, au contraire.

Soulagée, l'adolescente lui parla ouvertement des origines de Sage, un peu plus humaines que les siennes, et le lui décrivit avec des étoiles dans les yeux. Elle accepta même de prendre Lassa dans ses bras pendant que la servante rangeait les draps. Kira contempla les grands yeux bleus du poupon et se demanda si elle aurait elle aussi des enfants. Armène remit finalement son protégé dans le berceau de bois malgré ses protestations.

— Il peut garder mon biberon, déclara Kira.

Elle embrassa la servante sur la joue et fila aux appartements du roi. Elle le trouva au milieu de ses serviteurs en train de l'habiller pour le festin qu'il donnait à l'intention de ses Chevaliers. Elle se faufila à travers cette foule remplie d'attentions pour le vieux monarque aux cheveux blancs et alla se réfugier dans ses bras, au milieu des nombreux plis de sa tunique bourgogne.

— Laissez-nous, exigea alors Émeraude Ier en posant un regard attendri sur Kira.

Les serviteurs se courbèrent devant lui et quittèrent la pièce en refermant les portes derrière eux.

— Est-ce que vous m'aimez encore, Majesté ? demanda Kira en levant ses yeux violets sur lui.

— Mais bien sûr ! Quelle question ! s'exclama le roi. Mes sentiments pour toi ne changeront jamais même si tu dois partir cent fois en mission.

— Je pensais surtout au petit prince qui dort dans mon ancienne chambre.

— Dans ce cas, tu te fais du mauvais sang pour rien. Si ce poupon a un nouveau père, il s'agit plutôt d'Abnar, qui veille sur lui comme un aigle.

Le roi serra l'adolescente avec amour, ce qui acheva de la rassurer, et lui demanda de manger à sa table ce soir-là. Mais Kira se vit dans l'obligation de refuser son invitation, puisqu'elle était un Écuyer et que, selon le code, seuls les Chevaliers pouvaient manger avec les rois. Elle ne lui parla évidemment pas de l'exception qu'elle avait dû faire au Royaume d'Argent et grimpa sur la pointe des pieds pour l'embrasser sur la joue. Déclarant qu'elle devait aller se préparer pour la grande fête, elle gambada vers les portes dorées et le monarque la laissa partir avec un sourire paternel.

54

Sage présenté au Roi

Émeraude Ier ne revit sa pupille que quelques heures plus tard, alors que tous ses soldats magiciens étaient réunis dans le grand hall. Auprès du Chevalier Bridgess, elle se tenait tranquille, ce qui réchauffa son vieux cœur. Cet entraînement militaire lui faisait décidément le plus grand bien.

Il marcha en direction de sa table où l'attendaient son conseiller en chef, ainsi que le Chevalier Wellan et un garçon qu'il ne connaissait pas. Vêtu de la simple tunique blanche que les invités du roi devaient porter lorsqu'ils le rencontraient pour la première fois, l'étranger semblait plutôt mal à l'aise. Le monarque examina son visage en prenant place dans son fauteuil et lui trouva une curieuse ressemblance avec le fantôme que Kira avait invoqué pour la dernière fois quelques mois plus tôt.

— Sire, je vous présente Sage d'Espérita, un guerrier talentueux que j'entends soumettre à la procédure d'exception, déclara fièrement Wellan.

Le silence tomba sur l'assemblée et toutes les têtes pivotèrent vers eux. Apparemment, le chef des Chevaliers n'avait pas informé ses hommes de son intention. Le roi vit aussitôt s'empourprer les joues du jeune homme aux yeux de miroir qui, visiblement, ne s'attendait pas à recevoir autant d'attention.

— On n'y a jamais recouru, même au temps des anciens Chevaliers, lui rappela le roi en fronçant les sourcils.

— Il y a toujours une première fois, Majesté, répliqua Wellan. Avec votre permission, je remettrai notre invité entre les mains d'Élund à la première heure demain matin.

Le Roi d'Émeraude demeura songeur et, l'espace d'un court instant, Wellan craignit qu'il ne rejette sa requête. Mais le monarque hocha finalement la tête et signala à ses convives qu'il fallait prendre place pour le festin.

— En quoi consiste cette procédure ? demanda Sage à Wellan en s'asseyant près de lui.

— C'est une série d'épreuves qui détermineront si tu as ce qu'il faut pour être Chevalier, répondit-il en posant une main amicale sur son épaule.

— Et vous croyez que je les réussirai ?

— Je n'ai pas le moindre doute à ce sujet.

Kira les observait de sa propre table en pensant que vraiment le grand Chevalier poussait l'audace un peu loin. En plus de traiter l'étranger en camarade d'armes, il allait lui épargner les longues années d'études des Écuyers pour en faire un soldat d'un seul coup !

Un peu plus loin, Jasson observait également Sage en se demandant pourquoi il lui inspirait de la méfiance. Ayant passé une bonne partie de la journée avec lui, il avait constaté d'étranges changements de personnalité chez le jeune homme. Ses yeux n'avaient jamais la même luminosité et Jasson percevait parfois autour de lui la présence d'une ombre inquiétante.

Bergeau éclata de rire après avoir raconté une blague et il administra une solide claque dans le dos de Jasson, qui répandit le contenu de sa coupe de vin sur la table, geste qui lui fit instantanément oublier Sage d'Espérita.

Les Chevaliers mangèrent, burent et s'amusèrent jusqu'aux petites heures du matin. Sage répondit poliment aux innombrables questions du souverain et fut soulagé de le voir se retirer tôt dans la soirée. Ses yeux gris cherchèrent alors Kira dans cette assemblée en liesse. Assise dans un coin, elle avalait le contenu de sa coupe d'un air boudeur. *Kira*, l'appela-t-il.

Elle le chercha aussitôt du regard en se demandant pourquoi il utilisait cette façon de communiquer que Wellan pouvait capter. Elle était encore fâchée contre le jeune Espéritien à cause de tous les privilèges qu'on lui accordait, mais lorsqu'elle le vit traverser la grande pièce pour arriver jusqu'à elle, affichant un sourire enjôleur, son courroux tomba d'un seul coup.

Parvenu à sa hauteur, il lui fit déposer sa coupe afin de prendre ses mains dans les siennes. Kira regarda autour d'elle pour s'assurer que leur conduite n'offensait personne, mais Sage, qui n'avait encore aucune notion du protocole, exprimait ses émotions de façon spontanée.

— Pourquoi êtes-vous en colère contre moi ? demanda-t-il, malheureux. Vous pensez que sire Wellan a tort de me soumettre à cette procédure d'exception ?

— Non, il a probablement raison de croire que vous réussirez ces épreuves, sinon il n'en aurait pas parlé au roi. Mais ça me brise le cœur de voir qu'il les propose à un homme qu'il connaît à peine, alors que je travaille d'arrache-pied depuis mon enfance pour devenir Chevalier et qu'il me croit toujours incapable d'y arriver.

— C'est donc l'injustice de la situation qui vous blesse ?

Les yeux de Kira se remplirent de larmes et Sage l'attira dans ses bras pour l'étreindre avec amour. Dans un coin, Wellan, qui surveillait étroitement ses hommes, les aperçut. Il ressentait cette irrésistible attraction entre les deux hybrides depuis leur rencontre, mais il ne pouvait leur permettre de donner libre cours à leur affection en public. Il traversa aussitôt le hall en direction des tourtereaux.

— Y a-t-il un article du code qui vous permettrait de prendre ma place demain ? chuchota Sage à l'oreille de sa bien-aimée.

— Non, et s'il y en avait un, Wellan en rédigerait un autre pour m'en empêcher.

— Il est tard, lâcha le grand chef en s'immisçant dans leur conversation.

— Vous avez raison, sire, approuva Kira en se détachant du jeune homme et en séchant ses larmes le plus discrètement possible.

Sans attendre le reste de ses reproches, elle fonça droit devant elle, à la recherche de son maître, sous le regard attristé de son beau prétendant.

— Pourquoi pleure-t-elle ? s'enquit Wellan.

— Je crois qu'elle a trop bu, répondit Sage en soutenant son regard sans sourciller.

— Une grosse journée t'attend demain, jeune homme. Je suggère que tu te retires maintenant.

Sage accepta la recommandation en hochant doucement la tête, ne voulant surtout pas mettre sa belle amie dans l'embarras en s'aliénant le chef des Chevaliers. Il affirma se rappeler son chemin jusqu'à l'aile où il logeait et Wellan le laissa partir seul en pensant qu'il devait dès maintenant apprendre à lui faire confiance.

55

Une présence indésirable

Sage quitta la belle salle de cérémonie et marcha lentement dans les couloirs en admirant les tapisseries et les statues éclairées par les torches. Il n'avait jamais rien vu d'aussi beau de toute sa vie. Était-ce tout ce faste et toute cette richesse que ses ancêtres avaient voulu éliminer en décidant qu'aucun roi ne régnerait sur Espérita ? Mais, contrairement à ce que ses parents lui avaient appris, les rois d'Enkidiev n'étaient pas des despotes sanguinaires. Émeraude Ier était un homme infiniment bon et patient qui dirigeait son peuple à la manière d'un bon père de famille.

Sage entra dans l'aile des Chevaliers, mystérieusement calme à cette heure de la nuit, et compta les portes jusqu'à la chambre qu'on lui avait assignée. Aucune décoration n'ornait le long corridor de pierre grise, créant un contraste étonnant avec le reste du palais.

Il poussa la porte de sa chambre et une brise glaciale effleura son visage. Il fit quelques pas à l'intérieur de la pièce et s'immobilisa, tous ses sens en alerte. Une ombre passa. Effrayé, Sage scruta la pièce où brûlait une seule chandelle et ne vit personne. Il se servit de ses sens invisibles pour en fouiller chaque centimètre, comme Wellan le lui avait enseigné. Captant la présence de l'horrible spectre qu'il croyait avoir semé à Espérita, il tourna prestement les talons, mais la porte claqua sèchement devant lui. Il agrippa la poignée de bois et tira de toutes ses forces sans résultat.

— *Tu ne peux pas m'échapper*, susurra la voix de ses cauchemars.

Sage fit volte-face et s'appuya contre le chambranle, tremblant de peur.

— *Je me servirai de toi pour me venger.*

— Non, allez-vous-en..., hoqueta Sage. Je ne vous ai rien fait. Laissez-moi tranquille !

— *Tu es le nouveau corps que j'ai choisi pour m'infiltrer au Royaume d'Émeraude.*

— Je ne suis même pas Chevalier ! À quoi pourrais-je bien vous servir ?

— *Grâce à moi, tu deviendras un héros de légende, voire un grand roi. Malheureusement, tu ne le sauras jamais puisque je me serai emparé de ta mémoire.*

— Mais qui êtes-vous ?

L'ombre se mit à tourner de plus en plus rapidement autour de Sage, glaçant tous ses membres. Jamais elle ne s'était comportée ainsi depuis qu'elle hantait ses nuits. Sage s'acharna de nouveau sur la porte, qui refusa obstinément de s'ouvrir.

— Wellan ! hurla-t-il.

— *Personne ne viendra à ton secours. Ce serait beaucoup moins pénible pour toi si tu te soumettais à ma volonté.*

— Jamais !

Une grande pression enserra le crâne du jeune guerrier terrorisé et il perdit conscience. Il ne sentit même pas son corps s'écraser sur le sol, tandis que son esprit s'enfonçait dans un abîme d'obscurité et de froide solitude.

56

Une surprise de taille

Un à un, les Chevaliers quittèrent la fête et, comme toujours, Bergeau et Jasson furent les derniers à partir, même s'ils habitaient tous deux à l'extérieur des murs du château. Ils aidèrent leurs Écuyers à moitié endormis à grimper sur leurs chevaux et quittèrent l'enceinte, sous les regards satisfaits des gardiens des grandes portes qui les refermèrent sur eux pour la nuit. Les deux Chevaliers chevauchèrent ensemble, puis se séparèrent devant la ferme de Bergeau. Jasson poursuivit sa route jusqu'à la sienne en admirant les étoiles.

Un vent frais soufflait la nuit sur le pays d'Émeraude, mais la terre demeurant chaude, des bancs de brouillard s'élevaient un peu partout dans la campagne. Jasson pouvait cependant retrouver le chemin de sa maison même dans l'obscurité la plus totale. Lorsqu'il atteignit finalement ses terres, les animaux ouvrirent un œil et le refermèrent aussitôt en reconnaissant leur maître. Son chien courut au-devant de lui et Jasson descendit de cheval pour le caresser.

Le Chevalier aida ses Écuyers à mettre pied à terre et les poussa vers le petit pavillon où les deux garçons avaient élu domicile depuis leur arrivée à la ferme. Un Chevalier ne devait jamais se séparer de ses apprentis, mais la maisonnette était située à quelques pas seulement de sa demeure et Jasson pouvait ressentir l'énergie des garçons en tout temps. Par ailleurs, il était convaincu qu'un peu d'indépendance en ferait de meilleurs guerriers. Il dessella les chevaux dans l'enclos et traîna les pieds jusque chez lui.

Afin de ne pas réveiller son épouse, il se dévêtit dehors et entra sur la pointe des pieds, ne portant que sa tunique verte. Il déposa ses vêtements sur la table et ses bottes sur le plancher et détecta une présence inconnue chez lui. Tous ses sens aux aguets, il empoigna la garde de son épée et la sortit silencieusement de son fourreau. À l'aide de ses sens magiques, il balaya la demeure composée d'une vaste pièce et arrêta son regard sur la plate-forme où il avait bâti le lit. L'énergie étrangère s'y trouvait avec sa femme !

Craignant aussitôt qu'elle n'ait été attaquée et que son agresseur se trouve toujours avec elle, Jasson resserra sa prise sur son épée et se précipita dans les quelques marches qui menaient à la plate-forme. De sa main libre, il alluma les chandelles sur la commode et, à sa grande surprise, ne trouva que Sanya dans les draps. La lumière réveilla la jeune paysanne qui battit des paupières en se relevant sur ses coudes.

— Jasson, est-ce toi ?

Ne désirant l'effrayer pour rien au monde, il cacha l'épée dans son dos et s'accroupit près du lit en la déposant silencieusement sur le plancher de bois.

— Oui, c'est moi, murmura-t-il.

Sanya se tourna sur le côté et rampa jusqu'à lui pour lui arracher un baiser amoureux. Jasson l'embrassa tout en sondant de nouveau le lit, étonné de toujours ressentir la seconde présence.

— J'ai une grande nouvelle à t'annoncer, déclara-t-elle finalement en mettant fin aux baisers.

— Et moi, je crains d'en avoir une qui soit plutôt inquiétante...

— Est-ce que tu es blessé ? s'alarma-t-elle.

Elle s'assit dans le lit et Jasson comprit aussitôt d'où provenait l'énergie étrangère. Avec une infinie douceur, il posa la main sur le ventre de sa femme. Son visage s'illumina de joie.

— Je me doutais bien que je ne pourrais pas t'en faire la surprise, soupira Sanya. Les Chevaliers ont de bien trop grands pouvoirs.

— C'est enfin arrivé ! s'exclama Jasson, ravi.

— Il est plutôt difficile de concevoir un bébé avec un mari qui est toujours en guerre, Jasson d'Émeraude, lui rappela Sanya. Je pense que nous avons beaucoup de chance.

— Je vais être papa ! Je vais enfin être papa !

Il se hissa dans le lit et embrassa le ventre de sa femme qui n'avait même pas encore grossi. Elle éclata de rire et caressa ses cheveux blonds pendant qu'il parsemait sa chemise de nuit d'une pluie de baisers.

— Tes grands pouvoirs de magicien te permettent-ils de dire si ce sera une fille ou un garçon ? voulut-elle savoir.

Jasson sonda les entrailles de son épouse, mais la minuscule vie qui y nichait n'avait pas encore de sexe.

— Il est encore trop petit, répondit-il en levant ses grands yeux verts sur elle. Mais je pourrai le dire dans quelques semaines.

— Lorsque tu seras reparti à la chasse aux monstres, tu veux dire.

L'air boudeur de Sanya le fit sourire. Il savait qu'elle était aussi forte que lui et qu'elle comprenait qu'il ne s'absentait de sa ferme que pour mieux la protéger elle et... Il recommença à embrasser son ventre et elle plongea les doigts dans ses mèches blondes.

— Tu veux un fils ou une fille ? ronronna-t-elle à son oreille.

— Ça m'est égal. Je veux seulement un bébé en bonne santé.

— Si c'est une fille, nous l'appellerons Katil, comme ma mère, décréta-t-elle.

— Et si c'est un garçon ? demanda Jasson en posant sa tête sur sa poitrine.

— Nous l'appellerons Liam, comme le dieu des tempêtes.

— Des tempêtes ? Es-tu bien sûre de vouloir l'appeler ainsi ?

— Absolument sûre.

Jasson se redressa sur ses coudes et plongea son regard dans celui de sa femme. Leur mariage avait bien mal débuté, mais la jeune femme avait fini par admettre que Jasson était son âme sœur. Elle l'aimait de tout son cœur.

— Je suis le plus heureux des hommes, chuchota-t-il en versant des larmes de joie.

Avec dévotion, il cueillit les lèvres de Sanya en pensant au moment où il annoncerait triomphalement la nouvelle à ses frères et à ses sœurs d'armes.

57

Sage devient Chevalier

Lorsque Wellan se rendit à la chambre de Sage le lendemain matin, il le trouva assis sur son lit, étrangement calme et les yeux resplendissant comme la lune, mais l'attention du Chevalier se porta surtout sur la cicatrice fraîche au milieu du front du jeune homme. Il se pencha et lui demanda ce qui s'était passé. Sage répondit qu'il était tombé en se rendant à son lit et qu'il s'était frappé la tête contre sa commode. Wellan nettoya le sang séché sur sa peau pâle, puis, soulagé que sa blessure ne soit pas sérieuse, emmena son protégé aux bains.

Le jeune guerrier n'avait visité ces installations qu'une fois depuis son arrivée, mais l'assurance de ses gestes à son entrée dans la vaste pièce étonna Wellan. Le grand chef le laissa se baigner dans l'eau chaude en observant son visage étrangement calme compte tenu de ce qu'il allait être soumis à des épreuves de magie pourtant difficiles. En sortant du bassin, Sage entra dans la chambre des masseurs et se laissa dorloter sans la moindre gêne. Puis il enfila une tunique propre et déclara être prêt à affronter tous les sorciers du monde.

En remarquant l'air déconcerté de Wellan, l'Espéritien éclata d'un rire qui ne semblait pas émaner de lui. Wellan voulut le sonder, mais Sage le déstabilisa en le saisissant par le bras et en l'entraînant vers la porte. Oubliant sa méfiance, le grand Chevalier conduisit son protégé à la tour d'Élund et le lui présenta. Le magicien n'avait pu assister aux festivités de la veille, un phénomène céleste l'ayant retenu devant sa fenêtre toute la nuit.

Pendant que le vieil homme lui expliquait en quoi consisteraient les épreuves de la journée, Sage promenait ses yeux lumineux autour de lui, étudiant et mémorisant chaque détail. Wellan nota son inattention et s'apprêtait à le rappeler à l'ordre, lorsque Élund le poussa vers la porte, désirant être seul avec le candidat.

Wellan arpenta donc le couloir du palais en se demandant pourquoi Sage d'Espérita changeait continuellement de personnalité. Puis, comprenant que le vieux magicien ne le relâcherait qu'à la tombée du jour, le grand chef se rendit au hall des Chevaliers où ses deux apprentis s'empiffraient depuis une heure déjà. Il prit une bouchée à son tour, puis entraîna Bailey et Volpel à l'épée dans la cour avant de les pousser vers la bibliothèque où ils devaient lire au moins un chapitre du volume de leur choix, car pour Wellan, il était important que les Écuyers ne soient pas seulement des soldats, mais aussi des érudits.

*
* *

Toute la journée, Sage fut soumis à des épreuves de plus en plus complexes sur ses pouvoirs de télépathie, de détection, de lévitation, d'illusion et même de défense magique, et Élund dut admettre, au bout de quelques heures, qu'il s'agissait là d'un jeune homme vraiment hors du commun. D'une docilité étonnante pour son âge, il respectait toutes ses consignes et donnait toujours le meilleur de lui-même. Dès qu'il eut complété le dernier examen sur sa connaissance des annales d'Enkidiev, Élund déposa une grosse émeraude au creux de sa main et lui demanda de la présenter à Wellan. Sage s'inclina devant lui avec la prestance d'un roi et quitta la pièce, un large sourire sur le visage. « On m'avait pourtant dit qu'il s'agissait d'un paysan sans éducation, se rappela Élund en se grattant le crâne. S'il vient d'une contrée isolée, où a-t-il appris l'histoire du continent ? De Wellan, sans doute... » Il envoya aussitôt un jeune messager prévenir le roi que son armée d'élite comptait désormais un nouveau Chevalier.

Lorsqu'il quitta enfin la tour, Sage était las, mais il arborait un large sourire qui en disait long sur le résultat de ses examens. Il retrouva Wellan à la bibliothèque et lui présenta la pierre précieuse sans cacher sa fierté. Le grand chef lui serra les bras à la façon des Chevaliers et l'emmena dans la grande cour du château où tous ses compagnons convergèrent. Étrangement, Sage ne s'inquiétait pas de la suite des événements. Wellan le sonda et fut surpris de trouver autant de solidité en lui, mais ce n'était guère le moment de le questionner. Il le conduisit devant le dais où le roi et ses dignitaires venaient d'arriver.

Tout en marchant aux côtés de Wellan, Sage fouilla méthodiquement la foule de ses yeux éclatants. Il vit les Chevaliers en tenue de parade et la jeune Kira à la droite de son maître. Ils échangèrent un sourire, puis le regard du jeune homme poursuivit son enquête silencieuse. À sa grande déception, il ne trouva pas le Magicien de Cristal parmi l'assemblée.

*

* *

Depuis la fenêtre de sa haute tour, Abnar observait la scène avec réserve. Il n'arrivait pas à percer le mystère qui enveloppait cet étranger venu du nord. Il savait qu'un peu de sang d'insecte coulait dans ses veines et qu'il était probablement inoffensif, mais son instinct lui recommandait de se tenir à distance. Depuis le retour des Chevaliers, une énergie particulière s'était emparée du château, une force glacée un peu trop familière à son goût. Craignant pour la vie du porteur de lumière, l'Immortel avait donc fait installer Armène et l'enfant dans cette pièce circulaire protégée par une puissante magie, et il les y garderait jusqu'à ce que le danger soit passé. Habituellement, la présence du Magicien de Cristal était requise lors de ce genre d'événement, mais ce jour-là, Abnar jugea préférable de s'abstenir et de surveiller la cérémonie de loin.

*
* *

Sous le dais, le Roi d'Émeraude se leva, et le silence tomba graduellement sur la grande cour. Bergeau, Santo et Dempsey entourèrent Sage, tenant dans leurs mains une tunique et un pantalon verts ainsi que des bottes de cuir lacées.

— Revêts maintenant ton uniforme, lui ordonna le monarque.

Le visage sérieux, Sage se dévêtit et les trois Chevaliers l'aidèrent à enfiler ses nouveaux vêtements. Puis Chloé apporta une ceinture de cuir où pendait un fourreau et l'attacha à sa taille. Falcon lui tendit ensuite une magnifique dague dont le manche était serti d'émeraudes et Jasson, qui rayonnait de la joie d'être bientôt papa, lui remit une longue épée, sans remarquer la soudaine force qui se dégageait du jeune guerrier d'Espérita.

Ce fut seulement lorsqu'il vit Wellan s'approcher avec la cuirasse verte sertie de pierres précieuses en forme de croix que le visage du nouveau Chevalier s'illumina de bonheur. Wellan attacha les courroies de cuir sur ses épaules et sur ses côtés puis y fixa la cape verte. Il recula ensuite d'un pas et tendit les bras. Sage les serra comme il le lui avait enseigné, mais, une fois encore, Wellan sentit une énergie différente parcourir le corps du jeune homme. S'efforçant de ne pas laisser transparaître son inquiétude, le grand Chevalier reprit sa place parmi ses compagnons.

— Sage d'Espérita, approche, exigea alors le roi.

Le jeune guerrier franchit les quelques pas qui le séparaient du monarque et posa un genou en terre avant même qu'il lui en fasse la demande.

— On dirait presque qu'il a déjà été adoubé ! rit Bergeau.

Sa remarque innocente chatouilla les oreilles de Jasson qui perdit subitement le sourire. Bergeau avait raison, ce tableau était un peu trop parfait. Mais Émeraude Ier ne semblait pas troublé que le nouveau soldat devance ses instructions.

— Tu as désormais quitté le sentier du doute pour avancer sur celui de la lumière, déclara le roi. Tu es maintenant un Chevalier d'Émeraude et ton nom n'est plus Sage d'Espérita, mais le Chevalier Sage d'Émeraude.

Les yeux lumineux du jeune homme se levèrent sur Émeraude Ier qui sembla vaciller un instant. Ses serviteurs l'empoignèrent par les coudes et le forcèrent à s'asseoir sur son trône pour qu'il puisse terminer l'adoubement.

— Garde ton corps et ton esprit toujours purs, poursuivit le souverain, d'une voix moins assurée. N'entretiens aucune pensée négative dans ton cœur et fais-y plutôt croître ton amour pour Enkidiev et tous ses habitants. Ne cherche pas seulement la connaissance dans les livres, mais aussi dans tout ce qui t'entoure. Apprends à ressentir l'énergie dans tout ce qui vit. Partage tes connaissances avec ceux qui cherchent comme toi, mais soustrais ton savoir mystique aux regards de ceux qui ont des penchants destructeurs.

L'ayant appris par cœur, Kira récitait mentalement le serment d'Émeraude, rédigé par son tuteur bien avant sa naissance.

— Méfie-toi de ceux qui cherchent à te dominer ou à te manipuler. Sois vigilant face à toute personne qui souhaite te détourner de ton sentier pour sa gloire ou son avantage personnel. Ne te moque jamais des autres, car tu ne sais jamais qui te surpasse en sagesse ou en puissance.

» Que tes actions soient honorables, car le bien que tu feras te reviendra au centuple. Honore tout ce qui respire, ne détruis pas la vie sauf si tu dois défendre la tienne. Maintenant, répète après moi. Je prends l'engagement de suivre avec honnêteté les règles du code de chevalerie.

— Je prends l'engagement de suivre avec honnêteté les règles du code de chevalerie, clama Sage d'une voix forte.

— Et de..., commença Émeraude Ier.

— Et de travailler avec toute l'ardeur et le courage dont un Chevalier doit faire preuve à servir la paix et la justice sur tout le continent et même dans les pays non encore découverts, poursuivit Sage à la grande surprise de tous.

La plupart des Chevaliers crurent que Kira lui avait enseigné le serment à Espérita, mais Jasson se rappela qu'ils n'avaient pas passé suffisamment de temps ensemble pour qu'elle lui apprenne ce long texte. Et pourquoi l'aurait-elle fait, puisque personne ne se doutait, à ce moment-là, que Wellan prévoyait de le soumettre à la procédure d'exception ?

Le monarque ouvrit la bouche, mais une fois encore, le jeune homme aux yeux lumineux le devança.

— Je m'engage aussi à maîtriser ma colère, ma peur et ma hâte en toutes circonstances et à faire appel aux dieux lorsque je dois prendre des décisions ou aider mon prochain.

Kira retint son souffle, puisqu'un soldat ne devenait vraiment un Chevalier qu'au moment où le roi posait son épée sur son épaule. Mais, profondément troublé par le comportement de Sage, Émeraude Ier demeurait immobile, les yeux rivés sur lui. Wellan commençait même à se demander pourquoi il hésitait ainsi.

— Tu es le premier à profiter de la procédure d'exception, déclara finalement le vieil homme, solennel, et j'espère que tu ne seras pas le dernier.

Les épaules de Kira se détendirent d'un seul coup. Émeraude Ier s'approcha du jeune guerrier et posa le plat de son épée de cérémonie sur son épaule.

— Sage, tu es désormais un Chevalier d'Émeraude. Que les dieux te prêtent longue vie.

Une grande clameur s'éleva dans la cour et le nouveau soldat magicien fut immédiatement entouré de ses frères et sœurs d'armes. Kira resta en retrait, puisqu'elle était Écuyer et que c'était le privilège des maîtres de féliciter d'abord la recrue.

Lorsqu'ils l'eurent tous complimenté, Sage chercha Kira dans la foule et se dirigea droit vers elle. Même Wellan ne pourrait plus l'empêcher de s'adresser à l'adolescente mauve quand bon lui semblerait puisqu'il était désormais Chevalier. Kira le regarda s'approcher avec une admiration renouvelée et le trouva encore plus beau dans la cuirasse verte de l'Ordre.

— Vous avez fière allure, Chevalier Sage, le complimenta-t-elle.

Il se courba devant elle avec courtoisie et elle lui rappela aussitôt qu'un Chevalier ne s'inclinait pas devant un apprenti. Puis, elle se souvint qu'il ne connaissait pas encore le protocole et se mit à rire. Wellan les rejoignit et entoura les épaules de Sage de son bras musclé, histoire d'empêcher les tourtereaux de se donner une fois de plus en spectacle.

— Si nous allions boire à ton succès ? suggéra-t-il.

Sage accepta de bon cœur et jeta un dernier coup d'œil aux bâtiments du Château d'Émeraude avec des yeux étrangement tristes.

— Si les premiers Chevaliers avaient survécu, ils seraient aujourd'hui une force invincible, murmura-t-il.

— Mais leur esprit initial de justice a survécu, mon frère, assura Wellan.

« Tu ne sais pas à quel point tu dis vrai », pensa Sage en ravalant un sourire moqueur.

58

Les objets de pouvoir

Une fois le château baignant dans l'obscurité et tous ses habitants endormis après la fête donnée en son honneur, le Chevalier Sage d'Émeraude se redressa lentement dans son lit, ses yeux lumineux immobiles comme ceux d'un loup. Il sonda les lieux avec attention et comprit qu'il pouvait désormais agir à sa guise.

En silence, il quitta sa chambre et se dirigea vers le grand escalier du palais. Les sens aux aguets, il grimpa à l'étage supérieur et entra dans la bibliothèque. Son regard caressa les innombrables rayons à peine éclairés par la lune. Mais il n'avait nul besoin de lumière, il connaissait déjà cette pièce par cœur.

Il s'avança vers la section défendue et passa l'index sur les couvertures de cuir en comptant mentalement. Il s'arrêta au vingt-troisième volume et le retira de l'étagère poussiéreuse, un sourire étirant ses lèvres. Il ouvrit le grimoire et respira son odeur ancienne. Au centre de ses pages jaunies avait été taillé au couteau un petit compartiment qui recelait une magnifique pierre noire montée sur un anneau d'argent. Sage la glissa dans un petit sac de toile noué à sa ceinture. Il rangea le livre et poursuivit sa visite de la bibliothèque.

Il s'arrêta devant la dernière section. Sur le mur opposé était accroché un porte-flambeau en métal.

Sage le fit doucement pivoter jusqu'à ce qu'il soit complètement dévissé et retira du socle une chaîne en or à laquelle pendait un médaillon de cristal. Il l'enfouit dans une seconde pochette et remit le tout en place.

Comme un fantôme, le jeune guerrier quitta la vaste pièce et se rendit à la salle des armures. Il commença par admirer une vieille cuirasse de Chevalier dont le cuir avait durci et où il manquait la moitié des émeraudes. Nostalgique, il la caressa du bout des doigts puis se rappela le but de sa quête. Il s'avança jusqu'au mur où étaient suspendus les boucliers et décrocha celui du Roi Jabe. Il le retourna prudemment et constata, avec satisfaction, que la petite dague qu'il cherchait s'y trouvait. Il la déposa dans un troisième sac de toile et suspendit l'écu à son clou.

Toujours à pas de loup, il descendit aux cuisines désertes, encore chaudes des braises du festin. Les yeux du soldat parcoururent les murs avec inquiétude puis découvrirent dans un coin un bahut ancien. Il en ouvrit les portes usées et vida son contenu sur la table, prenant garde à ne pas faire de bruit. Il exerça une légère pression sur le panneau du fond qui s'ouvrit en grinçant. À la grande stupéfaction de Sage, le compartiment secret était vide ! « Mais comment est-ce possible ? » se demanda-t-il en passant la main à l'intérieur. C'est alors qu'il constata que le bois pourri de la tablette avait cédé du côté gauche.

En forçant avec ses bras, il déplaça doucement le meuble, centimètre par centimètre, craignant qu'il ne s'effrite dans ses mains, et aperçut contre le mur de pierre l'objet précieux qu'il convoitait. Il se pencha et s'empara de la coupe en or qu'il dissimula dans la quatrième bourse de toile. Patiemment, il remit le buffet à sa place originale et rangea la vaisselle à l'intérieur.

Maintenant prêt à procéder au rituel, Sage quitta les cuisines. Pas question de traverser la grande cour du château et d'alerter les sentinelles sur les créneaux. Il emprunta plutôt le long couloir intérieur qui menait directement aux écuries, même si cela lui faisait perdre un temps précieux.

Les chevaux renâclèrent sur son passage, mais le Chevalier poursuivit sa route sans s'en préoccuper. Sur le mur le plus éloigné une centaine de brides de cuir étaient suspendues à des crochets de métal. Sage les examina un à un et reconnut celui qu'il cherchait. Il ressemblait pourtant à tous les autres. Seul un œil avisé pouvait remarquer qu'il n'était pas fait du même alliage. Le jeune homme le retourna vers le bas et une section du mur s'ouvrit devant lui, révélant l'entrée d'un tunnel. Sans hésitation, il s'y engouffra et referma la porte secrète derrière lui.

Il marcha pendant près d'une heure dans le passage sombre et humide dont il se rappelait les moindres méandres et aboutit au pied d'un escalier de pierre. Il en grimpa prudemment les marches, les mains au-dessus de sa tête. Elles entrèrent en contact avec des grilles de métal recouvertes de lierre et il les poussa avec force. Elles commencèrent par résister puis cédèrent en grinçant, laissant entrer dans le tunnel une bouffée d'air frais et un magnifique rayon de lune.

Sage ne referma pas les portes rouillées. Il s'empressa de pénétrer dans la forêt et d'atteindre l'endroit le plus magique du royaume. Dans une clairière s'élevaient de petits menhirs espacés d'un mètre, formant un cercle parfait. Au centre se trouvait une pierre plate ayant autrefois servi d'autel à un culte oublié. N'ayant pas une seconde à perdre, le Chevalier y déposa des lampions, les alluma, puis dégagea de leurs enveloppes les quatre objets anciens en prenant soin qu'ils ne se touchent pas.

À ce moment, la lune atteignit son zénith et enveloppa le site d'un halo argenté. Sage glissa la bague à son doigt et s'empara de la dague. Il entailla profondément sa paume et laissa couler son sang dans la coupe. Il saisit ensuite la chaînette entre ses doigts sanglants et fit descendre le pendentif de cristal dans le calice.

Une intense lumière en jaillit et frappa la poitrine du soldat, provoquant une douleur cuisante. Sage serra les dents pour étouffer un cri de souffrance. L'opération magique ne dura que quelques secondes et le faisceau aveuglant disparut. Haletant, le jeune homme tendit la main au-dessus du récipient et la pierre noire de sa bague s'anima. Prenant une teinte rouge vif, elle se mit à battre sur son doigt tel un cœur humain.

— J'implore toutes les forces de l'univers ! cria-t-il d'une voix rauque. Redonnez à mes pouvoirs leur puissance d'antan !

Des nuages sombres et inquiétants se massèrent à une vitesse effarante au-dessus de sa tête et le tonnerre gronda sur le Royaume d'Émeraude. Un éclair fulgurant fonça sur la bague, la réduisant en miettes, et projeta son propriétaire sur le dos. La pluie s'abattit brusquement sur la région et un vent violent se mit à souffler entre les branches, dans un chant sinistre. Sage se releva avec difficulté. Chancelant, les vêtements collés sur la peau et les cheveux ruisselants, il tourna sa paume vers les deux objets de pouvoir qui attendaient sur l'autel. Il produisit un rayon incendiaire si puissant qu'il carbonisa la coupe et la dague en l'espace d'un instant. Seul resta un petit tas de cendres, bientôt balayées par le vent.

*
* *

L'explosion énergétique ayant secoué la Montagne de Cristal, Abnar se matérialisa aussitôt dans sa tour du Château d'Émeraude où il cachait le petit porteur de lumière. Il apparut au chevet de l'enfant et constata avec soulagement qu'il dormait paisiblement. Usant de toutes ses facultés divines, l'Immortel sonda les alentours et capta la force maléfique qui s'insinuait entre les murs de la forteresse.

— Onyx..., siffla-t-il entre ses dents.

À découvrir
dans le tome 4...

La Princesse rebelle

1

Un nouveau Chevalier

Quatre années s'étaient écoulées depuis l'arrivée de Sage d'Espérita parmi les Chevaliers d'Émeraude. Il était le seul homme de tout Enkidiev à avoir bénéficié de la procédure d'exception et il avait rapidement prouvé sa valeur lors des nombreux raids des soldats-insectes sur les côtes du continent. Son puissant coup d'épée et son esprit de stratège ne cessaient d'émerveiller ses frères d'armes. Wellan, le chef incontesté des Chevaliers, se faisait un devoir de ne pas afficher de préférence pour l'un de ses hommes, mais il ne pouvait nier la grande affection qu'il éprouvait pour ce guerrier qui se battait de la même façon que lui. Le seul défaut de Sage, selon Wellan, c'était l'amour que lui inspirait Kira. Étant tous deux hybrides, ils risquaient de concevoir un jour des monstres que les soldats-insectes pourraient facilement repérer. Mais tant qu'ils ne parleraient pas de mariage, Wellan ne voulait pas s'interposer.

Le cerveau de l'Empereur Noir fonctionnait plus lentement que celui des humains, mais il était tenace : il dépêchait garnison sur garnison pour tenter de percer une brèche dans les défenses d'Enkidiev. Au retour de chaque combat, Wellan s'isolait de ses frères. Il jetait sur papier les détails de la bataille et tentait en vain de comprendre la stratégie de l'ennemi. Amecareth semblait déployer ses troupes au hasard et, curieusement, il n'envoyait jamais plus d'une centaine de guerriers à la fois. Pourquoi ?

Vêtu d'une simple tunique verte, Wellan baignait dans un rayon de soleil qui entrait par une fenêtre de la bibliothèque du Château d'Émeraude. Ses yeux bleus fixaient la carte géographique où de petites croix, le long de la côte d'Enkidiev, indiquaient l'emplacement de toutes les batailles qui avaient eu lieu depuis le début des tentatives d'invasion.

Sage s'arrêta entre deux rayons et observa le grand chef. Wellan lui rappelait le Roi Hadrian d'Argent, un personnage tout aussi imposant que lui, mais qui était mort depuis bien longtemps déjà. Les habitants du château ignoraient qu'un esprit ancien se cachait dans le corps du jeune guerrier d'Espérita et que celui qu'ils appelaient familièrement Sage n'était nul autre que le Chevalier Onyx d'Émeraude. Ayant attendu plus de cinq cents ans dans le métal froid de son épée enfouie au fond d'une grotte, il revenait enfin dans le royaume où le Magicien de Cristal avait failli lui enlever la vie. Il avait la ferme intention de lui faire payer sa cruauté.

Wellan faillit démasquer Onyx durant les premiers jours de sa nouvelle incarnation à Émeraude, mais ce dernier avait adroitement endormi ses soupçons en adoptant un comportement exemplaire au château comme au combat, et en agissant comme le fils dont le grand chef rêvait. Seul Jasson continuait d'entretenir des doutes à son sujet, mais personne ne l'écoutait... pour l'instant.

Sage s'avança entre les tables de bois et s'arrêta près de Wellan en jetant un coup d'œil au parchemin qui le fascinait.

— On dirait bien que les hommes-insectes ne savent pas ce qu'ils font, déclara le jeune guerrier, même s'il connaissait ces créatures mieux que quiconque.

— Ce n'est pas mon opinion, répliqua Wellan en levant un regard amical sur lui.

Le grand chef aimait bien ce soldat aux yeux lumineux. Ses cheveux noirs comme la nuit, qu'il refusait de faire couper depuis son arrivée à Émeraude, lui atteignaient désormais le milieu du dos et il ne les attachait qu'à la guerre. Sage, contrairement à Wellan, portait son costume d'apparat. Il prit place sur le banc devant le chef en arborant l'air d'un élève attentif.

— Alors, quelle est ton opinion ? s'enquit-il.

— L'esprit des hommes-insectes est différent du nôtre, je ne peux donc pas m'attendre à ce qu'ils élaborent une stratégie ressemblant à la mienne, expliqua Wellan.

— Les marques sur ta carte semblent pourtant indiquer que l'empereur disperse ses soldats comme des billes.

— C'est ce qu'on en déduit, lorsqu'on la regarde avec des yeux humains.

— Ne me dis pas que tu vas troquer tes yeux contre ceux des insectes ! se moqua Sage.

Wellan s'esclaffa et son rire résonna dans la large pièce. La présence de Sage dans sa vie était vraiment rafraîchissante.

— Tu devrais plutôt aller te préparer pour l'adoubement, lui suggéra le jeune homme.

Le grand chef se rappela tout à coup que le roi avait refusé d'attendre que les Écuyers soient tous en âge de devenir Chevaliers avant d'adouber Kira. Il serait bientôt forcé d'annoncer à la Reine Fan, la mère de la jeune femme mauve, qu'il ne pouvait plus protéger sa fille de dix-neuf ans.

— Pourquoi ne veux-tu pas qu'elle devienne Chevalier ? lui demanda Sage en inclinant doucement la tête.

— Parce qu'elle n'en fera plus qu'à sa tête, soupira Wellan, soudainement très las.

— Mais elle a une très belle tête, ricana le Chevalier.

— Elle est aussi la protectrice du porteur de lumière, ne l'oublie jamais, Sage. Si elle se fait stupidement tuer par l'ennemi, nous mourrons tous.

— Dans ce cas, tu t'inquiètes pour rien. Kira serait capable de défendre Enkidiev à elle toute seule, répondit Sage avec un sourire narquois.

Wellan connaissait la force physique et les incroyables pouvoirs magiques de la princesse hybride, mais il savait pertinemment qu'elle ne maîtrisait pas son terrible caractère d'enfant gâtée. Cependant, si Émeraude Ier avait décidé de l'armer Chevalier, il ne pouvait certes pas s'opposer à sa volonté. Il roula le parchemin et l'attacha avec une lanière de cuir, sous le regard étincelant de son protégé.

— Tu as raison, concéda Wellan. Je vais aller me préparer.

Il se releva et Sage le prit par les épaules pour l'accompagner jusqu'à l'aile des Chevaliers. En marchant dans le somptueux couloir, il jeta un coup d'œil dans la cour et vit que la foule commençait à s'y masser. Ce serait décidément une soirée intéressante.

Le jeune guerrier abandonna Wellan à l'entrée de sa chambre et utilisa ses facultés magiques afin de retrouver celle qui lui avait permis d'être accepté dans l'Ordre aussi facilement. Si Sage s'était épris de cette étrange créature à la peau mauve, Onyx, lui, voulait s'en servir pour accéder à la position qu'il convoitait depuis cinq cents ans : le trône d'Émeraude. Kira était la pupille du roi, mais elle ne manifestait aucune intention de régner sur son royaume après sa mort, même si le pouvoir lui revenait de droit. En continuant de la courtiser, Sage pourrait l'épouser et devenir roi par alliance.

Il localisa l'énergie de Kira dans ses appartements du palais et revint sur ses pas. En pensant aux changements qu'il instaurerait dans le pays dès qu'il en serait le monarque, il grimpa au dernier étage et poussa la porte de la grande chambre que la princesse mauve avait autrefois occupée. Debout devant la glace, elle laissait Bridgess tresser ses longs cheveux dans son dos en admirant pour la dernière fois sa tenue d'Écuyer.

— Je crois que ton beau prétendant a envie de passer un peu de temps avec toi avant la cérémonie, lui murmura alors la femme Chevalier à l'oreille.

Kira fit volte-face et la tresse échappa aux mains habiles de Bridgess qui soupira de découragement. La jeune femme se précipita dans les bras de Sage et ils échangèrent un baiser passionné.

— Si tu l'emprisonnes dans tes bras pendant quelques minutes encore, j'arriverai à terminer sa coiffure, lança leur sœur d'armes en brandissant la brosse à cheveux.

— Je ferais n'importe quoi pour toi, Bridgess tu le sais bien, assura Sage en cherchant un second baiser sur les lèvres violettes de la princesse.

Kira ne lui résista d'aucune manière. Désormais âgée de dix-neuf ans, elle pouvait exprimer ses sentiments avec beaucoup plus de liberté, même en présence des habitants du château. Elle embrassa longuement son bel ami tandis que leur compagne essayait une fois de plus de natter ses cheveux souples comme de la soie.

Sage avait beaucoup changé depuis leur première rencontre à Espérita, mais Kira mettait cette transformation sur le compte de son passage de l'adolescence à l'âge adulte. Il n'était plus le jeune homme timide et courtois de jadis, mais un soldat mature et responsable qui se montrait nettement plus entreprenant à son égard, ce qui ne lui déplaisait pas du tout.

— Ça y est, tu peux l'emmener, déclara Bridgess, satisfaite de son travail.

Sage prit Kira par la taille et l'entraîna. « Ils font un si beau couple », pensa l'aînée en les regardant quitter la pièce. Les amoureux s'arrêtèrent près des larges fenêtres du couloir menant aux chambres royales, et la Sholienne vit que la cour se remplissait à vue d'œil.

— Tous ces gens ne sont là que pour moi ? s'étonna-t-elle.

— En fait, ils sont surtout là pour le festin gratuit, se moqua Sage.

Elle lui assena un violent coup de coude dans l'estomac, sans pourtant lui faire trop de mal, puisqu'il portait sa cuirasse verte de Chevalier. Il lui saisit les bras et l'embrassa dans le cou en remontant vers ses cheveux.

— Non, arrête ! exigea Kira en se dégageant. Tu sais bien que je perds la tête quand tu caresses mes oreilles et ce n'est vraiment pas le moment.

— Ce n'était pas du tout mon intention. Je réserve mes plus belles avances pour notre soirée de noces.

Comme cette promesse ne semblait pas égayer la jeune femme, Sage sonda aussitôt son cœur : elle craignait la réaction de Wellan... Pourtant, le grand Chevalier n'allait certes pas s'opposer aux désirs du roi qui le nourrissait depuis son enfance.

— Aujourd'hui, j'ai surtout besoin que tu m'appuies, l'implora Kira, les yeux chargés d'angoisse.

— T'ai-je déjà laissée tomber ?

— Non, mais tout à l'heure, ce sera encore plus important.

« Elle prépare donc quelque chose qui risque de déplaire au grand chef », devina le guerrier qui aimait bien le caractère indépendant de sa future épouse.

— Je t'appuierai, assura-t-il avec un air grave. Tu es bien trop importante pour moi pour que je t'abandonne.

— Merci, Sage.

Ils descendirent main dans la main le grand escalier et Kira rassembla son courage avant de pénétrer dans la cour. Les Écuyers accoururent pour la féliciter et l'accompagner jusqu'au dais où l'attendaient Émeraude Ier, ses dignitaires et le vieux magicien Élund. Tout en marchant près d'elle, Sage chercha de ses yeux lumineux le Magicien de Cristal, mais ne le vit nulle part.

— Je croyais qu'Abnar devait assister à ton adoubement, murmura-t-il à sa belle.

— Il paraît que les dieux ont constamment besoin de lui par les temps qui courent, répondit-elle. Il se trouve rarement au château ou même dans la Montagne de Cristal.

Onyx se doutait que l'Immortel flairait sa présence dans le corps de Sage, puisqu'il brillait par son absence depuis son arrivée à Émeraude. « Pourquoi m'évite-t-il ainsi après avoir tout mis en œuvre pour m'éliminer lors de ma première vie ? » se demanda-t-il.

Tous ceux qui devaient participer à la cérémonie d'adoubement prirent place autour du dais et la foule se tut graduellement. Wellan sortit finalement de l'aile des Chevaliers et vint se placer à la tête de son armée, en cachant de son mieux sa contrariété. Tant que Kira avait été Écuyer, il avait pu la maîtriser, mais l'adoubement allait tout changer.

En voyant que sa cour était maintenant au grand complet, le roi fit avancer la jeune femme mauve devant lui. Un sourire bienveillant éclairait son visage ridé par les ans. Il se rappela l'arrivée de Kira à Émeraude alors qu'elle n'était pas plus haute que trois pommes et soupira avec nostalgie.

— C'est un grand moment pour moi, mon enfant, déclara-t-il sur un ton infiniment doux.

— Pour moi aussi, Majesté.

— L'instant dont tu as rêvé toute ta vie est enfin arrivé. J'ai jadis promis à ta mère de faire de toi un Chevalier et me voilà libéré de ma promesse. Kira de Shola, pupille du Royaume d'Émeraude, revêts maintenant ton nouvel uniforme.

Kira avait choisi Kevin et Nogait, les meilleurs amis de son futur époux, ainsi que Swan et Ariane afin de l'assister durant cette importante cérémonie. Pendant que ses compagnes levaient autour d'elle un paravent pour lui permettre de se déshabiller au milieu de la foule, Kevin et Nogait lui apportèrent sa tunique, son pantalon et ses bottes de cuir lacées. En constatant que ces vêtements n'étaient pas verts, Wellan se crispa. Il fit un pas vers le dais pour protester contre cette violation du code de chevalerie, mais Bridgess le retint solidement par le bras.

Lorsque Swan et Ariane retirèrent l'écran, Kira était vêtue de mauve de la tête aux pieds. Nogait lui tendit une ceinture de cuir à laquelle pendait un fourreau et elle l'attacha autour de sa taille en captant la terrible colère de Wellan. Kevin lui remit ensuite une dague et Ariane une longue épée. Kira les glissa à leur place et vit Swan lui tendre une cuirasse mauve sertie d'améthystes.

Wellan poussa un grondement de mécontentement et voulut tourner les talons pour quitter cette grotesque cérémonie, mais Bridgess, Chloé et Jasson l'en empêchèrent, craignant que ce geste irréfléchi ne soit très mal perçu par leur monarque.

— Elle n'est pas tout à fait comme nous, chuchota Jasson à son chef, alors il est normal qu'elle porte un uniforme différent.

— Qu'elle s'expose en cible au milieu de nos rangs, tu veux dire, siffla le grand Chevalier entre ses dents.

Émeraude Ier procéda à l'adoubement sans même remarquer le visage cramoisi de Wellan. Kira répéta le serment de l'Ordre avec ferveur. Le roi posa finalement le plat de son épée sur l'épaule de la Princesse de Shola désormais Chevalier, et un sourire triomphant éclata sur son visage mauve. Derrière elle, Bridgess, Chloé et Jasson furent incapables de contenir plus longtemps leur chef offensé. Sa cape verte claqua au vent et Wellan se dégagea pour se diriger vers l'aile de l'Ordre.

Entourée des Chevaliers qui la félicitaient, Kira le vit s'éloigner, mais ce n'était guère le moment de le rattraper pour lui expliquer son point de vue. Elle serra ses nouveaux compagnons d'armes dans ses bras et accepta les bons vœux des Écuyers, jusqu'à ce que Sage la fasse pivoter vers lui.

— C'est donc ça que tu mijotais, coquine. Si tu l'as fait exprès pour t'aliéner notre grand chef, c'est réussi.

— Je savais qu'il ne serait pas d'accord avec ma décision, mais je l'ai surtout prise pour des raisons personnelles, assura Kira.

Elle salua la foule venue assister à son adoubement et promit, à voix haute, de donner sa vie pour protéger

Enkidiev. Le peuple acclama sa princesse inhabituelle, puis chacun se servit dans les innombrables plats que leur présentaient les serviteurs du château. Des musiciens se mirent à jouer et les enfants formèrent des farandoles autour des adultes pendant que les soldats et leurs conjoints se dirigeaient vers le palais où Émeraude Ier avait fait préparer un festin pour sa pupille.

Kira prit place au côté de son tuteur dans le grand hall. Elle mangea en riant des farces de Bergeau et dansa avec ses frères d'armes, immensément heureuse d'avoir enfin atteint son but : devenir Chevalier.

Pendant que tous s'amusaient, Bridgess s'esquiva et retourna dans le couloir. Où Wellan avait-il pu se réfugier pour laisser éclater sa colère ? Ses sens magiques lui permirent de le repérer sur les passerelles qui couraient le long des remparts.

Remerciements

Il y a des gens qui ne font que traverser notre sentier et d'autres qui accompagnent tous nos pas. Chaque parole d'encouragement, qu'elle provienne de la bouche d'un proche ou d'une personne qui croise notre route, peut changer le cours de notre existence. Je tiens à remercier ces belles âmes qui illuminent ma vie à chaque instant, surtout mes parents, ma famille, mes amis, et aussi Ana et Cindy qui, un jour, je le sens, marcheront dans mes pas. Un gros merci à ma sœur Claudia qui continue de réviser mes textes (elle est mon arme secrète !), à Ginette Achim, Mireille Bertrand, Claire Pimparé et Louise Turgeon, qui font connaître les Chevaliers à Montréal et ailleurs, ainsi qu'à Chantal, Catherine, Max et Caroline, l'équipe de fées qui me permet de pratiquer ma magie.

Imprimé en Espagne
Dépôt légal : octobre 2012
ISBN : 978-2-7499-1542-5
POC 0011